시대와의 불화

『유림외사儒林外史』 연구

시대와의 불화

유림외사
연구

조관희

보고사

책머리에

이 책은 1993년 2월에 제출한 나의 박사 학위 논문을 새로 펴내는 것이다. 당시 어영부영 시간만 죽이다 졸업을 해야겠다는 얕은 생각에 부실한 논문을 제출한 것이 끝내 마음에 걸렸는데, 다행히도 그동안 보완할 시간을 가질 수 있어 이번에 원래 논문을 대폭 손질해 책으로 내게 되었다. 본래 박사학위 논문이란 어느 한 분야에 대해 오랜 기간 정진하여 해박한 지식을 축적한 뒤에 그 결실로 나와야 하는 것이 마땅한 일이겠으나, 요즘에는 세월이 바뀌어 생계를 도모하기 위한 하나의 방편이 되어버린 것은 아닌가 하는 생각을 지울 수 없다. 아울러 나는 과연 이 분야에 대해 어디에 내놓아도 부끄럽지 않을 전문가가 되었는가라는 질문 앞에서 더더욱 오금이 저려옴을 느끼게 된다.

이 책의 체제는 원래의 모습과 달라진 것은 크게 없다. 다만 당시 소략하게 기술했던 내용들을 대폭 보완했다는 점이 눈에 띌 것이다. 그동안 여기 저기 발표했던 내용들은 다음과 같다.

1. 조관희, 「천메이린陳美林 선생의 「우징쯔吳敬梓 평전」」, 『중국소설연구회보』, 제14호, 서울: 중국소설연구회, 1993.6
2. 조관희, 「한국의 『유림외사』 연구 개황韓國的 『儒林外史』研究概況」,

천메이린陳美林 주편, 『유림외사 사전儒林外史辭典』, 난징南京: 난징대학출판사南京大學出版社, 1994.

3. 조관희, 「『유림외사』의 구조」, 『어문학연구』 제4집, 천안: 상명대, 1996.2.

4. 조관희, 「『유림외사』에 나타난 청대 지식인의 근대의식과 그 한계」, 『중국어문논총』 제11호, 서울: 중국어문연구회, 1997.1.

5. 조관희, 「『유림외사』는 풍자인가, 비판적 현실주의인가『儒林外史』是諷刺, 還是批判現實主義」, 『명청소설연구明淸小說硏究』 총 제43기, 난징南京: 쟝쑤성 사회과학원 문학연구소 명청소설연구중심江蘇省 社會科學院文學硏究所 明淸小說硏究中心, 1997.3.

6. 조관희, 「『유림외사』의 판본에 대하여」, 『중어중문학』 제21집, 서울: 한국중어중문학회, 1997.12.

7. 조관희, 「『유림외사』의 "평점"에 대하여」, 『중국어문학론집』 제13호, 서울; 중국어문학연구회, 2000.2.

이렇게 개별적으로 이루어진 보완작업들은 이번에 모두 포함되었다. 그러므로 이 책은 내가 박사학위 논문을 제출한 뒤 새롭게 이루어진 성과들을 모두 아우른 것이라 할 수 있다.

아울러 그동안 공부하면서 직·간접적으로 많은 가르침과 도움을 받은 천메이린陳美林 선생님에게 특별한 고마움을 전한다. 꾸밈없고 소탈한 성품에 평생 학문밖에 모르고 사신 선생님께서는 여러 가지로 평생 잊을 수 없는 도움을 주시고도 오히려 부족하다 여기셨다. 여기에 리한츄李漢秋 선생님의 이름도 남겨야 할 것 같다. 『유림외사』에 관해서는 일가를 이룬 선생님을 『유림외사』 학회에서 직접 만나볼 수 있었던 것은 내게는 큰 행운이었다. 그리고 그동안 여러 가지 경로를 통해 학문적 교류를 해오고 있는 국내외의 많은 동학들에게도 감사의 뜻을 전한다. 특히 10년 이상 공부 모임을 통해 혈육 이상의 정을 쌓아온 사랑하는 중국 소설 전공자 친우들과 후배들에게도 가슴 따뜻한 고마움을 느낀다. 그들과 울고 웃으며 부대낀 세월 속에 오늘의 내가 있을 수 있었음을 나는 잘 알고 있다.

이제 가던 걸음 멈추고 돌아보니 앞으로도 가야 할 길은 첩첩산중인데, 언덕 하나 넘어선 느낌이다. 발분저서發憤著書하렸더니 회재불우懷才不遇 웬말이냐는 시비 아닌 시비를 불러올까 두려울 따름이다.

2014년 여름 조관희.

차 례

제1장

머리말

1. 『유림외사』에 대한 연구사 검토

청대의 중요한 소설가 가운데 한 사람인 우징쯔吳敬梓(1701~1754년)
의『유림외사』는 청 중엽인 건륭乾隆 연간(약 1750년 경)에 써졌다고 한
다. 이 책은 나오자마자 많은 사람들의 손에 의해 유포되었으며, 이에
대한 평가 작업 역시 활발하게 진행되어 왔다. 이것은 이보다 조금 늦
게 나온『홍루몽紅樓夢』[1]이 1백년 가까이 묻혀 있다가 재평가된 것과
는 좋은 대조를 이룬다 할 수 있다.

청대에 나온 대표적인 장편소설의 하나인『유림외사』에 대해서는
많은 논자들이 여러 가지 측면에서 연구를 진행해 왔다. 이제까지의
연구를 종합하면 시기적으로 보아 크게 둘로 나눌 수 있는데, 그것은
곧 근대 이전의 전통적인 중국 고대소설연구가들에 의한 언급과 서양
의 영향을 받은 바 있는 20세기 이후의 연구가들의 논의이다. 여기에
서 전통적인 연구가들의 논점이 주로 작중인물과 그 인물들을 둘러싸
고 벌어지는 사건의 실재성에 초점이 맞추어져 왔다면, 근대 이후의

---

1 『홍루몽』은 건륭 49년(1784년) 경에 나온 것으로 추정된다.

논자들의 논점은 주로 『유림외사』의 내용적인 측면에서 당시 사회현
실에 대한 비판의식과 그것의 구체적인 체현인 '풍자소설'로서의 『유
림외사』에 대한 분석에 있다고 할 수 있다. 아울러 후자의 경우에는
이러한 논의의 연장선상에서 풍자소설의 구조와 현실주의 소설론과
의 관계로까지 그 관심의 영역이 넓혀질 수 있다. 또한 이 소설이 나
온 시대적 상황과 맞물려 이야기될 수 있는 것이 이 작품의 "근대성"
문제인데, 이것은 다시 『유림외사』가 소설사적으로 근대소설의 초기
작품으로 평가될 수 있는지의 가능성 여부와 작품 속에 내재해 있는
작자의 근대의식으로 그 논의가 집약된다. 이제 시기적인 순서에 따
라 이들 연구가들의 논점에 대해서 살펴보면 다음과 같이 정리할 수
있다.

우선 전통적인 중국고대소설비평의 경우 내용적으로는 실제 인물,
사실과 소설 속의 인물, 사건과의 관계에 집착했고,[2] 형식적으로는 서
발序跋이나 평점評點의 형태로 이루어졌다는 데 그 특징이 있다. 이 점
은 『유림외사』에 대한 전통적인 연구가들 역시 크게 다르지 않다.

최초로 나타난 『유림외사』에 대한 평론은 현재 전하는 최초의 판본
인 워셴차오탕 본臥閑草堂本에 실린 회말총평回末總評(위 평臥評으로 약

---

2 이것은 곧 사실과 허구의 관계에 다름 아니며, 실제로 존재했던 인물이나 사건에 집
   착하는 중국인들의 태도는 긍정적으로는 사실성을 중시하는 현실주의적 창작원리에
   충실한 것이라고 볼 수도 있으나, 평자들의 시각을 지나치게 협소하게 만들고 문학의
   본령인 허구성의 역할을 제한하는 잘못된 풍조를 배태했던 것도 사실이다. 이것은
   허구 속의 인물을 실제 인물과 동등하게 취급함으로써 나온 잘못으로, 실제로 이야기
   속의 인물은 그 이야기를 구성하는 요소로써 취급되어야지 실제 인물을 꼭 가리킬
   필요는 없는 것이다. 서구에서는 '실화소설Roman à Clef' 또는 '모델소설'이라는 용
   어로 이에 대한 논의를 진행하고 있다. 자세한 것은 데이비드 롤스톤, 조관희 역, 『중
   국 고대소설과 소설 평점』(소명출판, 2009.), 147~157쪽. 특히 주118)을 볼 것.

칭)이다. 이를 뒤이어 나타난 평점들로는 함풍咸豐 연간(1851~1861년)
에 나온 황샤오톈黃小田 평점(황 평黃評으로 약칭)과 치싱탕 본齊省堂本
의 미비眉批와 회말총평回末總評(치 평齊評으로 약칭)이 있고, 광서光緒
11년(1885년) 상하이上海 바오원거寶文閣에서 간행한 톈무산챠오[3] 평어
天目山樵評語 "정본定本"『유림외사 평儒林外史評』(톈이평天二評으로 약칭)
과 쑤저우蘇州 판 씨潘氏 청 초본淸抄本에 실린 판쭈인潘祖蔭의 미비眉
批, 충하오자이從好齋 집교본輯校本의 화웨위 미비華約漁眉批, 스스 미
비石史眉批가 있으며, 핑부칭平步靑의『하외군설霞外攟屑』 9권에는 톈무
산챠오天目山樵의 평점에 대한 몇 십 조 가량의 평어가 있다.

　서발序跋로는 최초본인 워셴차오탕 본臥閑草堂本에 실린 「셴자이라
오런 서閑齋老人序」(「셴 서閑序」로 약칭)와 함풍 연간의 황샤오톈黃小田
「제지題識」, 동치同治 8연(1869년) 쑤저우蘇州 췬위자이 본群玉齋本의 진
허金和「발跋」, 동치 13년(1874년) 치싱탕 본齊省堂本의 「싱위안투이스
서惺園退士序」와 「예언例言」, 광서 11년(1885년) 상하이 바오원거寶文閣
간刊『유림외사 평儒林外史評』「황안진 서黃安謹序」와 「톈무산챠오 지어天
目山樵識語」, 광서 연간 상하이 스스石史(쉬윈린徐允臨) 충하오자이從好齋

3　톈무산챠오天目山樵는 청나라 때 사람인 장원후張文虎의 호이다. 쟝쑤江蘇 난후이南匯
　출신으로, 자는 멍뱌오孟彪이고, 또 다른 호로는 샤오산嘯山, 화구리민華谷里民이 있
　다. 제생諸生이 된 뒤에 동치同治 연간에 쩡궈판曾國藩의 막하에 들어가 후선훈도候選
　訓導에 올랐다. 일찍이 진링서국金陵書局의 초청을 받아『사기史記』를 교정했는데, 선
　본善本으로 평가받았다. 만년에 남청서원南菁書院의 주강主講을 지냈다. 후이둥惠棟
　과 쟝성江聲, 첸다신錢大昕의 저작을 읽고 학문 방법을 깨닫게 되었으며, 문자학文字
　學과 훈고학訓詁學 등에 바탕하여 실사구시實事求是를 추구했다. 한위漢魏 이래 실전
　失傳되었던 고악古樂을 정밀히 고증하여『고금악률고古今樂律考』를 저술했다. 그 밖
　의 저서로『주초세삭고周初歲朔考』와『서예실수필舒藝室隨筆』,『서예실잡저舒藝室雜著』,
　『사기집해색은정의차기史記集解索隱正義箚記』 등이 있다. 『주초세삭고』는 전하지 않
　는다.(『중국역대인명사전』, 이회, 2010.)

집교본輯校本 중 「쉬윈린 제발徐允臨題跋」과 「화웨위 제기華約漁題記」,
왕청지王承基[4]의 편지信 몇 편, 광서 14년(1888년) 상하이 훙바오자이
증보鴻寶齋增補 치싱탕 본齊省堂本 「둥우시훙성 서東武惜紅生序」 등이 있
다. 이들 서, 발과 평점의 내용은 대개 『유림외사』의 주제를 다루고
있거나,[5] 실제 인물과 실제 사건과의 관계[6]를 언급하고 있다는 점에
있어서 앞서 지적한 여타의 평점들과 궤를 같이 한다.

그러나 명청대에 나온 다른 소설작품들과 마찬가지로 『유림외사』
에 대한 본격적인 연구 역시 아무래도 19세기 말에서 20세기 초엽에
이르는 시기[7]에 시작되었다고 할 수 있다. 이 시기에는 "소설계혁명小
說界革命"의 기치 아래 쏟아져 나온 소설관계 잡지들에 기고한 필진들
에 의해 연구가 진행되었는데, 그 대표적인 이로는 량치차오梁啓超(1873
~1929년)나 위쉐성浴血生, 샤청유夏曾佑, 톈루성天僇生, 황모시黃摩西 등
을 꼽을 수 있다. 이들의 주장은 대개 그들의 공용론적 소설관에 의해
전개되고 있는 바, 『유림외사』는 그들이 내세우는 "사회소설"의 전범
으로 소개되고 높이 평가되었다. 그러나 『유림외사』에 대한 이들의
논의는 극히 부분적으로 이루어졌다고 할 수 있기 때문에, 이런 의미

---

4 왕청지는 청대 사람으로 자는 주어우竹鷗이며, 상하이 사람이다. 도광 17년(1837년)
    에 공생으로 선발되어 몇 차례 관직을 옮긴 뒤 산시陝西 포정사布政使가 되었다. 시문
    에 뛰어났고, 서법으로 유명해 둥치창董其昌으로부터 찬탄을 들었다.

5 대표적인 것이 '워 평臥評'과 「셴자이라오런 서閑齋老人閑序」로 양자는 전서全書의 주
    지主旨가 대개 '부귀공명富貴功名'에 있다고 파악하고 있다. 좀 더 자세한 논의는 이
    책의 제3장을 참고할 것.

6 이러한 실제 인물과 사건에 대한 집착은 청대의 대표적인 학풍인 고거학考据學의 영
    향을 받은 바 큰데, 대표적인 이로는 진허金和, 황샤오톈黃小田, 톈무산챠오天目山樵,
    핑부칭平步靑 등이 있다.

7 일반적인 시기 구분에 따르자면, 청말의 소설이론가들에 의한 연구를 가리킨다.

에서 이 시기에는 아직『유림외사』만을 전문적으로 다룬 논저는 나오지 않았다고 할 수 있다.

이들의 뒤를 이어 등장한 것이 "문학혁명"의 기치를 들고 나타난 천두슈陳獨秀(1879~1942년), 후스胡適(1891~1962년), 첸쉬안퉁錢玄同(1887~1939년)과 같은 연구가들이다. 이들에 의해『유림외사』는 "국어문학國語文學"의 전범으로 받들어졌으며, 이에 1920년 상하이의 야둥도서관亞東圖書館에서 출판된『유림외사』에는 천두슈陳獨秀와 후스胡適의 「『유림외사』신서『儒林外史』新敍」와 「우징쯔 전吳敬梓傳」이 실리게 되었다. 후스는 스스로 "우 미吳迷"라고 자칭할 만큼『유림외사』연구에 몰두하여, 앞서의 「우징쯔 전吳敬梓傳」이외에도 「우징쯔 연보吳敬梓年譜」를 썼을 뿐 아니라, 「오십년 래 중국의 문학五十年來中國之文學」, 「중인『원무산팡집』서重印『文木山房集』序」, 「『관장현형기』서『官場現形記』序」, 『백화문학사白話文學史』등의 논저에서도『유림외사』에 관해 언급했다. 한편 그가 기대고 있던 "국고정리國故整理"라는 논리적 틀은 명목상으로는 탈 이데올로기적 성격을 표방한 것이었으나, 역설적으로 좀 더 철저한 이데올로기적 가면을 덧쓰고 있었다. 그러나 그로 말미암아 비록 부르주아 계급의 입장과 관점에 충실했던 한계는 있었으나, 말 그대로 최초로 근대적인 관점에서『유림외사』의 예술성과 인물형상, 구조방식, 언어 특색이나 풍자예술에 관한 탁견을 보여줬던 대표적인 연구가의 한 사람으로 꼽을 수 있다.

이 시기에 있어 후스와 더불어『유림외사』연구사에 한 획을 그은 이가 루쉰魯迅(1881~1936년)이다. 그는 자신의『중국소설사략中國小說史略』[8]과『중국소설의 역사적 변천中國小說的歷史的變遷』에서『유림외사』에 대해 높은 평가를 내리면서,『유림외사』야말로 풍자소설로 일컬을 만한 최초의 작품이라는 유명한 말을 하였다.[9] 풍자소설에 대한 그의 견해는『유림외사』에 대한 논의에만 국한되지 않고 이후에 나타난 여타의 풍자소설작품들의 심미적 특징들을 가늠하는 최고의 잣대로서 제시되었다.

이들 이외에도『유림외사』에 대해 최초로 전문적인 논문을 쓴 이는 유궈언游國恩으로 기록되고 있는데, 그가 쓴「독『유림외사』讀『儒林外史』」는 1924년 1월 18일 및 3월 4일에『각오覺悟』라는 잡지에 실렸다. 그 이후로 지금까지 쏟아져 나온『유림외사』에 관한 논문은 한우충동汗牛充棟 격인 실정이며, 현재 필자가 확인한 바로는 일본과 구미의 연구논저를 제외한 중국과 타이완, 한국에서 나온 논저만도 약 600여 종을 헤아릴 정도이다. 이들 논저들이 다루고 있는 주제들을 중심으로『유림외사』연구 현황을 살펴보자면 다음과 같이 개괄할 수 있다.

우선 작자에 대한 '전기적 고찰傳記的考察' 부분은 역시 후스胡適의「우징쯔 전吳敬梓傳」과「우징쯔 연보吳敬梓年譜」로부터 시작된다고 할 수 있다.[10] 이 두 편의 논문은 청대에 나온 우징쯔에 대한 자료들을 추적하여 이루어진 것으로, 이후의 연구가들에게 큰 영향을 주었다. 후스 이후에는 다시 새로운 자료들의 발견으로 이전의 논자들이 체계적으로 다루지 못했던 부분들이 많이 보충되기도 했는데,[11] 최근에 이

---

8 루쉰魯迅,『중국소설사략中國小說史略』,『루쉰전집魯迅全集』9권, 런민원쉐출판사人民文學出版社, 1981.(이하 루쉰魯迅,『사략史略』으로 약칭함) 우리말 번역본은 조관희 역주,『중국소설사』, 소명출판사, 2005. 이하 이 책의 우리말 번역은 이것을 따랐음.

9 이에 대한 좀 더 자세한 논의는 이 책의 제4장을 참고할 것.

10 물론 이 분야에 대해서는 청대에 나온 청진팡程晉芳의「우징쯔 전吳敬梓傳」과 진허金和의「발跋」등을 언급하지 않을 수 없을 것이나, 여기에서는 20세기 이후의 연구성과에 대해서만 논하고자 한다.

11 이 가운데에는 우징쯔가 남겨놓은 시遺詩나 남겨놓은 글遺文들이 속해 있으며, 그의

르러 그러한 연구결과들을 종합한 우징쯔에 대한 본격적인 전기가 나오게 되었다. 그 대표적인 것으로는 천메이린陳美林과 천루헝陳汝衡, 멍싱런孟醒仁의 저작을[12] 꼽을 수 있다. 이들 연구저작들을 통해서 우리는 우징쯔吳敬梓에 대해서 비교적 상세하게 고찰할 수 있는데, 잘 알려져 있는 대로 이것은『유림외사』가 작자가 불분명하거나 작자에 대한 기록이 충분히 남아 있지 못해 문제를 던지고 있는 여타의 명청대 장회소설들과 구별되는 점으로, 후대의 연구가들이 작자의 창작의도 등을 밝히는 데 많은 도움이 되고 있다.

또 하나 지나칠 수 없는 것은 작품의 등장인물과 실제인물과의 관계, 작품의 이야기와 실제 있었던 사건 사이의 관계를 밝히는 일이다. 실제로 청대의『유림외사』연구가들의 관심은 대개 이 부분에 집중되어 많은 노력이 기울여졌으며, 그 결과『유림외사』의 많은 인물들과 작품 내의 여러 가지 이야기들이 전혀 공허한 허구에 근거한 것이 아니라는 사실이 검증되기도 했다. 허쩌한何澤翰의『유림외사 인물 본사 고략儒林外史人物本事考略』[13]은 이 방면에 있어 고전적인 연구저작으로 언급되기에 충분할 만큼 치밀한 고증을 통해 사실과 허구의 관계를 밝혀 놓았다. 여기에서 허쩌한何澤翰은 청대 논자들의 견해뿐만 아니라 이후에 새로 발견되고 확인된 자료들을 통해 각각의 등장인물

주위 사람들 특히 그의 아들인 우랑吳烺의 시 등을 통해 좀 더 자세한 전말을 미루어 알 수 있게 되었다.

12 천메이린陳美林,『우징쯔吳敬梓』, 쟝쑤런민출판사江蘇人民出版社, 1978.
　　천루헝陳汝衡,『우징쯔 전吳敬梓傳』, 상하이원이출판사上海文藝出版社, 1981.
　　멍싱런孟醒仁,『우징쯔 연보吳敬梓年譜』, 안후이런민출판사安徽人民出版社, 1981.

13 허쩌한何澤翰,『유림외사 인물 본사 고략儒林外史人物本事考略』, 상하이구지출판사上海古籍出版社, 1985.

들의 실제 원형에 대해서 상세한 언급을 하고 있다. 그러나 이러한 연구들은 작중인물의 실존 여부 문제에 지나치게 매여 있는 관계로 오히려 소설 이론적인 측면에서 작중인물로서의 인물[14]에 대한 논의 자체는 상대적으로 빛을 잃고 있는 것이 아닌가 하는 우려를 불러일으키고 있다. 곧 한 편의 소설이 실제로 일어났던 사건이나 그 일을 둘러싸고 있는 인물들에 대한 단순한 서술 이상의 의미를 지니고 있는 것일진대, 작품의 사실성[15]에만 매몰될 경우 좀 더 근본적이면서 의미있는 논의를 놓쳐버릴 수 있는 위험성을 항상 안고 있기 마련인 것이다. 이것은 실제 사실과 인물에 집착했던 중국의 전통적인 소설연구가들이 공통적으로 안고 있던 문제였다고도 할 수 있다.

이상의 논의가 작자의 전기적 비평을 중심으로 이루어진 『유림외사』에 대한 1차적 분석이라면 이제부터 언급하고자 하는 것은 문학 내적인 측면에서의 고찰이라 할 수 있다. 이것은 다시 내용적인 면에서 풍자소설로서의 『유림외사』, 그리고 현실주의 소설론에 입각한 여러 논의와 형식적인 면에서 『유림외사』의 성격을 특징짓는 또 하나의 주요한 문제인 구조에 대한 논의로 구분할 수 있다.

풍자소설로서의 『유림외사』에 대한 논의는 널리 알려진 대로 루쉰

---

14 소설이론적인 측면에서는 실제인물과 작중인물을 확연하게 구분하는 경향이 있는데, 그 대표적인 예로 작품의 주인공이 꼭 사람일 필요가 없는 가전체소설假傳體小說 등을 들 수 있다. 이런 작품에 등장하는 인물이(사람이든 짐승, 또는 사물이든) 대표하는 것은 구체적인 인물이 아니라 그것을 통해 드러내 보여지는 성격이나 특성일 수가 있으며, 이런 맥락에서 서구의 소설이론에 있어 인물을 가리키는 말인 'character'가 '성격'으로 번역되기도 한다는 사실에 유의할 필요가 있다.

15 여기에서의 사실성은 현실주의 문학이론에서 말하는 사실성realität이 아닌 실제로 어떤 인물이나 사건이 일어나고 존재했느냐에 집착한다는 의미에서의 사실성을 말한다.

으로부터 비롯되거니와, 그는『유림외사』가 중국소설사에서 차지하고 있는 위치 가운데 가장 의미 있는 것은 이것이 최초의 본격적인 풍자소설이라는 데 있다고 하였다.[16] 이와 동시에 풍자소설이 갖추어야 할 요소들을 구체적으로 적시함으로써 그 내용과 형식을 규정하기도 했다. 루쉰 이후로 풍자소설로서의『유림외사』를 논한 논저들은 헤아리기 어려울 정도로 많이 쏟아져 나왔으나, 대부분의 논자들의 논점은 루쉰의 앞서의 논의들을 부연 설명하거나, 서구적인 관점에서 논하고 있는 풍자적 요소들을 작품에 초보적으로 적용시킨 것이 대부분이었다. 여기에서 간과되고 있는 점은 풍자가 생기게 된 사회적인 근본 원인, 곧 작자가 처해 있는 상황과 그로부터 영향 받아 형성된 세계관이 풍자의 양식으로 드러날 수밖에 없게 된 필연성에 대한 탐색이었다.

한편『유림외사』연구사에 있어 특이한 점은 이 작품의 구조에 대한 구구한 해석이라 할 수 있다.『유림외사』의 구조는 많은 논자들이 지적한 바와 같이 전체적인 통일성을 결여한 듯이 보이는 것이 사실이며, 이 때문에 이것에 대한 비평가들의 평가는 대개 부정적인 것이었다. 그런 부정적인 평가 가운데 대표적으로 들 수 있는 것이『결명필기缺名筆記』와 후스胡適, 루쉰魯迅의 견해이다. 후스는 그의「오십년래 중국의 문학五十年來中國之文學」이라는 글에서 극단적으로『유림외사』에는 구조가 없다는 주장을 폈는데, 이후의 논자들 역시 이에 대해서 별다른 이견을 제시하지 않으면서 이것이『유림외사』의 구조상의 큰 결함이라는 사실을 강조해 왔다. 그러나 이러한 논자들이 주장

---

16 자세한 것은 이 책의 제4장을 참고할 것.

하는 바는 일관성 없는 구조 자체보다는 오히려 작품 전체를 이끌어 나가는 주동인물protagonist의 부재에 중점이 두어지고 있는 듯이 보인다. 또한 풍자소설 계열의 작품에 주된 갈등구조가 드러나지 않는 에피소드적 구성이 많은 것으로 보아, 이 작품의 구조 문제는 풍자소설로서의 『유림외사』와 밀접한 관계를 맺고 있는 것이라 할 수 있다.

다른 한편으로 내용적인 측면에서 풍자소설과 밀접한 관련을 맺고 있는 것이 현실주의소설론이라 할 수 있다. 『유림외사』의 경우에는 그 논의가 풍자소설에 특징적으로 나타나는 현실사회에 대한 '비판성'과 자본주의 사회라는 현실적 토대 위에 이루어지는 비판적 현실주의소설과의 연관성으로 집약된다. 이에 대한 논자들의 구체적인 논점은 크게 둘로 나뉘어 있다. 먼저 비판적 현실주의로 보아야 한다는 주장을 편 이들은 현실주의라는 개념 자체를 포괄적으로 보아야 하며 그런 의미에서 비판적 현실주의가 갖고 있는 강한 비판정신에 중점을 두어야 한다는 입장이다.[17] 반면에 그렇게 볼 수 없다는 입장에서는 현실주의야말로 역사적인 개념이고, 그런 의미에서 소설은 헤겔이 말한 대로 "부르주아의 서사시"라는 관점에서, 아직 자본주의적 요소가 충분하게 성숙하지 못한 시기에 나온 소설을 비판적 현실주의라고 부른다면 개념의 정의 자체가 모호해지고 자가당착에 빠지게 된다고 주장하였다.[18]

---

17 리한츄李漢秋, 스샤오린石曉林, 「『유림외사』의 비판적 현실주의 특색을 논함論『儒林外史』的批判現實主義特色」, 복인보간『중국고대·근대문학연구復印報刊『中國古代, 近代文學研究』 1985.2.(原載 『藝譚』(合肥), 1984.4.)

18 저우린성周林生, 쑤하이蘇海, 「『유림외사』는 비판적 현실주의 문학인가『儒林外史』是批判現實主義文學麼?」, 복인보간『중국고대·근대문학연구復印報刊『中國古代, 近代文學研究』, 1985.24.(原載 『雷州師專學報; 文科版』, 1985.1.)

이상의 논점들을 중심으로 그동안의 연구성과들에 특징적으로 나타난 몇 가지를 간추리면 다음과 같이 정리할 수 있을 것이다.

첫째, 생각 밖으로 타이완에서의 『유림외사』 연구 실적이 양적으로나 질적으로 부진하다는 것을 들 수 있다. 이는 물론 양적인 면에서 연구자 숫자의 절대적인 열세로 인한 것으로 볼 수 있겠으나, 질적인 면에서도 일부 소수의 연구자들을 제외하고는 언급할 만한 논저가 드물다는 것이다. 이들 논문들은 대개 우징쯔의 가세家世와 생애로부터 『유림외사』의 판본에 이르는 일차적 분석에는 힘을 기울인 흔적이 많이 엿보였으나,[19] 구체적인 분석에 이르러서는 서구의 구조주의적 이론 틀[20]에 의존하고 있음을 부인할 수 없을 것이다.

두 번째로 들 수 있는 것은 중국에서의 연구경향인데, 중국의 경우에는 그들의 독특한 정치적 배경으로 인해 일정 기간 동안의 공백을 가지고 있는 것이 눈에 띈다.[21] 그러나 '문혁文革'이 끝나고 70년대 중반 이후에는 서서히 연구가 재개되어 80년대 초반인 80, 81, 82년 사

---

19 그 대표적인 사람으로 정밍리鄭明娳를 들 수 있다.(정밍리鄭明娳, 『유림외사 연구儒林外史研究』, 타이완사대臺灣師大 석사논문碩士論文, 1976.)

20 그 가운데 대표적인 것이 풍자에 대한 그들의 이해방식이다. 대개 이들의 관점은 풍자를 하나의 문학적 기교나 서술방식으로 이해하는 편향을 보이고 있는데, 그러나 사실 풍자는 그러한 양식이 요구되어지는 일정한 시대적 상황과의 밀접한 연관 속에서 파악되어져야 한다. 이런 의미에서 풍자는 하나의 독립된 장르로서 좀 더는 양식적 차원에서의 접근이 필요하다고 할 수 있다. 이에 대해서는 이 책의 제4장에서 상론하게 될 것이다.

21 중국에서의 『유림외사』 연구는 전쟁이 끝나고 신중국이 수립된 뒤 꾸준히 진행되어 왔으며, 특히 '쌍백운동雙百運動'이 본격적으로 전개되던 57년 이전까지의 기간 동안에는 1년에 몇 십 편씩 쏟아져 나오던 연구논문들이 마오쩌둥毛澤東의 '반우파투쟁 선언'으로 된서리를 맞은 57년 6월 이후로는 가물에 콩 나듯 적어지기 시작하여, '문혁文革'이 본격적으로 진행된 66년부터 73년 사이에는 한 편의 논문도 발표되지 않았다.

이에는『유림외사』에 대한 연구 논저가 그 이전과 비교할 수 없을 정
도로 쏟아져 나왔다.[22] 이것은 그동안의 연구공백기에 대한 일종의 보
상심리에 의한 것이라 할 수도 있을 것이다. 그러나 이 시기를 고비로
『금병매』에 대한 새로운 조명에 연구자들의 관심이 쏠리게 됨에 따라
『유림외사』 자체에 대한 연구 논저는 수적으로 적어지는 대신, 리한
츄李漢秋나 천메이린陳美林과 같은 전문 연구자가 등장하여 이제껏 피
상적으로 이루어진 측면이 없지 않았던『유림외사』 연구의 수준을 한
단계 높여 놓았다.

　내용적인 측면에서 이제까지 중국에서 발표된 논문들은 의외로 현
실주의적 문학원리에 입각해 논지를 전개한 것이 별로 눈에 띄지 않
고,[23] 전통적인 연구방법론을 계승한 작자와 작품의 판본 문제에 대한
논의가 여전히 상당히 높은 비중을 차지하고 있다는 것이 특기할 만하
다. 아울러 루쉰의 영향으로 풍자소설로서의『유림외사』에 대한 논의
역시 인물론과 함께 주된 연구과제로 선호되고 있음을 알 수 있다.

　이제 다음 마디에서는 이러한 기존의 연구성과를 바탕으로 이 논문
에서 주요하게 다루어질 내용에 대한 개괄적인 검토와 함께 이러한
작업이 가지는 의의에 대해서 간략하게 살펴보기로 하겠다.

22　물론 이러한 이유 말고도 미학 연구의 부흥과 소설, 희곡에 관한 새로운 자료의 발굴
　　에 덧붙여 왕성한 사전 편찬 작업 또한『유림외사』를 비롯한 소설연구에 큰 영향을
　　주었다.

23　여기에서 말하는 현실주의적 문학원리란 비판적 현실주의를 비롯한 인물형상의 전형
　　성 문제를 직접적으로 다룬 것을 말하며, 물론 여타의 논문들 가운데서도 부분적으로
　　이런 측면들이 다루어지고 있다는 것을 부인하는 것은 아니다.

2. 연구방법 및 연구목적

일반적으로 소설은 인간의 다양한 삶의 모습들을 담아내는 도구로서 기능한다고 여겨지고 있다. 나아가 소설은 하나의 개체로서의 인간뿐만 아니라 그들이 구성하고 있는 사회를 묘사하는 축도로서의 의미도 갖고 있다. 그러나 무엇보다 소설의 주요한 존재의의는 이렇듯 다양한 인간의 삶을 묘사하는 가운데 그 삶의 의미가 드러나는 데 있다고 할 수 있다. 곧 소설은 인간이 왜 사는가 하는 문제와 더불어 어떻게 살아가야 하는가 하는 문제를 동시에 그려내고 있는 것이다. 한편 여기에서 간과할 수 없는 것이 미학적인 차원에서의 심미적인 요구이다. 소설가는 단순히 이야기를 전달하는 것이 아니라 그 이야기를 가공하는 과정에 있어서 읽는 이에게 좀 더 깊은 감동을 주기 위해 여러 가지 배려를 다하기 마련이다. 따라서 소설가의 주요 임무는 인간의 일상생활 속에서 인간의 삶의 본질적인 측면을 포착하여 개괄하는 동시에 그 심미적인 속성을 발현하는 데 있다고 할 수 있다.

한편 소설이라고 하는 장르의 발생에 대해서 살펴보자면, 소설 예술의 '자연발생성'과 '목적의식성'을 이야기할 수 있다. "자연발생설"에 대해서는 루쉰魯迅이 소설이라는 장르의 발생을 인간의 노동과 연결시켜 설명한 바 있고,[24] "목적의식성"이란 다른 말로 중국문학사 전반에 걸쳐 나타나고 있는 문학에 대한 공용론적인 입장을 말한다.[25]

---

24 "소설로 말하자면 나는 거꾸로 휴식에서 시작되었다고 생각한다. 사람들이 노동할 때 노래를 읊조려 스스로 즐김으로써 노동의 고통을 망각했다면 휴식을 할 때도 역시 한가한 시간을 보낼 일을 찾아야만 했다. 이러한 일은 곧 서로 이야기를 나누는 것이 있는데, 이렇게 이야기를 나누는 것이 곧 소설의 기원인 것이다."(루쉰, 「중국소설의 역사적 변천」, 『중국소설사』, 소명출판, 759쪽.)

또 다른 한편으로 중국문학사에서 특징적으로 나타나는 현상이라
할 소설예술에 대한 경시와 폄하[26]로 인하여, 소설을 오락적인ludic
차원에서 단순히 '유희호기遊戲好奇'로만 보는 기능론적인 접근 또한
없지는 않았다.[27] 그러나 중국에서는 실제로 소설을 '소가진설小家珍
說'이라고 낮춰 보기도 했지만, 다른 한편으로는 정통적인 지위를 차
지하고 있었던 시문詩文과 달리, 소설에 대한 최초의 언급자[28]로 알려
져 있는 환탄桓譚 이래로 소설은 '백성들의 지혜를 깨우쳐 주는開民智'

---

25 중국문학의 특이한 점은 선진先秦 이래로 지켜져 내려온 공용론적(효용론적)인 입장
    을 들 수 있다. 쿵쯔孔子는 이 점에 있어서 선구자적인 역할을 했다고 할 수 있는데,
    널리 알려진 대로 그의 고전에 대한 해석이나 그 자신의 입론에서 그의 현실주의에
    바탕한 학술계 전반에 대한 공용론적 관점을 쉽게 찾아볼 수 있다. 특히 청말 소설이
    론가들의 주장에서는 이러한 공용론적 입장이 지나칠 정도로 강조되어 있다.

26 그러나 이 점에 있어서는 서구 소설 역시 예외가 아니다. 중세의 환상적인 무용담이나
    연애담, 또는 무용연애담을 뜻하는 말로 쓰인 로만스romance는 일반적으로 유럽에서
    '소설'을 가리키는 말로 사용되기도 한다. 그러나 본래 이 말은 로마의 직접적인 영향
    권에 속해 있던 이탈리아나 프랑스, 에스파냐, 포르투갈 등지에서 사용되던 라틴어의
    방언을 뜻했다. 당시에는 중요한 문서나 저술은 이미 사어가 되어 버린 라틴어로 기록
    하고, 오락을 위한 시와 이야기는 구어체의 방언으로 기록하였다. 그렇게 기록된 이야
    기를 로만스, 로만즈, 또는 로만조라고 불렀는데, 이는 로만스 방언으로 쓴 하찮은
    글이라는 뜻이었다.(이상섭, 『문학비평용어사전』, 민음사, 1990. 53쪽. 참고.)

27 이런 입장은 전통소설의 작자들이 그들의 소설창작 목표를 주로 '자기 스스로 소일하
    고自我消遣', '이것을 이용해 다른 사람을 즐겁게 해주며用以娛人', '붓을 놀려 자신의
    재주를 드러내는試筆逞才'데 두었다는 데서 잘 드러나 있다.(왕셴페이王先霈, 저우웨
    이민周偉民『명청소설리론비평사明淸小說理論批評史』, 화청출판사花城出版社, 1988. 40~
    41쪽.)

28 중국에 있어서의 소설개념의 발생과 그 변천을 이야기하는 경우, 대부분의 논자들은
    그것이 오늘날 말하는 소설의 개념과 일치하는 것이 아니라는 것을 알면서도 의식적
    으로나 무의식적으로 좡쯔莊子의 "하찮은 의견을 치장하여 높은 명성과 훌륭한 명예
    를 얻으려 한다.飾小說而干懸令"(『장자莊子』「외물편外物篇」)로부터 논의를 시작하고
    있다. 그러나 이제는 더 이상 이 내용이 소설사에서 언급될 필요는 없으며, 막 바로
    환탄桓譚을 언급하는 것이 타당하지 않은가 하는 것이 필자의 생각이다.

도구로서 생각되기도 했다. 소설에 대해 중국의 전통적인 소설이론가들이 갖고 있던 이렇듯 이중적인 태도는 후대 사람들이 중국의 '고소설古小說'[29]을 이해하는 데 많은 혼란을 초래하기도 했다.

아울러 이제까지의 중국소설 연구자들의 비평태도를 살펴보면, 시기적으로 크게 다음과 같이 나눌 수 있다. 우선 전통적인 고대소설 이론가들에 있어 특징적으로 나타나는 것은 이들의 관심이 대개 작품 자체가 '자전自傳인가自寫生乎', 아니면 '다른 사람의 일을 묘사한 것述他人事'인가의 여부를 따지는 데 있었다는 것이다. 그래서 고대소설이론가들을 '색은파索隱派'나 '고증파考證派'로 부르기도 하는데, 이러한 전통은 지금도 여전히 유효한 실정이다. 이들의 주된 관심사는 위에서 말한 작자의 자전自傳 여부 이외에도 작품 속에 서술된 이야기의 실제성과 유전되고 있는 여러 판본들의 진위나 동이점에 대한 교감 등에 걸쳐 있었다. 이것 역시 소설을 경시했던 전통적인 문학이론가들의 소설관으로 말미암은 것인데, 이 점은 중국의 소설이론비평의 가장 큰 특색을 이루면서도, 그 이론적 발달에 큰 장애가 되기도 하였다.

근대[30] 이후에는 이러한 양상이 일변하여, 서구적인 소설이론의 영

---

29 중국소설을 연구하는 데 있어 부딪히게 되는 또 하나의 난점은 근대 이전에 나온 소설들에 대한 명칭의 문제이다. 흔히 '장회소설章回小說'이라는 명칭으로 대신하거니와, "이 용어는 전통적인 구성방법─그것들 각각이 수미일관된 유기적인 단원으로 나뉘는지의 여부는 고려하지 않은 채, 하나의 소설을 수많은 장으로 나누는─이 더 이상 현대인이 모방하기에 적합지 않다는 함의가 암시되어 있는 겸양적인 의미"(C.T. Hsia, *The Classic Chinese Novel:A Critical Introduction*, Columbia Univ. Press, New York and London, 1968. p.2)가 담겨 있다. '고전소설古典小說'이라는 명칭은 이와는 반대편에 서 있는 것으로 궁극적으로 백화소설의 가치를 제고시킨 것으로 이해할 수 있다. 한편 '구소설'이나 '고소설'이라고 하는 것은 단지 서양의 영향 하에 의식적으로 창작된 '신소설'과의 차이점을 강조하기 위한 명칭으로 비교적 가치중립적인 용어라 할 수 있다.(이상의 논점에 대해서는 샤즈칭夏志淸의 위의 책을 참조.)

향으로 소설 자체를 바라보는 시각 자체가 큰 전환을 일으켰고, 작품
에 대한 평론 또한 작가에 대한 전기적인 연구나 작품에 대한 교감학
에 그치지 않고 작품 자체에 대한 연구가 동시에 진행되었다. 이로부
터 중국문학연구에 있어서의 또 하나의 딜레마로서 종적으로는[31] 전
통적인 관점을 어떻게 계승하고 발전시킬 것인가 하는 문제와 횡적으
로는 외부로부터의 충격을 어떻게 소화할 것인가 라고 하는 문제가
제기되었다. 이러한 이중구조dualism는 사회의 전 부문에 걸쳐 나타
나고 있는데, 이것은 제국주의의 침략을 받은 여타의 지역에서와 마
찬가지로 현금의 중국학 연구가 이중으로 부담하고 책임져야 할 몫으
로 남아 있는 문제이다.

　이러한 이중구조는 현재라는 시점에 있어서의 중국 고소설 연구에
서도 마찬가지로 나타나고 있다. 그리하여 대개의 소설연구자들은
'색은파'의 전통적 방법을 계승해 소설의 1차적 분석에 주의하는 부류

---

30 "근대"라는 말처럼 많은 논란을 불러일으키고, 정의하기 어려운 용어도 드문 듯하다.
　문제는 이것이 단순한 시기 구분의 문제에 그치는 것이 아니라는 데 있는데, 80년대
　이전만 해도 우리에게 "근대", 또는 "근대화"는 곧 "서구화westernization"를 의미하
　는 것으로 받아들여졌다. 이것은 세계질서를 중심부core와 주변부peripheral로 나
　누고, 중심부가 발전함에 따라서 주변부도 발전하되, 주변부는 절대로 중심부로 편입
　할 수 없다는 "근대화론"에 입각한 것으로, 20세기를 전후한 제국주의 세력 간의 식
　민지 쟁탈을 정당화하기 위한 것이었다. 따라서 이 논리는 철저하게 서구중심적인
　것으로 엄밀하게 말해서 객관성을 잃은 것이라 할 수 있다. 이에 대해서는 이 논문의
　후반부에서 상술하겠거니와, 여기에서는 중화적인 지역중심사로부터 외부세계와의
　접촉을 통해 세계사로 편입되게 된 과정이라는 의미로 "근대"를 규정하고자 한다.
31 "종적으로"라는 표현이 적절치 않을 수도 있다. 이것은 달리 말하자면 "통시적diachronic",
　또는 "시계열적time-serial"이라고 말할 수 있으나, 이들은 모두가 양적인 데 무게중
　심을 두고 있다는 데 그 차이가 있다. 여기에서 말하고자 하는 것은 단순히 물리적인
　시간만을 가리키는 것이 아니라 그것을 축으로 펼쳐지는 여러 가지 층차level에 있어
　서의 변화를 모두 포괄하는 개념으로 좀 더 적절한 표현이 없기에, 잠정적으로 "종적으
　로"라는 표현으로 대신하고자 한다.

와 전통적인 관점의 계승에 바탕하되 이와 동시에 새로운 방법론의 모색도 시도하는 입장으로 크게 대별된다.

그러나 어느 쪽의 입장에 서든 소설이라는 장르가 생겨나고 오랜 시간동안 많은 사람들에 의해 창작되고 읽혀 오게 된 까닭이 소설이 인간의 삶을 반영하고 그 삶의 본질을 추구했던 데 있었다는 것은 부인할 수 없을 것이다. 여기에서 한 가지 전제해 두어야 할 것이 곧 현실생활의 1차성과 소설예술의 2차성[32]이다. 곧 소설은 인간적 삶의 본질을 반영하는데 있어, 인물의 행위나 사건을 선택하고 배열하되, 허구화와 전형화 등을 매개로 현실의 모든 대상에서 가장 본질적이고 주요한 문제를 추출하여 독자들에게 제시한다는 것이다.

여기에서 '매개'라는 개념은 중요한 철학적 의미를 담고 있다. 헤겔은 모든 사물은 '직접성'과 '매개성'을 내포하고 있는데, "매개성이란 어떤 것으로부터 출발하여 제2의 것에 도달하고 있는 것이며, 따라서 제2의 것은 제2의 것과는 다른 것으로부터 이것에 도달하고 있는 한에 있어서만 존재한다"[33]고 하였다. 곧 소설작가들은 객관적 현실의 합법칙성에 도달하고자 하나, 이것은 사회적 현실 속에 깊숙이 놓여

---

32 이 문제는 인식론적인 측면에서 대단히 중요한 의미를 갖고 있다. 중국의 고대소설이론가들의 경우, 예저우葉畵가 자신의 「『수호전』일백회문자우열『水滸傳』一百回文字優劣」에서 "세상에 먼저 『수호전』이 있은 연후에야 스나이안, 뤄관중이 붓을 놀려 써낸 것이다. ……세상에 먼저 이 일이 있지 않았으면 문인이 구 년 동안 벽을 마주 대하며 골똘히 생각하고, 피를 열 말이나 토하며 연구한다 하더라도 어찌 이에 이를 수 있었겠는가!世上先有『水滸傳』一部, 然後施耐庵. 羅貫中借筆墨拈出. ……非世上先有是事, 卽令文人面壁九年, 嘔血十石, 亦何能至此哉!"라고 말한 이래로, 진성탄金聖嘆의 '격물格物'이나, 장주포張竹坡의 '입세入世', 즈옌자이脂硯齋의 '신경목도身經目睹' 등은 모두가 이러한 논리와 맥을 같이 하는 것이었다.(예랑葉郞『중국소설미학中國小說美學』베이징대학출판사北京大學出版社, 1985. 28쪽.)
33 임석진 감수, 『철학사전』, 이삭, 1986. 117쪽.

져 있고 은폐되어 있기 때문에, 직접적으로는 지각할 수 없는 매개된 사회현실의 연관성에 다다르기 위해 자신들의 경험소재들을 추상화 라는 수단을 사용하여 가공하게 되는 것이다.[34]

　소설에서 이러한 작업을 수행하는 장치는 여럿이 있는데, 그 가운 데 가장 대표적인 것이 바로 '전형화典型化'다. '전형'라고 하는 것은 작가가 있는 그대로의 생활 자료들 가운데서 본질적인 것을 선택하여 개괄한 뒤, 분명한 개별성을 지니면서도 보편적인 대표성을 갖춘 전 형적 형상을 창조하는 과정을 말한다. 이것은 다시 하나의 인물형상 에 보편성과 대표성을 부여하는 '개괄화'와 보편화된 인물의 성격이 나 행동에 개성적인 특징을 부여하는 '개성화'로 나뉘는데, 이 양자는 별개의 것으로 대립적인 측면에 서 있는 것이 아니고, 본질과 현상적 차원에서의 동전의 양면으로 기능하는 것이라 말할 수 있다.

　이런 의미에서 양자의 극단에 서 있는 것은 추상적인 도덕관념을 기초로 한 인물묘사방법을 위주로 하는 고대소설의 '유형적stereotyped 인물'과 사물의 본질을 세부적인 것의 총합으로 파악하고 있는 '자연주 의적 창작방법'을 들 수 있다. 특히 현실주의에 접근해 있는 것으로 이해되는 자연주의는 현상과 본질을 기계적으로 일치시키고 피상적인 현상에 집착하는 것만으로도 곧 본질이 드러날 것으로 기대하는 데 그 한계가 있다고 할 수 있다.

　'전형화'에는 인물과 환경, 줄거리, 세부사실의 묘사 등이 포함되며, 좀 더 중요하게는 현실의 올바른 반영을 뒷받침하는 서술과 묘사의 '핍 진성versimilitude'이 강조되기도 한다. 따라서 이러한 '전형화'야말로

---

34 스테판 코올, 여균동 역, 『리얼리즘의 역사와 이론』, 미래, 1986. 159쪽.

인식주체인 인간과 그를 둘러싼 객체와의 사회적 관계들에 대한 미적 가상[35]의 영역에서의 형상적 반영이라 할 수 있으며, 흔히 말하여지는 '구체적 보편성concrete totality'의 추구라고 말할 수 있다.

이상에서 논의한 현실주의 문학원리[36]는 일반적으로 일정한 역사단계에 이르렀을 때 비로소 나타난다. 곧 현실주의는 인간이 자신이 살고 있는 사회의 본질적 요소를 객관적으로 파악할 수 있는 단계에 있을 때,[37] 자신을 둘러싼 세계를 형상화하는 기본 원리로써 나타난다는 것이다. 그러나 역사적으로 이러한 현실주의 문학원리에 앞서 나타나는 것이 풍자의 형식이다. 이런 의미에서 풍자는 아직 인간이 자신의 이상을 기준으로 세계를 바라보려 할 때, 곧 현실의 모순에 대한 객관화가 이루어지지 않고 있을 때, 특징적으로 나타나게 된다고 할 수 있다.

앞서 살펴본 대로 『유림외사』에 대한 이제까지의 논자들의 평은 크

---

35 미적 가상에 대한 좀 더 자세한 논의는 조관희, 「소설의 존재론적 의의로서의 '허구성'」 (『중국소설론총』 제2집, 중국소설연구회, 1993.3.)을 참고할 것.

36 이러한 현실주의 문학원리의 대척점에는 모더니즘 계열에 드는 여러 가지 문학현상에 대한 설명법 역시 현실적으로 존재하고 힘을 발휘하고 있다. 특히 현재의 시점에 있어서 이러한 논점들이 시사하는 바는 각별한 의미에서 주목을 받고 있으며, 이것이 추구하는 다양성의 문제는 더 이상 세계를 단순히 이원화시켜 보려는 기도들을 무력화시키기에 충분할 만큼 세력을 떨치고 있는 것도 사실이다. 이러한 현상은 긍정적인 의미에서 기존의 논의들 자체에 대한 전면적인 재검토라는 계기적 요소가 되었다고도 볼 수 있다. 그럼에도 불구하고 우리가 벗어날 수 없는 것은 결국 우리가 살고 있는, 살아나갈 현실은 하나의 과정이고, 그러한 과정 속에 변화의 근본원리로 자리 잡고 있는 것은 현실세계의 내, 외적 갈등과 모순이라는 사실이다. 결국 현실주의건 모더니즘이건 모든 문학이론들이 보편적으로 추구하는 것은 우리가 살고 있는 현실 자체에 대한 총체적인 파악이라고 할 수 있으며, 같은 현실이라도 입장의 차이로 인하여 상이한 결론이 나올 수 있음을 부인할 수 없을 것이다.

37 이것은 세계에 대한 대자적 인식인 동시에 과학적 인식을 동시에 포괄한다. 곧 인간의 외부조건에 대해 인간의 인식이 총체적으로 이루어질 수 있을 때, 현실주의는 등장하게 된다는 것이다.

게 이 작품을 풍자소설로 보는 견해와 비판적 현실주의 계열의 작품
으로 보는 견해로 나뉜다. 중국소설사에서 최초로『유림외사』를 풍자
소설과 관련지어 논한 바 있는 루쉰은 풍자의 기본적인 요건으로 사
실성과 객관성을 들었다. 나아가 이 양자는 필연적으로 윤리적인 차
원에서의 '도덕성'과 연결되어진다. 곧 풍자하는 사람은 풍자의 대상
에 대하여 도덕적으로 우월한 태도[38]를 유지해야 하며, 풍자가가 이러
한 우월한 태도를 유지할 수 있는 터전이 되는 것이 바로 그가 내세우
고 있는 '객관성'과 '사실성'인 것이다. 이렇듯 풍자에 있어 '객관성'과
'사실성'이 강조되고 있는 것은 풍자의 목적이 사회악에 대한 단순한
비판의 차원을 넘어서 그것의 교정에 있다는 것을 의미하기도 한다.[39]

---

38 "루카치가 말했듯이 소설은 작가의 윤리가 작품의 미학적 문제가 되는 유일한 문학장
르이다."(뤼시앵 골드만, 조경숙 역, 『소설사회학을 위하여』, 청하, 1982. 19쪽.)
이러한 도덕적 우월성 이외에도 지능이나 판단력, 사상의 우월성도 풍자를 뒷받침해
주는 것이다. 물론 풍자가가 자기의 지주로 삼고 있는 도덕적 또는 지적 표준은 풍자
문학 자체에서는 명확히 밝혀지지 않고 있다. 열등한 도덕적, 지적 상태를 공격하기
때문에 그의 도덕적 지적 표준이 간접적으로 암시될 뿐인데, 그럼으로 해서 풍자가는
자기의 도덕적, 지적 표준을 명시하고 그것을 변호, 증명해야 하는 어려운 입장에 처
하는 법이 없다. 그는 절대적으로 유리한 입장에 있는 것이다. 따라서 "풍자가란 함께
지내기 거북한 사람이다. 그는 타인의 어리석음과 잘못을 유난히 의식하며, 그것을
나타내지 않고는 못 배긴다. 동시에 그로 인해서 그의 입장은 난처해지기도 하는데,
도덕적으로 뛰어났다든가 또는 딴 사람에 대해 비난하고 있는 바로 그 결점이 그에게
발견될 때에는 위선적이라는 비난을 받기가 일쑤이기 때문이다."(아서 폴라드, 앞의
책, 5쪽.) 바로 여기에 풍자가의 아이러니가 숨어 있기도 하다.

39 풍자에 대한 일반적인 논의에 대해서는 아서 폴라드의 『풍자』(서울대학교출판부,
1980.)를 참고. 풍자의 '교정'이란 측면에 대해 이 책에 서술된 내용을 간추리면 다음
과 같다. "존슨 박사는 그의 『사전dictionary』에서 풍자를 '사악이나 우행愚行이 문책
당하는 시'라고 정의했으며, 드라이든은 '풍자의 진정한 목적은 악의 교정'(『풍자시론』
Discourse Concerning Satire)이라 했고, 데포우도 '풍자의 목적은 개심시키는 데 있
다. 비록 나는 교정의 사업이 전반적으로 중단상태에 있다고 느끼지만, 그 일에 착수
해보려는 것이다.'"(『『진정한 영국인』의 서문』The True Born Englishman)라고 했

이 점에 있어서 풍자는 이것과 비슷한 형태를 갖고 있는 '단순한 야유 sarcasm'나 '아이러니'와 구별되기도 한다. 여기에서 '단순한 야유'라고 하는 것은 단지 교정하려는 의도가 없는 심술일 뿐이고, '아이러니'는 단순히 말과 뜻이 반대인 것을 뜻한다. 이와 관련하여 루카치는 풍자와 유머를 대립시키면서 "유머는—물론 심중에 지녔을 뿐 거의 밖으로 표명되지는 않는 '무미건조한' '비 시적非詩的인' 증오의 '극복'에 의해—'화해'가 이루어지는, 우스꽝스러운 것, 희극적인 것의 형태이어야 한다"[40]고 했다. 곧 순수한 희극은 웃음을 위한 웃음을 목적으로 하고, 웃음의 대상이 희극 작품 자체에 포함되어 있음에 반해, 풍자는 도덕적, 지적 열등생들을 경멸적 웃음의 대상으로 하며, 그 열등생들은 작품 속이라기보다는 현실사회에 살고 있는 부류로 인식된다는 것이다.

현실의 사회악에 대한 풍자소설의 이렇듯 강한 '비판성'은 다시 비판적 현실주의와 긴밀한 연관성을 맺게 된다. 그리하여 『유림외사』를 풍자소설로서뿐만 아니라 비판적 현실주의 계열의 소설로 보고자 하

다. 한편 드롤Thrall과 히버어드Hibbard, 홀만Holman은 『문학핸드북Handbook to Literature』이라는 책의 「풍자」 항목에서 이상의 논의를 다음과 같이 정리한 바 있다. "풍자: 인간의 제도나 인류가 개선되도록 비평태도에 유우머와 위트를 혼합한 문학양식.Satire: a literary manner which blends a critical attitude with humor and wit to the end that human institutions or humanity may be improved."(C. 카아터 콜웰, 『문학개론』, 을유문화사, 1973. 91쪽.)

40 루카치, 「풍자의 문제」 『루카치의 문학이론』, 세계, 1990. 68쪽.
한편 같은 책의 69쪽에서는 "'반예술적인' 풍자의 극복체로서의 유모어의 기능은, 한편으로는 하나의 보편적인 상대주의가 생겨나는 데에, 즉 작가가 자기 자신의 입장(그 자신의 계급적 관점)도 조소의 대상영역에 포함시킨다는 데에 있으며, 다른 한편으로는 그가 비판대상인 세계에 대해서 자유주의적 관용을 보이려고 노력하는 데에 있다"고 하였다.

는 견해가 나오게 되었다. 그러나 '비판적 현실주의'라고 하는 용어는 역사적인 개념으로써 일정한 역사단계에 이르러서야 이에 대한 논의가 가능한 것이라 할 수 있다. 따라서 『유림외사』가 과연 본격적인 비판적 현실주의 소설의 효시로 볼 수 있느냐에 대해서는 논란의 여지가 있다.[41]

이제까지의 연구자들과 이상의 논의에서 집중적으로 제기된 논점들을 정리하자면, 『유림외사』가 갖고 있는 강한 현실 비판의식으로 요약할 수 있는데, 이러한 비판의식은 또 다른 측면에서 기존의 가치체계를 부정하고 새로운 세계관의 제시를 추구했다는 점에서 이 작품에 나타나 있는 '근대성'과도 함께 논의될 수 있다. 아울러 이 '근대성'을 내용적으로 규정하는 것은 기존의 전통적인 사유방식에 대한 부정으로서의 '근대의식'이라 할 수 있다. 따라서 『유림외사』가 내용적인 측면에서 '근대성'을 갖고 있는지 여부는 작품 내에서 작자가 부정했던 실체가 무엇이었느냐에 달려 있다고 할 수 있는 것이다.

이상에서는 『유림외사』에 대한 주요 논점들을 중심으로 방법론적 틀에 대해서 연역해 나갔다면, 다음에서는 실제 작품에 대한 분석을 통한 이론적 검증을 시도하게 될 것이다. 여기에서 구체적인 작품으로 『유림외사』를 선택하게 된 것은 다음과 같은 이유에서이다.

먼저 문학외적인 측면에서 이 작품이 나온 시기는 오랜 기간동안 '중화中華'라는 단일한 세계권내에서 문화의 즉자성을 탈피하지 못하고 있던 중국이 새롭게 외부세계와 접촉하여 근대라는 새로운 문제의식을 안게 되기 바로 직전으로, 이 시기에는 무엇보다도 생산력의 발

---

41 이에 대해서는 이 논문의 4장에서 상론하기로 하겠다.

전에 따른 새로운 사회질서의 재편이 요구되어졌고 나아가 이민족 통치라는 민족 간의 모순까지 중첩되어 있었다. 이후의 역사는 이러한 배경 하에 전개되어 왔다고 해도 과언이 아니며, 이런 의미에서 당시에 제기되었던 문제점들은 지금이라는 시점에 있어서도 현재적 의미를 잃지 않고 있다. 따라서 작품 내에 반영되어 있는 당시 사회의 중첩된 모순상황에 대한 분석은 현재라는 시점에서도 동일한 문제의식을 우리에게 제시할 수 있기에, 그 당대적 의미를 간취할 수 있다고 할 수 있다. 이것이 그 첫 번째 이유이다.

한 걸음 더 나아가서『유림외사』에는 언어적 측면에서 나타나는 구어화의 경향과 서술과 묘사의 핍진성과 구체성, 가장 주요하게는 인물 형상의 전형화의 성공 등 근대소설들이 갖추고 있는 여러 특징들이 보이고 있다. 그러나 이와 동시에 간간이 나타나는 작가적 개입과 많은 논자들에 의해 문제가 제기되고 있는 구조의 문제 등에서 전통적인 고대소설의 특징적 양상들을 찾아볼 수 있기에『유림외사』는 고대소설에서 근대소설로 넘어가는 과도기적 작품으로 볼 수 있다. 곧『유림외사』에서 고대소설과 근대 이후의 소설들 사이에 놓여진 단절을 극복할 만한 매개적 고리들을 찾아볼 수 있는 것이다. 이러한 요소들에 대한 분석과 검토는 고전의 세계에 묻혀 있던 작품들을 현재적인 관점에서 재조명하고 그에 대한 의미를 부여할 수 있게 하는 계기가 될 수 있을 것이다. 곧 고전을 더 이상 과거의 세계에만 머물러 있지 않고 현재적인 관점에서 의미를 부여하고자 하는 것이 두 번째 이유라 할 수 있다.

제2장

『유림외사』의 시대적 배경

1. 청대 사회의 이중적 성격

청은 몽골족의 한족 통치 이후에 나타난 또 다른 이민족에 의한 지배왕조였으나, 같은 정복왕조이면서도 청은 원과는 그 지배방식이나 통치제도에 있어 사뭇 다른 양상을 보여준다. 곧 만주족의 중원 지배는 잘 조직된 군사력에 의해 이루어졌으나, 실질적인 통일 이후에는 여러 가지 정치 문화적 정책으로 통치기반을 공고히 했던 것이다. 그리하여 강희(1662~1722년), 옹정(1723~1735년), 건륭(1736~1795년) 세 황제에 이르러서는 중국의 역사에서도 보기 힘든 성세를 이루게 되었다.

우선 정치적으로는 거듭되는 내우와 외환을 슬기롭게 극복하여 정권의 안정을 다졌는데, 여기에는 만주족 고유의 군사제도인 팔기제도八旗制度[1]가 큰 힘을 발휘하였다. 그러나 내외의 환난을 극복한 뒤, 이

---

1 "이 병제는 원래 수렵민족이었던 만주인이 야수를 잡는 사냥방식에서 생겼다고 한다. 짐승을 몰아넣는 장소에 황기를 세워 지휘자가 진을 치고, 남기의 부대를 선두로 좌우로 나뉘어 홍기, 백기를 세워 산을 에워싸고 포위망을 좁혀서 황기의 장소로 향하여 내쫓는다. 이 4기 하에 각 부대가 통합되어 각각의 부서에 따라 정연하게 행동하는 형식이 전투의 형태로 되었다. 이 기사단의 군사적 조직이 만주족의 부족제의 근

들 팔기자제八旗子弟들은 자신들의 존재의의를 새롭게 찾지 못하고
자신들에게 부여된 특권을 누리는 데 빠져 이후로는 오히려 무위도식
하는 문제집단이 되었다.[2] 또 경제적으로는 수리시설의 개발 등으로
인한 농업생산력의 비약적인 발전을 바탕으로 경제적 분화가 이루어
져 수공업과 상업이 번영했으며, 이에 따라 봉건경제 내부에 초보적
인 자본주의적 요소들이 등장하였다. 여기에 대 토지 소유가 정착이
되면서 정부의 고관 출신의 토착지주 계층과 신흥상업자본의 결탁이
이루어져 경제적으로 많은 폐해가 드러나기도 했다. 문화적으로는 새
로운 학풍이 진작되면서 수많은 편찬사업이 동시에 진행되어 일찍이
찾아볼 수 없었던 문예부흥기를 맞았으나, 그 이면에는 가혹한 문자
옥文字獄으로 어떤 측면에서는 좀 더 철저한 사상통제가 이루어지기
도 했던 시기였다.

　따라서 청 왕조는 중국의 역사상 유례를 찾아볼 수 없을 정도로 복
합적인 요소들이 중첩해 있던 시대로서, 외견상 태평성대로 칭송되던

간이 된 것이다. 만주족이 발전하여 몽골인, 한인漢人의 군대를 복속시키자, 태종 시
대에 그들을 몽골팔기蒙古八旗, 한군팔기漢軍八旗로서 칸汗에 직속하는 군대로 삼았
다. 만주가 중국을 지배하게 되자 지배자인 만인滿人 귀족은 원래 팔기제 군대의 일
원이었으므로 중국인으로부터 기인旗人이라 불리게 된다. 팔기제의 기원, 그 기본적
인 구성에 관해서는 아직 불확실한 점이 있어 갖가지 학설이 대립하고 있다. 여기서
는 만주문자로 쓰인 기본사료『만문로당滿文老檔』에 의거하여 입론한 미다무라 다이
스케三田村泰助의 설에 의거했다."(가이즈카 시게키貝塚茂樹, 이용범 역, 『중국의 역
사』(하), 중앙신서 82, 1981. 62쪽.)

2　정복왕조인 청의 중원 침략의 무력적 근간이 되었던 팔기는 청이 입관하여 중원을
　　평정하고 베이징北京을 수도로 정한 뒤에는 이들 역시 모두 중원으로 이동하여 전국
　　의 전략적 요충지에 배치되었다. 그러나 강희와 옹정제 이후 천하가 태평해지자 이들
　　팔기는 특권계급화하여 부패함으로써 전투능력을 상실하였고, 이후에는 주로 한인들
　　로 구성된 녹영병綠營兵이 청조의 주력을 형성하였다.(이춘식, 『중국사서설』, 교보문
　　고, 1991. 408~409쪽.)

이면에는 전대로부터 이월된 봉건적 경제관계의 모순과 이민족 통치
로 인한 민족 간의 갈등 등으로 쇠퇴 일로에 접어들 수밖에 없었던
모순적 구조가 온존하고 있었던 것이다.[3] 한편 청대는 근대를 여는 문
턱에서, 이전의 중화적 세계관을 탈각하고 세계사로 편입되기 직전의
예비적 단계로서의 의미도 갖고 있었으며, 이러한 여러 요소들이 바
로 청대 사회의 이중성을 규정짓는 결정적인 요소로 작용했던 것이라
할 수 있다.

1) 봉건적 생산관계의 쇠퇴와 상업의 발전

(1) 농업생산력의 발전과 경제 활동의 분화

청대 초기에는 정권교체기의 혼란을 거치며, 많은 인민들이 생업에
전념할 수 없었고, 거듭되는 전란에 쫓기느라 경작지를 포기하고 이
리저리 떠돌아다닐 수밖에 없었다. 그러므로 청이 중원에 들어와 명
의 잔존세력을 모두 제거한 뒤, 그들이 가장 먼저 해야 할 일은 바로
경작지의 확충이었다. 지배세력도 이에 대한 필요성을 인식하고 경지
면적을 확대하기 위하여 여러 가지 정책을 실시하였는데, 그 가운데
주요한 것으로는 다음과 같은 것들을 들 수 있다.

우선 청 왕조는 전 국토에 널려 있는 황무지를 개간하기 위하여 토

---

3 이른바 기본모순이라 할 토대의 문제와 민족모순 가운데 어느 것이 우위에 있었는지
에 대해서는 논란의 여지가 있다. 하지만 청의 건국과정을 보면, 초기에 20만 남짓한
병력으로 중국의 전 영토를 초토화시키다시피 하며 정복할 수 있었던 데에는 우싼구
이吳三桂와 같은 한인 관료계층과 토착지주계급의 소극적이거나 적극적인 협조가 있
었기 때문이었다. 따라서 청 왕조의 성격은 엄밀하게 말해서 단순한 이민족의 정복
왕조가 아니라, 애당초부터 중국사회 내부의 지주계급의 힘이 가해진 것이라 할 수
있다.

지의 소유권을 인정하였다. 순치제順治帝(1644~1661년)는 명령을 내려 지방관은 백성을 모집해 황무지를 개간하게 하되 원적原籍과 별적別籍[4]을 불문하고, 모두 거주지의 호적에 등록시켜 경작하고 있는 토지에 대한 확인증을 발급하여 주고 이를 영원히 보장하여 주었다. 이는 자영농의 토지소유권을 승인하고 유민의 황무지 개간에 특혜를 주는 것을 의미한다. 또 개간정책의 효과를 지방관의 인사고과 가운데 중요한 항목으로 채택하여, 특별승진의 기회를 부여했다.

강희제 때에는 첫째, 황무지 개간에 있어 세금징수 시기를 늦추어 10년 이후에 징수하도록 하고 둘째, 세금징수 시기가 되면 세금을 완화해 주었으며 셋째, 황무지를 개간한 자에게 토지소유권을 인정해주고 넷째, 인구밀도가 조밀한 지역[狹鄕]에 사는 백성을 넓은 지역[寬鄕]으로 이주시켰으며, 다섯째, 관직을 주는 조건으로 지주가 전호를 모아 개간하는 것을 장려하는 등의 정책을 폈다. 이러저러한 정책의 시행으로 자영농을 육성하긴 했으나, 뒤에 관료지주를 배양하여 토지집중을 가속화시키기도 했다.[5]

수리사업은 경작지의 확충에 빼놓을 수 없는 국가적인 시책이었다. 전통적인 농업사회로서의 중국 역사에 있어 중국의 하천들, 그 가운데에서도 특히 황허黃河는 중국의 역사 이래 중국 인민의 희비를 가름하는 중요한 역할을 하였다. 강희제 초년에는 여러 해 동안 정비되지 못한 관계로 황허가 수로를 바꿈으로써 하류의 제방을 넘어 화이수이

---

4 원적原籍은 원래의 호적에 편입되어 있는 것이고, 별적別籍은 고향을 떠나 타향에 가 있는 상태를 말한다.(서련달·오호곤·조극요, 중국사연구회 옮김, 『중국통사』, 청년사, 1989. 691쪽.)

5 서련달·오호곤·조극요, 앞의 책, 692쪽.

淮水와 합류한 뒤 바다로 들어갈 수 없었기 때문에 많은 경작지들이 침수되었다. 이에 강희제는 스스로 수리학과 측량학을 연구하고 현장에 나가 시찰하였으며, 진푸斬輔를 하도총독河道總督으로 임명하였다. 진푸는 치수 방면에 깊은 조예가 있어, 청 왕조의 저명한 수리학자인 천황陳潢의 도움으로 황허의 물길을 바로잡아 침수된 많은 농토들을 복구시켰다.[6] 옹정제 때 쟝쑤江蘇와 저쟝浙江의 방파제를 확대 재건한 것도 최대의 수리사업 가운데 하나라 할 수 있다.[7]

  한편 이러한 외적 요인에 의한 것 말고도 농업기술 자체의 발전으로 인한 단위 면적당 생산량의 증가 역시 농업생산력의 발전의 중요한 지표라 할 수 있다. 쟝난江南, 후광湖廣, 쓰촨四川 등지의 도작 생산량은 명대에는 1무당 2~3석石이었는데, 청대에는 5~7석에 달했다. 이 같은 생산량의 증가가 가능했던 이유로는 영토의 확대와 인구 증가에 의한 변경지邊境地의 개간, 치수관개수리사업의 전개, 농경의 집약화 등의 요인을 들 수 있다.[8]

  이러한 농업생산력의 발전으로 충분한 식량공급이 이루어짐에 따라 경제활동이 분화되어 농업경제작물의 재배면적이 증가하였다. 이는 곧 특종작품의 재배와 특종작물을 통한 산업의 발전이 가능하게 된 것을 말한다. 그 가운데 대표적인 것이 강남江南의 면업이었다. 강

---

6 젠보짠翦伯贊, 이진복·김진옥 옮김, 『중국전사』(상·하), 학민사, 1990. 248~249쪽.
7 "이러한 수리사업은 명 중기 이후 계속적으로 이루어진 것인데, 이를 통해 경작지의 확대뿐만 아니라 도작稻作의 북방한계가 베이징北京과 톈진天津 근방까지 확대되게 되었고, 아울러 쟝시江西, 후광湖廣 지역과 함께 청초 이후 쓰촨四川 지방이 새로이 미곡의 중심산지로 등장하게 되었다."(민두기·오금성·김용덕·이성규·박한제 편저, 『동양사 강의요강』, 지식산업사, 1981. 74쪽.)
8 이춘식, 앞의 책, 429쪽.

남[華中]이 면업의 중심지가 된 것은, 화북華北은 면화 생산의 중심지였으나 한랭하고 건조한 기후 때문에 직포의 생산이 이루어지지 않았고, 화남華南은 방직기술을 가지고 있었으나 원료인 면화가 부족했기 때문이었다. 여기에서는 농촌 가내수공업으로서의 직포의 광범한 상품생산화가 보이고 화북華北의 면화도 이입되어 이곳의 면포가 전국적으로 판매되었던 것이다. 강남江南 지역이 면업의 중심지가 되면서 이곳의 농경지는 상품작물의 재배를 위해 전용되었고, 또 이를 위한 노동력의 충당으로 인구가 집중되게 됨에 따라 강남 지역의 곡물부족 현상이 나타나게 되었다. 이로 인해 각각의 잉여생산물의 교역과 상업의 필요성이 크게 대두하게 되었다.[9]

(2) 상업자본의 등장과 은본위제의 확립

한편 이러한 농업생산력의 회복은 상공업의 발전을 가능케 하였다. 명대에는 국가적인 수요를 충당하기 위한 관영수공업이 발달하였으나, 청대에는 민영수공업을 중심으로 산업구조가 바뀌었다. 청 왕조는 이를 위해서 장인들에 대한 속박을 해제하고, 민간에 대한 광산채굴권을 허락하였으며, 관영수공업의 축소 정책을 썼다. 이에 초보적 단계의 사회적 분업과 임노동이 등장해 자본주의의 맹아가 서서히 엿보이고 있었으나, 여러 가지 제약으로 인해 활발하게 그 싹을 틔우지는 못했다. 그에 대한 원인으로는 다음과 같은 것들을 들 수 있다.[10]

---

9 마쯔마루 미찌오 외, 조성을 역, 『중국사 개설』, 한울, 1989. 277쪽.
   민두기·오금성·김용덕·이성규·박한제, 앞의 책, 74~75쪽.
   젠보짠, 앞의 책, 249쪽.
10 서련달·오호곤·조극요, 앞의 책, 718~719쪽.

강희제가 1713년에 그 2년 전인 1711년의 인정액人丁額을 정액으로 하여 그 후에 증가된 인정人丁은 정은丁銀을 면제받도록 하는 상유上諭를 내려 정은액丁銀額을 고정화한 것이었다. 이렇게 하여 정은이 실질적으로 지은의 부가세가 됨으로써, 정은은 인정에 대한 과세로서의 성격을 잃게 되어, 정세를 지세에 포함시키는 것이 가능하게 되었다. 그러나 실제로는 지주와 부호들의 인정人丁 은닉으로 인한 부담이 소농과 빈민들에게 전가되고, 이 같은 부당한 세금의 징수를 피해 달아나는 사람이 생기게 되어 세금액수가 부족하게 되고, 또 그 차액을 이웃이나 친족에게 부과시킴으로써 심각한 사회문제가 일어나게 되었다. 이에 옹정 년간에는 지무地畝를 정확히 조사하고 그에 따라 세금을 일괄적으로 부과하는 지정은제가 전국적으로 실행되게 되었다.[14]

지정은제의 본래의 목표는 무전지호無田之戶와 무지궁정無地窮丁에게 정은의 납부를 면하여 주고 대신 토지소유자로부터 징수하는 농민보호정책을 내세운 것이었으나, 본질적으로는 국가가 지주제를 용인한 것으로서, 단순히 재정적 차원에 그치는 것이 아니라 국가권력의 성격에 관계되는 새로운 지배체제의 확립이었다고 할 수 있으며, 또 초기 만민에 기초하는 체제를 버리고 일종의 토지소유자에 기초를 두는, 더 나아가 향신지배를 성립시키게 된 전제로도 볼 수 있다.[15]

---

14 마쯔마루 미찌오, 앞의 책, 271쪽.
　　이춘식, 앞의 책, 437쪽.
　　동양사학회 편, 『개관 동양사』, 지식산업사, 1983. 258쪽.
15 동양사학회 편, 『개관 동양사』, 259쪽.

2) 향신鄕紳 지배사회의 확립과 과거제도

앞서 살펴본 대로 청 왕조는 중원에 진출한 이래 한족에 대해서 강
경책과 유화정책을 적절히 섞어가며 통치했다. 문화적인 면에 있어서
는 과거제도의 회복과 학술편찬사업의 진흥이 그 유화적인 방법이라
면, 각종의 문자옥文字獄과 과장안科場案은 만청 정부의 한족 지식인
에 대한 가혹한 탄압이었다고 할 수 있다.

한편 만주족이 중원에 들어온 지 얼마 안 되는 청대 초기에는 왕푸
즈王夫之(1619~1692년), 황쫑시黃宗羲(1610~1695년), 구옌우顧炎武(1613
~1682년) 등의 강한 민족의식이 한족 지식인들 사이에 팽배해 있었으
나, 뒤에 청 왕조의 통치기반이 공고해지면서부터는 복명운동復明運
動 자체가 현실성을 잃어버리게 됨으로써 사회 전반에 자포자기의 심
리가 지배적이게 되었다. 이에 대한 반대급부로 지식분자들은 앞선
이들의 고통을 잊고 과거공명을 유일한 출로로 삼아 팔고문八股文을
익히고 과거시험에 몰두하는 등 현실논리에 충실하게 된 것이다. 여
기에서 잠시 청대의 과거제도에 대해서 살펴보기로 하겠다.[16]

(1) 과거제도에 대하여

청대의 과거제도는 삼 단계로 구분하여 제1급第一級인 원시院試와

---

16 좀 더 자세한 내용은 진정金諍, 김효민 옮김, 『중국 과거문화사-중국 인문주의 형성의
   역사』, 동아시아, 2003. 미야자키 이치사다, 중국사연구회 옮김, 『중국의 시험 지옥-
   과거』, 청년사, 1989. 왕더자오王德昭, 『청대과거제도연구淸代科擧制度硏究』(中文大學
   出版社, 1988.)와 젠보짠翦伯贊의 『『유림외사』 중에 언급되는 과거 활동과 관직 명칭을
   풀이함釋『儒林外史』中提到的科擧活動和官職名稱』(리한츄李漢秋 편編, 『『유림외사』연구
   론문집『儒林外史』硏究論文集』, 중화서국中華書局, 1987.(原載『文藝學習』1956.8~9期,
   『明淸小說硏究論文集』에 再收錄.))을 참고할 것.

제2급第二級인 향시鄕試, 제3급第三級인 회시會試, 복시復試, 전시殿試
로 나누어지며, 각각의 급제자는 잘 알려진 대로 수재秀才, 거인擧人,
진사進士라 부른다.

첫 번째 과정인 원시院試는 다시 세시歲試와 과시科試로 나뉘는데,
이들 사이의 차이는 거의 없으며, 그 기본적인 임무는 첫째 동생童生
가운데 수재秀才를 선발하고 둘째, 이미 뽑힌 수재에 대해서 선별시험
을 치르는 것이다. 여기에서 과시가 세시와 유일하게 다른 점은 과시
는 선별시험을 통해 성적이 우수한 이에게 한 단계 높은 시험인 향시
에 참가할 자격을 부여하는 예비시험의 성격을 가지고 있다는 점이다.

이 시험을 통과한 수재는 좀 더 일반적인 명칭으로 생원生員이라고
도 부르는데, 이러한 생원 가운데에는 부학생원附學生員(附生)과 증광
생원增廣生員(增生), 름선생원廩膳生員(廩生)이 있다. 부생附生은 처음 진
학한 사람을 말하며, 이후로 세시나 과시에서 성적이 좋으면, 증생增
生, 름생廩生으로 올라가게 된다. 름생廩生은 정부로부터 름선비廩膳
費를 받는 외에, 응시한 동생을 대신해서 보증을 설 수 있는 권리를
갖고 있는데, 이를 '름보廩保'라고 한다. 더욱이 이들 가운데 문장과
품행이 우수한 이는 국자감國子監에 들어갈 수가 있었는데, 이렇게 선
발된 이를 공생貢生이라 한다. 공생에도 다섯 종류가 있으니, 곧 세공
歲貢, 우공優貢, 발공拔貢, 부공副貢, 은공恩貢이 그것이다. 이들 생원
들에게는 향시를 거쳐 거인이 될 수 있는 자격이 주어지는 외에 생계
수단으로 학관學館을 열어 동생들을 가르칠 수 있는 권리가 주어졌
다. 이렇게 하여 일단 수재만 되면, 불안정하나마 최소한의 생계는 구
조적으로 보장이 되었던 것이다. 그러나 결국 수재라는 신분은 그렇
게 대단한 것이 아니었고, 사회적으로 안정된 지위를 확보하려면, 이

보다 한 단계 높은 시험인 향시를 거쳐 거인이 되어야만 했다.

향시는 베이징北京과 난징南京 및 각 성各省에서 거행했는데, 삼 년에 한 번, 자오묘유子午卯酉 년에 치러졌다. 이 시험을 통과한 수재, 공생 및 감생이 거인이 될 수 있었으며, 거인은 또 '효렴孝廉'이라고도 불렸다. 여기에서 감생監生이란 국자감의 학생을 말하며, 여기에는 공생이나 음생蔭生만이 입감入監할 자격을 갖고 있었다. 음생은 그 조부나 아비의 관위에 의해 입감한 관료의 자제를 가리키며 '음감蔭監'이라고도 불렸다. 또한 청 왕조에는 돈으로 감생의 자격을 살 수도 있었다. 이때의 감생은 예감例監이나 연감捐監이라 불렀으며, 이로 인하여 능력 있는 이가 관직에 오르지 못하고 권세 있고 돈 많은 집안 자제들이 그들의 능력에 관계없이 출세를 보장받았다. 이에 실력 있고 유능한 자가 관직에 오르는 대신 그렇지 못한 자가 관직에 올라 나라의 정사를 책임지게 되어 결국에는 그 제도를 용인한 나라 자체를 좀먹게 되었다. 거인이 되면, 회시會試에 참가하여 진사進士가 될 수 있었으며, 설사 시험에 붙지 못해 진사가 되지 못한다 하더라도 관리가 될 수 있는 자격이 생겼으므로 실질적인 관로官路는 이로써 열리게 되는 것이었다.

회시會試와 복시復試, 전시殿試는 가장 높은 단계의 시험으로, 회시는 예부禮部에서 주관하는 것이고, 복시는 황제가 사람을 파견하여 치렀던 것이며, 전시는 황제가 직접 주관한 것이었다. 이 가운데 회시가 가장 결정적인 시험으로 나머지 것들은 이후에 등급을 나누어 관직의 높고 낮음을 가리는 정도의 의미밖에 없었다. 회시는 베이징에서 삼 년에 한 번 치러졌는데 진무축미辰戌丑未년, 곧 향시의 다음 해에 거행되었다. 시험 보는 날짜는 3월 9일부터 17일까지이며, 매장每

場마다 하루씩 삼장三場을 치렀다. 여기에서 선발되어 예부에서 발표한 명단에 든 이를 공사貢士라고 했으며, 이들을 모아 회시를 주관했던 대총재大總裁의 주재 아래 팔고문八股文의 경의에 대해서 한 차례 시험을 치르는 것을 복시라 했다. 복시 뒤에는 전시를 보는데, 황제가 직접 나와 시험을 주관했고, 시험과목은 책문策問이었다. 이 전시는 삼갑三甲으로 나누어 일갑一甲에 든 세 사람을 그 순서에 따라 장원狀元, 방안榜眼, 탐화探花라 하고 그들을 합쳐 삼정갑三鼎甲이라 했다. 전시 뒤에는 조고朝考라 하여 순수하게 관직을 수여하기 위한 시험이 치러지는 것으로 모든 시험이 끝나고, 각자의 등급에 맞는 관직이 내려지게 된다. 明청대의 규정에 따르면, 일갑 세 명만이 곧바로 관직을 제수받는데, 통상적으로 장원은 한림원수찬翰林院修撰, 방안榜眼과 탐화探花는 한림원편수翰林院編修를 제수받고[17] 이밖에는 복시와 전시, 조고 세 차례의 시험에서 매겨진 숫자대로 관직을 제수받는다.[18] 이때 숫자가 작을수록 더 나은 관직을 받게 되는데, 이를테면 복시 1등에 전시 2갑, 조고 1등이면 합이 4이고, 복시 2등에 전시 2갑이고, 조고 1등이면 합이 5인 것이다.

청대에는 이렇듯 복잡한 과정을 거쳐야만 지배계층에 편입될 수 있었다. 그러나 이러한 과정을 하나하나 밟아 나간다는 것이 말처럼 그리 쉬운 것은 아니었으며, 요행히도 시험을 통과해 입신양명을 하는 것을 제외하고는 평생 과거시험 공부에만 묻혀 살다가 생을 마치는

---

17 한림원翰林院은 황제의 조칙詔勅과 관찬서官撰書의 편집을 담당하는데, 이를 거친 이는 그 승진이 다른 사람들보다 빠른 편이었다.(마쯔마루 미찌오, 앞의 책, 286쪽.)

18 대개 상위 약간 명은 한림원에 있는 서상관庶常館이라는 학교의 학생인 서길사庶吉士로, 그 다음은 중앙 육부의 견습관이 되며 나머지 다수는 지방에 보내어져 지현이 되어 이로부터 관도에 오르게 된다.(마쯔마루 미찌오 외, 앞의 책, 287쪽.)

게 상례였다.

(2) 과거제도의 사회적 기능

이상에서 살펴본 청대의 과거제도는 원칙적으로 본인의 선조 3대까지가 천업으로 지목된 특수한 직업에 종사하지 않았다면 누구라도 시험을 볼 수 있는 공개시험제도였다. 그러나 실제로는 시험과목으로 출제되는 유가의 고전과 중국의 역사, 시문詩文에 대해 상당한 소양이 필요했고, 무엇보다도 이에 전념할 수 있는 경제적인 기반이 뒷받침되어야 했다. 자신의 노동력에 의해 하루하루를 겨우 연명하는 사람이 따로 위와 같은 지적 훈련을 받을 만한 시간적, 경제적 여유가 있을 리 만무했기 때문이다. 따라서 과거시험이란 일반 백성들에게는 빛 좋은 개살구일 뿐이었고, 지배계급의 재생산을 위한 사회보장제도의 역할을 했을 뿐이었다.

다른 한편으로 과거제도는 한족 지식계층을 지배계급에 편입시키고, 그렇게 함으로써 동시에 민족의식을 말살하는 일종의 허위의식으로 기능하기도 했다. 이는 곧 과거제도가 지배계급인 만주족의 한족에 대한 우민화정책의 일환으로 실행되었다는 것을 의미하는데, 여기에는 고시방법으로 채택된 팔고문의 역할이 컸다. 잘 알려진 대로 팔고문이란 '시문時文' 또는 '제의制義'라고도 부르는 것으로, 그 시제試題는 주로 사서四書에서 나왔는데, 주시朱熹의 『사서집주四書集注』를 준거로 논의를 펴나갔기에 '사서문四書文'이라고도 했다. 매 편每篇은 파제破題, 승제承題, 기강起講, 영제領題(入手), 제비提比(起股), 중비中比(中股), 후비後比(後股), 속비束比(束股)의 여덟 부분으로 이루어졌다. 각각의 부분은 반드시 고정된 접속사로 연결되어야 했고, 잣수에도 엄격한 제한이 있었다.[19] 팔고문은 문체상 장법章法을 중시하고 산문散文과 사부辭賦를 일체화한 새로운 문체라 할 수 있으나, 그 형식과 내용이 지나치게 틀에 박혀 개인의 사상을 질곡했기에 그 폐해가 컸다.[20]

 이러한 과거시험에 합격한 이들은 관리로서 등용되거나, 혹은 관도에 나가지 않더라도 은연중에 그 지역사회 내에서 상당한 영향력을 발휘하면서 하나의 사회적인 세력으로 등장했다. 이들을 통틀어 '향신鄕紳'이라 지칭하며, 이들은 조세감면 등의 특권을 누리는 동시에 자신이 살고 있는 향리에서 지방정치에 발언력을 갖고 있었다. 곧 과거제도는 단지 관료등용의 시험제도로서만이 아니라 사회의 신분을 결정하는 기능까지 아울러 갖고 있었던 것이다.[21] 이에 그 실현의 가능성은 뒷전에 미룬 채, 관도에 오르고자 하는 이는 생원과 거인이 되기 위해 온힘을 기울였다.[22] 그리고 일단 기득권을 어렵사리 얻어낸

---

19 스쉬안위안施宣圓, 왕유웨이王有爲, 정펑린鄭鳳麟, 우건량吳根梁 주편主編, 『중국문화사전中國文化辭典』, 상하이서후이커쉐위안출판사上海社會科學院出版社, 1987. 402쪽.

20 "아! 팔고문이 성행하자 육경이 쇠미해졌고, 18방이 흥하자 21사가 폐해졌다.嗟乎! 八股盛而六經微, 十八房興而二十一史廢." 『일지록日知錄』 삼하三下 「18방十八房」, 42쪽. 여기에서 '18방'은 회시와 향시를 볼 때, 시험관 18명이 각자 방에 들어가 채점을 하였기에 붙여진 이름이다.
　　"그러므로 나는 팔고문의 폐해가 분서와 같다고 본다. 인재를 망치는 것이 셴양의 교외에 [선비들을 묻은 것]보다 심하니, 그때 땅에 묻힌 자는 다만 460여 명에 지나지 않았던 것이다.故愚以爲八股之害, 等於焚書. 而敗壞人材有甚於咸陽之郊, 所坑者但四百六十餘人也."(『일지록日知錄』 삼하三下 「의제擬題」 48.)
　　위의 인용문은 팔고의 폐해를 이야기할 때 빠짐없이 인용되는 글로써, 이것 말고도 청초의 큰 스승으로 추앙받는 구옌우顧炎武는 그의 『일지록』 곳곳에서 팔고문에 대해 통렬히 비판한다.(구옌우顧炎武, 『일지록日知錄』, 타이완台灣; 상우인수관商務印書館, 1956.)

21 마쯔마루 미찌오, 앞의 책, 287쪽.

22 거인이 되기 위해서는 우선 수재가 되어야 하는데, 이들 사이의 구분은 대단히 명확

뒤에는 이를 지속적으로 누리기 위해 동족간의 유대를 강화시키는 한편, 같은 향신 계층 간의 횡적인 관계 역시 중요시하였다.[23]

이렇게 하여 명말로부터 청대에 이르기까지의 기간 동안에 향신사회가 정착이 되었고, 기존의 지배계층이 무시할 수 없는 세력이 되었다. 이렇게 하여 이민족에 의해 정복당했다고는 하지만, 이들 향신 계층에 의해 한족들은 자신의 문화를 지키고, 실질적으로 중국사회를 통치해 나갈 수 있었던 것이다.

따라서 한족 지식인들을 회유하고 우민화시키려는 만주족 정부의 의도는 결과적으로 실패했다고도 볼 수 있다. 그것은 곧 과거제도를 통해 등용된 향신 계층이 실질적인 지배세력이 되었고, 다른 한편으로는 팔고문에 의해 우민화된 바로 그 관료계층에 의해 청 왕조가 부패하고 쇠락하게 되었기 때문이다. 이것 역시 역사의 아이러니라 할 수 있다.

이상의 논의를 통해 청대 사회 일반에 대해 간략하게 살펴보았다. 청대는 중국역사상 손꼽힐 만큼 강성했던 국력을 가지고 있었다. 하지만 총체적인 관점에서 볼 때, 청대사회 전체는 안정기이면서 그 이면에는 붕괴와 몰락의 빌미를 안고 있었다고 할 수 있다. 그것은 최극성기라 할 건륭제가 죽은 뒤(1796년) 불과 50년도 못되어서 아편전쟁이 일어나 그때부터 중국이 열강의 손에 놀아나게 되었던 것으로도 알 수 있다. 곧 청대 사회는 중국의 역사에 있어 농업생산을 근본으로

___

한 것이어서, 일단 수재가 된 이들은 거인이 되기 위하여 필생의 노력을 기울였다.

23 이를테면 과거에 합격한 이들은 그 해의 시험관을 '좌사座師'라 하고 자신을 '문생門生', 동기 합격자를 '동년同年'이라 하여 하나의 폐쇄적인 집단을 구성하고는 자신들의 권익유지에 이용하였다.

하는 봉건적 단계로부터 상품생산과 공장제수공업을 위주로 하는 자본주의적 단계로 넘어가고, 중화적 단일세계로부터 근대세계로 접어드는 길목에 놓여 있는 시대였다. 이러한 것들이 청대 사회를 특징짓는 요소들로, 이로 인하여 청대 사회의 이중성이 존재하게 되는 것이다. 바로 이러한 시기에 생존했던 우징쯔는 당시 사회가 안고 있던 여러 가지 문제점들에 대하여 깊은 감개를 갖고 있었으며, 자신의 그러한 생각을 구체적으로 작품 속에 담아내게 되었던 것이다.

2. 청대의 복고적 학풍

앞서 언급했듯이 중국의 봉건사회가 명 중엽 이후에 이르러 쇠퇴의 조짐을 보이게 되자 이와 동시에 자본주의적 경제체제가 맹아적 형태로나마 나타났다. 여기에 청대에 들어서서는 이민족의 지배로 인한 민족모순까지 겹쳐져 각종의 사회적 모순이 첨예하게 드러나게 되었다. 그러나 기존의 지배이데올로기는 그러한 변화를 따르고 설명하기에는 이미 시효를 잃었기에 새로운 사상의 출현이 필연적으로 요구되었다.

공식적으로 드러난 청대의 학술경향은 청주 학파程朱學派가 전대에 비해 좀 더 확고한 지위를 누리고 있던 것이었으나, 비공식적으로는 반청사상을 표방한 일군의 사상가들에 의해 이것과 루왕 학파陸王學派에 대한 반동이 제기되었다. 그리하여 조정에서는 청주 이학程朱理學을 제창하고 팔고문을 제시하여, "주시走熹의 전의傳義가 아니면 감히 말할 수 없고, 주시의 가례가 아니면 행할 수 없는"(非朱子之傳義不敢言, 非朱子之家禮不可行) 기풍을 조성했던 반면, 이에 비판을 제기했던 학자들은 그 반발로 송대 이전으로 돌아가자는 한학부흥운동漢學復興運動을 일으켰다. 한학漢學을 주장한 사람들은 한대 학자들이 시간적으로 쿵쯔孔子에 가까운 시대에 살았고 불교가 중국에 도입되기 이전에 살았기 때문에 그들의 고전 해석은 좀 더 순수하며 쿵쯔의 참된 사상과도 가깝다고 믿었다. 이에 한학자漢學者들은 고전의 학문적 해석을 강조했고, 고전의 비평이나 고증, 그리고 훈고 등의 분야에서 뚜렷한 발전을 보였다. 이런 의미에서 청대 학술계의 성격을 규정짓는 두 가지 커다란 축은 현상적으로 드러난 문화적 보수주의와 그 이면에 내재해 있으면서 하나의 커다란 흐름을 형성했던 복고주의라고 말할 수 있다.

1) 학술상의 비판적 경향과 실용적 학풍

한 무제漢武帝에 의해 국가를 다스리는 통치 이데올로기로 채택되어진 이래 유가사상은 이후의 왕조들에 의해 존중되고 추앙받아 오면서 각각의 시대적 요구에 맞추어 해석되어져 왔다. 그러나 송대 이후에는 주시朱熹에 의해 집대성되고 확립된 경서에 대한 해석이 움직일 수 없는 준거틀로서 또 다른 면에서 경전적 의미를 지니게 됨에 따라 이에 대한 비판의 제기조차 어렵게 되었다. 특히 명대에는 유가적 사상을 제외한 불교 등이 배척되고 탄압을 받고, 팔고문의 채용으로 주자학 자체가 관학화되어 학술계 전반은 깊은 침체의 늪에 빠지게 되었다. 그러나 명말에 이르러 여러 가지 사회경제적 모순이 증폭되고 나라 전체가 혼란에 빠지게 되자 이에 대한 최초의 비판이 제기되었다. 그것이 루쥬위안陸九淵(1139~1192년)에 의해 배태되고 왕양밍王陽明(1472~1528년)에 의해서 확립된 양명학陽明學이었다.

왕양밍王陽明은 주자학에 의해 주창된 리理의 외재성을 부정하고, 규범으로서의 리理와 성性의 가장 지순한 것이 곧 다름 아닌 '양지良知'라 하여, 이의 내재화와 내면화를 주장하였다. 이는 주자학에서 초월적이고 절대적인 규범이었던 '천리天理'가 양명학에서는 개인의 마음의 본체로서의 양지로 되었다는 것을 말하는데, 이를 통해 현실세계의 가치에 대한 규준이 바뀌게 되었다. 그러나 전형적인 봉건적 관료지주계급[24]이었던 왕양밍의 경우 기존사회에 대한 철저한 부정은 이루어지지 않아, 왕양밍의 '양지'와 주자학에서 말하는 '천리'는 그 정합성을 잃지 않았다. 오히려 주자학적 세계질서를 철저하게 타파했던 것은 그의 사상을 철저하게 심화시킨 이른바 왕학의 좌파 계열에 드는 사상가들에 의해서인데, 그 대표적인 문인이 리즈李贄(1527~1602년)이다.

리즈는 육경 자체에 대한 근본적인 회의를 품고, 이러한 전통의 속박과 봉건적 예교 관념을 철저하게 부정하여 인위적 명교名敎에 속박되지 않는 자연적 존재로서의 인간을 긍정하였다. 이것을 압축적으로 보여주는 것이 바로 그의 '동심설童心說'로, 이것은 기성의 인습과 굴레들을 벗어 던지고, 주자학에서 강하게 부정된 인간의 욕구를 인간의 본질적 계기로 파악한 것이었다.

---

24 실제로 왕양밍은 남방의 농민 반란이나 소수민족의 반란을 여러 차례에 걸쳐 진압한 바 있고, 명의 종실인 천하오宸濠의 반란을 평정하여 신건백新建伯으로 봉해지기까지 한 봉건적 세계관의 옹호자였다.

　그러나 명말의 혼란과 리즈를 정점으로 하는 왕학의 좌파에 의해 주자학의 권위가 도전 받고 그 기초가 흔들리기는 했으나, 청의 통치 체제가 확립되고 지배계급으로서의 향신사회가 성립되자 주자학은 또다시 국가의 통치 이데올로기로서 받들어지게 되었다. 그러므로 공식적으로는 청주 학파程朱學派가 이전보다 오히려 더 확고해졌다. 그러나 비공식적으로는 청 왕조에 들어와서는 이것과 양밍 학파陽明學派에 대한 중대한 반동이 제기되었다.

　이러한 반동이 제기된 데에는 앞서 이야기한 농업생산력의 발달과 경제활동의 활성화가 큰 작용을 했는데, 이러한 사회경제적 변화를 설명하고 뒷받침하기 위한 경세치용經世致用의 실용적 학풍이 요구되었던 것이다. 다른 한편으로는 명대 말기에 중국에 들어온 서양의 기독교 선교사들이 천문학이나 역학曆學, 수학, 지리학 등의 실용적인 서양의 과학지식을 전파해 당시 중국의 지식인계층에 깊은 영향을 주기도 하였다. 그리고 명말청초의 전란기를 겪으며 이민족의 전제주의적 통치에 대해 강한 저항감을 갖고 있던 일군의 지식인들이 종래의 관념적이고 주지주의적인 학문연구방법을 버리고 실용적이며, 실증적인 연구방법을 추구하였던 것도 그 이유 가운데 하나였다. 이러한 이유들로 청대의 학술적 경향은 실용을 추구하는 방향으로 흘러가게 되었던 것이다.

2) 한학漢學의 부흥과 고증학

　실용적인 학풍과 관련해, 주자학 자체에 대해 비판적 입장을 견지하고 있던 청대의 반대자들은 청주 학파程朱學派나 양밍 학파陽明學派

모두 당시 민간에 널리 퍼져 있으면서 강력한 힘을 발휘하고 있었던 불교와 도교의 영향을 받아 쿵쯔孔子의 본래 사상을 잘못 해석하고 원시 유가의 실천적인 면을 상실함으로써 공소한 관념론에 빠져 버렸다고 비판하였다.[25] 다른 한편으로 이들의 비판적 입장은 명말 청초의 이민족의 전제주의적 통치에 대한 저항과도 맞물려 있었는데, 실제로 이들 가운데 상당수가 반청복명反淸復明 운동에 참여한 바 있었다.[26] 이러한 이유로 그들의 비판의식은 이민족 정권의 관학官學으로서의 주자학에 대한 비판과도 맞닿은 측면이 있었다.

그리하여 이들이 도달한 곳은 송대 이전, 그 가운데서도 유가사상에 대해 가장 활발한 논전이 벌어졌던 한대였다. 그들은 한대의 학자들이야말로 시간적으로 쿵쯔孔子에 가까운 시대에 살았고, 또 그 당대에는 불교가 중국에 도입되기 전이었기 때문에, 그들의 고전해석은 쿵쯔의 참된 사상에 좀 더 가까운 것이었다는 믿음을 갖고 있었다. 그래서 이들은 송대의 학자들이 무시했던 한대 학자들의 글을 집중적으로 연구했고,[27] 이러한 학문적 성과들을 송대의 학자들의 그것과 구별하여 '한학漢學'이라 불렀다.

이들 한학자漢學者들은 고전의 학문적 해석을 강조했기 때문에, 경

---

25 풍우란, 더크 보드, 강재륜 역, 『중국사상사』, 일신사, 1982. 326~327쪽.

26 청초의 '삼대사三大師'라고 불리는 황종시黃宗羲와 구옌우顧炎武, 왕푸즈는 만주족이 중원에 들어오자 의병을 모아 그들에 대항하였다. 그러나 이러한 군사적 행동이 실패로 돌아가자 이들은 각각 은거하여 학문 연구에 몰두하였는데, 그들의 공통의 관심사는 명 왕조가 멸망하게 된 원인에 대한 탐구와 이상적인 제도의 추구를 바탕으로 한 경세학經世學에 있었다.

27 초기의 고증학자들의 연구대상은 후한後漢의 경학이었다. 그러나 좀 더 더 오랜 전거들을 찾아 올라가다가 결국 전한의 금문학에 눈을 돌리게 되었다. 이러한 사실은 청대의 한학이 또다시 일변하여 공양학파가 등장하게 된 배경이 되었다.

서 안에 내재해 있는 본래의 의미를 파악하기 위하여 한 구절, 한 글자의 뜻을 문헌학적으로 추구하였다. 이로 인해 '소학小學'이라고도 부르는 고대의 문자와 음운에 관한 연구가 부수적으로 발달하였다. 이를 통해 이들은 고전의 비평과 고증, 훈고 등의 분야에서 뚜렷한 업적을 남겼는데, 이는 또한 역사학이나 역사지리학, 금석학, 교감학 등의 고증적 수법에 의한 연구를 촉진시켜 중국사에 대한 실증적 연구의 기초를 제공하기도 했다. 그러나 청대의 최전성기라는 건륭, 가경시대가 되면서부터는 만주족 정권이 자신들의 통치기반을 공고히 하게 되어, 고증학은 초기 사상가들이 갖고 있었던 비판의식의 건강성을 잃고, 정권의 보위에 맞추어 자잘한 부분에 대한 별다른 의미 없는 고증에 빠져버리게 되었다.

이상의 논의를 통해 청대 사회의 일반과 그 사상적 경향에 대해 간략하게 살펴보았다. 여기에서 청대 사회가 안고 있었던 문제 가운데 두드러지게 나타나는 것은 이민족 지배로 인한 민족갈등이고, 기본적으로 전제되어 있던 것은 생산력 수준의 발전과 전체 사회를 통어하는 지배이데올로기 사이의 어긋남이었다고 할 수 있다.

그러나 좀 더 엄밀하게 말하자면, 만주족의 중국지배는 단순히 그들에 의해서만 이루어진 것이 아니라, 건국과정에서 그들과 타협한 한족 지주관료들의 적극적인 개입과 협조에 힘입은 바 컸다고 할 수 있다. 따라서 왕조는 바뀌었지만, 지배계층의 본질적인 성격은 명 왕조와 다를 바가 없었으며, 기본적인 갈등 역시 전대와 마찬가지로 토착 지주관료와 지역사회 내의 향신들을 중심으로 한 지배세력과 그들의 지배를 받는 피지배계층의 대립으로 규정할 수 있다.

이러한 물적 토대의 이중성은 그 시대의 성격을 좀 더 분명하게 규정하는 시대사조의 이중성으로 반영되는데, 이것은 표면적으로는 청주이학程朱理學이 공인되고 있었으나, 그 이면에는 정통사상에 대한 반동으로서의 한학漢學이 부흥되고 실용주의적 학풍이 진작되었다는 사실로 설명할 수 있을 것이다. 나아가 이러한 갈등을 해소하고 극복하기 위한 노력의 일단으로 제기되는 것이 새로운 이념형의 창출이라 할 수 있는데, 전체적으로 볼 때 청 왕조의 경우에는 그 이전의 왕조가 겪지 못했던 새로운 세계와의 만남과 변화 즉 전통적인 중화사상에 바탕한 단일문화권에 속하는 지역적 세계로부터 세계사로 편입되는 과정에서 이러한 작업이 실패한 경우라고 규정지을 수 있다. 아울러 이러한 시대사조는 다시 개인적인 차원에서 다양한 형태로 구체화된다. 이에 다음 마디에서는 우징쯔의 생애와 사상에 대한 고찰을 통해 이러한 물적, 사상적 토대의 이중성으로 말미암은 양자 간의 갈등이 극복되어지고 새로운 사회가 건설되는 과정 속에서 요구되어지는 이념형의 창출의 실패가 그 시대를 살아가는 개인의 문제와 어떻게 연결되는가 하는 것에 대하여 살펴보기로 하겠다.

제3장

우징쯔吳敬梓와 『유림외사』의 판본 및 평점

1. 우징쯔吳敬梓의 생애와 사상

　『유림외사』의 작자인 우징쯔의 가세家世와 생애에 대해서는 일찍이 많은 연구가들에 의해서 자세한 고찰이 이루어져 왔다. 심지어는 구체적인 연도까지 들어가면서 연보까지 작성되어 있는 형편이다.[1] 그러나 실제로 그의 일생에 대해, 특히 그의 유소년기에 대한 자료는 거의 남아 있지 않으며, 단지 그의 가세에 대해서만 비교적 분명하게

---

1 우징쯔에 대한 최초의 연구논문은 후스胡適의 「우징쯔 연보吳敬梓年譜」(『胡適論中國古代小說』, 武漢; 長江文藝出版社, 1987.; 原載 亞東圖書館排印本『儒林外史』, 1920.)와 「우징쯔 전吳敬梓傳」(『胡適論中國古代小說』, 武漢; 長江文藝出版社, 1987.; 原載 亞東圖書館排印本『儒林外史』, 1920.)이다. 이후로 많은 학자들에 의해 수많은 연구논문들이 쏟아져 나왔다. 그 가운데 대표적인 몇 가지를 들면 다음과 같다.
　멍싱런孟醒仁, 「우징쯔 연표吳敬梓年表」(『吳敬梓硏究』, 1981.1期.)
　멍싱런孟醒仁, 『우징쯔 연보吳敬梓年譜』, 안후이런민출판사安徽人民出版社, 1981.
　우징쯔吳敬梓, 『원무산팡집文木山房集』, 구뎬원쉐출판사古典文學出版社, 1957.
　왕쥔녠王俊年, 『우징쯔와 유림외사吳敬梓與儒林外史』, 상하이구지출판사上海古籍出版社, 1983.
　천메이린陳美林, 『우징쯔吳敬梓』, 쟝쑤런민출판사江蘇人民出版社, 1978.
　천루헝陳汝衡, 『우징쯔 전吳敬梓傳』, 원이출판사文藝出版社, 1981.
　후녠이胡念貽, 「우징쯔와 그의 시대吳敬梓和他的時代」(胡念貽 著, 『中國古代文學論稿』, 上海古籍出版社, 1987.)

살펴볼 수 있다.

1) 선세先世

우징쯔는 자신의 조상에 대해서 먼 옛날 주周나라의 후손이라고 밝
힌 적이 있다.[2] 그러나 이는 우 씨吳氏 성을 가진 사람은 누구나 의례
하는 말이므로 믿을 만한 것은 못된다.[3] 비교적 믿을 만한 것은 명대
로 거슬러 올라갈 수 있는데, 명의 영락제(1402~1424년)가 난을 일으
켰을 때,[4] 우징쯔의 조상 가운데 우충吳聰이라는 이가 그에 내응하여
거사가 성공한 뒤 봉읍封邑을 받았다 한다. 그러나 그 이후로 별다른

---

2 "나의 주나라 종실의 후예인 [조상은] 오래전에 동쪽으로 떠났다.我之宗周貴裔, 久發靭
于東漸(족보에 의하면 고조는 중용의 99세 손이라 한다.按族譜:高祖爲仲雍九十九世係)."
(『원무산팡집文木山房集』「이가부移家賦」 중에서)

3 주나라의 선조인 구궁단푸古公亶父에게는 타이보泰伯와 중용仲雍, 지리季歷라는 세 아
들이 있었는데, 지리季歷의 아들인 창昌(주 문왕)이 덕이 있는 것을 보고, 관습을 깨고
그에게 군위를 물려줄 생각을 하였다. 타이보는 그 뜻을 헤아리고 아우인 중용을 데
리고 거우우勾吳로 가서 그곳을 다스리다가 그가 죽자 중용이 그의 뒤를 이었다. 그
뒤에 창昌의 아들인 파發(주 무왕)가 상商을 멸한 뒤, 중용仲雍의 자식들을 우吳에
봉하였다. 이에 타이보과 중용의 후손들은 우吳를 자신들의 성으로 삼았으며, 후대에
는 우吳 씨 성을 가진 사람들이라면 누구나 자신들의 먼 조상으로 타이보와 중용을
꼽게 되었다. 우징쯔 역시 이런 맥락에서 자신의 고조부인 우페이吳沛가 중용의 99세
손이라 했던 것이다.

4 명 태조明太祖 주위안장朱元璋은 개국 이후 황실 수호를 위해 황태자를 제외한 자신
의 아들들을 변방에 제왕諸王으로 분봉하였다. 그의 사후에 황제에 즉위한 혜제惠帝
는 결단력 없는 우유부단한 성격의 소유자로서 주위 신하들의 권유를 받아들여 세력
이 커진 제왕들의 세력을 약화시키고자 하였다. 그들 가운데 표적이 되었던 인물이
베이징에 주둔하고 있었던 연왕燕王 주디朱棣였으며, 눈치를 챈 연왕은 간신을 제거
하고 명 황실을 구한다는 명분으로 거병하여 정권을 탈취하였다. 이때 거병을 '정난
군靖難軍'이라 하였으므로, 이를 '정난의 변'이라 부른다. 이에 대한 이야기는 작품 내
에서도 몇 차례 언급된다.

공훈을 세운 것이 없었던 까닭에 좐디轉弟라는 이름의 조상 때 봉읍을
잃고 류허 현六合縣으로부터 취안쟈오 현全椒縣으로 이사를 왔으며,[5]
이때부터는 평민의 신분으로 몇 대에 걸쳐 농사를 짓다가[6] 뒤에 우펑
吳鳳의 여러 아들 가운데 하나인 우쳰吳謙이라는 이가 의술을 배워 전
초의 우 씨 집안은 이로부터 의학을 배우기 시작했다.[7] 의원 노릇을
한 뒤로부터 점차 집안이 경제적으로 부유해져서 그 자손들에게 교육
을 시킬 수 있었으며, 그의 아들인 우페이吳沛에 이르러는 글 읽는 것
을 업으로 삼기에 이르렀다. 그러나 우페이吳沛는 학문에 정진하여
이름을 떨치는 데 불과해,[8] 평생을 름선생원廩膳生員[9]으로 보냈다. 정

---

5 "명나라 정난의 변이 있을 때, 난두에서 힘을 써서(먼 조상이 영락 때 황제를 따라
  공을 세웠다) 천호의 봉읍을 하사받아, 류허 현에 분봉되었다. 좐디에 이르러 습봉을
  반납하고, 수년이 지난 뒤 이사를 했다(좐디라는 이름을 쓰시던 시조께서 류허에서
  취안쟈오로 옮겼다).有明靖難, 用宣力于南都(遠祖以永樂時從龍). 賜千戸之實封, 邑六合而剖
  符. 迨轉弟而讓襲, 歷數葉而遷居(始祖諱轉弟公自六合遷全椒)"(『원무산팡집文木山房集』「이
  가부移家賦」)
6 뒤에 그 자손인 우궈두이吳國對가 입신출세한 뒤『취안쟈오지全椒志』를 펴낼 때, 자
  신의 조상들이 그저 평민으로 남아 있는 것이 불만스러워 좐디轉弟라는 이름을 우펑
  吳鳳이라 바꾸고, 봉읍도 '잃은 것失襲'이 아니라 '반납을 한 것讓襲'이라고 하였다.
  "뜻이 높고 담담해서 봉읍을 반납하고 마을의 서쪽 교외로 거처를 정했다.以志趣高淡
  讓襲, 卜居邑之西墅"(『취안쟈오지全椒志』「우펑 전吳鳳傳」)
7 "의원 노릇을 하며 의업에 종사했다.治靑囊而醫業"(『원무산팡집文木山房集』「이가부移
  家賦」)
  『유림외사』34회에서도, "그 집안은 조상 수십 대 동안 의술로 널리 음덕을 쌓았다.
  他家祖上幾十代行醫, 廣積陰德"라는 대목이 나오는데, 여기에서 그는 작자의 화신이라
  일컬어지는 두사오칭杜少卿을 가리킨다. 곧 우징쯔는 부지불식간에 작중인물의 입을
  빌어 자신의 조상에 대한 이야기를 하고 있는 것이라 볼 수 있다.
  참고로 이 책에 인용된 작품의 원문은 리한츄李漢秋가 집교輯校한『유림외사』 회교회
  평본『儒林外史』會校會評本(상하이구지출판사上海古籍出版社, 1984.)을 따랐다. 그리고
  번역문은 홍상훈 외 옮김, 『유림외사』(을유문화사, 2009.)를 따르되, 명백하게 오역인
  경우와 번역이 적절치 못하다고 판단되는 경우에는 필자가 적절히 수정을 가하였다.
8 "증조부의 이름은 펑이고, 조부의 이름은 쳰이며, 아버지의 이름은 페이로, 덕망과

작 입신출세는 다음 대인 그의 아들들에 이르러 이루어졌는데, 리탸오위안李調元의 『제의과쇄기制義科瑣記』 '취안쟈오 우 씨 형제全椒吳氏兄弟' 조條에는 다음과 같은 기록이 남아 있다.

　　취안쟈오의 우 씨 형제는 동복 형제가 다섯이 있으니, 그 가운데 넷이 진사였다. 큰아들인 궈딩은 앞서 계미년에 진사가 되어 관이 중서사인에 이르렀다. 셋째인 궈진은 순치 기축년에 진사가 되었고, 넷째인 궈두이는 순치 무술년에 진사가 되었는데, 방안[10]으로 급제하여, 관은 한림시독에 이르렀다. 다섯째인 궈룽 역시 앞서 계미년에 진사가 되어 관은 예과도급사중에 이르렀다. 궈두이와 궈룽은 쌍둥이 형제이다. 궈룽의 아들 성은 강희 병진년에 진사가 되었고, 빙은 신미년에 진사가 되었는데, 방안으로 급제하였다.[11]

이로 볼 때, 우징쯔의 집안은 증조부와 조부의 양대에 걸쳐 문명文名으로 보나 관도官途로 보나 크게 이름을 떨쳤음을 알 수 있다. 우징

문장은 동남 학자들의 으뜸 스승이었다.曾祖諱鳳. 祖諱謙. 父諱沛. 道德文章爲東南學者宗師."(천팅징陳廷敬, 「우궈두이 묘지吳國對墓誌」, 『기헌류정耆獻類征』 115권.(후스胡適 「우징쯔 연보吳敬梓年譜」에서 재인용.))

9　름선생원은 나라에서 일정한 녹봉(廩膳)을 받는 생원을 말한다.

10　본래는 방안榜眼이 아니고 탐화探花가 맞는데, 리탸오위안李調元이 잘못 알고 쓴 것이다. 여기에서 말하는 방안이니 탐화니 하는 것은 과거시험의 등급을 말하는 것으로, 과거시험의 마지막 관문인 회시會試를 거친 뒤, 등급을 나누는 의미에서 보는 전시殿試에서 합격자들을 일一, 이二, 삼갑三甲으로 나누되, 일갑一甲의 3명을 장원狀元, 방안榜眼, 탐화探花라 불렀다.

11　"全椒吳氏兄弟, 同胞五人, 其四皆進士. 長國鼎, 前癸未進士, 官中書舍人. 三國縉, 順治己丑進士. 四國對, 順治戊戌進士, 榜眼(應爲探花)及第, 官翰林侍讀. 五國龍, 亦前癸未進士, 官禮科都給事中. 國對, 國龍孪生也. 國龍子晟, 康熙丙辰進士, 昺, 辛未進士, 榜眼及第."(천메이린陳美林, 『우징쯔吳敬梓』, 장쑤런민출판사江蘇人民出版社, 1978. 8쪽에서 재인용.)

쯔 자신도 자신의 글이나 작품 내 곳곳에서 이에 대한 자부를 드러낸 바 있다.[12] 그러나 그의 아버지로 알려져 있는 우린치吳霖起는 그의 바로 윗대의 조상과는 달리 그렇게 큰 벼슬을 하지는 못했다. 그는 강희 병인년(1686년)에 발공拔貢[13]이 되어 쟝쑤江蘇의 간위 현贛榆縣 교유敎諭를 지내다 임인년(1698년)에 관직을 내놓고 그 다음해에 죽었다.

여기에서 문제가 되는 것은 과연 그의 생부가 누구인가라는 것이다. 우징쯔의 생부에 대해 최초로 언급한 사람은 후스胡適이다. 후스는 우징쯔 자신이 쓴 「이가부移家賦」에 그의 아버지가 "간위 현贛榆縣의 교유敎諭"를 지냈다는 기록에 근거하여, 다시『취안쟈오지全椒志』에서 간위 교유贛榆敎諭를 지낸 사람이 '우린치吳霖起'라는 사실을 밝혀내 린치가 곧 우징쯔의 아버지라고 단정하였다.[14] 그 이후로 우징쯔의 아버지가 린치霖起라는 사실은 별다른 이견이 없이 받아들여져 왔으나, 최근에 몇몇 연구가들이 이에 대해 강력히 문제를 제기한 바 있다.[15] 이들의 주장에 따르면, 우린치吳霖起는 우궈두이吳國對의 장자인 우단吳旦의 독자로 우단이 일찍 죽고, 린치 역시 자녀가 없어, 장손이 끊길 위

---

12 "오십 년 사이 가문이 융성했다.五十年中, 家門鼎盛."(『원무산팡집文木山房集』「이가부移家賦」중에서)

13 발공은 특별선발위원회가 설치되어 즉시 관리에 임용될 수 있는 공생을 선발한 것으로, 명대 중엽부터 12년 간격으로 시행되었다.

14 후스胡適, 「우징쯔 연보吳敬梓年譜」.

15 천메이린陳美林, 「우징쯔 신세삼고吳敬梓身世三考」(리한츄李漢秋 편編,『「유림외사」연구론문집「儒林外史」研究論文集』, 중화서국中華書局, 1987.『우징쯔 연구吳敬梓研究』, 상하이구지출판사上海古籍出版社, 1985.(原載『南京師院學報』, 1977.3期.)), 천메이린陳美林, 「우징쯔의 신세 문제에 관하여(장톈유 선생에게 답한다)關于吳敬梓的身世問題(答張田有先生)」(복인보간『중국고대·근대문학연구復印報刊『中國古代, 近代文學研究』, 1982.2. (原載『藝譚』, 1981.3期.))이 대표적이며, 천루헝陳汝衡(『우징쯔 전吳敬梓傳』, 상하이上海; 원이출판사文藝出版社, 1981.)도 같은 주장을 펴고 있다.

기에 처하자 우단의 동생 쉬勖의 셋째 아들인 윈옌雯延의 자녀 가운데
아들과 딸 하나씩을 선택해 린치의 뒤를 이었다는 것이다. 이상의 논
의를 바탕으로 그의 가계도를 그려보면 다음과 같다.

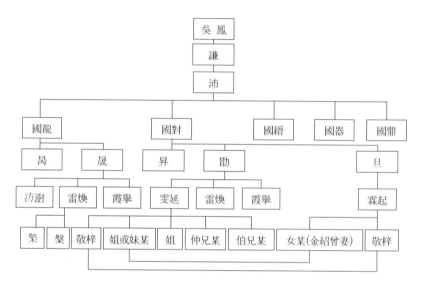

표) 우징쯔의 가계도

2) 우징쯔의 생애

우징쯔(1701~1754년)는 자가 민쉬안敏軒이고, 호는 리민粒民이며, 만
년에는 원무라오런文木老人[16]이라고도 했고, 고향을 떠나 난징南京으로

---

16 그의 이름과 자에 대해서, 멍싱런孟醒仁은 다음과 같이 풀이하였다. 징쯔敬梓라는 이름
   은 『시경詩經』 「소아小雅」 「소변小弁」의 "뽕나무와 가래나무까지도, 반드시 공경하니
   維桑與梓, 必恭敬止"라는 시구에서 나왔고, 이 가래나무梓는 문목文木이라고도 했기에
   뒤에 자신의 서재를 '원무산팡文木山房'이라 불렀으며, 『논어』의 "민첩하고 학문을 좋아
   하며, 겸허하게 아랫사람에게 묻는 것을 부끄러워하지 않아 '문'이라는 시호를 받은
   것敏而好學, 不恥下問, 是以謂之文也"이라는 대목에서 민쉬안敏軒이라는 자를 취했다는

이사를 한 뒤에는 친화이수이팅秦淮水亭에 거처를 정하고 있었기에 친화이위커秦淮寓客라고도 불렀다. 그는 안후이 성安徽省 취안쟈오 현全椒縣 사람으로,[17] 그의 생애에 관해서는 그의 생전의 친구였던 청진팡程晉芳의 「전기傳記」와 우징쯔 자신의『원무산팡집文木山房集』, 그가 살았던 취안쟈오 현全椒縣의 방지方志인『취안쟈오현지全椒縣志』, 그리고 작자 자신의 형상이라 알려져 있는 작품 속의 인물인 두이杜儀(少卿)의 행적과 근대 사람인 후스胡適의 「우징쯔 전吳敬梓傳」, 「우징쯔 연보吳敬梓年譜」 등을 통해 알 수 있다.

그의 생애는 크게 세 시기로 나눌 수 있다. 우선 그의 소년기와 청년기는 유복한 가정에서 정통적인 유가적 교육을 받으며 자랐던 그의 생애 가운데 가장 무난하고 평탄했던 시기라 할 수 있다. 따라서 별다른 개인적인 갈등이 없었기 때문에 그의 생애에 관한 여러 가지 기록에 이 시기에 대한 언급은 별로 나와 있지 않다. 그러나 그의 나이 23세에서 33세까지의 10년 동안은 개인적으로 어려운 일이 잇달아 일어났던 시기였다. 우선 그를 낳아준 생부生父와 길러준 사부嗣父가 차례로 죽고, 그에 따른 재산분배 문제로 친척 간에 다툼이 벌어졌으며,[18]

것이다.(멍싱런孟醒仁, 「취안쟈오 우징쯔 석명全椒吳敬梓釋名」, 복인보간『중국고대·근대문학연구復印報刊『中國古代, 近代文學研究』, 1982.2.(原載『藝譚』, 1981.3期.))

17 우징쯔의 관적貫籍에 대해서 같은 안후이安徽 출신인 후스胡適는 그의 「우징쯔 전吳敬梓傳」에서, "우리 안후이의 첫 번째 가는 문호는 팡바오가 아니고, 류다쿠이도 아니며, 야오나이가 아니라, 취안쟈오 현의 우징쯔다 我們安徽的第一個大文豪, 不是方苞, 不是劉大櫆, 也不是姚鼐, 是全椒縣的吳敬梓"라고 하여 대단한 자긍심을 나타낸 바 있다. 잘 알려진 대로 팡바오方苞와 류다쿠이劉大櫆, 야오나이姚鼐는 안후이 성 퉁청桐城 출신의 문장가로 세 사람이 사승 관계를 이루어 세칭 '퉁청 파'라 불렸다.

18 『유림외사』의 전반부에 등장하는 옌 공생嚴貢生과 옌 감생嚴監生 형제간의 재산권 다툼 역시 자신의 경험을 바탕으로 한 것이라는 추단도 내려볼 수 있다.

그의 처가 역시 장인의 별세 이후 가세가 기울다가 그로 인해 상심한 아내가 병사했다. 게다가 우징쯔가 과거시험에 실패해 공명을 얻는 것이 여의치 않게 되자, 같은 고향의 사람들은 그의 실력을 의심하기에 이르렀고, 이에 자존심이 상하여 그는 더 이상 자신을 억제하지 못하고 잠시 방탕한 생활에 빠지게 된다.

이러저러한 일로 남아 있던 재산을 적지 않게 써버린 우징쯔는 취안쟈오全椒에서 더 이상 살 의욕을 잃고 난징南京으로 이사를 하며, 이때부터 새로운 인생을 경험하게 된다. 그가 난징으로 이사한 것은 그의 나이 33세 되던 해로, 이때부터 그가 죽기까지의 기간은 그의 개인적인 삶으로는 가난과 고통으로 점철되었지만, 문예창작이라는 측면에서는 인생에 대한 깊은 사색과 많은 사람들과의 만남을 통해 세계에 대해 새로운 인식을 갖게 되었다는 점에서 매우 의미 있는 기간이었다.

한편 그의 생애에 있어 큰 의미를 갖는 몇 가지 문제를 거론하자면, 그의 개인적인 처경과 함께 외부적인 요인으로서 그가 건륭 원년(1736년)에 시행된 '박학홍사과博學鴻詞科'에 응하지 않았던 일과 사재를 털어 선현사先賢祠를 중수重修하고 제사를 올린 것을 들 수 있다. 우선 그의 개인적인 처경으로는 그와 함께 출사出嗣한 친누이와의 돈독한 우애와 그의 돌연한 죽음으로 인한 마음의 상처, 그리고 어머니를 일찍 여의고 나서 겪은 친척들의 질시와 집안 내부의 재산권 다툼 등을 들 수 있다. 우징쯔는 이런 일들에 대해 적극적으로 대응하기보다는 오히려 자신을 학대하고 방종함으로써 문제를 회피하였다. 그의 회재불우懷才不遇한 인생역정을 결정짓는 결정적인 요소가 되었던 그의 중년 이후의 곤궁했던 경제상황은 실제로는 자신이 자초한 것으로 볼 수 있다.

다음으로 우징쯔의 사회적 활동을 결정지었던 출사出仕 문제의 여의치 못함과 선현사 중수 문제는 그의 창작물인 『유림외사』의 주요 모티프로 작용하고 있는 팔고 과거제도와 그의 지향에 대해 중요한 시사를 던져주는 것들이라고 할 수 있다. 그는 세대서향世代書香의 집안에서 태어난 데다 출사出嗣로 인해 종갓집의 종손으로서 집안 내부에서의 출사出仕의 압력을 많이 받으며 커 왔으며, 그 자신도 이에 대해서는 별다른 의문을 제기하지 않고 과거시험 공부에 힘을 쏟았다. 그러나 실제로는 그 결과가 여의치 않았는데, 그의 나이 29세 되던 해에 향시의 예비시험 격인 제주과고滁州科考에 참가하여 일등으로 붙었으나, 정작 향시에서는 낙제하고 말았다. 이후로도 계속 과거시험에 대한 뜻을 포기하지 않고 있다가 난징으로 이사한 뒤, 그의 나이 35세 되던 해에 정부에서 '박학홍사과'를 시행하자, 그 다음해 봄 우징쯔 역시 안후이安徽 순무巡撫인 자오궈린趙國麟의 추천으로 정시廷試에 참가하러 북경으로 가던 중 병을 얻어 포기하고 말았다 한다. 이 점에 대해서는 논자들에 따라 다음의 두 가지 설이 존재해 왔다.

첫 번째 설은 우징쯔가 갖고 있는 민족주의 사상으로 말미암아 청 왕조의 회유를 받아들이지 않으려고 병을 핑계로 거절했다는 것이다. 여기에는 팔고 과거제도에 대한 작자의 비판적인 태도 역시 작용을 했다는 주장이 포함된다. 아울러 『유림외사』 내의 작자의 화신이라 하는 두사오칭杜少卿이 34회에서 자신에게 주어진 관직을 물리친 것[19]

---

19 제34회에서 두사오칭杜少卿은 자신을 추천한 현 지사縣知司에게 병을 핑계로 관직에 나갈 수 없다고 고사한다. "지현이 급히 부축해 일으켰다. 자리에 앉은 후 덩鄧 지현이 말했다. '조정에서 훌륭한 인재를 초빙한다 하여 리 순무께서 두 선생을 천거하고

이 그 방증으로 제시되고 있다. 다른 하나는 당시 우징쯔가 정말 병이 들어서 그랬던 것이지 진심으로 그랬던 것은 아니라는 것이다.

　이제까지의 논의들에서는 작자의 당시 현실에 대한 비판의식을 강조하는 입장에서 대개 첫 번째 주장이 타당성 있게 받아들여져 왔다. 그러나 근래에는 이러한 입장이 강하게 부정되고 실제로 병이 들어서 못 갔을 거라는 주장을 펴는 사람들이 등장했다.[20] 이들은 그 당시 상황으로 보아 우징쯔가 자신의 민족주의 사상으로 말미암아 박학홍사과에 응하지 않은 것은 아마 거의 불가능했을 것이라 하였다. 왜냐하면 당시는 이미 청 왕조의 지배가 어느 정도 확고하게 자리를 잡아 한족 지식인들의 반만 감정反滿感情도 많이 누그러져 민족주의 의식보다는 일신의 영달을 꾀하는 풍조가 팽배해 있었으며, 실제로 그의 당형堂兄인 우칭吳檠과 지우至友인 청팅쭤程廷祚 역시 베이징에 가서 시험에 참가한 것을 치욕으로 생각하지 않았는데, 유독 우징쯔만이 그랬을 개연성은 희박했을 것으로 보고 있다. 아무튼 이 사건은 현실적인 공명에 대해 크게 기대를 걸고 있었던 그에게 큰 충격을 던져

　　그 영광을 함께 하고자 하셨는데, 선생께서 이렇게 심한 병에 걸리시다니요. 언제쯤이면 힘들게나마 길을 떠나실 수 있겠습니까?' 두사오칭이 말했다. '불행히도 소생이 큰 병에 걸려 생사도 알 수 없는 지경이니 이번 일은 도저히 할 수 없겠습니다. 지현 나리께서 저 대신 고사한다는 뜻을 전해 주셨으면 합니다.知縣荒扶了起來, 坐下就道, '朝廷大典, 李大人專要借光, 不想先生病得狼狽至此. 不知幾時可以勉强就道?' 杜少卿道, '治晩不幸大病, 生死難保, 這事斷不能了. 總求老父代我懸辭.'"

20　천메이린陳美林, 「우징쯔가 박사홍유과에 응한 것에 관한 문제關于吳敬梓應征辭問題」, 『우징쯔 연구吳敬梓研究』, 상하이구지출판사上海古籍出版社, 1985.(原載 『社會科學戰線』, 1984.2期.)
　　허쩌한何澤翰, 「우징쯔가 박학홍사과 시험에 참가하지 않았다는 문제에 대한 나의 견해未參加博學鴻詞科考試問題的我見」 복인보간『중국고대·근대문학연구復印報刊『中國古代, 近代文學研究』 1982.2.(原載 『藝譚』, 1981.3期.)

주었으나, 얼마간의 시간이 흐르고 난 뒤 마음을 추스리고 나서 그가 추구했던 공명이란 것에 대해 다시 생각해 볼 수 있는 계기가 되었다. 이런 측면에서 보자면, 그가 벼슬길에 오르지 못했다는 사실은 그의 소설 창작에 있어서는 긍정적으로 작용했다고 할 수 있다.

　이후에 그는 과거시험에 대한 뜻을 꺾고 41세까지의 기간 동안을 난징에 머물면서 그곳의 명사들과 교유하며 지냈다. 이 시기에 그는 그의 생애에 있어 대단히 중요한 의미를 갖고 있는 일을 하는데, 그것은 난징의 선현사先賢祠를 수복하는 일에 참여한 것이었다. 이것은 현실적인 면에서 그때까지 근근이 연명해 올 수 있었던 그의 경제적 기반을 송두리째 상실하는 계기가 되었는데, 다른 한편으로 그의 작품 속에 투영된 그의 이상세계에 대한 지향을 엿볼 수 있는 요소가 되기도 한다.

　난징의 선현사는 역대의 선현들을 모신 사당으로, 처음에 만들어졌을 때에는 역대 선현 41명을 제사지냈으나, 뒤에 11명이 추가되었다. 애초에 송대 초기에 만들어졌던 이 사당은 시간이 흐름에 따라 많이 퇴락하였고, 게다가 돌보는 사람조차 변변히 없었기에 우징쯔의 시대에 이르러서는 그 정황이 말로 표현하기 어려운 지경에 이르렀다. 이에 우징쯔는 친우들 가운데 예악禮樂을 중시하는 몇몇 사람과 함께 선현사를 수복하는 일에 힘썼는데, 이를 위해 자신의 취안쟈오全椒에 남아 있는 고택故宅마저도 처분하였다. 그가 이토록 헌신적으로 선현사 수복에 힘썼던 데에는 그것을 권유했던 친우들의 영향도 있었지만, 청 왕조 초기의 어려운 상황이 극복되고 통치기반이 안정되자 "이단을 물리치고 정학을 숭상하고자黜異端以崇正學" 쿵쯔孔子와 멍쯔孟子, 그리고 청이程頤, 청하오程顥, 주시朱熹의 유학을 선양하고 아울러 유

가의 선현들을 받들어 모셨던 당시의 정치적 입장도 크게 작용을 했
다. 그러나 무엇보다도 우징쯔 개인으로서는 우 씨吳氏 집안의 시조라
여겼던 타이보泰伯의 동생 중융仲雍에 대한 자부와 형제간의 재산권
다툼을 겪으면서 후손들에게 조상들의 겸양의 덕이 계승되지 못한 부
끄러운 현실을 경계하도록 하고자 하는 의도가 다분히 담겨 있었다고
할 수 있다.[21]

　우징쯔의 생애에 대한 이상의 논의를 통해 알 수 있는 것은 일반적
으로 알려져 있는 우징쯔에 대한 논의와 평가가 지나치게 피상적이고
일면적이라는 것이다. 그 가운데 가장 분명하게 드러나는 것은 우징
쯔가 갖고 있는 과거제도에 대한 비판은 의심의 여지가 없긴 하지만,
그 이면에는 과거시험을 통한 공명의 추구와 자기 과시의 심리가 매우
강하게 깔려 있었으며, 그가 추구했던 이상세계 역시 자신의 개인사
적인 배경과 밀접한 관계를 맺고 있다는 점이다. 이러한 측면들은 실
제로 그의 『유림외사』 창작에 많은 영향을 주고 있는 것이 사실이며,
작품 내의 중요한 계기적 요소로 작용하고 있다. 이제 다음에서는 우
징쯔의 사상적 편력을 살펴봄으로써 그의 창작동기를 밝히고자 한다.

3) 시대 사조와 우징쯔의 사상

　우징쯔가 태어났던 시기는 정치적으로나 문화적으로 청 왕조가 전
성기에 이르렀던 시기였다. 그가 태어나기 10여 년 전후로 청대 학술
계를 대표할 만한 인물들이 많이 생존해 있었으며, 그들에 의해 수많
은 저작들이 나타나기도 했다. 그가 태어나기 불과 3, 4년 전에는 후

---

21 천메이린陳美林, 『우징쯔吳敬梓』, 쟝쑤런민출판사江蘇人民出版社, 1978, 55쪽.

이둥惠棟(1697~1758년), 류다쿠이劉大櫆(1698~1780년)와 항스쥔杭世駿
(1696~1773년)과 같은 당대를 대표하는 학자들이 태어났다. 그리고
바로 1년 전인 1699년에는 주이쭌朱彝尊(1629~1709년)이 그의 유명한
저작인『경의고經義考』를 썼고, 같은 해에 쿵상런孔尚任(1648~?)은『도
화선桃花扇』을 쓰기 시작했다. 그의 유년시절인 1707부터 1711년 사이
에는『전당시全唐詩』,『연감류함淵鑑類涵』,『패문운부佩文韻府』등 청대의
학술계를 대표한다고 할 만한 저작들이 연이어 쏟아져 나왔다.

아울러『유림외사』의 등장인물들의 언행에 나타난 작자 우징쯔의
사상적 경향은 청초의 구옌우顧炎武나 옌위안顔元(1635~1704년) 등의
진보적인 사상에 경도된 측면을 보여주는가 하면, 정통적인 유가 사
상의 훈도를 받은 면모를 보이기도 하고, 위진 풍도魏晉風度의 영향을
받은 흔적이 엿보이기도 한다.

또 한편으로 그냥 지나칠 수 없는 것이 그가 살았던 시대와 그 자신
의 계급적 편향(지주관료의 세대서향世代書香)인데, 이러한 그 자신의
한계로 말미암아 그는 작품 속에서 자신이 비판했던 사회문제의 본질
을 투철하게 드러내 밝히지 못하는 동시에, 선진적인 사상도 내놓지
못했으며, 단지 유가사상의 테두리 속에서 모든 것을 귀결시키려 했
다. 이상과 같은 우징쯔의 사상적 편향에 대해서 간략하게 살펴보고
자 한다.

(1) 원시 유가에의 경도와 경학관

앞서 청대의 학술사상을 이야기하면서 청대에는 송명리학宋明理學
에 대한 반동으로 한학漢學이 크게 일어났다는 것을 언급한 바 있다.

이렇듯 "쿵쯔와 멍쯔로 돌아가고, 성인의 학술을 부흥시키는 것返回孔孟, 復興聖學"이 청초부터 일기 시작한 그 시대의 진보적인 사조였다. 이렇듯 쿵쯔와 멍쯔로 돌아가자는 구호 속에는 초기의 유가사상에 대한 중시와 선양의 의미가 담겨 있는데, 우징쯔 역시 그 시대를 살았던 진보적 성향의 지식인으로서 그의 기타 저작이나 『유림외사』 및 주위 사람들의 기록을 통해 이러한 면모를 엿볼 수 있다.

우선 살펴 볼 수 있는 것이 그의 예치禮治와 인정仁政에 대한 주장으로, 이에 대한 우징쯔의 입장은 현실과 이상이 서로 어긋나 있다는 것이었다. 곧 그는 현실 정치의 무대인 조정에서는 이미 이러한 이상의 실현이 불가능하다고 보았기 때문에, 그의 실제 삶 속에서 추진했던 난징의 선현사 수복과 작품 속에서의 '제타이보츠 타이보의 사당을 제사지내는 것祭泰伯祠'을 통해 그 대안을 예시하고 구체화하려 했다고 볼 수 있다. 나아가 '제타이보츠 타이보의 사당을 제사지내는 것祭泰伯祠'에서 제시된 그의 좀 더 구체화된 이상은 '양보의 미덕讓德'이라 할 수 있는데, 우징쯔가 '양보의 미덕讓德'을 제기했던 데에는 크게는 조정에서의 황제의 계승을 둘러싼 암투와 개인적으로 자신의 재산 분배를 놓고 서로 질시하던 친척들에 대한 경계의 의미가 담겨 있다고 할 수 있다. 아울러 작품의 곳곳에서 제창하고 있는 농경의 권유와 수리사업, 학교의 시행, 예악 등에 대한 논의 역시 이러한 예치인정禮治仁政의 실현을 작품 속에 체현한 것이라 볼 수 있다.

다른 한편으로 유가사상의 바탕을 이루고 있는 '효' 문제는 우징쯔가 『유림외사』 내에서 가장 중점을 두고 묘사한 부분이다. 작품 속의 쾅차오런匡超人과 궈 효자郭孝子의 효행은 그 상식적인 선을 넘어선 '우효愚孝'로까지 그려지고 있다. 그러나 왕위후이王玉輝의 딸의 순부

殉夫와 마찬가지로 이러한 '효'와 '절개'의 선양은 현실은 오히려 그렇지 못하다는 의미에서 아이러니컬한 요소가 담겨 있다. 곧 이미 타락할 대로 타락한 현실관계 속에서 찾아보기 힘든 부모에 대한 '효'와 '일부종사'의 미덕을 작품 속에서나마 사람들에게 제시해 보고자 하는 우징쯔의 의도가 역설적인 의미로 드러나게 된 것이다.

이러한 초기의 유가사상에 대한 경도는 자신이 속한 지배계층의 지식인사회에 대한 냉철한 비판에서 나온 것이며, 나아가 우징쯔가 선택한 제재인 '유림儒林'은 중국소설사상 보기 드물게 재자가인才子佳人류의 소재를 벗어나 있다는 점에서 이채를 띠고 있다. 그러나 그가 비판했던 당대 사회문제에 대한 해결방안으로 제시했던 순수한 유가이념이라는 것은 그것이 초기의 것이든 또는 청대의 유가사상이든 모두가 근본적으로 지배계층의 통치를 정당화하는 이데올로기라는 점에 있어서는 차별성이 없다고 할 수 있다. 바로 이 때문에 좀 더 철저한 현실비판과 새로운 대안의 제시가 결여되어 있다는 비판을 받고 있기도 하다.

(2) 현실비판의식과 육조六朝 명사들의 유풍遺風의 계승

우징쯔의 시문詩文이나『유림외사』및 주위 사람들의 기록에 나타난 것을 보면, 우징쯔는 '육조'라고 통칭하는 위진남북조 시대의 명사와 문인들을 흠모했음을 알 수 있다.

민쉬안은 근세에 태어났으나 육대의 정을 품고 있었으니,
풍아는 건안을 흠모하고, 공손한 태도로 소명을 그렸도다.[22]

여기에서 말하는 '육대'는 곧 '육조'를 말하며, 그 가운데서도 특히 그들의 도덕과 문장을 가리킨다. 우징쯔가 육조의 풍상風尙을 흠모했던 것은 그가 살았던 난징과도 관련이 있다. 명대 이래로 난징은 앞서 살펴본 상업과 수공업의 발달로 경제중심지의 역할을 다하였는데, 이에 따라 종교와 학술활동 역시 크게 진작되었다. 또 역사적으로는 이곳이 육조에 속하는 왕조가 수도로 삼았던 고도故都였기에, 오랜 시간이 흐른 뒤에도 그와 관련한 사적이 많이 남아 있었다. 이런 사실들은 우징쯔에게도 심각한 영향을 주었으며, 그의 시문 저작에는 육조의 문화와 명사들에 대한 흠모의 정이 드러나 있게 되었다.

우징쯔는 그 가운데에서도 롼지阮籍(210~263년)과 지캉嵇康(223~262년)을 높이 받들어 그들과 정신적 기초를 같이 하는 면이 많았다.[23] 우선 들 수 있는 것이 개인적인 좌절에 바탕한 '분노憤激'와 '타락한 생활荒耽'로, 롼지阮籍가 사마 씨司馬氏 정권의 전횡에 대항하여 짐짓 방종한 생활을 하는 가운데 당시 세태에 대한 심각한 우의를 담은 「영회시詠懷詩」를 써내고, 지캉嵇康 역시 당시 사마 씨 정권과 그에 빌붙어 사는 무리들에 대한 분노를 완곡하면서도 거리낌 없는 필치로 매도하면서 「여산거원절교서與山巨源絶交書」를 썼듯이, 우징쯔 역시 재산을 둘러싼 집안 내부의 분규와 개인적인 좌절 속에 방종한 생활을 하며 재산을 날려 버리고 나서 마찬가지로 당대 사회에 대한 통렬한 풍자를 『유림외사』에 쏟아내었던 것이다. 아울러 육조 시대 문인들의

---

22 "敏軒生近世, 而抱六代情. 風雅慕建安, 齋栗懷昭明."(청진팡程晉芳, 「기회엄동유寄懷嚴東有」 시 가운데서)

23 덩사오위鄧韶玉, 「우징쯔 사상론강吳敬梓思想論綱」(복인보간『중국고대·근대문학연구復印報刊『中國古代, 近代文學硏究』, 1988.6(原載 『河北大學學報; 哲社版』(保定), 1988.1.)), 244쪽.

지적 자존심이라 할 수 있는 현실정치로부터의 '물러남退隱' 역시 우
징쯔가 영향받은 바 크다. 그러나 이 점에 있어서는 논의의 여지가 있
는데, 우징쯔의 경우에는 처음부터 현실정치로부터 물러날 생각이 있
었던 것이 아니었고, 젊었을 때 갖고 있던 강한 출사出仕의 의지가 여
의치 못하고 잇단 재산상의 손실로 경제적으로 궁핍한 지경에 놓이게
되어 그런 처지에 있는 일반 백성들의 삶을 이해하게 되면서부터 그
러한 사고의 전변을 가져오게 되었다는 것이다. 따라서 우징쯔의 경
우에는 현실정치에 대한 강한 '참여 의지出仕'와 '물러남退隱'의 갈등
관계가 그의 심리 속에 내재해 있었다고 할 수 있다.

　이상에서 우징쯔는 육조의 문인들 그 가운데서도 롼지阮籍와 지캉
嵇康의 영향을 받아, 작은 것에 구애받지 않는 호탕함과 방종한 생활
태도뿐만 아니라 그 이면에 담겨져 있는 당시 세태에 대한 거리낌 없
는 비판의식을 적극적으로 계승했음을 알 수 있다. 이러한 성격이 작
품 속에 가장 두드러지게 체현되어 있는 인물이 바로 작자의 화신이
라 알려져 있는 두사오칭杜少卿이다. 두사오칭의 '장의소재仗義疎財'와
여자와 하층민에 대한 동등한 대접을 통한 인성의 해방, 주시朱熹의
경전 해석과 현실 정치세력들에 대한 비판 등은 바로 우징쯔가 롼지
阮籍, 지캉嵇康과 같은 육조의 명사들로부터 받은 영향을 가장 극명하
게 보여주는 예가 된다. 이에 34회에서 두사오칭杜少卿이 리 순무李巡
撫의 출사 권고를 병을 핑계로 물리치고 나서 왜 일신의 영달의 기회
를 마다했는가 물어보는 부인에게, "당신은 정말 어리석소! 당신은 이
렇게 놀기 좋은 난징을 두고 나를 어디로 보내겠다는 것이오? ……."[24]

---

24 "你好呆! 放着南京這樣好頑的所在, ……."(제34회)

라고 대답한 부분은 출사에 대한 우징쯔 자신의 태도를 대신 말한 부분이라 할 수 있다.

(3) 실용주의 정신과 옌리 학파顔李學派의 영향

청대의 사상계를 대표하는 주요 흐름은 실용주의 정신에 바탕한 실학의 강조와 경전 해석상의 한학漢學으로의 복귀라는 것은 앞서 살펴본 바와 같다. 청대의 사상계에서 이러한 실용주의 노선을 대표하는 인물이 바로 옌위안顔元(1635~1704년)과 그의 제자인 리궁李塨(1659~1733년)이었다. 옌위안은 호가 시자이習齋이고, 허베이河北의 보예博野 사람이며, 리궁은 호가 수구恕谷로 역시 허베이의 리 현蠡縣 사람이다. 이들은 학문의 목표를 '경세치용經世致用'에 두었는데, 그 학술의 연원은 청초의 사상가인 황쫑시黃宗羲, 구옌우顧炎武, 왕푸즈王夫之 등에게서 찾아볼 수 있다. 이들 청초의 사상가들은 앞서 살펴본 대로, 이민족의 침략을 받아 나라를 빼앗긴 한족 지식인의 입장에서 망국의 근원을 밝히는 데 자신들의 학문의 목표를 두었다. 이들은 명이 멸망한 원인에 대해서 청주程朱와 루왕陸王의 학문이 모두 심성에 대한 관념적인 논의에 빠져 실용적인 학문이 크게 부진했던 때문이라고 파악하였다.[25] 옌위안과 리궁 역시 이들의 주장을 계승해 청주리학程朱理學

---

25 리궁李塨은 이에 대해서, "종이 위에서의 편력이 많으면 세상사에 대한 편력이 적게 마련이고, 필묵에 정신을 많이 쏟다보면 세상 살아가는 데 쏟는 정신은 적어질 것이니, 송나라와 명나라가 망한 것은 바로 이런 사물, 이런 지향 때문이다.紙上之閱歷多, 則世事之閱歷少; 筆墨之精神多, 則經濟之精神少. 宋明之亡, 此物此志也."라 하였다. 천메이린陳美林, 「옌리 학설의 우징쯔에 대한 영향顔李學設對吳敬梓的影響」, 『우징쯔 연구吳敬梓研究』, 상하이구지출판사上海古籍出版社, 1985.(『「유림외사」 연구론문집「儒林外史」研究論文集』, 중화서국中華書局, 1987. 재수록.(原載 『南京師院學報』 1978. 第4期.))

과 루왕심학陸王心學에 대한 비판과 함께 실제적인 대안을 제시하여
부국강병을 도모하였다. 그 대표적인 것이 옌위안의 '칠차결七字訣',
'육자결六字訣'과 '구자결九字訣'인데, 그는 이것으로 자신의 시정의 대
강을 펼쳐 보였다.

> 장차 일곱 글자로 천하를 부강케 할 수 있을 것이니, 황무지를 개간
> 하고, 균전을 시행하며, 수리사업을 일으키고, 여섯 글자로 천하를 강
> 하게 만들 수 있을 것이니, 백성들은 모두 병사가 되게 하고, 관원은
> 모두 장교가 될 것이며, 아홉 글자로 천하를 안돈케 할 수 있을 것이니,
> 인재를 뽑고, 대경을 바로 하며, 예악을 일으킬 것이다.[26]

아울러 팔고 과거제도에 대한 옌위안의 태도 역시 극도로 부정적인
것이었다. 그는 "차라리 진솔한 평민이 될 것이지, 거짓 수재는 되지
않는다寧爲眞白丁, 不作假秀才"고 하며, 사람들이 혹 "수재가 못되면 스
스로 폐인이라 낙담하는 것以未到靑衿(秀才)自憾爲廢人"에 대해서도, "만
약 수재가 되지 않고, 단지 팔고의 업을 폐하기만 한다면 폐인이 되지
않을 것若不作秀才, 只廢八股業耳, 未爲廢人"이라 하면서, 구옌우顧炎武와
똑같이 "팔고의 해는 분서보다도 심하다八股之害, 甚于焚火"고 하였다.
　이러한 옌위안의 생각들은『유림외사』에 나타난 우징쯔의 생각과
일치하는 부분이 많다. 여기에서 특기할 만한 것은 주로 북방에 살았
던 옌위안과 리궁의 사상적 영향을 우징쯔가 받았던 데에는 취안쟈오
全椒의 우 씨吳氏 집안과 리궁의 개인적인 관계에 힘입은 바 크다는

에서 재인용.
26 "將以七字富天下: 墾荒, 均田, 興水利; 以六字强天下: 人皆兵, 官皆將: 以九字安天
下: 擧人才, 正大經, 興禮樂."『習齋年譜』(덩사오위鄧韶玉, 앞의 글, 248쪽.)

사실이다.[27] 그것은 우징쯔의 증조부인 우궈두이吳國對가 순톈順天의 학정學政으로 강희 16년에 부원시府院試를 주재했을 때, 당시 19세의 청년이던 리궁이 '현학생원 가운데 첫 번째縣學生員第一名'로 뽑혔던 것이다. 이때부터 항상 "효제를 돈독히 하고, 실학을 숭상하며, 심술을 바르게 할 것敦孝悌, 崇實學, 正心術"을 강조했던 우궈두이의 사상적 훈도가 젊은 리궁에게 영향을 주었으며, 우궈두이 역시 리궁의 문장을 매우 사랑하였다. 그러므로 자신의 증조부인 우궈두이를 존경해오던 우징쯔로서는 리궁의 문장과 사상을 일찍부터 접하고 있었다고 볼 수 있다.

또 우징쯔의 아들인 우랑吳烺은 후베이湖北의 쟝샤江夏 사람인 류샹쿠이劉湘煃에게서 역산학曆算學을 배운 적이 있었는데, 류 씨의 『답력산십문答曆算十問』은 우랑吳烺을 위해 지은 것이며, 바로 이 류 씨가 리궁의 문하생이었으므로, 우랑은 리궁의 재전제자再傳弟子라 할 수 있는 것이다. 아울러 우징쯔와 우랑의 부자간의 관계 역시 극히 좋았기에, 두 사람은 마치 친구처럼 학문을 토론하기를 좋아했으며, 이때 우징쯔가 그 아들의 치학에 주의를 기울였던 것은 당연한 사실이다. 다음으로 우징쯔의 지우인 청팅쭤程廷祚 역시 리궁의 학생으로 젊었을 때, 옌리 학설顔李學說에 기울어 북방에 사는 리궁에게 사신을 보내기도 하고, 옌리顔李의 저작을 읽었다. 이 청팅쭤와 우의가 두터웠던 우징쯔가 그 영향을 많이 받았으리라는 것 역시 쉽게 미루어 알 수 있는 일이다.

이러한 관계로 인하여 우징쯔는 옌리 학설顔李學說에 경도된 바 크

---

27 천메이린陳美林, 「옌리 학설의 우징쯔에 대한 영향顔李學說對吳敬梓的影響」, 3~4쪽.

며, 그러한 사상적인 영향은 『유림외사』의 곳곳에서 찾아볼 수 있다. 이를테면, 팔고 과거제도에 대한 비판이 작품의 전편의 주제라면, 변방의 개척과 교육의 중요성 등은 작중인물 가운데 쫭사오꽝莊紹光, 위위더虞育德와 같은 인물의 언행이나, 특히 39회와 40회의 샤오윈셴簫雲仙의 변방 경략邊方經略에 잘 나타나 있다.

이상에서 논의한 우징쯔의 사상적 편향을 정리하자면, 그의 정치적 입장은 원시유가에 대한 경도에 잘 나타나 있고, 현실에 대한 통렬한 비판의식은 육조시대의 롼지阮籍과 지캉稽康에게서 물려받은 것이며, 현실비판에 대한 구체적인 대안제시는 옌리 학파顔李學派의 주장에서 힘입은 바 크다고 할 수 있다. 여기에서 가장 중요한 것은 이런 입장들을 바탕으로 우징쯔가 궁극적인 목표로 삼았던 것은 현실세계를 바로잡는 것, 곧 '광세匡世'였지, 적극적인 의미에서의 현실부정인 '마세罵世'는 아니었다는 점이다. 이것은 바로 앞서 이야기한 그의 계급적 편향에 기인한 것으로, 우징쯔와 『유림외사』 전체의 한계로 지적되는 부분이기도 하다.

2. 우징쯔의 저작

우징쯔는 『유림외사』 이외에도 많은 저작들을 남겼다고 하나, 현재 전해지고 있는 것은 극히 드물며, 그의 저작으로 전하고 있는 것은 실제로는 『유림외사』와 『원무산팡집文木山房集』의 잔권殘卷뿐이다. 그러나 『취안쟈오지全椒志』 「예문지藝文志」에 의하면 『시설詩說』 7권이 있었다 하며, 이 밖에도 『사한기의史漢紀疑』 등이 있었다 한다.

『원무산팡집文木山房集』은 우징쯔의 시문집詩文集으로, 4권, 8권, 12권의 설이 있으나, 현재 남아 있는 것은 4권 본뿐이다. 이 4권 본에는 부賦가 4수, 고금체시古今體詩 131수, 사詞 47수가 남아 있다. 그 주요 내용은 작자인 우징쯔의 신세身世나 그 자신의 기질과 포부 등을 토로한 것인데, 그 안에 수록되어 있는 「이가부移家賦」에는 작자 자신의 가세家世와 일생이 자세하게 기록되어 있어 그의 생애를 연구하는 데 귀중한 사료적 가치가 있다.

『시설詩說』은 『시경』에 대한 그의 견해들을 적어 놓은 것인데, 현재 남아 있지는 않으며, 그의 『시경』에 대한 해석들은 『유림외사』 작품 안에 부분적으로 엿보인다. 우 씨吳氏 집안의 『시경』 연구는 그 연조가 자못 깊어 나름대로의 일가를 이룬 바가 있는데,[28] 우징쯔에 이르러는 청대의 한학漢學으로의 복고적인 풍조에 영향을 받아 종래의 주시朱熹의 설과 그 견해를 달리하는 독창성을 띠고 있다.[29] 아울러 『유림외사』에 강하게 드러나 있는 풍자성은 바로 이 『시경』의 '미자美刺'의 정신과도 맥을 같이 하는 것이라 볼 때, 우징쯔의 『시경』 연구는 『유림외사』의 창작의도를 밝히는 데 중요한 고리가 된다고 볼 수 있다.

『사한기의史漢紀疑』에 대해서는 『하외군설霞外攟屑』에 "저작으로 『사

---

28 고조부인 우페이吳沛는 『시경심해詩經心解』를 지었고, 족증조부族曾祖父인 우궈딩吳國鼎은 『시경강의詩經講義』, 우궈진吳國縉은 『시운정詩韻正』을 지었다. 나머지 선조들 역시 전문적인 저작을 남기지 않았더라도 이에 대한 천착을 게을리 하지 않았다.

29 이 점에 대해서는 별도의 논의가 요구되어지나, 실제로 『시설詩說』이 전해지지 않기 때문에 그 자세한 내용에 대해서는 알 수 없다. 다만 『유림외사』의 제34회에는 『시경』의 개풍凱風과 정풍鄭風에 실린 시에 대한 두사오칭杜少卿의 견해가 나오는데, 이것은 작자 자신의 견해로 보아도 무방할 것이다. 여기에서 두사오칭은 주시朱熹의 설에 대해 자못 불만을 품고 비판을 하고 있다.

한기의』가 있으나, 책으로 만들어지지는 않았다著有史漢紀, 疑未成書"
라는 내용으로 확인할 수 있는데, 이 책의 작자인 핑부칭平步靑의 말
대로 그 당시에도 책으로 남겨지지 않았고, 따라서 현재 전해지지 않
고 있다. 그러나 이것으로 우징쯔가 역사학 방면에도 깊은 관심을 가
지고 있어 저작까지 남겼음을 알 수 있다.

　『집외시문集外詩文』은 이상의 저작 이외에 전해져 오는 우징쯔의 시
문들로「상서사학서尙書私學序」,「옥소시초서玉巢詩草序」,「옥검연전기
서玉劍緣傳奇序」와 최근에 발견된「진링경물도시金陵景物圖詩」 23수가
남아 있는데, 그 가운데「진링경물도시」는 그가 죽기 1년 전에 왕 씨王
氏 성을 가진 화가가 그린「진링경물도金陵景物圖」에 써 준 시들이다.

　그러나 우징쯔가 중국문학사에 커다란 족적을 남길 수 있었던 것은
그의 대표작인『유림외사』때문이다. 이제 이 작품에 대한 본격적인
논의에 들어가기에 앞서 그것의 판본 문제를 먼저 간단하게 살펴보기
로 하겠다.

3.『유림외사』의 판본

　중국 고대소설 연구에 있어 판본 문제는 가장 기본적인 작업이라
할 수 있다. 그것은 판본이 확정되고 나서야 작품에 대한 본격적인 비
평과 연구가 이루어질 수 있기 때문이다. 그러나 주지하는 대로 중국
의 고대소설들은 오랜 기간을 두고 유전되었기 때문에, 그 판본이 대
체로 복잡하며 때로는 결코 해결될 수 없는 난제를 안고 있기도 하다.
그런 면에서 보자면『유림외사』는 판본 문제가 비교적 간단한 편에

속하는데, 이 때문에 이에 대한 전문적인 연구 또한 그렇게 활발하게 이루어지지 않았다는 주장이 나오기도 했다.[30]

『유림외사』에는 대체로 네 가지 각본刻本이 있다는 것이 정설이다. 그러나 그 가운데 두 가지 판본은 현재 전해지지 않고 있으며, 나머지 둘의 경우는 후대 사람이 멋대로 덧붙였다는 혐의를 받고 있다. 특히 56회 본에 있는 '유방幽榜'은 많은 논자들에 의해 다양한 이견들이 제기되어 『유림외사』의 판본 문제 가운데 가장 많은 논란을 불러일으키고 있다.

1) 『유림외사』의 판본들

『유림외사』는 명청대에 나온 백화소설 가운데 작자가 분명하게 알려져 있는 작품 가운데 하나이다. 아울러 『유림외사』의 작자인 우징쯔(1701~1754년)에 대해서도 고증이 잘 되어 있는 편이다. 그러나 우징쯔가 『유림외사』를 언제 썼는지에 대해서는 구체적인 기록이 남아 있지 않은 관계로 확실하게 알 수 없다. 후스胡適는 『유림외사』의 창작이 1737년보다 앞서지는 않을 것이며, 대개 1740년 정도에 시작되었을 것이라 추단했다. 후스가 이렇게 주장하고 있는 것은 다음의 세 가지 이유에서이다. 그것은 첫째 「셴자이라오런서閑齋老人序」의 연월年月을 믿을 수 없고 둘째, 작자가 주위로부터 박학홍사과의 추천을

---

30 "『유림외사』의 판본에 대해서는 이제껏 전문적인 연구가 매우 적었다. 이것은 대체로 이것들이 그다지 복잡하지 않은 까닭 때문이었다. 對『儒林外史』的版本, 向來很少專門研究. 這大槪是由于它們并不很複雜的緣故."(덩사오지鄧紹基, 「『유림외사』의 판본에 관하여 關于『儒林外史』的版本」(복인보간『중국고대·근대문학연구復印報刊『中國古代, 近代文學硏究』 1981.24.; 原載 『吳敬梓硏究』 1981.9.) 99쪽.

받은 것이 1735년이고 그것을 거절한 것이 1736년이므로 작품 속에서 두사오칭杜少卿이 박학홍사과에 나아가지 않은 이야기 역시 1736년 이전에는 씌어질 수 없으며 셋째, 우징쯔가「미녀편美女篇」을 쓰고 나서야 비로소 그 자신의 견해가 성숙되고, 크게 각성하게 되었기 때문이라는 것이다.[31]

그러나 몇몇 연구자들은 이에 대해 이의를 제기하기도 했는데, 그 가운데 탄펑량談鳳梁은「셴자이라오런서閑齋老人序」를 쓴 셴자이라오런閑齋老人은 곧 우징쯔인데, 그가 이「서」를 쓴 것은 1736년 2월이고 『유림외사』의 창작은 그 이전부터 시작되었다고 하였다.[32] 여기에서 한 걸음 더 나아가 탄펑량은 1735년에『유림외사』의 창작이 시작되었고, 탈고는 1748년에서 1750년 사이에 이루어졌을 것이라 주장했다.[33] 그러나 이것 역시 확실한 기록이나 증거가 있는 게 아니고, 주변 정황에 의해 추측한 것에 지나지 않는다. 대다수의 논자들은 후스의 견해에 따라 그의 나이 마흔이 되던 해인 1740년경에 쓰이기 시작하여 죽기 얼마 전인 1750년 사이에 마무리되었을 것이라 추정하고 있다.[34]

---

31 후스胡適,「우징쯔 연보吳敬梓年譜」, 352쪽.

32 탄펑량談鳳梁,「『유림외사』의 창작 시간과 과정에 대한 새로운 탐색『儒林外史』創作時間, 過程新探」(리한츄李漢秋 편編,『「유림외사」연구론문집「儒林外史」研究論文集』, 중화서국中華書局, 1987.(原載『江海學刊』(南京) 1984.第1期.)) 230~234쪽.

33 탄펑량談鳳梁, 앞의 글, 234~236쪽.

34 정밍리鄭明娳는 작품 속에 묘사되고 있는 작자의 화신인 두사오칭이 과거에 급제하고, 왕위후이王玉輝의 딸이 순부殉夫하는 것과 두사오칭의 시설詩說의 내용이 모두 건륭 원년 이후의 일들이기 때문에, 그리고 친우인 청진팡程晉芳의「회인시懷人詩」(건륭 13~15년, 1748~1750) 가운데 "외사는 유림을 기록했으니, 그 묘사가 어찌 그리도 공들여 미쁘게 했을까外史記儒林, 刻劃何工姸"라는 대목으로 미루어 이 책이 늦어도 우징쯔의 나이 48세에서 50세 사이에 나왔을 것이라고 하였다.(정밍리鄭明娳,『유림외사 연구儒林外史研究』, 타이완사대臺灣師大 석사 논문, 1976.)

그것은 그가 젊은 시절에는 개인적인 불행과 과거시험의 준비로 창작에 몰두할 겨를이 없었을 것이고, 또 작품 속에는 여러 가지 인생 역정을 실제로 경험한 뒤가 아니면 써낼 수 없는 내용들이 많이 있기 때문이다. 아마도 과거시험을 통한 입신양명을 포기하고 잇달아 그때까지 자신이 살아온 삶을 비판적으로 회고하는 과정에서 『유림외사』를 썼을 것으로 추측된다.

기록에 의하면 『유림외사』는 초기에는 초본抄本의 형태로 유전되었다고 한다. 그리고 초각본初刻本은 우징쯔의 조카인 진자오옌金兆燕이 양저우揚州 부학府學 교수敎授로 있을 때 간행한 것으로,[35] 대략 1768년에서 1779년 또는 1789년 사이에 나왔다 한다. 그러나 이것은 아직까지 발견되고 있지 않아 몇 회 본인지조차 알 수 없다. 현존하는 『유림외사』의 최초의 각본刻本은 그가 죽은 뒤 약 50년이 지난 1803년(가경 8년)에 나온 워셴차오탕臥閑草堂의 건상본巾箱本(워 본臥本이라 약칭함)이다. 이후로 여러 가지 판본들이 잇달아 나왔는데, 그 회수에 따라 크게 50회 본과 55회 본, 56회 본, 60회 본 등이 있다. 그러나 이 가운데 50회 본과 55회 본은 현존하는 것이 없고, 56회 본과 60회 본은 후대 사람이 덧붙였다는 혐의를 받고 있다.

---

35 "다만 이 책은 취안쟈오 진쭝팅(자오옌) 선생이 양저우 부학의 교수로 관직을 살았을 때 인쇄에 부쳐 세상에 나왔으니, 그 뒤로 양저우 서사에서 나온 각본들이 하나가 아니었다.惟是書爲全椒金棕亭(兆燕)先生官揚州府敎授時梓以行世, 自後揚州書肆, 刻本非一." (진허金和 「발跋」(리한츄李漢秋 집교輯校, 『유림외사』 회교회평본『儒林外史』會校會評本, 상하이구지출판사上海古籍出版社, 1984. 764~766쪽에서 재인용.)

(1) 50회 본

50회 본을 처음으로 언급한 사람은 우징쯔의 생전의 벗이었던 청진팡程晉芳이다. 그는 우징쯔 사후에 지은 「우징쯔 전吳敬梓傳」에서 다음과 같이 말했다.

　또 당대唐代 소설을 모방하여『유림외사』 50권을 지었는데, 문인과 사대부들의 정태情態를 모두 드러내 보여주었기에, 사람들이 다투어 그 것을 베껴 전했다.[36]

이 밖에도 우징쯔의 고향인 취안쟈오 현全椒縣의『현지縣志』에도『유림외사』가 50권으로 기록되어 있다. 또 청대의 예밍리葉名澧가 지은 「교서잡기橋西雜記」에서도 "서점들 사이에서 간행한『유림외사』 50권은 취안쟈오 현全椒縣의 우징쯔가 지은 것이다"[37]라고 하였다. 이 밖에도 청 위웨俞樾의『다향실속초茶香室續鈔』에도 예밍리의 말이 인용되어 있다.[38] 그러나 이 50회 본은 실물이 남아 있지 않아 더 이상 자세한 논의를 진행할 수 없다는 것이 가장 큰 약점이다.

---

36 "又仿唐人小說爲『儒林外史』五十卷, 窮極文士情態, 人爭傳寫之."(청진팡程晉芳, 「원무셴싱 전文木先生傳」; 리한츄李漢秋,『유림외사연구자료儒林外史硏究資料』, 상하이구지출판사上海古籍出版社, 1984. 12쪽에서 재인용.)

37 "國朝葉名澧「橋西雜記」云:'坊間所刊『儒林外史』五十卷, 全椒吳敬梓所著也.'"(청淸 위웨俞樾『다향실단초茶香室斷鈔』) 쿵링징孔另境의『중국소설사료中國小說史料』(타이베이台北; 중화서국中華書局, 1982.) 143쪽에서 재인용.

38 리한츄李漢秋,『유림외사연구자료儒林外史硏究資料』, 상하이구지출판사上海古籍出版社, 1984. 61쪽을 참고할 것.

(2) 55회 본

『유림외사』의 판본 가운데 가장 논란이 많은 것이 55회 본이다. 이 것은 동치同治 8년(1869년) 10월에 쓰여진 쑤저우蘇州의 췬위자이 본 群玉齋本에 실린 진허金和의 「발跋」에서 최초로 언급되었다.

선생의 저서는 모두 홀수이다. 이 책은 본래 55권으로, 비파와 바둑, 글씨, 그림에 능한 네 명의 선비로 이미 끝이 난다. 곧 심원춘 일 사를 이어서, 어느 때인가 어떤 사람이 멋대로 '유방幽榜' 1권을 덧붙여 놓았 는데, 그 조표詔表는 모두 선생의 문집 가운데에서 변어騈語를 가져다 가 되는 대로 엮어서 이룬 것이니, 더욱 졸렬하고 웃음거리가 될 만하 여 이제 그것을 없애고 본래의 옛 모습으로 돌려놓는다.[39]

핑부칭平步靑은 진허의 설을 그대로 이어받아 다음과 같이 말했다.

다만 『유림외사』 55권은 셴자이라오런閑齋老人이 건륭 원년 2월에 서하였으니, 이는 선생이 유희로 지은 것이다.[40]

이 밖에도 첸징팡錢靜方도 그의 『소설총고小說叢考』에서 이 설을 지 지하고 있으며,[41] 후스는 '유방幽榜'이 "확실히 진허가 말한 대로 후대

---

39 "先生著書皆奇數. 是書本五十五卷, 于琴棋書畵四士旣畢, 卽接沁園春一詞, 何時何人 妄增'幽榜'一卷, 其詔表皆割先生文集中騈語襞積而成, 更陋劣可哂, 今宜芟之以還其 舊."(진허金和, 「발跋」)

40 "惟『儒林外史』五十五卷, 閑齋老人叙在乾隆元年二月, 則先生游戲之作."(핑부칭平步 靑, 『하외군설霞外攟屑』 9권卷九, 상하이구지출판사上海古籍出版社, 1982. 670쪽.)

41 "其原本亦祇五十五卷, 於琴, 棋, 書, 畵四士旣畢, 卽接沁園春一詞, 以爲結束. 不知何 時, 爲儈父妄增幽榜一卷, 其詔表皆割先生文集中騈語襞積而成, 狗尾續貂, 不値識者 一哂."(첸징팡錢靜方, 『소설총고小說叢考』, 타이베이台北; 창안출판사長安出版社, 1979.

사람이 덧붙여 놓은 것"[42]이라 하여 적극적인 입장 표명을 하였다. 그
러나 루쉰魯迅은 『중국소설사략』에서 『유림외사』가 55회라고는 말하
고 있지만, 진허의 말을 인용만 해놓았을 뿐 단정적으로 말하지는 않
았다.[43] 샤즈칭夏志淸 역시 후스胡適의 견해를 소개하면서 55회 본을
언급하고 있다.[44]

이 55회 본의 특이한 점은 다른 장회소설 작품들과 달리 회수가 홀
수라는 것이다. 그러나 이 판본 역시 현재까지 남아 있는 것이 없어
그 진위를 둘러싸고 연구자들 사이에 많은 논란이 있어 왔다. 그러나
기록상으로만 확인할 수 있을 뿐 현존하는 어떠한 방증자료도 없는
상태에서 『유림외사』를 언급하고 있는 대부분의 문학사나 개설서들
에는 이에 대한 자세한 설명이 언급되어 있지 않는 한 『유림외사』의
전체 회목은 55회로 소개되는 것이 보통이다.

(3) 56회 본

56회 본은 기본적으로 55회 본을 바탕으로 56회 '유방幽榜' 1회가

146쪽을 참고할 것.)

42 "確如金和所說, 是後人增加的"(후스胡適, 「우징쯔 연보吳敬梓年譜」.)

43 "우징쯔의 저작은 모두 홀수奇數이다. 『유림외사』 역시 그 한 예로 55회이다."(루쉰,
조관희 역주, 『중국소설사』, 564쪽.) "『유림외사』는 처음에는 오직 초본草本만이 전
하였으나, 뒤에 양저우주揚州에서 목판본이 나왔는데, 얼마 되지 않아서 여러 각본이
나왔다. 일찍이 어떤 사람이 작품 속의 인물을 배열하여 '유방幽榜'을 지었는데, ……
또 작자의 문집 가운데에서 변어駢語를 분리해내어 그것들을 적당히 엮어서 조표詔表
를 만들고[진허의 발문金和跋에서 이름], [앞서의 유방과 함께] 한 회로 합쳐 맨 뒤에
붙였으니, 이로써 56회 본이 나오게 되었다."(루쉰, 조관희 역주, 『중국소설사』, 574
~575쪽.)

44 샤즈칭C. T. Hsia, "제6장 『유림외사』Chapter Ⅵ The Scholars", 중국고전소설The
Classic Chinese Novel(N.Y.; Columbia University Press. 1968.), pp.208~209.

덧붙여진 것이다. 바로 이 '유방幽榜'이 『유림외사』의 판본을 둘러싸고 벌어지는 모든 논란의 중심을 이루고 있다. 그러나 공교롭게도 현재 남아 있는 『유림외사』의 모든 판본들은 56회 본에 뿌리를 내리고 있다. 『유림외사』의 초각본 뿐만 아니라 대부분의 판본들이 이것을 근거로 하고 있는 것이다. 이러한 56회 본에 속하는 것으로는 다음과 같은 것들이 있다.

워 본臥本, 칭 본淸本, 이 본藝本

'워 본臥本'은 가경 8년(1803년)의 워셴차오탕臥閑草堂의 건상본巾箱本을 말하며, 현재 전하고 있는 『유림외사』의 모든 판본들의 조본祖本이라 할 수 있다. 이것은 모두 16책으로, 56회로 나뉘어 있는데, 반엽半葉 9행, 행行 18자로 거의 매회의 뒤에는 평어가 있다.[45] 권수卷首에는 건륭 원년(1736년)으로 되어 있는 유명한「셴자이라오런 서閑齋老人序」가 실려 있다.[46]

이 워 본을 그대로 번각한 것으로 가경 21년(1816년)에 나온 칭쟝푸주淸江浦注 리거 본禮閣本('칭 본淸本')과 이구탕 각본藝古堂刻本('이 본藝本')이 있다.[47] 이 두 가지는 판광版框이나 행격行格, 문자가 모두 '워

---

45 제42회에서 44회까지와 제53회에서 55회까지는 평어가 없다. 평자의 이름은 없는데, 작자 자신으로 의심받기도 하지만, 여러 정황으로 보아 그럴 가능성은 없으며, 작자의 친우일 가능성이 크다.(쑨쉰孫遜, 「『유림외사』의 평본과 평어에 관하여關于『儒林外史』的評本和評語」, 『명청소설론고明淸小說論稿』, 상하이구지출판사上海古籍出版社, 1986. 232쪽.)

46 참고로 이것은 베이징도서관北京圖書館과 푸단대학도서관復旦大學圖書館에 소장되어 있다.(리한츄李漢秋, 「『유림외사』의 판본과 그 변천『儒林外史』的版本及其沿梯」, 회교회평본 『유림외사』會校會評本『儒林外史』卷首, 상하이구지출판사上海古籍出版社, 1984. 1쪽.)

47 칭쟝푸淸江浦는 지금의 쟝쑤 성江蘇省 화이인 시淮陰市로 양저우揚州에서 멀지 않다.

본'과 같기 때문에 '워 본'을 다시 펴낸 것이라 추측되며, 실제로 하나의 판본처럼 취급된다.[48]

초본抄本과 쑤 본蘇本

현재 남아 있는 청대의 '초본抄本'은 쑤저우蘇州 판 씨潘氏 초본抄本이 있으며, 약칭하여 '초본'이라 부른다. 권수卷首에 큰 글자로 "원궁 열본 유림외사文恭公閱本儒林外史"라는 제목이 붙어 있으며, 그 옆에 작은 글자로 "동치 계유 이월 조음 중장병제첨同治癸酉二月祖蔭重裝并題簽"이라고 되어 있다. '원궁文恭'은 판스언潘世恩의 시호이다. 판스언潘世恩은 자가 쿠이탕槐堂이고, 호는 즈쉬안芝軒이며 쟝쑤 성江蘇省 우 현吳縣 사람으로, 건륭 34년(1769년)에 태어나 함풍 4년(1854년)에 죽었다. 그러므로 이 '초본'이 나온 것은 그 이전, 곧 1854년은 '초본'의 하한선이 될 것이다. 이 '초본'과 '워 본'의 관계에 대해 천신陳新은 '초본'과 '워 본'이 하나의 조본祖本에서 나온 것이거나, '초본'이 '워 본'을 근거로 했을 가능성이 있다고 하였다.[49] 또 '초본' 내에 미비眉批 2조二條를 남긴 판쭈인潘祖蔭은 판스언의 후예로, 그는 이 밖에도 많은 각본들을 남겼다.

'초본'이 나온 뒤인 동치 8년(1869년)에 쑤저우蘇州 췬위자이群玉齋 활자본이 나왔는데, 이것 역시 '워 본' 계통이며 당시에 가장 유행했던 판본이다.[50] 이것은 다시 속표지에 "동치 기사 추 파인同治己巳秋擺

(리한츄李漢秋, 앞의 글, 2쪽.)

48 리한츄李漢秋, 앞의 글, 2쪽.

49 천신陳新, 「『유림외사』청대 초본 초탐『儒林外史』淸代抄本初探」(천루헝陳汝衡 등等, 『우징쯔와 유림외사吳敬梓與儒林外史』, 무둬木鐸, 1983.; 原載『文獻』12輯, 1982), 152쪽.

印", "췬위자이 활자판群玉齋活字板"이라 서署하고 본문 뒤에 후대에 많
은 논란을 불러일으킨 진허金和의 「발跋」이 실려 있는 것(화둥사범대학
華東師範大學, 상하이사범학원上海師範學院 소장본)과 속표지는 똑같지만
진허金和의 「발跋」이 없는 것(푸단대학復旦大學 소장본), 그리고 책 앞에
연대나 판주板主가 서署되어 있지 않고 본문 뒤에 진허金和의 「발跋」
이 있는 것(상하이도서관上海圖書館 소장본)으로 나뉜다. 그런데 연구자
들은 광서 3년의 「진허 발후 톈무산챠오 지어金和跋後天目山樵識語」에
서, "이 책이 전란 뒤에 전본傳本이 자못 자취가 묘연해져 쑤저우서국
蘇州書局에서 취진판聚珍板으로 인행하였고, 쉐웨이눙薛慰農 관찰觀察이
다시 진야파오金亞匏(야파오亞匏는 진허金和의 자)에게 부탁하여 발문을
짓게 했다"[51]고 말한 것에 근거하여 진허金和의 「발跋」이 있는 것은 쑤
저우서국 본蘇州書局本이고, 없는 것은 따로 췬위자이 본群玉齋本이라
불렀다.[52] 그러나 상술한 첫 번째 판본(곧 화둥사대華東師大 소장본)에
이미 진허金和의 「발跋」이 있을 뿐 아니라 "췬위자이 활자판群玉齋活字
板"이라 서명된 것으로 보아 췬위자이 본群玉齋本은 곧 쑤저우서국 본
蘇州書局本임을 알 수 있다.[53]

---

50 덩사오지鄧紹基는 '워 본'과 췬 본群本을 비교하고 나서, 첫째 '워 본'에서 틀린 것을
  췬 본群本에서는 그대로 답습하고 있고, 둘째 '워 본'에서 틀리지 않은 것을 췬 본群本
  에서는 오히려 잘못을 저지르고 있는 것으로 보아 췬 본群本이 '워 본'보다 나을 게
  전혀 없다고 하였다.(덩사오지鄧紹基, 앞의 글, 99쪽.)

51 "此書亂後傳本頗寥寥, 蘇州書局用聚珍板印行, 薛慰農觀察復屬金亞匏文學爲之跋."(리
  한츄李漢秋, 『유림외사연구자료儒林外史研究資料』, 상하이구지출판사上海古籍出版社,
  1984. 137쪽에서 재인용.)

52 1980년 판 타이완臺灣 허뤄도서출판사河洛圖書出版社 판의 『유림외사』에 실린 판본에
  관한 설명을 참조할 것.(리한츄李漢秋, 앞의 글, 4쪽에서 재인용.)

53 리한츄李漢秋, 앞의 글, 4쪽.

이상의 '초본'과 '쑤 본蘇本'은 모두 '워 본'에서 나왔으며, 그런 의미에서 '워 본'에서 저지른 잘못을 거의 대부분 답습하고 있다. 또 이후에 나온 '톈무산챠오 평본天目山樵評本'과 '충하오자이 집교본從好齋輯校本'도 모두 이것들을 저본으로 삼았다.

선바오관 배인본申報館排印本과 충하오자이 집교본從好齋輯校本

선바오관 배인본申報館排印本은 쑤저우蘇州 췬위자이 본群玉齋本을 직접 이어받아 동치 13년(1874년) 9월 상하이上海의 선바오관申報館에서 첫 번째로 배인排印한 것('선일본申一本'으로 약칭)으로, 권수卷首에는「셴자이라오런 서閑齋老人序」가 있고, 회평은 '워 본', '쑤 본蘇本'과 같다. 제2차 배인본('선이본申二本')은 광서 7년(1881년)에 나왔는데, 이것은 제1차 배인본에 잘못이 많아 교정을 가한 것으로 이것의 가장 큰 특징은 톈무산챠오天目山樵의 평점이 있다는 것이다. 곧 '선이본申二本'은 기왕의 '선일본申一本'에 있던 잘못을 바로잡는 김에 그때까지의 간본에 공통적으로 나타나는 잘못들을 바로잡고, 협비와 회평의 형식으로 톈무산챠오의 평어를 집어넣어 당시로서는 비교적 완전한 형태를 갖춘『유림외사』의 간본이라 할 만하다.

이 '선이본申二本'에서 주목할 만한 것은 톈무산챠오의 평어이다. 청말의 유명한 서지학자인 톈무산챠오天目山樵 장원후張文虎(1808~1885년)는 동치 12년(1873년)에서 광서 10년(1884년)까지 약 십 년 동안『유림외사』에 평점을 달았다. 광서 3년(1877년)에는 스스로, "내가 이 책에 평점을 달면서 네 번 탈고하였다"[54]고 말할 정도였다. 이것은 작품

---

54 "予評是書凡四脫稿矣."(「정축 가평 소한 톈무산챠오 지어丁丑嘉平小寒天目山樵識語」)
　　이 톈무산챠오의 평어들은 광서 을유년(광서 11년, 1885년.)에 상하이上海 바오원탕

자체에 대한 일반적인 수준에서의 평론이 아니라 의식적으로 작자와
작품에 대해 학술적인 연구를 진행하여 '워 평臥評'이나 '치 평齊評' 등
이 미치지 못하는 바가 있었다.[55]

한편 선바오관에서 톈무산챠오 평본이 나온 뒤에 광서 10년(1884
년) 갑신甲申 겨울冬 10월에 쉬윈린徐允臨이 「발跋」을 쓴 '충하오자이
집교본從好齋輯校本'이 나왔다. 이것 역시 '쑤 본蘇本'을 저본으로 삼았
으며, 왕청지王承基가 쉬윈린에게 보낸 편지와 화웨위華約漁의 「제기
題記」가 실려 있다. 이 판본은 쉬윈린의 「발跋」에 의하면, "잇달아 다
시 양저우揚州의 원각原刻을 빌어 한 차례 교감을 하였다"[56]고 하는데,
이 양저우의 원각이라는 것이 『유림외사』의 최초의 각본이라 전하는
진쭝팅金棕亭(자오옌兆燕)이 양저우揚州 부학府學의 교수敎授로 있을 때
펴낸 것인지는 알 수 없다.

치싱탕 증정본齊省堂 增訂本(치 본齊本)

'치싱탕 증정본齊省堂增訂本'('치 본齊本'으로 약칭)은 건상본巾箱本으
로 권수卷首에는 동치 갑술甲戌(13년, 1874년) 10월 싱위안투이스惺園退
士가 쓴 「서언序言」과 「셴자이라오런 서閑齋老人序」, 「치싱탕 증정『유
림외사』 예언齊省堂增訂『儒林外史』例言」 5칙五則이 있다. 이것은 앞서의

寶文堂에서 "톈무산챠오 희필"『유림외사신평』天目山樵戲筆『儒林外史新評』(上下二册)
으로 간행되었고, 다음해 상하이의 쉬윈린徐允臨이 수초본手抄本을 교열校閱한 『유
림외사 평儒林外史評』이 나왔다.(리한츄李漢秋, 『유림외사연구자료儒林外史研究資料』,
상하이구지출판사上海古籍出版社, 1984. 139쪽을 참고할 것.)

55 리중밍李忠明, 「『유림외사』의 간본『儒林外史』的刊本」, 『유림외사사전儒林外史辭典』, 난
징대학출판사南京大學出版社, 1994. 533쪽.

56 "繼復假得揚州原刻覆勘一過."(쉬윈린徐允臨 「발跋」, 리한츄李漢秋, 『유림외사연구자료
儒林外史研究資料』, 상하이구지출판사上海古籍出版社, 1984. 141쪽.)

'선일본申一本'과 같은 해에 나왔는데, '치 본齊本'이 더 중시되었다.[57] 싱위안투이스의 서와 예언으로 볼 때, 이 판본은 '워 본'을 저본으로 삼은 것이 분명하다. 그러나 한 걸음 더 나아가 '워 본'에서는 평어가 빠져 있던 제42회에서 44회까지, 그리고 53회에서 55회까지의 평어를 보충하였다.[58] 아울러 이전의 판본들에서 잡아내지 못했던 많은 잘못들을 지적해내고 바로잡아 이후의 연구가들에게 교감의 근거를 제공하기는 했으나, 오히려 잘못 고친 부분도 적지 않다.

(4) 60회 본

60회 본은 '치 본齊本'을 저본으로 하여 광서 14년(1888년)에 나온 '증보 치싱탕 본增補齊省堂本'으로, '치 본'에 4회의 내용이 덧붙여진 것이다. 이것은 상하이上海의 훙바오자이鴻寶齋 석인본石印本으로 4책, 60회로 나왔으며, 권수에는 광서 14년(1888년) 둥우시훙성東武惜紅生의 서문이 실려 있다. 둥우시훙성은 쥐스선居世紳의 별호로, 바로 이 사람이 증보한 것인 듯하다. 이것이 56회 본과 다른 점은 제42회의 뒤에 다음과 같은 내용이 첨가되었다는 것이다.

> 제43회 "劫私鹽地方官諱盜, 追身價老貢生押房"
> 제44회 "沈瓊枝救父居側室, 宋爲富種子吃仙丹"
> 제45회 "滿月麟兒扶正堂, 春風燕子賀華堂"
> 제46회 "假風騷萬家開廣慶, 眞血食兩父顯靈魂"
> 제47회 前半 "吃官司鹽商破産, 欺苗民邊鎭興師"

---

57 리중밍李忠明, 앞의 글, 533쪽.
58 쑨쉰孫遜, 앞의 글, 232쪽.

이 4회가 삽입된 것을 제외하면, 기타 각 회의 본문과 미비는 '치본'을 계승했다. 증보된 부분이 우징쯔가 지은 것이 아니라는 것은 거의 논란의 여지가 없기에, 사실상『유림외사』의 판본을 논하는 데 있어서 60회 본은 거의 문제가 되지 않는다.

이 판본의 번인본飜印本은 매우 많은데, 광서 32년(1906년) 상하이上海 하이쭤서국海左書局 석인본과 민국 초民國初의 상하이 진부서국進步書局 석인본, 1914년 상하이 위원서국育文書局 석인본, 1922년 상하이 얼쓰탕二思堂 석인본, 1924년 상하이 다이퉁서국大一統書局 석인본, 1927년 상하이 서우구서점受古書店 석인본, 1930년 상하이 선허지서국沈鶴記書局 석인본 등이 그것이다. 이 가운데 어떤 것은 수상본繡相本인 것도 있다.

이 밖에도 '5·4' 이후에 왕위안팡汪原放이 신식 표점新式標點을 가하고, 천두슈陳獨秀와 첸쉬안퉁錢玄同이 각각「서叙」를 썼으며, 후스胡適가 고증을 한「우징쯔 전吳敬梓傳」과「우징쯔 연보吳敬梓年譜」를 부록으로 수록하여 상하이의 야둥도서관亞東圖書館에서 펴낸 것은 이후의 판본들에 지대한 영향을 주었다. 이것은 앞서의 '이구탕 본藝古堂本'을 주요 저본으로 한 것으로 일세를 풍미하였다. 이후에 나온 판본으로 주요한 것은 런민원쉐출판사人民文學出版社에서 1958년과 1977년 두 차례에 걸쳐 펴낸 것[59]과, 1984년 리한츄李漢秋에 의해 상하이구지출판사上海古籍出版社에서 나온 회교회평본會校會評本,[60] 그리고 천메이

59 우징쯔吳敬梓, 장후이젠張慧劍 교주校注, 『유림외사儒林外史』, 런민문학출판사人民文學出版社, 1958.
60 리한츄李漢秋 집교輯校, 『유림외사』 회교회평본『儒林外史』會校會評本, 상하이구지출판사上海古籍出版社, 1984.

린陳美林이 쟝쑤구지출판사江蘇古籍出版社에서 펴낸『신비 유림외사新批儒林外史』[61]가 있다.

2)『유림외사』의 판본을 둘러싼 현안

『유림외사』의 판본을 이야기할 때, 논란이 되는 것은 대개 다음의 두 가지로 집약된다. 그것은 첫째, 50회 설을 둘러싼 논의들이고 둘째, 진허金和의「발跋」에 대한 것이다. 진허金和의「발跋」에 대한 문제는 다시 55회 설의 진위와 56회 '유방幽榜'을 둘러싼 문제로 나눈다.

(1) 50회 설에 대한 논란

앞서 살펴본 바와 같이『유림외사』가 50권으로 이루어졌다는 것을 최초로 발설한 사람은 우징쯔의 친우인 청진팡程晉芳이다. 혹자는 기록에 나와 있는 "50권"이라고 하는 것이 꼭 "50회"를 가리키는 것이라 볼 수 없다는 점에서 50회 본 자체에 대해 회의를 품는 사람들도 있다. 그러나 후스胡適는 자신의「우징쯔 연보」에서 56회 본을 언급하는 가운데, 마지막 1회는 위작이라고 단언하면서, 그 나머지 부분인 55회 가운데에도 후대 사람이 첨가한 것이 있다고 하여 50회 본 설에 대한 여운을 남겼다.[62] 그러나 후스는 구체적으로 어느 부분이 첨가된 것인지 구체적으로 밝히지 않은 데 반해, 우쭈샹吳組緗은 여기에서 한

---

61 천메이린陳美林 비점批點, 신비『유림외사』新批『儒林外史』, 쟝쑤구지출판사江蘇古籍出版社, 1989.

62 "況且『儒林外史』原本止有五十卷, 程晉芳和『全椒志』都是如此說的. 同治年間的六十回本固是後人增加的; 五十六回本的末一回, 確如金和所說, 是後人增加的; 余下的五十五回之中, 大槪還有後人增加的五回."(후스胡適,「우징쯔 연표吳敬梓年表」.)

걸음 더 나아가 제38회의 궈 효자郭孝子가 부친을 찾아 나서는 것으로
부터 40회의 상반부 샤오윈셴簫雲仙이 권농勸農을 하고 학교를 세우
는 것까지와 43회 예양탕 대전野羊塘大戰은 그 내용이나 필력 등으로
볼 때 전서全書와 어울리지 않는다고 보아 후대 사람이 증보한 것이
아닐까 의심하였다.[63]

　한편 장페이헝章培恒은 진허金和가 「발跋」에서 말한 55회 설에 대
해 강력하게 문제 제기를 하고, 본래의 『유림외사』는 50회임에 틀림
없다고 주장했다. 그는 진허金和가 「발跋」에서 밝힌 우징쯔의 생애에
대한 부분은 실제와 다른 점이 많기 때문에, 그가 「발跋」에서 말한 내
용 전체를 믿을 수 없다고 하였다.[64] 특이한 점은 다른 연구자들의 논
의가 진허金和의 「발跋」에 대한 부정으로부터 56회 '유방幽榜'에 대한
긍정으로 발전한 데 반해서, 장페이헝은 거꾸로 50회 설로 되돌아갔
다는 것이다. 장 씨가 이렇게 말한 근거는 우징쯔가 살았던 시기와 시
간적으로 떨어져 있던 진허金和의 주장보다는 오히려 우징쯔와 가까
이 지냈던 청진팡程晉芳의 말이 믿을 만하다는 데 있다. 장 씨는 청진
팡이 말한 것에 대해 다음의 몇 가지로 두둔하였다. 첫째, 어떤 이는
50권이 단지 어림수를 말한 것이라고 했지만, 「지전志傳」의 문장에서

63　우쭈샹吳組緗, 「『유림외사』의 사상과 예술『儒林外史』的思想和藝術」(리한츄李漢秋 편編,
　　『「유림외사」 연구논문집「儒林外史」研究論文集』, 중화서국中華書局, 1987.(原載『人民文
　　學』, 1954.8期.), 30～31쪽.

64　장 씨章氏는 진허金和가 「발跋」에서 밝힌 우징쯔의 생애는 실제와 여섯 군데가 차이
　　가 난다고 밝혔다. 이 밖에도 『유림외사』 인물의 원형에 대해서도 적지 않은 오류가
　　발견되고 있고, 우징쯔의 저작의 권수에도 문제가 많다고 하였다.(장페이헝章培恒,
　　「『유림외사』 원서는 틀림없이 50권이다『儒林外史』原書應爲五十卷」, 『고대소설판본자
　　료선편古代小說版本資料選編』, 산시런민출판사山西人民出版社, 1985.(原載『復旦學報』,
　　1982.4期.), 402～409쪽.

어림수를 말한다는 것은 말이 안 된다. 둘째, 청진팡과 우징쯔는 왕래
한 지가 오래된 가까운 사이이다. 셋째, 청진팡은『유림외사』를 무척
이나 존중했다. 넷째, 청진팡은 「우징쯔傳」에서 우징쯔의 저작의 권
수를 신중하게 기록했다. 다섯째, 예밍리葉名澧의 설은 청진팡의 설을
따른 게 아니고 직접 본 것이다.[65]

또 우징쯔는『유림외사』에 서술된 이야기들의 시간들을 정확하게
계산하여 한치의 오차도 없게 만들었는데, 어떤 부분들은 이러한 시
간적 순서와 들어맞지 않는 것들이 있다고 하면서 이것들은 명백하게
후대 사람들이 멋대로 끼워 넣은 것임에 틀림없다고도 하였다. 장페
이헝의 주장에 따르면 36회의 일부와 38회에서 40회 전반부, 그리고
41회의 결미와 44회의 전반부가 이에 해당한다.[66] 그러나 56회에 대
해서는 오히려 후대 사람이 끼워 넣은 것이라 하여 이 부분에 대한
진허金和의 말을 긍정하고 있다.[67]

덩사오지鄧紹基는 50회와 후대의 56회와의 관계에 대해 분권의 차
이로 설명하였다. 곧 나중에 나온 판본이 원본의 회목을 어떻게 분회
分回했는가에 따라 50회 본과 56회 본의 차이가 있게 된 것인데, 어떤
사람이 이어서 쓴 것이 아니라면 다시 새롭게 회목을 나눈 것일지도
모른다고 추론하였다. 덩 씨는 그러면서도 청진팡의 '50권' 설 자체에
대한 회의는 별개의 문제라고 토를 다는 것을 잊지 않았다.[68]

---

65 장페이헝章培恒, 앞의 글, 399~401쪽.
66 장페이헝章培恒, 「『유림외사』 원모 초탐『儒林外史』原貌初探」, 리한츄李漢秋 編編, 『「유
      림외사」 연구논문집『儒林外史』硏究論文集』, 중화서국中華書局, 1987.(原載『學術月刊』
      1982.第7期.:『古代小說版本資料選編』 再收錄.)
67 장페이헝章培恒, 「『유림외사』는 틀림없이 50권이다『儒林外史』原書應爲五十卷」, 414쪽.
68 덩사오지鄧紹基, 앞의 글, 100쪽.

그러나 천메이린陳美林 선생은 50권 본『유림외사』의 실물이 없는
상태에서 작품 내의 이야기 발생 시간 등을 들어 설명을 하는 것은
한계가 있으며, 나아가 확실히 50회 이외의 내용이 어떤 사람에 의해
추가된 것이라 하더라도 왜 그랬을까 하는 점에 대해 분명하게 설명
해준 사람은 없다고 하면서 50회 본에 대해 강한 회의를 품었다.[69] 천
선생의 이러한 주장은 50회 설에 대해 부정적인 입장을 취한 듯이 보
인다. 하지만 천 선생의 말대로, 결국 50회 본에 대한 논의는 그 실물
이 있느냐 하는 데 모아지며, 그런 의미에서 이 문제는 실물이 발견될
때까지는 현안懸案으로 남겨질 수밖에 없을 것이다.[70]

(2) 진허金和의 「발跋」과 56회 '유방幽榜'의 문제

50회 설보다 더욱 많은 논란을 불러일으키는 것은 56회 '유방幽榜'
을 둘러싸고 찬성하는 측과 반대하는 측 사이에서 벌어지고 있는 첨
예한 대립이다. 그리고 이 모든 발단은 진허金和가 쓴「발跋」에서 비
롯된다. 그런 의미에서 여러 논란의 핵심은 의외로 단순한 데 귀결된
다. 곧 진허金和가 쓴「발跋」이 믿을 만한 것인지, 믿을 만하다면 어
디까지가 믿을 만한 것인지가 관건이 되는 것이다.

---

69 천메이린陳美林, 「『유림외사』 "유방"의 작자 및 그 평가 문제에 관하여關于『儒林外史』
    "幽榜"的作者及其評價問題」, 『우징쯔 연구吳敬梓研究』, 상하이구지출판사上海古籍出版社,
    1985.(原載『西北大學學報』, 1979.4期.), 288쪽.

70 이제껏 발견되지 않았다는 이유로 어떤 사실을 단정할 수 없다는 것이 역사의 교훈이
    다. 지금 우리가 아무렇지도 않게 이야기하고 있는 '삼언三言' 소설이 발견된 것은 루
    쉰魯迅이『중국소설사략』을 한참 쓰고 있던 20세기 초였고, 여러 가지 이유에서 루쉰
    은 '삼언'을 직접 확인할 기회가 없어 한참의 시간이 흘러서야 '삼언'에 대한 내용을
    『사략』 안에 추기追記할 수 있었다. 요즘도 오래 묵은 자료가 전혀 뜻밖의 장소에서
    속속 발견되어 학계에 충격을 주고 있지 않은가?

우선 들 수 있는 것은 진허金和가 쓴「발跋」의 신뢰도에 대한 것인
데, 진허金和의 말을 믿는 사람들은 당연하게도『유림외사』의 55회
설을 지지하는 입장에 서 있다. 나아가 한동안 진허金和의 설이 당연
한 것으로 받아들여져 56회를 빼고 55회까지만 배인한 경우도 여럿
있었다.[71] 그러나 최초의 간본인 '워 본'을 비롯한 전통적인 간본들[72]
은 말할 것도 없고, 가장 최근에 나온 회교회평본會校會評本[73]과『신비
유림외사新批儒林外史』[74]에는 56회가 정식으로 실려 있다. 곧 진허金和
의「발跋」은 56회 '유방幽榜'과 밀접한 관련을 맺고 있는 것이다. 또
진허金和의 설을 믿는 사람들은 이 점에 대해 별다른 반응을 보이지
않고 당연한 것으로 여겨 사실상 논란의 여지가 없는 듯이 보인다.

그러나 부정하는 입장에 선 사람들은 진허金和가 쓴「발跋」의 신빙
성을 형편없이 깎아내려 55회 설을 부정하고 있다. 이들 부정하는 입
장에 선 사람들이 품고 있는 의문은 진허金和가 말한 우징쯔의 저서가
모두 홀수라는 사실로부터 비롯된다. 과연 우징쯔의 다른 저서들을 검

---

71 여기에 속하는 것들로는 1920년과 1934년 두 차례에 걸쳐 나온 상하이 야둥도서관上海
    亞東圖書館 판, 1942년 상하이 궁서점公益書店 판, 1954년 베이징 쮀쟈출판사作家出
    版社 판, 1957년 타이완臺灣 정중서국正中書局 판, 1958년 베이징 런민원쉐출판사人民
    文學出版社 판, 1958년 홍콩香港 상우인수관商務印書館 판, 1964년 타이완臺灣 원화도
    서공사文化圖書公司 판, 1973년 타이완臺灣 싼민서국三民書局 판, 1975년 타이완臺灣
    화정서국華正書局 판 등이 있다. 아울러 이들 간본들에도 56회 '유방幽榜' 부분은 대개
    부록의 형태로나마 같이 수록되어 있는 경우가 많다.(정밍리鄭明娳,「『유림외사』의
    판본 및 그 유전『儒林外史』之版本及其流轉」,『학수學粹』18권 4.5기. 22~23쪽.)

72 이를테면 앞서 살펴본 이 본藝本, 칭 본淸本, 췬 본群本, 쑤 본蘇本, 선일본申一本,
    선이본申二本, 치 본齊本 등.

73 리한츄李漢秋 집교輯校,『유림외사』회교회평본『儒林外史』會校會評本, 상하이구지출
    판사上海古籍出版社, 1984.

74 천메이린陳美林 비점批點, 신비『유림외사』新批『儒林外史』, 쟝쑤구지출판사江蘇古籍出
    版社, 1989.

토해 보건대, 홀수가 아닌 짝수로 이루어진 것도 있다. 이를테면 우징 쯔의 문집인『원무산팡집文木山房集』은 4권 또는 12권으로 전해지고 있 다. 그리고 한 걸음 물러나 "선생의 저서가 모두 홀수"라 하더라도, 이것이『유림외사』의 회수를 결정하는 것과 무슨 관계가 있으며, 그런 의미에서 "우징쯔가 쓴 책의 분권이 그 내용으로 결정된 것이 아니라 홀수에 대한 특수한 기호로 말미암아 결정된 것이란 말인가"라는 질문 을 던진 팡르시房日皙의 지적은 의미심장한 바가 있다.[75]

또 혹자는 "어느 때인가 어떤 사람이 멋대로 '유방幽榜' 1권을 덧붙 여 놓았다(何時何人妄增'幽榜'一卷)"는 것에 대해서 극단적으로 "진허金 和가『유림외사』의 판본 원류에 대해서 완전히 무지했다는 사실을 설 명해주는 것"이라고까지 극언하였다.[76] 곧 우징쯔가 죽은 지 50년이 되지 않아서 56회인 '워 본'이 나왔는데, 만약에 진허金和가 말한 진자 오옌金兆燕의 각본이 존재했다면 앞서 살펴본 대로 1803년에 나온 '워 본'과 1768년에서 1779년 또는 1789년 사이에 나온 '진 본金本'은 시간 적으로 2, 30여 년의 차이가 난다. 그렇다면 '워 본'의 간행자말고 또 누가 "멋대로 덧붙여 놓았"겠는가? 아울러 '진 본金本'은 진허金和가 말한 것 이외에는 실물이 남아 있는 것이 없는데, 그렇다면 진자오옌 이『유림외사』를 찍어냈다는 사실조차도 믿기 어려우며, 또 "어느 때 어떤 사람何時何人"이니 하는 모호한 말을 쓰는 것도 진허金和가 한 말

75 팡르시房日皙, 『유림외사』의 유방에 관하여關于『儒林外史』的幽榜, 『고대소설판본자 료선편古代小說版本資料選編』, 산시런민출판사山西人民出版社, 1985.(原載 『西北大學 學報』 1978.1期.) 394쪽.

76 천신陳新, 두웨이모杜維沫, 『『유림외사』 제56회의 진위를 가름한다『儒林外史』第五十六 回眞僞辨』, 리한츄李漢秋 편집, 『「유림외사」 연구논문집『儒林外史』研究論文集』, 중화서 국中華書局, 1987.(原載 『儒林外史硏究論文集』, 安徽人民出版社, 1982.) 206쪽.

의 신빙성을 떨어뜨린다고 하였다.[77] 아울러 56회 '유방幽榜'에 나오는 "조표詔表는 모두 선생의 문집 가운데에서 변어騈語를 가져다가 되는 대로 엮어서 이룬 것其詔表皆割先生文集中騈語褻積而成"이라는 것에 대해서도, 과거 중국의 역사소설 속의 조詔, 표表, 시詩, 찬贊 등은 대부분 사서史書나 다른 사람의 문집에서 가져온 것이거나, 작자 자신이 쓴 시詩, 사詞, 부賦를 소설에 집어넣은 경우가 많기 때문에 문제가 될 것이 없다고 하였다.[78]

그러나 천메이린陳美林 선생은 진허金和의 「발跋」에 대해 약간은 유보적인 태도를 취하고 있다. 우선 두 사람은 시기가 같지는 않지만, 진허金和의 모친은 우징쯔의 종형인 우칭吳檠의 손녀로서 우징쯔의 생애에 관한 사적을 소상히 알고 있었다. 그러므로 우징쯔의 생애와 저술에 관한 그의 기록은 근거가 있다는 것이다. 다음으로 진허金和가 「발跋」에서 말한 권수와 "선생의 저서가 모두 홀수"라는 것은 모순이 아닐 수도 있다. 곧 진허金和가 본 권수는 자신이 알고 있고 있는 것과 다른 각본이라 다른 사람이 "멋대로 덧붙여 놓았다妄增"고 말할 수 있는 것이다. 또 현존하는 『유림외사』의 다른 권수의 판본으로 보더라도 진허金和의 「발跋」이 전혀 믿을 만하지 않은 것은 아니다. 마지막으로 우징쯔의 생애에 나타나는 그의 처경處境과 '분세憤世'의 정서로 볼 때 자신의 저작을 홀수로 분권할 수도 있다는 것이다.[79]

천메이린 선생은 그럼에도 56회 '유방幽榜'에 대해서는 긍정적인 입장을 취하고 있는데, '유방幽榜'이 전서全書의 사상적 경향과 저촉되는

---

77 천신陳新, 두웨이모杜維沫, 앞의 글, 205~206쪽.

78 팡르시房日晳, 앞의 글, 394쪽.

79 천메이린, 앞의 글, 272~276쪽.

부분이 없지는 않으나, 맞아떨어지는 부분도 있기 때문이다. 그것은
곧 첫째 '유방幽榜' 가운데 나타난 『시경』에 대한 관점이 본문의 내용
과 일치하고 둘째, 과거제도에 대한 비판이 일치하며 셋째, 황제에 대
한 태도가 일치하고, 넷째 우징쯔의 과거제도에 대한 반대의 한계가
일치한다는 것이다.[80] 그리하여 56회 '유방幽榜'은 전서의 내용과 서
로 충돌을 일으키는 것이 아니라 오히려 내용을 심화시키는 작용을
한다는 주장까지 나오게 되었다.[81]

  그러나 『유림외사』 작품 전체를 놓고 볼 때, 제1회 개장시開場詩로
시작하여 마지막 제55회의 수장시收場詩로 끝맺는 것이 백화소설의
통례에 들어맞는다고 볼 수 있다. 아울러 우징쯔의 작품집 가운데 짝
수인 것이 있다고는 하나, 그것 역시 4권 설과 12권 설로 나뉘어 있는
것으로 미루어 볼 때, 달리 정확한 권수를 고증할 방도가 없는 상태에
서 섣불리 짝수라고 확정할 수도 없는 노릇이다. 가장 중요한 것은 작
품 전편에 흐르는 우징쯔의 강한 비판의식이 '유방幽榜'으로 말미암아
사실상 힘을 잃고 현실과 타협하는 듯한 인상을 주고 있다는 것이다.
이렇게 볼 때 『유림외사』의 제56회는 우징쯔의 뜻을 제대로 헤아리지
못하였거나, 또는 그에 대해 불만을 품은 후대 사람이 저 나름대로 우
징쯔의 문집에서 글귀들을 가져다가 멋대로 이어 붙인 것이라 할 수
있다. 그럼에도 불구하고 제56회 '유방幽榜'에 대한 설왕설래도 결국
은 진허金和가 말한 55회 본의 실재 여부에 달려 있다. 따라서 현재
전하는 판본이 없는 상태에서 벌어지고 있는 55회 본을 둘러싼 여러
논의들은 애초부터 한계를 안고 있다고 볼 수 있다.

---

80 천메이린, 앞의 글, 276~281쪽.
81 팡르시房日晳, 앞의 글, 396쪽.

이상에서『유림외사』의 여러 판본과 그것을 둘러싼 몇 가지 문제에 대해 간략하게 살펴보았다. 그 가운데 후대 사람이 임의로 다른 내용을 삽입한 것이 분명한 60회 본을 제외하고,『유림외사』의 판본 문제 가운데 가장 주목을 끄는 것은 50회 본과 55회, 56회 본이다. 그러나 50회 본의 경우는 기록상에 나타나 있는 50회 본에 대한 방증을 끌어대는 듯한 인상을 지울 수 없다는 점에서 교주고슬膠柱鼓瑟의 혐의를 지울 수 없다. 따라서 50회 본 문제는 처음부터 그 한계가 여실히 드러나 있으므로 더 이상 논란의 여지가 남아 있지 않다고 할 수 있다. 다만 그럼에도 불구하고 언젠가 그 실물이 나타난다면 이에 대한 논의를 새롭게 해야만 할 것이다.

이에 반해서 56회 본의 '유방幽榜'에 대해서는 여러 가지 논란이 끊이지 않고 있다. 여러 가지 면에서 제56회 '유방幽榜'은 후대 사람의 위작일 가능성이 크다. 그러나 55회 설을 가장 먼저 제기한 진허金和의 주장에도 허점이 없지는 않다. 그것은 그가「발跋」에서 말한 내용들이 사실과 들어맞지 않는 부분들이 간혹 있어 그 신뢰성을 의심받고 있다는 것인데, 무엇보다도 그가 지지하고 있는 55회 본이 현재 남아 있지 않다는 것은 치명적인 약점이라 할 수 있다. 그럼에도 진허金和의 말을 전적으로 무시하기에는 뒷맛이 개운하지 않은 것도 사실인데, 그로 말미암아 현재로서는 이러저러한 논의들에 대해 자신 있게 단정을 내리기가 조심스러울 따름이다.

결국 이런 모든 문제들을 해결하기 위해서는 새로운 자료가 나타나야 할 것인데, 그것을 기다리는 게 무망한 일만은 아닌 것이 요즘에도 간간이 엉뚱한 곳에서 의외의 자료가 발견되는 경우가 있기 때문이다. 그렇다면 새로운 자료가 출현할 때까지 이 모든 논의들은 "일종의

'가설'일 뿐", "'유방'이 다른 사람이 멋대로 덧붙여 놓을 것이라는 사
실을 논증하려면 진일보한 새로운 논거를 내놓아야만 할 것"[82]이라는
말은 『유림외사』의 판본 문제를 다루면서 되새겨 볼 만한 가치가 있
다고 할 것이다.

4. 『유림외사』의 평점

『유림외사』에 대해 평을 한 사람은 비교적 많으나 실제로 그 분량은
그리 많은 편이 아니다. 또한 평점이 작품 자체에 끼친 영향도 그리 크지
않다. 이것은 즈옌자이 평脂硯齋評을 둘러싸고 수많은 논란이 오가고 있
는 『홍루몽紅樓夢』의 경우와는 그 유를 달리하는 것이라 할 수 있다.

한편 『유림외사』에 대한 평은 본격적인 평점 비평 말고도 넓은 의
미에서 서발과 제지題識까지도 포함된다고 할 수 있다.[83] 이것들은 독
자의 『유림외사』에 대한 이해를 도울 뿐 아니라 『유림외사』의 창작과
유전 등 작품에 대한 일차적인 정보를 제공한다는 점에 있어 그 가치

82　천메이린, 앞의 글, 281쪽과 287쪽.

83　서발序跋이나 제지題識에 속하는 것으로는 다음과 같은 것들이 있다.
　　가경 8년(1803년) 워셴차오탕臥閑草堂 본의 「셴자이라오런 서閑齋老人序」.
　　동치 8년(1869년) 쑤저우蘇州 친위자이群玉齋 본의 진허金和 「발跋」.
　　동치 13년(1874년) 치성탕齊省堂 본의 싱위안투이스惺園退士 「서序」와 「예언例言」 5칙.
　　광서 11년(1885년) 상하이上海 바오원거寶文閣 간 『유림외사 평儒林外史評』 황안진黃
　　安謹 「서序」, 톈무산챠오天目山樵 「지어識語」.
　　광서 년간 상하이上海 스스石史(쉬윈린徐允臨) 충하오자이 집교從好齋輯校 본 가운데
　　쉬윈린徐允臨이 제題한 「발跋」, 화웨위華約漁 「제기題記」, 왕청지王承基의 편지.
　　광서 14년(1888년) 상하이上海 훙바오자이鴻寶齋 증보 치성탕增補齊省堂 본 둥우시훙
　　성東武惜紅生 「서序」.

를 인정받고 있다.

　나아가 청말 이후 활발하게 진행된『유림외사』에 대한 여러 사람들의 평가 작업들도 포함시킨다면 그 범위는 더욱 넓어지게 된다.[84] 그러나 이러한 것들은 전통적인 평점의 형식과 내용을 벗어나는 것이기에 이 글에서는 다루지 않기로 한다.

　『유림외사』의 평점 본은 판본과 밀접한 관계를 맺고 있다. 하지만 판본에 따라 평어가 없는 것도 있는데, 이것들을 제외하고 평어가 실려 있는『유림외사』의 판본은 대략 다음의 세 가지 계통으로 나누어 볼 수 있다.[85]

분류	판본의 명칭	회수	년대	評者	설명
워셴차오탕 계통 평본 臥閑草堂 系統評本	워셴차오탕 본 臥閑草堂本	56	1803	일명佚名	책머리에 1736년「셴자이라오런 서 閑齋老人序」가 있으며, 수록된 평어는 모두 회말총평, 단 42~44회와 53~55회의 6회는 평어가 없음.
	이구탕 본 藝古堂本	56	1816	일명佚名	위와 같음.
	친위자이 본 群玉齋本	56	1869	일명佚名	위와 같음.
	쑤저우서국 본 蘇州書局本	56	1869	일명佚名	친위자이 본群玉齋本과 같으나, 권말에 동치 8년의 진허金和「발跋」이 덧붙여져 있음.

---

84 이런 관점에서 작업을 진행한 것으로는 다음의 논문이 있다.
　리한츄李漢秋,「역사상의『유림외사』평론歷史上的『儒林外史』評論」, 복인보간『중국고대·근대문학연구復印報刊『中國古代、近代文學研究』 1984년.4기.(原載『社會科學輯刊』(沈陽), 1984.2期.).

85 쑨쉰孫遜,「『유림외사』의 평본과 평어에 관하여關于『儒林外史』的評本和評語」,『명청소설론고明淸小說論稿』, 상하이구지출판사上海古籍出版社, 1986. 239쪽.

치싱탕 계통 평본 齊省堂系統 評本	치싱탕 증정본 齊省堂增訂本	56	1874	일명佚名, 또는 싱위안투이 스惺園退士(?)	책머리에 1874년 「싱위안투이스 서惺園退士序」가 있고, 「센자이라오런 서」는 원서原序로 초입抄入되어 있음. '워 본'에 빠져 있는 6회의 평어가 보충되어 있고, 새로 미평眉評이 대량으로 들어가 있고, '워 본'의 원평原評에 약간의 증보가 있음.
치싱탕 계통 평본 齊省堂系統 評本	증보 치싱탕 본 增補齊省堂本	60	1888	일명佚名, 또는 싱위안투이 스惺園退士(?)	책머리에 1888년 「둥우시훙성 서東武惜紅生序」가 있으며, 「싱위안투이스 서」는 원서原序로 초입抄入되어 있고, 「센자이라오런 서」가 빠져 있음. 평어는 치싱탕 본과 같으나, 새로 덧붙여진 4회에 대한 평어가 추가되어 있음.
톈무산챠오 계통 평본 天目山樵系統評本	선바오관 제1차 배인본申報館第一次排印本	56	1874	일명佚名	'워 본'을 저본으로 권말에는 진허金和의 '발跋'이 있고, 1873년 톈무산챠오天目山樵의 지어識語가 있으나, 톈무산챠오의 평어는 아직 없음.
	선바오관 제2차 배인본申報館第二次排印本	56	1881	톈무산챠오 天目山樵	권수와 권말에 톈무산챠오가 광서 년간에 쓴 지어識語가 새로 덧붙여져 있으며, 본문에도 톈무산챠오가 쓴 평어가 대량으로 들어가 있음. 나머지는 제1차 배인본과 같음.
	『유림외사 평』 2권 본 또는 바오원거 간 평어 단행본『儒林外史評』2卷本 또는 寶文閣刊評語單行本	56	1885	톈무산챠오 天目山樵, 핑써우萍叟	평어만 수록되어 있고, 소설의 본문은 나와 있지 않음. 권수에 1885년 황안진黃安謹의 「서序」가 있어, 그의 아비인 황샤오톈黃小田의 평어와 톈무산챠오의 평어를 합각合刊한다고 이르고 있음. 황샤오톈의 평어는 핑써우萍叟라 표시되어 있는데, 그 수량은 지극히 미미함.

쉬윈린 스스 초평 본徐允臨石史抄評本	56	1884	톈무산챠오 天目山樵, 핑써우萍叟, 화웨위華約漁, 스스石史	원서는 쑤저우서국 본蘇州書局 本이나 쉬윈린徐允臨의 손을 거쳐 톈무산챠오의 지어識語 와 평어가 대량으로 수록되었 고, 다른 사람의 평어는 소수 수록되었음. 권수와 권말에 쉬 윈린 자신이 쓴 지어識語와 발 跋이 있음

이 글에서는 위의 분류에 따라 크게 세 종류로 대별되는 『유림외사』의 평본評本에 대해 알아보고 마지막으로 최근 발견된 황샤오톈黃小田 평본에 대해 논의하기로 하겠다.[86]

1) '워셴차오탕 본臥閑草堂本' 계통

전해오는 『유림외사』의 최초의 각본은 '워셴차오탕 본臥閑草堂本'(이하 '워 본'으로 약칭함)이다. 가경 8년, 곧 1803년에 나온 이 '워 본'은 최초의 각본이라는 것 말고도 최초의 평본이라는 의의를 갖고 있다. 이것은 16책으로 이루어져 있으며, 모두 56회이고, 베이징도서관과 푸단대학復旦大學 도서관에 소장되어 있는데, 1974년 런민원쉐출판사人民文學出版社에서 영인되었다.

'워 본'에는 건륭 원년(1736년) 2월이라 제題한 셴자이라오런閑齋老人의 「서序」가 있으며, 각 회마다 회말총평回末總評이 있는데(이하 '워 평臥評'이라 약칭함), 회평의 글자 수는 모두 1만 5천 여자에 이른다. 하지만 42회와 43, 44, 53, 54, 56회에는 회평이 실려 있지 않다.

---

86 이 밖에도 핑부칭平步靑의 『하외군설霞外捃屑』 9권의 톈무산챠오天目山樵 평어에 대한 평어 등이 있음.

'워 평'을 둘러싼 현안은 다음의 몇 가지로 집약된다.

첫 번째 문제는 '워 평'이 기록상 최초의 각본이라 하는 진자오옌金兆燕의 각본과 어떤 연관이 있는가 하는 것이다. 결론부터 말하자면 진자오옌의 각본 자체가 현재 전하지 않기 때문에, 몇 가지 설이 분분한 실정이다. 우선 이에 대해 부정적인 입장을 취하는 사람들은 진자오옌의 각본이 나온 시점이 '워 평'이 씌어졌을 것이라 알려진 시기보다 앞서기 때문에 양자는 아무런 상관이 없을 것이라 주장하고 있다.[87] 곧 진허金和의 「발跋」에 의하면, 진자오옌의 각본은 그가 양저우 부揚州府의 교수敎授로 있을 때인 1768년에서 1779년에 나왔다고 한다.[88] 그런데 제30회의 총평總評에 건륭 50년(1785년)에 나온 『연란소보燕蘭小譜』라는 책이 언급되어 있는데,[89] 이 책 속에 건륭 47년(1782년)의 일이 기술되어 있는 것으로 보아 이보다 앞선 시기에 나왔다고 하는 진자오옌의 각본에 '워 평'이 실려 있을 수 없다는 것이다. 하지만 진자오옌 자신은 건륭 46년(1781년)에 경사京師로부터 남쪽으로 내려와 건륭 54년(1789년)에 이르기까지 여전히 객지 생활을 했다고 하였으니,[90] 만약 그가 만년에 『유림외사』를 찍었다면 여기에 '워 평'이 실려 있을 가능성도 배제할 수 없는 여지가 남아 있는 것도 사실이다.

두 번째 문제는 셴자이라오런閑齋老人이 과연 누구인가에 대한 것이

87 리한츄李漢秋, 『유림외사』의 평점 및 그 변천『儒林外史』的評點及其衍遞」, 『유림외사』회교회평본『儒林外史』會校會評本, 상하이구지출판사上海古籍出版社, 1984, 16쪽.

88 "惟是書爲全椒金棕亭先生官揚州府敎授時梓以行世, 自後揚州書肆, 刻本非一."(진허金和 「발跋」)

89 "湖亭大會, 又是一部『燕蘭小譜』."(第30回 回評)

90 "僑居邗上"(리한츄李漢秋, 『유림외사연구종람儒林外史硏究縱覽』, 톈진天津; 톈진쟈오위출판사天津敎育出版社, 1992, 124쪽.)

다. 황샤오톈黃小田은『유림외사』를 평하면서, "이 책의 서를 쓴 사람
은 셴자이라오런閑齋老人(是書序者閑齋老人)"인데, 여기에서의 "閑"은 "悶"
의 잘못으로, "悶齋老人"은 허방어和邦額[91]라고 하였다.[92] 하지만 허방어
의 생애나 그의 사상 경력으로 볼 때, 이것은 그리 믿을 만하지 못하
다. 또 셴자이라오런이 우징쯔 자신일 것이라는 설을 주장한 사람도
있는데, 이것은 취안쟈오 현全椒縣의 나이 많은 한의사가 우징쯔가 직
접 쓴 「봉송아우대공조출새도奉送雅雨大公祖出塞圖」를 셴자이라오런의
「서」와 대조해 보고 두 사람의 서법이 비슷한 것으로 보아 우징쯔가
곧 셴자이라오런일 것이라 추단한 것이다. 하지만 두 사람의 필적이
비슷하다는 사실만으로는 그 논거가 부족하다 할 것이며, 다른 서법가
는 두 사람의 필적이 다르다고 주장하는 등 이에 대한 설은 확정할
수 없는 형편이다. 마지막으로 "한閑"자에 주목한 사람들도 있는데,
한 사람은 "워셴탕주런臥閑堂主人"과 "셴자이라오런閑齋老人"은 똑같이
"한閑"자를 쓰는 것으로 보아 둘은 같은 사람일 것이라 주장했고, 다른
한 사람은 우징쯔의 사부詞賦 가운데 "한閑"자가 많이 나오는 것으로
보아 셴자이라오런은 곧 우징쯔일 것이라 주장했다. 하지만 전통 시대
의 문인들 가운데 "한가로운 정취를 읊조리고吟咏閑情" "한가한 정취로
유유자적했던以閑情自適" 일은 그리 새삼스러울 것도 없는 것이라 이
것 역시 견강부회를 면할 수 없다. 결국 현재로서는 셴자이라오런이

---

91 허방어和邦額의 자는 셴자이閑齋이고, 호는 지원주런霽雲主人으로 청대 만주滿洲 사
    람이다. 황샤오톈이 허방어를 셴자이라오런이라 지칭한 것은 그의 자가 '셴자이'이기
    때문이다.
92 천메이린陳美林,「『유림외사』워셴차오탕 평본을 간략하게 논함略論『儒林外史』臥閑草
    堂評本」(천메이린陳美林,『청량문집淸凉文集』상권, 난징사범대학출판사南京師範大學
    出版社, 1999.(原載『河北師院學報』1991.4期.)), 504쪽.

누구인가에 대해서도 확실하게 단언할 수 없는 게 현실이다.[93]

그렇다면 '워 평'의 작자는 누구일까? 이것 역시 현재로서는 확언할 수 없다. 다만 그 내용으로 보아 우징쯔의 창작 의도를 잘 알고, 양저우揚州의 습속에 밝은 것으로 보아 우징쯔의 오랜 친구가 아닐까 하는 추측만 해 볼 수 있을 따름이다.[94] 이렇듯 셴자이라오런과 '워 평'의 작자에 대해서는 분명하게 밝혀져 있는 것이 없다.[95]

'워 평'의 내용은 대개 『유림외사』의 주제사상과 그 풍자 예술, 묘사 수법, 인물의 품평과 창작 기법 등에 걸쳐 있는데, 후세의 『유림외사』 평점들의 전범이 될 만큼 정확하게 논점을 집어내고 있다는 평을 듣고 있다.

우선 '워 평'은 『유림외사』 전편의 주제를 '부귀공명'으로 개괄하였다.

'부귀공명'이라는 네 글자는 이 책 전체의 착안점이다.[96]

제2회의 회평에서도 같은 내용이 이어진다.

---

93 자세한 내용은 다음을 볼 것.
  천메이린, 「『유림외사』 워셴차오탕 본『儒林外史』臥閑草堂評本」, 『유림외사사전儒林外史辭典』, 난징南京; 난징대학출판사南京大學出版社, 1994. 535쪽.
94 리한츄李漢秋, 앞의 글, 16쪽.
  쑨쉰孫遜, 앞의 글, 232쪽.
95 이 글에서는 셴자이라오런의 「서」를 '워 평'의 하나로 보아 같이 논하기로 하겠다.
96 "'功名富貴'四字, 是全書第一着眼處"(제1회 회평)
  그 다음의 내용은 이렇게 이어진다.
  "이 때문에 처음부터 그것을 설파하면서도 그저 살짝 언급하고 있을 뿐인데, 이후의 천변만화는 모두가 이 네 글자로부터 나온 지옥변상이 아닌 것이 없으니 풀 한 포기가 여섯 길 불상으로 변한 것이라고 이를 만하다."(故開口卽叫破, 却只輕輕点逗, 以後千變萬化, 無非從此四個字現出地獄變相, 可謂一莖草化丈六金身.)

'부귀공명'이야말로 이 책의 큰 주제이다.[97]

　'워 평'은 서두에서 '부귀공명'이야말로『유림외사』가 추구하는 가장 중요한 핵심어가 된다는 사실을 밝히고 있다. 이렇듯 작품의 주제를 명확하게 밝히면서 시작하는 경우는 중국의 고전 소설 평점의 전통에서는 그렇게 쉽게 찾아볼 수 없는 예라 할 수 있다.[98] '부귀공명'이라면 셴자이라오런 역시 그의「서」에서 다음과 같이 설파한 바 있다.

　　이 책의 뼈대를 이루는 것은 '부귀공명'으로, '부귀공명'을 간절히 바라는 마음에 다른 사람에게 잘 보이려 하고 아첨을 떠는 이가 있는가 하면, '부귀공명'에 의지해 남에게 교만을 떨고 오만하게 구는 이도 있으며, 짐짓 부귀공명에는 뜻이 없는 척 고아한 선비인 양 굴다가 다른 사람들의 웃음거리가 되는 이도 있다. 마지막으로는 부귀공명을 끝까지 마다해 그 인격이 최상층에 속하는 이들이 있으니, 이들은 황허黃河의 세찬 물살 속에서도 흔들림 없이 우뚝 서 있는 기둥과 같은 존재다.[99]

97　"'功名富貴'四字, 是此書之大主腦."(제2회 회평)
　　그 다음의 내용은 이렇게 이어진다.
　　"작자는 그것을 각양각색으로 변화시켜 아낌없이 그려내고 있다. 서두에 왕후장상을 묘사하지 않고 먼저 샤 총갑夏總甲이란 인물을 등장시키고 있다. 총갑이란 것이 무슨 공명이고 부귀가 있는가? 그러나 그는 의기양양하고 득의만면한 것이 무슨 장관이나 되는 듯하다. 석가모니는 "삼천대천세계"를 말하고 쫭쯔莊子는 '하루살이는 밤을 모르고 쓰르라미는 봄가을을 알지 못한다'고 했는데, 문필의 묘미가 이러한 경지에 이르고 있다."(作者不惜千變萬化以寫之. 起首不寫王侯將相, 却先寫一夏總甲. 夫總甲是何功名? 是何富貴? 而彼意氣揚揚 欣然自得, 頗有'官到尙書吏到都'的景象. 牟尼之所謂'三千大千世界'莊子所謂'朝菌不知晦朔, 蟪蛄 不知春秋也.' 文筆之妙乃至於此.)

98　쑨쉰孫遜, 앞의 글, 240쪽.

99　"其書以功名富貴爲一篇之骨, 有心艶功名富貴而媚人下人者; 有依仗功名富貴而驕人傲人者, 有假托無意功名富貴自以爲高被人看破耻笑者, 終乃以辭却功名富貴, 品地最上一層, 爲中流砥柱."(셴자이라오런의「서序」)

한편 '워 펑'에 나타난 '부귀공명'에 대한 작자의 생각은 긍정적이라 기보다는 부정적인 데 가깝다. 그리하여 소설의 서두에 첫 번째로 등 장하는 왕몐王冕이라는 인물에 대해 '부귀공명'을 경시하는 긍정적인 인물이라고 평하였다.

> 부귀공명이란 [그것을 차지하기 위해] 사람들이 서로 다투기 마련인 것이나, 왕몐만은 이를 추구하지 않았을 뿐만 아니라 그것을 피하기까 지 하였다. 왕몐만 피한 것이 아니라, 그의 모친 역시 부귀공명을 두려 워했다. 아! 참으로 그 성정이 다를진저!100

이에 반해 '부귀공명'을 추구하다 자신의 신세를 망친 부류의 인물 들에 대해서도 평을 하고 있는데, 그 첫 번째는 자신의 공명을 쫓느라 다른 사람의 '시고詩稿'를 훔친 뉴 포의牛布衣에 대한 것이다.

> 뉴푸牛浦가 시를 배우고자 한 것은 고관대작들과 알고 지내고 싶다는 마음에서였으니, 그는 세상에서 가장 비루한 인물이다. 참으로 자신에 게 부귀공명이 없으면서 다른 사람의 부귀공명을 선망하는 자이기 때 문이다. ……남의 재물을 훔치는 자가 도적이라면, 남의 명성을 훔치는 자도 도적이다. 뉴푸는 뉴 포의牛布衣가 지은 시를 훔치고 노스님이 준 바라며 경쇠 따위까지 훔쳤으니, 도적임이 분명하다.101

---

100 "功名富貴, 人所必爭. 王元章不獨不要功名富貴, 并且躱避功名富貴; 不獨王元章躱避 功名富貴, 元章之母亦生怕功名富貴. 嗚呼, 是眞其性與人殊歟!"(제1회 회평)

101 "牛浦想學詩只從相與老爺上起見, 是世上第一等鄙陋人物, 眞乃自己沒有功名富貴, 而 慕人之功名富貴者. ……竊財物者謂之賊, 竊聲名者亦謂之賊. 牛浦旣竊老布衣之詩, 又竊老僧之鐃磬等件, 居然一賊矣."(제21회 회평)

뉴푸牛浦는 우연한 기회에 이웃에 살던 뉴 포의牛布衣를 알게 되고 돌연한 그의 죽음으로 그를 대신해 거짓 행세함으로 해서 공명을 도모하고자 했던 것이다. 공명에 대한 헛된 추구로 인한 피해자는 그뿐이 아니다. 제11회에 나오는 루 편수魯編修의 딸 루 소저魯小姐는 부친의 뜻을 이어 받아 과거시험을 통한 공명을 추구한다. '워 평'은 이에 대해 다음과 같은 평어를 남겼다.

> 시문에 재능을 가진 여성이야 예전에도 있었지만, 팔고문 짓기에 뛰어난 여성은 아직 없었다. 여자이면서도 팔고문 짓는 데 뛰어났으니 그 속됨을 알 수 있겠다.[102]

이렇듯 '워 평'은 『유림외사』의 전체 주제를 '부귀공명'이라는 한 마디로 개괄하면서 이로 인한 여러 가지 추악한 모습에 대해 통렬한 비판을 가함으로써 작자의 의도를 분명히 하였다.

이 밖에도 '워 평'에는 작품의 내용과 형식에 대한 여러 가지 평어가 담겨 있다. 우선 내용적인 면에서는 소설의 현실적인 의의와 교화작용에 대한 긍정적인 평가를 들 수 있다. 여기에서 말하는 현실적인 의의라 함은 이 소설이 현실주의 창작 원리에 부합한다는 것을 가리키는 데 구체적으로는 현실 속의 일상생활을 묘사하는 것을 말한다.[103] 셴자이라오런의 「서」에서는 『수호전水滸傳』과 『금병매金瓶梅』

---

102 "嫻于吟咏之才女古有之, 精于擧業之才女古未之有也."(제11회 회평)
103 이에 반해 이전 시대의 대다수의 소설들은 傳奇적인 색채가 농후해 일상 현실 생활에 대한 묘사는 충분하지 못한 편이다.(리한츄李漢秋, 「역사상의 『유림외사』 평론歷史上的 『儒林外史』 評論」, 복인보간 『중국고대·근대문학연구復印報刊 『中國古代, 近代文學硏究』 1984년.4기.(原載 『社會科學輯刊』(沈陽), 1984.2期. 97쪽.)

에 대해 사람들이 "그 구성의 기이함과 묘사의 뛰어남을 과찬하고 그
인물과 사건을 그려냄이 일상의 사소한 것에 이르기까지 그 진실함을
다하여 마치 화공畵工과 하늘의 조화가 하나가 되어 만들어 놓은 것
같아 패관 중에 지금껏 이들에 견줄 만한 것이 없다"[104]고 말하고 있는
데, 이들은 "틀림없이 아직『유림외사』를 보지 못한 것"[105]이라고 단
언하고 있을 정도이다.

또 셴자이라오런의 「서」에서는 소설이 역사의 한 지류이기는 하나
"반드시 선한 것을 선하게 보답하고 악한 것은 경계하여 수준이 낮은
독자라고 하더라도 그것을 보고 감화를 받아 풍속과 인심이 파괴되지
않고 유지될 수 있게 하는"[106] 교화 작용을 강조하고 있다.

하지만 내용적인 면에 있어 '워 평'의 관점이 모두 뛰어난 것만은
아니다. '워 평'에서는 전통적인 관점에서 폄하되고 있는 소설의 가치
를 역사와 같이 논의될 수 있는 수준으로까지 끌어올렸다. 곧 제1회의
회평에서 "이 소설의 작자는『사기史記』나『한서漢書』와 같은 재주로
패관을 지었다"[107]고 하여『유림외사』를『사기』나『한서』와 병론하였
다. 이와 같은 견해는 셴자이라오런의 「서」에도 나타난다. 그러나 여
기에서 파악하고 있는 것은 "패관稗官은 정사正史의 지류"[108]라는 것으
로, 소설의 가치를 정당하게 인정한 것으로 볼 수 없다. 곧 소설을 시

---

104 "乃言者津津誇其章法之奇, 用筆之妙, 且謂其摹寫人物事故, 卽家常日用米鹽瑣屑, 皆
　　各窮神盡相, 畫工化工合爲一手, 從來稗官無有出其右者."(셴자이라오런 「서」)
105 "其未見『儒林外史』一書乎?"(셴자이라오런 「서」)
106 "亦必善善惡惡, 俾讀者有所觀感戒懼, 而風俗人心, 庶以維持不壞也."(셴자이라오
　　런 「서」)
107 "作者以『史』『漢』才作爲稗官"(제1회 회평)
108 "稗官爲史之支流."(셴자이라오런 「서」)

와 같이 하나의 독립적인 문학 장르로 보지 않고, 단지 역사의 하위 장르 정도로 파악하는 이러한 관점은 결코 긍정될 수 없는 것이다.

또 소설에 나타나 있는 문벌 의식 역시 취할 만한 것이 못된다. 이러한 문벌 의식은 본래 이 소설의 작자인 우징쯔에게 강하게 나타나 있는 것인데, '워 평'에서는 이를 긍정하고 있는 것이다. 제25회에서 '워 평'은 광대인 바오원칭鮑文卿이 스스로를 비하하는 행동을 하는 데 대해 칭찬을 하고 있다. 그러면서 제24회 회평에서는 "배우와 같은 천한 무리들이 감히 사대부와 같아지려 하지 못하도록 구분하는 것이 마땅하다. 그런데 최근의 사대부들은 왕왕 술 마시고 노래하는 와중에 이런 무리들을 이끌어 같은 자리에 앉히니, ……아! 그 식견은 진정 바오원칭보다 못하도다."[109]라고 탄식을 하고 있다. 현재의 관점으로 보면 이러한 문벌 관념은 마땅히 타파해야 할 것이다.

한편 형식적인 면에서 '워 평'은 '장법章法'이라고도 칭하는 소설의 구조 예술과 인물 묘사 등에 대해 적절한 평가를 내렸다.

『유림외사』의 구조에 대해서는 저간에 많은 논란이 있어왔다.[110] 하지만 여기에서 말하는 구조란 현대적인 쓰임새가 아닌 중국의 전통적인 소설 문법에 있어서의 '장법章法'을 말한다. 그러므로 용어 자체도 현재의 것과는 사뭇 다르다. 이제 '워 평'에 나타난 소설의 구조에 대한 용어들을 현대의 용어에 대비시켜 보도록 하겠다.

---

109 "優伶賤輩, 不感等于士大夫, 分宜爾也. 乃晚近之士大夫, 往往于歌酒場中, 輒拉此輩同起同坐, ……鳴呼! 其識見眞出文卿下也."(제24회 회평)
110 자세한 것은 이 책의 제5장을 참고할 것.

발단 : 기수起首

발전 : 체입遞入, 대출帶出, 인출引出, 생출生出

고조 : 대결속大結束, 결혈처結穴處, 대총회처大總滙處, 진우태산臻
于泰山, 팔음번회八音繁會

결말 : 결속結束

미성尾聲 : 여문餘文, 유풍여운流風餘韻

아울러 제33회의 회말총평에서는 이 작품의 정절의 안배에 대해 다음과 같이 개괄하였다.

타이보츠太伯祠를 지어 제사를 올리는 것은 이 책에서 첫 번째 큰 매듭에 해당한다. 무릇 대작을 저술하는 것은 장인이 궁실을 짓는 것과 같아서, 반드시 먼저 마음속에 전체 구도를 담고 있어야 한다. 어디가 대청이 되고 침실이 되는지, 어디가 서재가 되고 부엌이 되는지 하나하나 알맞은 자리에 배치한 다음 공사를 시작할 수 있다.[111] 이 책에서 타이보츠에서 제사를 올리는 부분은 궁실에서의 대청에 해당한다. 책의 첫머리부터 여러 명사들을 죽 써 나가다가 위위더虞育德가 등장하는 것으로 클라이맥스結穴處로 삼았으니, 그런 까닭에 타이보츠에서 제사를 올리는 역시 [이 소설의] 클라이맥스가 된다. 비유컨대 이것은 민산岷山에서 발원한 [민강이] 창쟝長江으로 흘러 들어가 [창쟝과 포양후鄱陽湖가 만나는 접경지인] 푸쳰위안敷淺原[112]에 이르러 여러 지류들과 하나로 합쳐지는 것과 같다. 그런 다음 강물은 유유히 감돌아 바다로 흘러

---

111 이와 같이 글을 짓는 것을 건축에 비유한 것은 왕지더王驥德의 『곡률曲律』과 리위李漁의 『한정우기閑情偶寄』 등에서도 찾아볼 수 있다.

112 푸쳰위안이란 명칭은 옛 이름이다. 이곳이 현재의 어디인지에 대해서는 여러 설이 있으나, 모두 한수이와 창쟝과는 멀리 떨어져 있다. 그렇기 때문에 이것은 아마도 시대적 한계로 인해 지리 관념에 어두운 평자가 잘못 인용한 것인 듯하다.

들어간다. 이 책에서 타이보츠가 등장하는 장면은 창쟝과 한수이漢水에 푸첸위안이 있는 것에 비길 수 있다.[113]

여기에서는 작품의 정절을 배치하는 것을 마치 궁궐을 짓는 것에 비유하고 있다. 또 제37회 회평에서는 다음과 같이 평하였다.

이 작품은 이번 회에 이르러 하나의 큰 매듭을 짓는다. 이 작품을 '유림儒林'이라 명명한 것은 이야기에 등장하는 문인 학사들 때문인데, 작품에 등장하는 문인, 학사의 수가 적지 않다. 이번 회 이전에는 잉더우후鶯脰湖에서 벌어진 문인들의 모임과 시후西湖에서 열린 시회詩會가 각기 작은 매듭을 이룬다. 그러다가 이 회에 이르는 것은 마치 윈팅산雲亭山[114]과 량푸산梁甫山[115]을 거쳐 결국 타이산泰山에서 모이게 되는 것과 같다. 음악 연주로 비유하면, 대개 온갖 음이 어우러지고 나면 이후에는 느린 소리의 변조가 이어지게 마련인 것과 마찬가지일 따름이다.[116]

곧 '워 평'은『유림외사』전편을 세 개의 단락으로 나누면서, 이 세

---

113 "祭太伯祠是書中第一個大結束. 凡作一部大書, 如匠石之營宮室, 必先具結構於胸中, 孰爲廳堂, 孰爲臥室, 孰爲書齋竈廐, 一一布置停當, 然後可以興工. 此書之祭太伯祠, 是宮室中之廳堂也. 從開卷歷歷落落寫諸名士, 寫到虞博士, 是其結穴處, 故祭太伯祠 亦是其結穴處, 譬如珉山導江, 至敷淺原是大總匯處, 以下, 又迤邐而入於海. 書中之 有太伯祠, 猶之乎江漢之有敷淺原也."(제33회 회평)

114 '윈윈산雲雲山'과 '팅팅산亭亭山'을 합쳐 이르는 말로,『사기』「봉선서封禪書」에 따르면, 윈윈산은 무회 씨無懷氏가, 팅팅산은 황제黃帝가 각각 하늘에 올리는 선제禪祭를 지낸 곳이라고 한다.

115 타이산泰山 아래쪽에 있는 작은 산으로, 지금의 산둥 성 신타이 시新泰市 서쪽에 있다.

116 "本書至此卷是一大結束. 名之曰儒林, 蓋爲文人學士而言, 篇中之文人學士, 不爲少 矣. 前乎此, 如鶯脰湖一會是一小結束, 西湖上詩會是又一結束. 至此如云亭梁甫, 而 後臻於泰山, 譬之作樂, 蓋八音繁會之時, 以後則漫聲變調而已."(제37회 회평)

개의 단락은 각각 '잉더우후鶯脰湖의 연회'와 '시후西湖의 시회詩會', 그리고 '타이보의 사당을 제사지내는 것祭泰伯祠'으로 구분된다고 보았다. 그 가운데에서도 '타이보의 사당을 제사지내는 것'은 전편을 작품이 가장 고조되었을 때, 전편을 아우르는 최대의 귀결점으로 보았던 것이다. 『유림외사』에는 이렇듯 정절을 조직하고 배치하는 수법이 매우 다양하게 나타나고 있으며, '워 평' 역시 이에 못지않게 다채로운 평어로 이를 지적하고 있다.[117]

'워 평'의 인물 묘사에 대한 비평은 주로 전형 인물의 창조에 그 초점이 맞추어져 있다. 곧 개별적이고 구체적인 사건의 묘사 속에서 당시 사회를 대표하는 주요 인물 형상을 창조해내고 있다는 것이다. 무엇보다 『유림외사』에 등장하는 인물들은 모두 선명한 개성적 특징을 갖고 있다. 하지만 그 인물이 그대로 개별적인 인물에 머물러 있어서는 전형성을 띠고 있다고 할 수 없다. 말 그대로 "한 사람의 장례비를 빌어 무수한 장례비를 이끌어낼"[118] 수 있어야 하는 것이다. 그러기 위해서는 "그 사람의 골수를 그려내야"[119] 하되, "살아 있는 듯 생동하여 마치 부르면 나올 듯하고, 그 어리석은 모습과 바보스러움이 바로 눈앞에 있는 듯"[120] 해야 한다. 그것은 "무릇 인물이란 사람들이 모두 보는 것이기 때문에 거기에 추호의 차이도 용납될 수 없는 것이어서 귀신을 묘사하는 것처럼 임의로 변형시킬 수 있는 것이 아니기"[121] 때

---

117 이 밖에도 『유림외사』에 나오는 정절 안배에 대한 전통적인 소설 비평 용어로는 다음과 같은 것들을 들 수 있다. "반대返對", "대조對照", "도섭倒攝", "엄영掩映", "조응照應", "영대映帶", "교호회환交互回環", "피실격허避實擊虛", "혈맥근락血脈筋絡" 등.

118 "借一張鐵臂引起無數張鐵臂."(제13회 회평)

119 "寫出其人之骨髓"(제7회 회평)

120 "活色生香, 呼之欲出, 獸形獸氣, 如在目前也."(제45회 회평)

문이다. 이것이야말로 앞서 인용한 바 있는 셴자이라오런이 「서」에서 말한, "마치 화공畵工과 하늘의 조화가 하나가 되어 만들어 놓은 것 같은"[122] 경지라 할 것이다.

이 밖에도 '워 평'에는 소설의 언어 묘사라든가, 원형이 되는 인물에 대한 언급 등 작품의 이해에 관건이 되는 중요한 평어가 많이 있다. '워 평'은 시간적으로 가장 먼저 나온 평본일 뿐만 아니라 후대에 나온 여타의 평본에 결정적인 영향을 준 대표적인 『유림외사』 평본이라 할 수 있다.

2) 『치싱탕 본齊省堂本』 계통

'워 평'이 나온 뒤, 함풍 3년(1853년)에서 동치 원년(1862년)에 이르는 기간 동안 황샤오톈黃小田 평본('황 평黃評'이라 약칭함)이 나왔다. 하지만 '황 평'은 오랫동안 간행되지 않다가 광서 11년(1885년)에야 비로소 바오원거寶文閣에서 장원후張文虎 평본과 함께 간행되었으나, 이미 많은 양의 평어가 삭제되어버린 상태였다. 장원후 평본의 경우에는 치싱탕 평본과 비슷한 시기에 써지긴 했으나, 이것 역시 그보다 훨씬 뒤에야 실제로 간행되었다. 따라서 '워 평' 이후 『유림외사』를 본격적으로 논한 것은 치싱탕 평본('치 평齊評'이라 약칭함)이라 하겠다.

치싱탕 평본은 간행된 시기와 내용에 따라 '증정본增訂本'과 '증보본增補本'으로 구별된다. 우선 '증정본'은 동치 13년(1874년) 『증정유림외사增訂儒林外史』라는 이름으로 나온 것을 말하는데, 기본적으로는

---

121 "蓋人物乃人所共見, 不用絲毫假借於其間, 非如鬼怪, 可以任意增減也."(제36회 회평)
122 "畵工化工合爲一手."(셴자이라오런 「서」)

'워 본'을 충실히 따랐다. 권수에 같은 해 10월에 나온 싱위안투이스惺園退士의 「서」가 있고, 「셴자이라오런 서」는 원서原序라는 이름으로 들어가 있으며, 「예언例言」 5칙則이 부가되어 있다. '증보본'은 광서 14년(1888년)에 상하이上海 훙바오자이鴻寶齋에서 나온『증보제성당유림외사增補齊省堂儒林外史』를 말한다. 이것은 석인본石印本으로 「셴자이라오런 서」가 아예 삭제되어 있고, 「싱위안투이스 서惺園退士序」가 원서原序로 돌려져 있으며, "광서십유사년세차저옹곤돈여월동무석홍생서우시매각光緒十有四年歲次著雍困敦余月東武惜紅生叙于侍梅閣"이라 서署하였다. 여기에서 둥우시훙성東武惜紅生은 곧 쥐스선居世紳이다. '증보본'의 가장 큰 특징은 제목에 나와 있는 그대로, 『유림외사』의 원문에 증보를 가하였다는 것이다. 곧 원문의 43회 중간부터 47회 상반까지를 임의로 덧붙여 60회를 만들었는데, 증보된 부분에는 회평이 없고, 나머지는 '증정본'을 그대로 답습하였다. 증보된 부분은 그 문장이나 내용이 졸렬하기 짝이 없어 논의할 만한 가치가 없다는 것이 이제까지의 논자들의 중평이고, 증보된 부분에 대한 평어도 없기 때문에, 사실상 치싱탕 평본을 이야기할 때에는 단지 '증정본'만을 언급할 뿐 '증보본'에 대해서는 달리 논의하지 않는다.

이러한 치싱탕 평본의 작자가 누구인가에 대해서도 알려진 것은 없다. 다만 싱위안투이스惺園退士가 아닐까 하는 추측만 해볼 수 있을 따름이다.[123]

---

123 천메이린, 「『유림외사』 치성탕 평본『儒林外史』齊省堂評本」, 『유림외사사전儒林外史辭典』, 난징南京; 난징대학출판사南京大學出版社, 1994. 564쪽.
쑨쉰孫遜, 앞의 글, 233쪽.

나는 평소에 책읽기를 좋아하여 늘 비평이나 주를 달았는데 누차 친구에게 빼앗기고 말았다. 근년에 와서 원판은 이미 훼손되었는데, 어떤 이가 활자로 인쇄하였으나 애석하게도 틀린 곳이 많았다. 그런데 우연히 헌책방에서 옛 판본을 하나 얻었는데 증비增批도 있었다. 별 일없는 한가한 중에 그것을 다시 보충하고 편집해서 새롭게 정리했더니 동네 친구가 조판공에게 맡겼다.[124]

이것으로 싱위안투이스惺園退士가 일차적으로 자신의 생각으로 '비주批注'한 뒤 다시 옛 판본을 얻어 다시 보충하고 편집해 정리했다는 것을 알 수 있다.

전체적으로 보자면 '치 평齊評'은 '워 평'에 비해 훨씬 못 미친다고 할 수 있다. 그것은 '치 평'이 대부분 미비眉批로 되어 있어 비교적 간단하기 때문이다. '치 평'이 이렇듯 간단하게 이루어져 있는 것에 대해, 혹자는 '치 평'이 많은 점에 있어 '워 평'의 의견을 따르고 존중했기 때문이라고 했다.[125] '증정본'의 「예언例言」에는 '치 평'이 '워 본'의 회목과 본문, 평어에 대해 여러 가지로 개정을 가한 사정에 대해 다음과 같이 설명을 해놓았다.

원서는 매 회의 뒷부분에 총평總評을 해놓았는데, 일을 논한 것이 정밀하고 붓놀림이 노련하니, 앞부분의 십여 회는 특히 명쾌하다. ……이 책의 빠진 부분은 채워 넣고, 간략하게 되어 있는 부분은 보충을 한데다, 다시 미비와 권점을 가하였으니, 더욱더 사람의 눈을 열어줄 만하다.[126]

124 "余素喜披覽, 輒可批注, 屢爲友人攫去. 近年原板已毁, 或以活字排印, 惜多錯誤. 偶於故紙攤頭得一舊帙, 兼有增批; 閑居無事, 復爲補輯, 頓成親觀, 坊友請付手民."(싱위안투이스惺園退士「서」)
125 천메이린, 앞의 글, 569쪽.

여기에서 "빠진 부분을 채워 넣었다闕者補之"는 것은 본래 '워 본'에 빠져 있는 42회에서 44회까지와 53회에서 56회까지의 평어를 채워 넣은 것을 말한다. 또 "간략하게 되어 있는 부분을 보충簡者充之"한 예로는 원래 '워 본'의 제56회 뒷부분에는 비교적 간단한 비어만 있을 뿐이었는데, 이것을 좀 더 늘려 쓴 것을 들 수 있다. 마지막으로 "다시 미비와 권점을 가하였다又加眉批圈點"는 것은 본래 '워 본'에는 미비가 없었는데, '치 평'에서는 매회에 미비를 가한 것을 말한다. 이것은 '치 평'이 '워 평'보다 나은 점이라고 할 수 있다.

한편 중국의 고대소설 비평의 주류를 이루고 있던 전통적인 색은파索隱派의 입장에 대해 '치 평'의 작자는 매우 독특한 견해를 제기했다. 곧 소설 속의 등장인물에 대한 원형을 추구하는 오랜 전통에 대해 '치 평'은 군이 그럴 필요가 있겠는가 하는 의문을 던진 것이다.[127] 우선 『유림외사』의 인물 원형에 대한 전통적인 입장은 진허金和의 「발跋」에 잘 나타나 있다.

> 책 속의 두사오칭은 곧 선생 자신의 모습이고, 두선칭은 칭란 선생이다. ……책 속의 장정줜은 청몐좡이고, 마춘상은 펑추이중이며, 츠헝산은 판난중, 우정쯔는 청원이다. 그밖에도 핑 소보는 녠정야오이고, 펑 씨네 넷째 영감은 간펑츠이며, 뉴 포의는 주 초의이고, 취안우융은 스징이다. ……책 전체에 기록된 것은 모든 말마다 그에 해당하는 사물이 있으니, 절대로 근거 없이 말한 것은 없다. 만약 옹정과 건륭 연간의 여러 사람들의 문집을 상세히 뒤져서 계고해 보면 왕왕 열에 여덟아홉

---

126 "原書每回後有總評, 論事精透, 用筆老辣, 前十餘回尤爲明快. ……是冊闕者補之, 簡者充之, 又加眉批圈點, 更足令人豁目."(「예언例言」)

127 쑨쉰孫遜, 앞의 글, 247쪽. 천메이린도 비슷한 주장을 했다.(앞의 글, 571쪽.)

은 찾아낼 수 있을 것이다.[128]

그러나 '치 평'은 진허의 이러한 주장에 대해 즉각적인 이의를 제기하였다.

　　나는 옛 사람들의 우언寓言은 열에 아홉이 마오잉毛穎이나 쑹칭宋淸등의 전傳과 같다고 생각한다. 한위韓愈나 류쭝위안柳宗元 역시 이런 글을 썼던 것은 단지 그 논의에 세상에 이롭고 사람들의 마음에 가르침이되는지 여부에만 있을 뿐이었으니, 그것이 근거 없는 허황된 이야기라할지라도 다시 볼 만하다 하겠다. 그러니 반드시 그 사람을 구해 그를증명하고자 하는 것은 집착하는 것이다. 또 전기 소설은 왕왕 사람들의성명을 바꾸는 일이 있는데, 설사 그 사람이 과연 있다 하더라도 백년뒤쯤 되면 그 역시 이미 아득해져 알 수 없게 될 터이니, 책을 읽는 사람이 일시적으로 그런 설에 빠져 있는 것은 거울 속의 꽃이나 물속의달이나 보는 게 옳은 일이 될 따름이다.[129]

중국의 전통적인 소설 비평가들은 무엇보다 소설 속에 등장하는 인물과 사건의 실재 여부에 관심을 갖고 이를 증명하고자 노력했다. 하지만 '치 평'의 작자는 그 사람과 사건의 실재 여부와 상관없이 그 나름의 가치와 교화적인 측면에서 효용만 있으면 된다고 생각했던 것이다.

---

128 "書中杜少卿乃先生自況, 杜愼卿爲靑然先生. ……書中之莊征君者程綿莊, 馬純上者馮萃中, 遲衡山者樊南仲, 武正字者程文也. 他如平少保之爲年羹堯, 鳳四老爹地位甘鳳池, 牛布衣之爲朱草衣, 權勿用之爲是鏡, ……全書載筆, 言皆有物, 絶無鑿空而談者, 若以雍乾間諸家文集細繹而參稽之, 往往十得八九."(진허金和 「발跋」)

129 "竊謂古人寓言十九, 如毛穎, 宋淸等傳, 韓, 柳亦有此種筆墨, 只論有益世敎人心與否, 空中樓閣, 正復可觀; 必欲求其人以實之, 則鑿矣. 此傳奇小說, 往往移名換姓, 卽使果有其人, 而百年後亦已茫然莫識, 閱者姑存其說, 仍作鏡花水月觀之可耳."(「예언例言」)

그리하여 '치 평'의 「성원퇴사서惺園退士序」에서는 「셴자이라오런 서」
에서와 마찬가지로 "반드시 선한 것을 선하게 보답하고 악한 것은 경
계하여, 성인의 가르침에 위배되지 않기에善善惡惡, 不背聖訓" "대체로
패관소설 역시 경전이 사람에게 유익한 것과 마찬가지로 감동을 일으
켜 세상의 도의와 인심에 일조하지 않는 것은 아니니庶幾稗官小說亦如
經籍之益人, 而足以興起觀感, 未始非世道人心之一助云爾", "어진 이를 보면 그
와 같아질 것을 생각하고, 어질지 못한 이를 보면 안으로 스스로 돌이
켜 보게見賢思齊焉, 見不賢而內自省也" 할 수 있는 교화 작용이 소설에
있음을 강조하였다. 하지만 교화의 구체적인 내용을 살펴보면, 앞서
의 '워 평'과 마찬가지로 '충'이나 '효'에 대한 강조를 벗어나지 못하고
있음을 알 수 있다. 그럼에도 '치 평'이 '워 평'보다 낫다고 보는 점은
무조건적인 '우충愚忠'이나 '우효愚孝'를 강조하고 있지 않다는 것이다.
제38회에서 궈 효자郭孝子는 노상강도질을 하며 살아가는 무나이木耐
를 만나 그를 깨우치는 데, 이에 대해 '치 평'은 다음과 같이 批하였다.

　　도처에서 다른 사람들을 권유하고 깨우치는 것으로 효자가 비단 어
　　리석은 충성과 어리석은 효도가 아니라 필시 어진 마음과 의로운 기상
　　을 갖고 있다는 것을 알 수 있음이라.[130]

그러나 바오원칭鮑文卿에 대한 비어는 '워 평'과 마찬가지로 여전히
낙후된 측면이 있다. 곧 포문경의 행실에 대해 '치 평'은 "크게 식견이
있다大有見識"느니 "기이하도다. 이 사람이야말로異哉! 此人",[131] "모든 말

130　"到處勸化後生輩, 可見孝子必有仁心義氣, 匪但愚忠愚孝也."(제38회 미비眉批)
131　제24회 미비眉批

마다 본분을 지키고 있다語語本分"[132]는 등의 말로 칭찬을 하고 있는데,
이러한 것은 '치 평'의 낙후된 관념을 보여주는 예라 하겠다.

이 밖에도 '치 평'에서는 '워 평'에서와 같이 전서全書의 주제를 '부
귀공명'과 과거시험의 관계로 보고, 당시 정치에 대한 비판을 가하는
등 후대의 『유림외사』 연구에 유용한 관점을 제시한 바 있다. 그러나
전체적으로 보아 '치 평'은 '워 평'을 답습한 것이 눈에 띄는 특징이라
할 수 있는데, 반면에 뒤에 나오는 톈무산챠오天目山樵나 황샤오톈黃
小田의 평과는 의견을 달리하는 부분이 있기도 하다.

3) 『톈무산챠오 본天目山草本』 계통

톈무산챠오天目山樵는 장원후張文虎(1808~1885년)[133]의 필명으로, 그
의 자는 샤오산嘯山이고 또 다른 필명으로는 화구리민華谷里民이 있다.
그는 쟝쑤江蘇 난후이南滙의 제생諸生으로, 그의 생애에 대해서는 『청
사고淸史稿』 「유림삼儒林三」의 「위웨 전俞樾傳」에 부기되어 있고, 『청사
열전淸史列傳』 「장원후張文虎」 등의 사적에 보인다. 일찍이 청대 중엽
고증학의 전성기라 할 건륭(1736~1795년), 가경(1796~1820년) 시기의
학문적 경향을 대표하는 건가학파乾嘉學派의 영향을 받아 고증을 숭상
하였고, 또 교감校勘에 뛰어나 쩡궈판曾國藩(1811~1872년)으로부터 "장
강의 남북에는 오직 이 한 사람밖에 없다大江南北惟此一人"는 평을 듣기
도 하였다.

---

132 제25회 미비眉批

133 그의 생졸년에 대한 고증은 천메이린의 「『유림외사』 장원후 평본『儒林外史』張文虎評本」
(『유림외사사전儒林外史辭典』, 난징南京; 난징대학출판사南京大學出版社, 1994.), 554
쪽을 참고할 것.

그는 어려서부터 책을 몹시 좋아해 "보지 않은 책이 없을 정도于書無所不覽"[134]였으며, 특히 소설을, 그 가운데에서도 『유림외사』를 좋아해 한가할 때면, "찻집에 앉아 있기를 좋아해, 간혹 사람들이 그것을 의아하게 여기면, '나는 『유림외사』를 익히고 있는 걸세'라고 대답했다"[135]고 한다. 하지만 그가 막상 『유림외사』에 평점을 단 것은 그의 나이 67세가 되는 동치 13년(1874년)이 되어서였다. 이후로 여러 차례 평점 작업을 진행하였으니, 그 상황은 대략 다음과 같다.

그의 평점이 처음 등장한 것은 동치 13년(1874년) 상하이 선바오관申報館에서 출판된 제1차 배인본 『유림외사』로부터 비롯된다. 여기에는 그가 동치 13년(1873년) 계유癸酉 모춘暮春에 쓴 지어識語가 부기되어 있으나, 본격적인 평어는 아직 실리지 않았다. 그 뒤 광서 2년(1876년) 병자丙子에 다시 지어를 썼으며, 광서 3년(1877년) 정축丁丑 7월 하현下弦과 가평嘉平[136] 소한小寒에 각각 지어를 썼다. 가평嘉平 소한小寒에 쓴 지어에는 "내가 이 책을 평하고 무릇 네 번을 탈고하였다"[137]고 하였다. 이것으로 그가 동치 계유년에 처음 평을 시작한 뒤 광서 정축년까지 네 차례에 걸쳐 손을 보았고, 거의 매년 한 차례씩 평점 작업을 진행했음을 알 수 있다. 그리고 광서 5년(1879년) 기묘己卯 여름과 광서 6년(1880년) 경진庚辰 화조花朝[138], 광서 7년(1881년) 신사辛巳 계춘季春에 각각 지어를 썼다.

---

134 먀오취안쑨繆荃孫, 「묘지명墓志銘」
135 "好坐茶寮, 人或疑之, 曰: '吾溫『儒林外史』也.'"(류셴신劉咸炘, 『교수술림校讎述林』 4권 「소설재론小說裁論」)
136 음력 섣달, 곧 납월臘月을 가리킨다.
137 "予評是書凡四脫稿矣"(톈무산챠오天目山樵 「지어識語」))
138 음력 이월 보름.

그러다가 광서 7년(1881년)에 상하이 선바오관 제2차 배인본『유림
외사』에 비로소 평어가 협비와 회말총평의 형식으로 포함되게 된다.
그 뒤로도 그의 평점 작업은 끊이지 않고 진행되었는데, 쉬윈린徐允臨
이 광서 10년(1884년) 갑신甲申 7월에 "장 선생에게 근래에 평어의 정
본이 있다張先生近有評語定本"[139]는 소문을 듣고, 이것을 빌려다 과록한
뒤 그 다음해에 상하이 바오원거寶文閣에서 바로 이 '정본定本'을 간행
하기에 이른다. 그리고 이 해에 장원후는 세상을 떠났으나, 그 이듬해
인 광서 12년(1886년) 병술丙戌 2월에 쉬윈린이 바오원거 주인에게서
이 책을 얻어 다수의 오자를 찾아내고 교정하여 다시 간행하니 이것
이 곧『유림외사 평』이다.

장원후의 평점은 여러 사람들의 손을 거쳐 나온 과록본過錄本의 형
태를 취했기 때문에, 그때마다 약간의 증감이 있게 되고 내용 또한 차
이가 생기게 되었다. 그러나 다음의 두 가지가 대표적이다.

첫 번째는 광서 7년(1881년)에 선바오관 제2차 배인본『유림외사』
('선이본申二本'으로 약칭함)에 실린 것으로, 협비와 회말총평으로 이루
어져 있다('톈일평天一評'이라 약칭하기도 함).[140] 이 가운데 회평 만을
놓고 본다면 35회에 걸쳐 평어가 실려 있다.[141] 광서 7년 신사辛巳 계
춘季春의 톈무산챠오 지어에서는 다음과 같이 말한 바 있다.

지난번에 나온 비본을 작년에 아이부위안艾補園에게 주고 지난 가을
에 상하이에서 머물고 있는데, 스스石史 쉬윈린徐允臨군이 일찍이 그것

---

139 쉬윈린徐允臨의「발跋」
140 여기에는 미비眉批는 들어 있지 않다.
141 1~2, 6~8, 10~13, 18, 20~23, 25~26, 28, 30~31, 33~43, 45, 50~52, 56회.

을 보고 선바오관에서 배인을 하고 싶다고 말했다. 나는 이미 선바오관
에서 낸 배인본은 그 자형이 너무 작아 이제 미비를 덧붙이게 되면 보
기에 불편할 터이니 그렇게 할 필요가 없을 듯하다고 일렀다. 올 봄에
이미 배인본이 발매되었다고 들었는데, 어찌되었는지 모르겠다.[142]

'선이본申二本'은 글자가 '선일본申一本'에 비해 크고, 행간의 간격도
넓으며, 미비는 없고 협비만 있는데, 이것은 톈무산챠오의 의견을 받
아들여 그렇게 한 것으로 보인다.

두 번째는 광서 11년(1885년) 바오원거寶文閣에서 단독으로 간행한
『유림외사 평』('톈이평天二評'이라 약칭함)이다. 이것은 평어만 단독으
로 인행印行한 평본으로, 그 유례를 찾아보기 힘든 독특한 책이다. 지
금 남아 있는 것은 일본의 도쿄대東京大 동양문화연구소 장본東洋文化
研究所藏本이다. 책의 제목은 『유림외사평』이라 되어 있으며, 그 아래
"톈무산챠오 희필天目山樵戲筆"이라는 서명이 있다. 상·하 두 권으로
되어 있는데, 상권은 66쪽이고 하권은 56쪽이다. 첫 번째 쪽에는 "광
서 병술 이월 스스 쉬윈린 교정光緒 丙戌 二月 石史 徐允臨 校正"이라고
제제題하였고, 권말에는 진허金和의 「발跋」이 덧붙여져 있으며, 「발跋」
뒤에는 "톄무산챠오 광서 3년 7월 가평 소한 및 7년 계춘 지어天目山樵
光緒三年七月嘉平小寒及七年季春識語"가 있고 왕유쩡王又曾 시집詩集 뒤의
시 세 수와 서가 절록節錄되어 있다.[143] 여기에는 모두 36회의 회평이

---

142 "舊批本昔年以贈艾補園, 客秋在滬城, 徐君石史言曾見之, 欲以付申報館排印. 子謂申
報館已有排印本, 其字形過細, 今又增眉批, 不便觀覽, 似可不必. 今春乃聞已有印本發
賣, 不知如何也."

143 정밍리鄭明娳, 『유림외사 연구儒林外史硏究』, 타이베이台北; 타이완상우인수관臺灣商
務印書館, 1982. 63쪽.

실려 있다.[144]

이 두 개의 평본의 평어가 완전히 일치하는 것은 20, 22, 26, 33, 40, 42, 50회 등이다. 그리고 많은 숫자의 회평들이 앞뒤로 견해가 달라지거나 문자에 수식이 가해진 것이 있는데, 이러한 차이가 생긴 것은 지극히 당연한 것이다. 곧 장씨는 대략 10여 년 정도의 시간을 두고 『유림외사』에 평어를 썼는데, 그동안 사회가 변하고 또 그에 따라 장씨 자신의 견해도 바뀌고 했을 터이므로, 평어를 쓰는 동안 자신의 견해를 부단히 수정하였을 것이라는 사실은 자연스러운 일로 여겨진다.[145] 아울러 양자는 많은 조목이 중복되어 있으나, 이쪽에 있는 것이 저쪽에 없고, 저쪽에 없는 것이 이쪽에 있는 등 상호보완적이며, 일반적으로 뒤에 나온 '톈이평天二評'이 앞서 나온 '톈일평天一評'보다 정확하고 정밀한 편이다.

한편 톈무산챠오의 평점은 다른 3가('워 평', '치 평', '황 평')의 평점과 나름대로 관계를 맺고 있다. 우선 톈무산챠오의 평점은 황샤오톈黃小田으로부터 직접적인 영향을 받아 만들어진 것으로 보인다.

예전에 눙부農部 황샤오톈黃小田이 내게 『외사』를 비한 것을 보여 주었다. ……눙부가 비한 것은 자못 작자의 본의를 파악하고 있으나, 미진한 것이 있는 듯해, 그래서 따로 더하고 감한 것이 있었는데, 마침 그것을 다시 간행하자는 논의를 해온 공인工人이 있어 그에게 주었는데, 삼년이 되도록 결국 성과를 올리지는 못했다. 작년에 황쯔선黃子慎(안친

---

144 1~2, 6~7, 10~14, 16~18, 20~26, 29, 31, 33~40, 42~43, 45~46, 49~51, 56회.

145 천메이린, 「『유림외사』 장원후 평본『儒林外史』張文虎評本」, 『유림외사사전儒林外史辭典』, 난징南京; 난징대학출판사南京大學出版社, 1994. 555쪽.

安謹) 태수가 다시 나에게 창수常熟 간본을 보여 주었는데, 제강提綱과 하장어下場語 유방幽榜 모두에 멋대로 고친 곳이 있어 여전히 마땅치가 않아 다시 비하고 교열하였으니, 사이사이에 눙부의 구평舊評을 덧붙였으되, 핑써우萍叟라고 표시한 것이 바로 그것이다.[146]

이것으로 톈무산챠오가 두 번에 걸쳐『유림외사』를 평점한 것을 알 수 있는데, 첫 번째 단계는 황샤오톈의 평점이 "미진한 듯하여 따로 더하고 감한 것"이고, 두 번째 단계는 그 자신이 "다시 비하고 교열하되", "사이사이에 눙부의 구평舊評을 덧붙인 것"이다. 또 이것으로 톈무산챠오가『유림외사』에 평을 하게 된 것은 황샤오톈 때문이지만, 오히려 책으로 간행할 때에는 자신의 평을 위주로 하고 황샤오톈의 평어는 오히려 뒷전이었다는 사실을 알 수 있다.[147]

그리고 작품에 대한 기본적인 독법은 대체로 '워 평'을 따르고 있는데, 그럼에도 여타의 3가의 평과 크게 구분되는 것은 역사에 대한 태도이다. 앞서 톈무산챠오 장원후가 건가의 학풍을 이어받아 고증에 뛰어나다고 했는데, 이러한 입장을 그의『유림외사』평에도 적용시켜 소설을 소설로 보기보다는 하나의 사실史實로 보는 '색은파'의 입장을 고수하였다. 그의 30여 칙에 이르는 평어들 가운데 10칙은 사실로 정절을 비교하거나, 역사 인물로 예술 형상을 대조한 것들이다. 이렇듯 문학 작품을 문학 작품으로 보지 않고 하나의 역사 사실로 보려고 했

---

146 "昔黃小田農部示余所批『外史』, ……農部所批頗得作者本意, 而似有未盡, 因別有所增減, 適工人有議重刊者, 卽以付之, 三年矣, 竟不果. 去年黃子愼(安謹)太守又示我常熟刊本, 提綱及下場語幽榜均有改竄, 仍未妥洽, 因重爲批閱, 間附農部舊評, 所標萍叟者是也."(광서 12년(1886년) 톈무산챠오天目山樵「지어識語」)

147 자세한 것은 리한츄李漢秋의『유림외사연구종람儒林外史硏究綜覽』(톈진天津; 톈진쟈오위출판사天津敎育出版社, 1992.), 38～42쪽을 참고할 것.

던 톈무산챠오의 태도에 대해 첫 번째로 지적한 사람은 핑부칭平步靑이었다. 그 역시 건가의 학풍을 이어받아 고증을 중시했으나, 톈무산챠오의 이러한 태도에 대해서는 오히려 지나친 것으로 인식한 것이다. 이를테면 제8회의 원문에서 왕후이王惠를 언급하면서, "쟝시江西 제일의 능력 있는 관원江西第一個能員"이라 했을 때, 톈무산챠오는 협비 중에서 "양명 선생을 듣지 못했는가? 그 역시 능력있는 관원이라 생각하는가?陽明先生不聞乎? 亦以爲能員乎?"라고 힐문하였다. 핑부칭은 이에 대해 "왕후이의 일은 본래 허구적인 것이니, 이 비평은 없애는 게 낫겠다王惠事本子虛, 此評可刪"[148]라고 비판하였다.

또한 과거시험과 功名의 관계 및 당시 정치 등에 대한 그의 식견은 자못 3가를 능가하는 면이 없지 않은 게 사실이긴 하지만, '타이보의 사당을 제사지내는 것祭泰伯祠' 등에 대한 평어로 볼 때, 그 역시 당시의 시대적인 한계를 크게 벗어나지 못했음을 알 수 있다. 곧 '타이보의 사당을 제사지내는 것祭泰伯祠'에 대한 긍정적인 평가 뒤에 '충효忠孝'에 대한 강조를 하는 것으로 보아, 그 역시도 봉건 도덕의 굴레에서 크게 벗어나지 못했던 것이다. 이 밖에도 그의 평어는 『유림외사』의 포국布局이나, 정절의 발전, 묘사 수단, 대비 수법 등 여러 방면을 다루고 있다.

이러한 톈무산챠오의 평점에 대한 제가들의 평은 황안진黃安謹이 자신의 「서」에서 말한 "톈무산챠오의 것은 두서가 없고 우스개 소리가 뒤섞여 있다山樵旁見側出, 雜以詼諧'[149]는 것으로 개괄할 수 있다. 그

---

148 핑부칭平步靑, 『하외군설霞外捃屑』, 상하이上海: 상하이구지출판사上海古籍出版社, 1982. 673쪽.
149 황안진黃安謹, 「『유림외사평』 서『儒林外史評』序」.

러나 사실 황안진이 이렇게 말한 것은 자신의 부친인 황샤오톈의 평본과 대비시키는 과정에서 나온 것이다.

4)『황샤오톈 본黃小田本』 계통

황샤오톈 평본은 실제로는 톈무산챠오 평본이나 치싱탕 평본보다 시기적으로 앞서 나왔다. 하지만 앞서 살펴본 바와 같이 오랫동안 묻혀 있다가 광서 11년에야 톈무산챠오 평본과 함께『유림외사 평』이라는 이름으로 간행되었다. 그의 아들인 황안진黃安謹은 다음과 같이 말한 바 있다.

> 아버지께서 살아 계실 때 일찍이 비평본이 있었는데, 매우 상세하고 그 권수도 많았으나 간행되지는 못하였다.[150]

그러나 이『유림외사 평』에는 단지 '핑써우萍叟'라는 이름으로 된 세 대목(三條)의 평어만이 남아 있을 뿐이다. 그것은 황샤오톈 평어를 "더하고 감했던" 톈무산챠오가 자신의 평어와 함께 간행할 때, 대부분 삭제해 버리고 자신의 평어를 위주로 책을 냈기 때문이다. 그래서 황샤오톈의 평점은 오랫동안 사람들의 기억에서 사라져 묻혀 있었다.

그러다가 1985년 7월 2일『광명일보光明日報』에 "재작년 안후이성박물관安徽省博物館 고적보관부古籍保管部에서 동치 8년 기사己巳(1869년) 가을에 배인된 췬위자이 활자본群玉齋活字本『유림외사』를 조사하

---

150 "先君在日, 嘗有批本, 極爲詳備, 以卷帙多, 未刊."(황안진黃安謹, 「『유림외사평』 서『儒林外史評』序」)

다가, 황푸민黃富民('샤오톈 씨小田氏'라 서명되어 있음)의 제기題記 두 대
목을 발견하였다"[151]는 글이 실렸다. 하지만 황샤오톈은 이보다 2년
전인 동치 6년(1867년)에 세상을 떠났으므로, 이것은 아마도 그의 사
후에 다른 사람이 과록한 것일 것이라는 추론이 가능하다. 좀 더 중요
한 것은 이 췬위자이 본群玉齋本에는 황 씨의 제기題記가 두 대목만 있
는 게 아니라 대량의 평어가 같이 있었다는 사실이다. 이것들은 1986
년 10월에 황산서사黃山書社에서 출판한 황샤오톈 평본『유림외사』에
모두 실리게 되었다.[152]

이에 따르면 황 씨 자신이 쓴 회평은 모두 14칙으로,[153] '워 평'에
대해 쓴 것이 34회이고,[154] 일곱 회의 회목에 대해 평어를 쓰기도 하
였다. 이 밖에도 2천 여 조의 미비가 실려 있기도 한데, 이러한 사실
로 톈무산챠오가 황샤오톈 평점을 함께 간행할 때, 황 씨의 평어를 대
량으로 삭제했음을 알 수 있다.

황 씨의 평어가 '워 평'보다 나은 점은 다음의 몇 가지로 나누어 볼
수 있다.

우선 앞서 '워 평'에 대한 논의에서 말한 대로 '워 평'에서는『유림
외사』의 지위를 '역사의 한 지류史之支流'로 보았다. 하지만 엄밀하게
이야기해서 소설은 역사학도 아니고, 그렇다고 역사의 지류는 더더

---

151 "于前年在安徽省博物館古籍保管部查閱了一部同治八年己巳(1869년)秋排印的群玉齋
　　活字本『儒林外史』, 發現有黃富民(署名'小田氏')的題記兩則"(마이뤄펑麥若鵬, 「'셴자이라
　　오런'의 수수께끼를 비로소 드러낸다初揭'閑齋老人'之謎」,『광명일보光明日報』, 1985.7.2.

152 좀 더 상세한 내용은 앞서의 천메이린의 「『유림외사』 황샤오톈 평본『儒林外史』黃小田評
　　本」(『유림외사사전儒林外史辭典』, 난징南京; 난징대학출판사南京大學出版社, 1994.), 546
　　쪽을 참고할 것.

153 9, 15, 16, 23, 26, 32, 38, 40, 43, 47, 48, 49, 54, 55회.

154 1~7, 9, 11, 13, 15, 17~20, 22~26, 28, 30~37, 39~41, 45, 48회.

욱 아니다. 곧 '워 평'에서는 아직도 소설을 역사의 한 傍系로 보는
진부한 관점을 견지하고 있는 것이다. 황 씨는 미비를 비롯한 자신의
평어 곳곳에서 『유림외사』를 '소설'이라 칭하면서 그 가치를 논하고
있다.[155]

이러한 인식에 바탕해 황 씨는 소설 자체에 대한 인식을 좀 더 심화
시켰다. 곧 그는 문학적 진실과 역사적 진실의 관계에 대해 명확하게
인식하고 있었던 것이다. 이를테면 제20회에서 날로 방자해져 가는
쾅차오런匡超人의 행실에 대한 묘사에 대해 황 씨는 "비록 소설에 기
탁된 바가 허구적인 것이기는 하나 천하에 이런 사람이 반드시 적지
않을 터, 그것을 읽을수록 화가 산처럼 솟구쳐 광얼匡二을 찢어 죽이
지 못하는 것을 한스럽게 여기노라"[156]라고 비하였다. 곧 여기에서 황
씨는 쾅차오런匡超人을 실제 인물이 아니라 문학적 형상으로 인식하
고 있는 것이다.

또 황 씨는 여타의 평점가와 마찬가지로 소설의 교육 작용을 강조
하였는데,[157] 하지만 그 역시도 봉건적인 도덕 관념, 그 가운데에서도
'효'에 대한 강조를 벗어나지 못하고 있다.[158] 이러한 것은 황 씨의 평

---

155 "是小說入手法"(제1회 미비眉批)
   "此處不欲筆平, 小說常事"(제2회 미비眉批)
   "一部『儒林外史』皆用此法, 爲從來小說所無."(제4회 회평)
156 "雖小說所托皆亡是公, 然天下此等人正復不少. 閱之不禁氣湧如山, 恨不取匡二殺之割
   之."(제20회 미비眉批)
157 "작자의 의도는 세상을 일깨우는 데 있지, 세상을 욕하는 데 있는 것이 아니다."(作者
   之意爲醒世計, 非爲罵世也)(황안진黃安謹, 「『유림외사평』 서『儒林外史評』序」)
158 "이 편 이하로 쾅차오런에 대해 5, 6회 분량으로 묘사하고 있는데, 효에 대해 가르치
   고자 하는 깊은 마음이 아닌 것이 없다. ……소설을 단지 풍자나 우스개를 능사로 하
   는 것으로만 말하지 않는 것이 작자가 책을 지은 본래의 의도를 저버리지 않는 것이
   다."(自此篇以下寫匡超人至五, 六回之多, 無非教孝之深心, 讀者切須玩味, 勿謂小說惟以譏諷

점이 안고 있는 한계라 할 수 있다. 이 밖에도 안후이安徽 출신인 황씨[159]가 안후이에 대해서는 근거 없는 칭찬을 일삼고, 그 이웃인 양저우揚州 등지에 대해서는 까닭 모를 반감을 표시하는 것[160] 등은 비평의 공정함을 해치는 것이라 할 수 있다.

이 밖에도 최근에는 현대의 연구가인 천메이린이 직접 평한 평본이 나오기도 했다.[161] 이것은 20세기 들어 전통적인 평점 방법으로 고전소설을 비평한 유일무이한 예라 할 수 있다. 하지만 이러한 방식의 비평이 그 나름의 정합성을 갖고 있는 것인지에 대해서는 논란의 여지가 있다. 어찌 보면 시대착오일 수도 있고, 다른 한편으로 보면 전통의 창조적인 계승으로 볼 수도 있는 것이다. 하지만 이에 대한 평가는 아쉽지만 다음 기회로 넘기기로 한다.

『유림외사』의 평본은 앞서 말한 대로 양적으로 볼 때, 그리 많은 것이라 볼 수 없다. 아울러 하나의 계통적인 비평이 이루어졌다고 볼 수도 없다. 맨처음 나온 '워 평' 정도가 비교적 일관된 시각으로 전편에 대한 평점을 가했다고 볼 수 있는 정도이다. 아울러 평점들이 갖고 있는 시대적인 한계와 몇 가지 고루한 관점들은 옥의 티라고 할 수 있다. 그럼에도 청대를 대표하는 소설 가운데 하나인 『유림외사』라는

詼諧爲能事, 庶不負作者著書本意.)(제16회 회평)

159 그의 원적原籍은 안후이安徽 당투當涂이고, 나중에 푸후蕪湖로 옮겨 살았다.

160 이를테면, 제24회에 대한 '워 평'에서, "책 속의 양저우나 시후, 난징 등은 모두 가장 뛰어난 명승지로, 특별한 필치로 묘사를 하는 것이 마땅하다."(書中如揚州, 如西湖, 如南京, 皆名勝之最, 定當用特筆提出描寫)라고 한 데 대해서, 황 씨는 즉각 다음과 같이 비批하였다. "양저우가 무슨 명승이라 칭할 만 하단 말인가?"(揚州何足稱名勝?)

161 천메이린陳美林 비점批點, 신비『유림외사』新批『儒林外史』, 장쑤구지출판사江蘇古籍出版社, 1989.
이 글에서는 지면의 제약으로 인해 다루지 못했다.

작품 자체에 대한 이해와 그 작자인 우징쯔에 대한 올바른 이해의 실마리를 풀어나가는 데 있어 『유림외사』의 여러 평점들이 유익한 관점을 제공하고 있다는 데 대해서는 별다른 이의가 없을 것이다.

제4장

풍자소설로서의 『유림외사』

　『유림외사』가 중국소설사에 있어 차지하고 있는 의의 가운데 비교적 중요하게 여겨지는 것은 이 작품이 중국소설사상의 최초의 풍자소설이라는 점이다. 아울러 중국소설사에서는 이와 같은 풍자소설을 찾아보기가 쉽지 않은 것도 사실이다.

　잘 알려진 대로 풍자소설로서의 『유림외사』에 대해 최초로 언급한 이는 루쉰魯迅이다. 그는 중국 최초의 소설사인 그의 『중국소설사략 中國小說史略』에서 풍자소설로서의 『유림외사』에 대해 논하면서, 동시에 풍자소설이 갖추어야 할 몇 가지 요건들에 대해 언급했으며, 그 이후로 『유림외사』는 중국소설사에서 대표적인 풍자소설로 자리매김되었다. 루쉰의 주장은 대체로 이 작품이 비판하고 있는 내용의 '사실성'과 '객관성'으로 집약된다고 할 수 있는데, 이 양자는 풍자소설이 갖추어야 할 요건 가운데 핵심적인 부분을 이루고 있는 것들이다. 이 장에서는 이 밖에도 풍자소설의 바탕을 이루고 있는 작자의 현실세계에 대한 비판적 인식과 연관하여 비판적 현실주의 소설로서의 『유림외사』에 대하여 살펴보기로 하겠다.

1. 루쉰魯迅의 풍자소설론

1)『중국소설사략』에서의 논의

루쉰이 그의『중국소설사략』에서 풍자소설로서의『유림외사』에 대해 언급한 부분은 다음과 같다.

> "우징쯔의『유림외사儒林外史』가 나오고 나서야, 공정성을 견지하면서 당시의 폐단을 지적하게 되었으니, 특히 당시 사대부 계층에 그 풍자의 예봉을 겨누었다. 그 문장은 또한 개탄하는 가운데 해학이 있고, 완곡하면서도 풍자가 많이 담겨 있었다. 이에 소설說部 가운데 비로소 풍자지서諷刺之書라 부를 만한 것이 나오게 되었다."[1]

이것은 풍자소설로서의『유림외사』에 대한 정확한 평가라 할 수 있는 바, 각 구절마다의 뜻을 부연하자면 다음과 같이 풀이할 수 있다. "공정성을 견지하면서 당시의 폐단을 지적했다秉持公心, 指摘時弊"는 것은 풍자가 개인의 사사로운 감정에서 출발한 것이 아니라, 공정한 심리에서 이루어졌다는 것을 말한다.[2] 여기에서의 '공정성'이라고 하는 것은 곧 풍자소설이 갖추어야 할 요소 가운데 하나인 "객관성"을

---

1 "迨吳敬梓『儒林外史』出, 乃秉持公心, 指摘時弊, 機鋒所向, 尤在士林, 其文又慼而能諧, 婉而多諷. 于是說部中乃始有足稱諷刺之書."(루쉰魯迅,『사략史略』, 220쪽. 우리말 번역본은 562쪽.)

2 이런 의미에서 멍야오孟瑤는 그의『중국소설사』에서 다음과 같이 풍자소설의 어려움을 설파하기도 했다. "첫째, 작자의 필봉이 겨누고 있는 풍자의 대상은 반드시 비판할 만한 가치가 있다든가 타도해야 할 못된 세력이어야 한다. 둘째, 작자는 행간에서 반드시 독자로 하여금 그가 이 대상에 풍자를 가하는 이유를 분명히 알도록 해야 하며, 그 이유는 또한 광명정대한 진리이어야 한다."(멍야오孟瑤,『중국소설사中國小說史』, 좐지원쉐출판사傳記文學出版社, 1980. 492쪽.)

가리킨다고 할 수 있다.『유림외사』는 이렇듯 공정하고도 객관적인
태도로 당시 사회를 비판했기에, 풍자 대상에 대한 태도가 진지하고
풍자의 효과 역시 진실성과 적극성을 가질 수 있었던 것이다.

"특히 당시 사대부 계층에 그 풍자의 예봉을 겨누었다機鋒所向, 尤在
士林"는 것은 작품의 풍자 대상이 일관되고 명확하다는 것을 나타낸
다. 이러한 풍자 대상의 일관성과 명확성은 이 작품에서 비판하고 있
는 현실이 공허하게 날조된 것이 아니라는 의미에서, 풍자소설의 또
하나의 요소라 할 '사실성' 문제와 깊은 연관을 맺고 있다. 풍자소설
에서의 '사실성' 또는 '현실성'은 작품에 드러나 있는 당시 사회에 대
한 작자의 비판의식을 가능케 해주는 기능을 갖고 있다는 의미에서
앞서의 '객관성'과 함께 풍자소설의 필수불가결한 요소라 할 수 있는
것이다.

한편 이상의 언급이 내용적인 측면에서 풍자소설의 특징을 규정하
는 것이라면, "개탄하는 가운데 해학이 있고, 완곡하면서도 풍자가 많
이 담겨 있었다憾而能諧, 婉而多諷"는 것은 예술 풍격상의 특징에 대해
서 논한 것이라 할 수 있다. 이것은 풍자의 의미가 플롯의 발전이나
인물대화를 통해 자연스레 드러나고 함축적인 내용을 통해 작자의 애
증과 경향성을 명확하게 보여주고 있는 것을 말하고 있다.

이상에서 언급한 내용으로 알 수 있듯이 루쉰이 풍자소설의 핵심으
로 파악한 것은 첫째 '공정성'으로 표현되는 풍자의 '객관성'과, 둘째
공허한 허구적 사실의 날조가 아닌 실제 사실에 바탕을 두었다는 의
미에서의 '현실성', 또는 '사실성'이었다. 한편 같은 책에서 루쉰은 이
러한 '객관성'과 '현실성'이 한 차원 낮은 단계에서 실현되고 있는 것
으로서 '견책소설譴責小說'의 예를 들고 있다.

광서 경자년庚子年(1900) 이후, 견책소설이 특히 성행하였다. ……이
것이 소설에 반영되어 감추어져 있는 사실을 드러내고, 악폐를 폭로하였
으며, 당시의 정치에 대해 엄중한 규탄을 가하였고, 여기에서 더 나아가
풍속까지도 매도하였다. 비록 의도한 바는 세상을 바로잡는 데 있었기에
풍자소설과 궤를 같이 하는 것처럼 보였지만, 문장의 기세가 노골적이었
고, 필봉에는 감추어진 예리함이 없었으며, 심지어는 그 언사가 지나쳐
당시 사람들의 기호에 영합하는 것도 있었고, 그 도량과 기교가 풍자소
설과 거리가 있었기에, 달리 견책소설譴責小說이라 불렀다.[3]

'견책소설'이란 풍자의 비판성이 지나쳐 풍자의 주요 요소라 할 '객
관성'을 잃게 됨으로 해서 나온 것이라 할 수 있다. 그러나 이보다 더
극단으로 치닫게 되면, 허위사실의 날조나 과장을 통해 상대방을 비
방하거나 모해하고, 또 그럼으로써 다른 사람들의 저속한 기호에 영
합하는 '흑막소설黑幕小說'이 나오게 된다.

이 밖에 사회의 악폐를 들추어내는 것을 자신의 사명으로 삼아 이런
류의 소설을 지은 자들은 아직도 많이 있다. 그러나 열에 아홉은 앞서
의 몇 가지 작품들을 답습한 것으로 이들 작품에 훨씬 못 미치고 있으
며, 부질없이 견책하는 글을 짓느라 도리어 사람을 감동시키는 힘이 없
고, 갑작스럽게 집필을 시작했다가 갑작스럽게 끝나버려 미완으로 남
아 있는 것이 대부분이다. 그 가운데 저급한 것은 개인적인 적을 헐뜯
고 공격하여 비방하는 책과 마찬가지가 되어버렸으며, 또 어떤 것은 욕

---

3 "光緖庚子(1900년)後, 譴責小說之出特盛. ……揭發伏藏, 顯其弊惡, 而于時政, 嚴加
糾彈, 或更擴充, 幷及風俗. 雖命意在于匡世, 似與諷刺小說同倫, 而辭氣浮露, 筆無藏
鋒, 甚且過甚其辭, 以合時人嗜好, 則其度量技術相去亦遠矣, 故別謂之「譴責小說」."
(루쉰魯迅, 『사략史略』, 282쪽. 우리말 번역본은 713~714쪽.)

하려는 생각만 있고, 그것을 풀어나가는 재주는 없어 끝내는 '흑막소설
黑幕小說'로 타락하고 말았다.[4]

'흑막소설'이란 단순히 남을 모해하고자 하는 의도에서 근거 없이
만들어낸 것으로 예술적인 기교면에서도 언급할 만한 가치가 없는 작
품들을 가리킨다.

여기에서 루쉰이 파악하고 있는 과정은 '풍자소설 - 견책소설 - 흑
막소설'의 단계임을 알 수 있다. 이들 세 부류의 소설들은 모두가 당시
사회의 불합리한 면과 폐단을 지적하여 많은 사람들에게 드러내 보이
고자 했다는 점에 있어서는 공통점을 갖고 있다고 할 수 있으나, 이들
사이에는 분명한 경계가 그어진다. 혹자는 이들 사이의 차이점이 그
창작기교상의 문제[5]에 있다고 주장하기도 했는데, 이것은 단순히 형
식적인 측면에서의 파악이라 할 수 있다.[6] 곧 풍자소설을 규정하는 핵
심적인 요소는 해당 작품이 바로 앞서 말한 '사실성'에 근거하고, '객
관성'을 띠고 있는가 하는 데 있는 것이다. 이에 다음에서는 풍자소설
에 필수적으로 요구되어지는 것으로서의 '객관성'과 '사실성'에 대한
루쉰의 강조에 대해서 좀 더 구체적으로 살펴보고자 한다.

---

4 "此外以抉摘社會弊惡自命, 撰作此類小說者尙多, 顧什九學步前數書, 而甚不逮, 徒作
謔訶之文, 轉無感人之力, 旋生旋滅, 亦多不完. 其下乃至醜詆私敵, 等于謗書, 或又有
謾罵之志, 而無抒寫之才, 則墮落而爲黑幕小說."(루쉰魯迅, 『사략史略』, 292쪽. 우리
말 번역본은 741쪽.)

5 장훙융張宏庸, 「중국 풍자소설의 특질과 유형中國諷刺小說的特質與類型」, 『중외문학中
外文學』 5:7, 민국 65年12. 24쪽.

6 앞서 루쉰의 "개탄하는 가운데 해학이 있고, 완곡하면서도 풍자의 뜻이 많았다"(慨而
能諧, 婉而多諷)고 하는 언급에 대한 부연이라 할 수 있다.

2) 사실성과 객관성

루쉰은 풍자소설의 본질적인 요소로서 '사실성'에 대하여 그의 다른 저작에서 다음과 같이 설파한 바 있다.

사실 현재의 이른바 풍자작품이란 대체로 사실을 묘사하고 있다. 사실을 묘사하지 않으면, 결코 이른바 '풍자'가 될 수 없다. 사실을 묘사하지 않은 풍자라는 것은 설사 그런 것이 있다 하더라도, 유언비어를 날조하고 중상모략하는 것에 지나지 않을 뿐이다.[7]

이상의 언급에서 루쉰은 풍자소설이 필수적으로 갖추어야 할 요소로서의 '사실성'에 대해 분명한 어조로 강조하고 있다. 그의 입장에서 볼 때, 풍자소설에서의 '사실성'은 있어도 되고 없어도 되는, 그래서 있으면 좋은 그런 요소가 아니라 필수불가결한 것으로서, 만에 하나라도 그것이 결여되면 극단적인 경우에는 허위사실의 유포에 지나지 않게 되는 것이다. 이와 관련하여 루쉰은 다른 글에서 다음과 같이 부연하기도 했다.

'풍자'의 생명은 진실이다. 반드시 일찍이 있었던 실제 사실일 필요는 없지만, 있음직한 실제 상황이어야 한다. 그래서 이것은 '날조'도 아니고, '중상모략'도 아니다. '어두운 개인적인 일을 드러내 보여주는 것'이 아니고, 또 오로지 사람들이 듣고 놀라는 이른바 '기이한 견문'이나 '괴현상'만을 기록한 것도 아니다. 이것이 묘사하고 있는 일은 공공연한

---

7 "其實, 現在的所謂諷刺作品, 大抵倒是寫實. 非寫實決不能成爲所謂"諷刺"; 非寫實的諷刺, 卽使能有這樣的東西, 也不過是造謠和誣蔑而已."(「풍자를 논함論諷刺」『차개정잡문이집且介亭雜文二集』,『루쉰전집魯迅全集』6卷, 런민원웨출판사人民文學出版社, 1957.)

것이고, 늘상 보는 것이며, 평상시 누구라도 기이하게 여기지 않는 것
이고, 당연히 누구도 주의를 조금도 기울이지 않는 것이다. 그러나 이
일은 오히려 그 당시에 이미 불합리하고 가소로우며 비루하고 심지어
는 증오스러운 것이다. 하지만 이렇게 행하여져서는 습관이 되어 버려
비록 커다란 광장의 많은 사람들 틈에 있어도, 아무도 기괴하게 느끼지
않지만, 지금 그것을 특별히 한번 제기하게 되면, 사람을 움직이게 되
는 것이다.[8]

이 글에서는 '사실성'에 대해서 좀 더 구체적으로 규정하고 있는데,
여기에서 루쉰이 말하는 '사실성'이란 평범한 일상적인 것을 가리킨
다는 것을 알 수 있다.

그러나 이러한 '사실성'만으로는 풍자의 의의를 다 설명할 수 없다.
풍자가 그 본연의 임무를 다하기 위해서는 또 하나의 요소인 '객관성'
을 확보하고 있어야 하는 것이다. 풍자소설에 있어 '사실성'과 아울러
'객관성'이 동시에 강조되고 있는 까닭은 풍자의 궁극적인 목적이 잘
못된 행위에 대한 교정에 있기 때문이라고 할 수 있다.[9]

---

8 "諷刺"的生命是眞實; 不必是曾有的實事, 但必須是會有的實情. 所以它不是"捏造", 也
不是"誣蔑"; 旣不是"揭發陰私", 又不是專記駭人聽聞的所謂"奇聞"或"怪現象". 它所寫
的事情是公然的, 也是常見的, 平時是誰都不以爲奇的, 而且自然是誰都毫不注意的. 不
過這事情在那時刻已經是不合理, 可笑, 可鄙, 甚而至于可惡. 但這麽行下來了, 習慣
了, 雖在大庭廣衆之間, 誰也不覺得奇怪; 現在給它特別一提, 就動人."(「풍자란 무엇인
가什麽是"諷刺"」, 『차개정잡문이집且介亭雜文二集』, 『루쉰전집魯迅全集』 6卷, 런민원쉐
출판사人民文學出版社, 1957.)

9 류셰劉勰의 『문심조룡文心雕龍』에는 풍자에 대해 다음과 같은 내용의 언급이 실려 있
다. "「자」는 「달」이다. 시인은 풍자한다."(刺者, 達也, 詩人諷刺.; 卷五 「書記」 第二五)
"Tz'u, or to pierce; means literally ta, or to convey. The Ancient Poet pierced
wrongdoing by means of satires."(*The Literary Mind and the Carving of
Dragons*, translated and annotated by Vincent Yu-chung Shih, Chung Hwa

한편 이러한 '객관성'은 나아가 윤리적인 차원에서의 '도덕성'의 문제와 결부되어진다. 따라서 풍자하는 사람은 풍자의 대상에 대하여 도덕적으로 우월해야 하는 것이다.[10] 여기에서 풍자가가 이러한 우월한 태도를 유지할 수 있는 터전이 되는 것이 바로 그가 내세우고 있는 '객관성'과 '사실성'이라 할 수 있다. 루쉰은 이런 의미에서 풍자의 '객관성'과 '사실성'을 강조했던 것이며, 나아가 풍자가 이것들을 잃게 되면, 그것은 단지 허구적 사실의 날조나 사람들의 눈길을 끌려는 선정주의에 빠지게 된다는 것을 경고하고 있는 것이라 할 수 있다.

2. 『유림외사』의 현실인식

1) 현실세계의 이중성

앞서 살펴본 루쉰의 견해에서는 '사실성'과 '객관성'에 풍자소설의 핵심이 맞추어져 있었다. 그러나 다른 한편으로 루카치는 풍자가 주로 현실과 이상의 차이를 날카롭게 인식하는 데서 나온다고 하였다. 곧 일반적인 현실주의 소설은 이러한 현상과 본질의 변증법을 매개라는 동적인 전체 체계를 통해 효과적으로 나타낼 수 있는데 반해서,[11] 풍자는 이러한 매개를 의식적으로 배제하며 이러한 배제가 풍자라는

Book Company, Ltd. 1975.)

10   제1장 머리말 주38) 참조.

11   "현상세계는 그 발생과 작용에 있어서 이러한 방식으로 언제나 전체 환경과의 관련 및 원인과 결과의 모든 상호작용과의 관련, 그리고 '포괄적' 계기의 출현과의 관련 속에서 형상화되는 가운데 사회적 총체성, 즉 한 시대, 한 사회상태의 세계상이 생겨나는 바, 그것을 형상화하는 것이 바로 '소설의 과제'이다."(루카치, 앞의 책, 48~51쪽.)

창작방법의 토대인 것이다. 이에 풍자의 과제는 현실 속에서 우연히 드러난 것을 필연적인 것으로 형상화하는 데 있어 직접적인 묘사를 통해 분명한 형태로 보여주는 것이라 할 수 있다.[12]

따라서 풍자소설에서 제시되고 있는 현실세계는 이중성을 띠고 있게 마련이며, 있어야 할 것으로서의 '이상'과 현재 존재하고 있는 것으로서의 '현실' 사이에 심각한 괴리가 놓여져 있게 된다. 한편 이렇게 볼 때 소설예술의 진정한 가치는 이상과 현실이라는 양자의 간극을 매개하는 데 있다고 할 수 있는데,[13] 풍자소설은 특수하게도 이러한 매개의 작용을 의식적으로 배제하고 이상과 현실, 현상과 본질을 있는 그대로 대조하여 보여 준다.

이 점에 있어 풍자소설로서의 『유림외사』 역시 같은 맥락에서 파악할 수 있다. 『유림외사』에 묘사된 세계는 선과 악, 옳고 그름이 뒤집혀 있는 세계, 공을 세운 사람이 도리어 핍박을 받고 올바른 이상을 추구하는 사람이 웃음거리가 되는 그런 세상이었다. 이에 대한 대표적인 예가 샤오윈셴蕭雲仙, 탕 진대湯鎭台와 같은 이상적인 관리와 왕후이王惠나 탕 지부湯知府와 같은 탐관貪官의 대비이다.

우선 작자가 생각하는 이상적인 관리로 그려내고 있는 인물 가운데 하나인 샤오윈셴은 작품의 39, 40회에서 변방의 이적夷狄들을 물리치고 농토를 개간하며, 백성들을 교육시키는 등 국가를 위해 멸사봉공의 정신으로 힘을 다한다. 이러한 그의 행위는 앞서 살펴본 옌위안顏元의 실용주의적 노선[14]과 일치하는 것으로, 그의 영향을 많이 받았다

---

12 루카치, 앞의 책, 48~51쪽.

13 조관희, 「소설의 존재론적 의의로서의 '허구성'」(『중국소설론총』 제2집, 서울; 중국소설연구회, 1993.3.)을 참고할 것.

고 전해지는 우징쯔가 그의 작품 속에서나마 그것의 실현을 도모한
것이라 할 수 있다. 그러나 실제 현실에서는 이러한 그의 생각이 이루
어지기 힘들었을 뿐만 아니라 오히려 핍박을 받는 것으로 나타난다.
몇 년간에 걸친 샤오윈셴의 노고에 대한 조정의 보답은 정부의 재산
을 변상하라는 통지문뿐이었던 것이다.

> 샤오차이가 담당한 칭펑성 축성 공사 사안
>
> 해당 지역의 순무가 제출한 소요경비 내역서에는, 벽돌, 석회 및 기
> 술자에게 지출한 금액이 모두 19,360냥 1전 2푼 1리 5모로 나와 있음.
> 해당 지역을 조사한 바에 의하면 부근에 수초가 있어 벽돌과 석회를 굽
> 기가 매우 편리하고, 새로이 모여든 떠돌이 백성들로 인부를 충당한 자
> 가 매우 많으므로, 이렇듯 임의로운 낭비는 인정하기 어려움. 그러므로
> 마땅히 해당 경비 가운데 은 7,525냥을 삭감하여 해당 책임자에게 추징
> 토록 처리해야 함. 해당 관원은 쓰촨 청두 부成都府 사람이므로 문서를
> 해당 지역 지방관에게 송달하여 기한 내에 위 금액의 상환을 엄격하게
> 집행하도록 함. 성지를 받들어 협의한 결과를 명함.[15]

이 공문의 내용은 외견상으로 보기에는 매우 조리 있는 이유를 들
고 있는 듯이 보이나, 그 일을 실행에 옮기게 된 과정을 보게 되면 오
히려 부당한 처리였다는 것을 알 수 있다. 그것은 이보다 앞서 이번의

---

14 이 책의 제3장 우징쯔와『유림외사』의 판본 및 평점 가운데 (3)실용주의 정신과 옌리
학파顏李學派의 영향을 참조.

15 "蕭采承辦靑楓城城工一案, 該撫題銷本內: 磚, 灰, 工匠, 共開銷銀 一萬九千三百六十
兩一錢二分一厘五毫. 査該地水草附近, 燒造磚灰甚便, 新集流民, 充當工役者甚多, 不
便聽其任意浮開. 應請核減銀七千五百二十五兩有零, 在于該員名下着追. 該員系四川
成都府人, 應行文該地方官勒限嚴比歸款可也. 奉旨依議."(『유림외사』 제40회)

군역軍役의 타당성을 검토할 때, 조정의 관원들이 보인 태도가 이와는 정반대의 것이었기 때문이다. 샤오윈센簫雲仙의 상관인 도독은, "듣자니 청풍성 일대는 수십 리 땅에 물도 없고 풀도 없답니다. ……그러니 무슨 싸움을 한다는 말입니까?"[16]라고 하여 출병出兵의 실현가능성 자체에 대해 애초부터 의문을 품고 있었다. 이러한 군역軍役을 가능케 만든 것이 바로 샤오윈센이었던 것이다. 샤오윈센은 군역을 치르는 데 그치지 않고, 나아가 변경의 땅을 개간하여 유민流民들이 정착을 할 수 있게 하고, 그들 가운데 글을 아는 사람을 선발해 무지한 백성들을 교육까지 시킨다. 이것은 우징쯔가 평소에 그리던 '예악병농禮樂兵農'의 실현이라는 유가적 이상주의에 바탕한 것이었으나, 현실은 그러한 이상을 펴기 어렵다는 것을 보여주는 예라 할 수 있다.

제43회에서의 탕 진대湯鎭台의 군역 역시 이와 마찬가지이다. 탕 진대는 자신의 아들까지 불러 죽음을 무릅쓴 싸움 끝에 묘족苗族의 준동을 물리치고 돌아온다. 그러나 그의 전공에 대한 상부의 답은 전혀 기대하지 못했던 내용이었다.

> 탕 진대가 진거우둥 묘족 비적들을 처리한 건.
> 진대는 제멋대로 경솔하게 군대를 동원하여 군비와 군량을 낭비했으니, 3급을 강등해 임용토록 하고 전근시켜 공을 탐내어 함부로 일을 벌이는 자들의 경계로 삼는다.
> 이대로 시행토록 하라.[17]

---

16 "聽見靑楓城一帶幾十里是無水草的, ……那里還能打甚麽仗!"(제39회)
17 "湯奏辦理金狗洞匪苗一案, 率意輕進, 錢糧, 着降三級調用, 以爲好事貪功者戒. 欽此."(제43회)

탕 진대 역시 샤오원셴의 경우와 마찬가지로 자신이 이룬 공적과는
정반대의 대우를 받는 것이다.

여기에서 특징적인 것은 이 두 사람이 현실세계로부터 불합리한 대
우를 받고도 적극적으로 반항하거나 비판적인 태도를 취하지 않고,
순순히 물러선다는 점이다. 이를테면 샤오원셴의 경우에는 조정의 조
처에 대해 처음에는 강한 불만을 표시하나 곧 자신의 처경을 그대로
받아들여 자기 나름대로 합리화를 시킨다.

> 인생사 새옹지마라고들 하더니, 사람의 화복이란 알 수 없는 것이로
> 구나. 이번에 공사비 배상하는 일이 아니었다면 내가 집에 돌아왔을 리
> 가 만무하지. 아버님 초상 치르는 일도 내 손으로 하지 못했을 게 아닌
> 가? 그렇고 보면 이번에 집에 돌아온 게 반드시 불행이라고는 할 수 없
> 겠다.[18]

이것은 마침 그때를 당하여 세상을 뜬 아버지[19]의 상을 치르게 된
것을 말하는 것이다. 한편 그의 아버지가 죽기 전에 마지막으로 남긴
유언 역시 그의 이러한 태도를 뒷받침하기에 모자람이 없다. "……한
마디로 사람이란 충효가 근본이고, 그 밖의 것은 모두가 다 하찮은 것
이니라."[20] 여기에는 작자인 우징쯔의 철저하게 "임금에 충성하고 나
라에 보답忠君報國"하는 유가적 세계관이 엿보이기도 한다. 곧 현실이

---

18 "人說塞翁之馬, 未知是福是禍. 前日要不爲追賠, 斷斷也不能回家; 父親送終的事, 也
　　再不能自己親自辦. 可見這番回家, 也不叫做不幸!"(제40회)
19 그의 아버지인 샤오하오쉬안蕭昊軒 역시 무장武將으로 젊은 시절에는 뛰어난 무용을
　　자랑했었다.
20 "總之, 爲人以忠孝爲本, 其餘都是末事."(제40회)

아무리 그들의 충정을 몰라주더라도 끝까지 충성을 다한다는 자신들의 입장을 고수하고 있는 것이다. 또 탕 진대의 경우에는 모든 것을 포기하고 자식들을 데리고 낙향하여 외부와의 인연을 모두 끊고 은거한다.[21] 그러나 그의 경우에도 현실세계와의 인연을 아주 끊는 것은 아니었으니 비록 자신은 물러났으나, 자식들의 출사出仕에 대한 생각과 걱정은 여전히 하고 있었다.[22] 따라서 그의 현실관 역시 부정적인 것으로 보기 어려운 측면이 있다.

사실상 현실의 부당한 대우에 이렇듯 소극적으로 대응하는 것은 풍자소설이 담아내고 있는 강렬한 현실비판의식과 모순이 되는 것이다. 그러나 다른 측면에서 보자면, 바로 여기에서 풍자를 진행하고 있는 작자의 세계관의 한계가 엿보이기도 한다. 그것은 풍자가로서의 작자가 강한 어조로 비판하고 있는 현실세계의 불합리한 모순들은 모두가 그가 지키고자 하는 기존사회의 가치체계와 도덕률로부터 어긋난 것을 말하는 것이지, 기존의 사회질서를 과감하게 부정하고 새로운 세계질서를 세우고자 했던 것이 아니라는 점이다. 아울러 이러한 등장인물들의 소극적인 대응은 풍자소설의 또 하나의 특징을 이루고 있는 구조의 문제와 맞물리게 된다. 그것은 곧 이들의 태도로 말미암아 작

---

21 "탕 진대는 성 안으로 들어가지도 않고 관아의 관리들도 만나지 않았다. 그저 강가에 몇 칸짜리 별장을 지어놓고 거문고와 책을 가져다 두고는, 그곳에서 책을 읽고 자식들을 가르치며 지냈다.湯鎭台也不到城裏去, 也不會官府, 只在臨河上搆了幾間別墅, 左琴右書, 在裏面讀書敎子."(제44회)

22 "……(그는) 자식들이 지은 팔고문을 읽어 보고는 기분이 좋지 않았다. '이런 문장으로는 도저히 급제할 수 없겠어! 지금 나도 집에 와 있고 하니 이참에 선생을 청해 제대로 가르쳐야겠다.' 이렇게 그는 매일 이 일을 두고 고민했다. ……看見公子們做的會文, 心裏不大歡喜, 說到: '這個文章如何得中! 如今趁我來家, 須要請個先生來敎訓他們才好.' 每日躊躕這一件事."(제44회)

품 내에 주된 갈등구조와 대립축이 존재하지 않게 됨으로 해서 전체
구조가 팽팽한 긴장상태를 유지하지 못하고 전체적으로 느슨하게 연
결되어 단지 등장인물들을 둘러싸고 벌어지는 사건들에 대한 서술에
그치게 되는 것을 말한다.[23]

한편 작품 내에서 이들과 대조를 이루고 있는 것이 왕후이王惠와
탕 지부湯知府 등과 같은 혹리酷吏들이다. 그 가운데서도 가장 두드러
지는 인물이 왕후이이다. 작품의 제2회에서 저우진周進 앞에서 거드
름피우는 거인擧人으로 처음 등장하는 왕후이는 뒤에 예정된 대로[24]
진사에 급제한 뒤 난창 부南昌府의 지사로 부임한다. 이때 업무를 인
수인계하는 과정에서 왕후이가 내심 알고 싶어했던 것은 그 지역의
경제상황이었다. 그의 이러한 속내는, "3년 간 청렴하게 부 지사를 지
내도 눈꽃 같은 은이 십만 냥三年淸知府, 十萬雪花銀"이라는 말로 은연
중에 표출되며, 이에 전임자의 아들로서 업무를 대리하던 취징위蘧景
玉는, "(은을 다는) 저울소리, 수판소리, 곤장 치는 소리문秤子聲, 算盤聲,
板子聲"가 아문衙門에서 울려 퍼질 것이라는 말로 그의 탐욕을 비꼰다.
과연 취징위의 예상대로 왕후이는 업무를 가혹하게 처리하며 자신의
부를 축적한다. 그러나 그에 대한 상부의 평은 앞서의 샤오원셴이나

---

23 이 점에 대해서는 다음 장인 『유림외사』의 구조에서 상술하기로 하겠다.

24 그의 과거급제는 제2회에서 왕후이 자신의 꿈 이야기에 이미 언급되어 있다. "제자
올해 정월 초하루에 꿈에서 회시의 급제자 명단을 보았는데, 거기에 제 이름이 들어
있는 것은 말할 필요도 없겠지요. 그런데 세 번째 이름 역시 원상 현 사람 쉰메이라고
적혀 있더군요. 저는 우리 현에 이렇게 쉰 씨 성을 가진 효렴은 없어서 이상하다고
생각했는데, 이 어린 학생의 이름이 그것과 같을 줄은 전혀 몰랐습니다. 설마 제가
그 아이와 함께 급제하는 것은 아니겠지요.弟本年正月初一日, 夢見看會試榜, 弟中在上面
是不消說了, 那第三名也是汶上人, 叫做荀玫. 弟正疑惑我縣裏沒有這一個姓荀的孝廉, 誰知竟同
着這個小學生的名學. 難道和他同榜不成!"(제2회)

탕 진대와는 달리 "쟝시에서 제일가는 능력있는 태수江西第一個能員"라는 칭찬이었다.

백성들을 가혹하게 다룬 데 있어서는 탕 지부 역시 마찬가지이다. 탕 지부는 자신의 관할지에서 소를 잡아서는 안 된다는 금령을 어기고 쇠고기 쉰 근을 보내 온 회교도 우두머리를 지나치게 가혹하게 처벌하여 죽음에 이르도록 만든다.(제4회) 그로 인해 백성들의 소요까지 야기하게 되나, 그에 대한 상부의 조치는 그저 단순히 다음부터는 조심하라는 말뿐이었다.

> ……따지고 보면 이번 일은 탕 지현께서 참으로 맹랑하게 처리했다 하겠소. ……하지만 이런 난동이 오래가게 할 수는 없소. 우리로서는 몇몇 우두머리를 잡아다 법대로 처리해야 하겠소. 당신은 관청으로 돌아가 일을 보되, 모든 일을 좀 더 심사숙고하고 멋대로 해서는 안 된 것이오.[25]

이상에서 대조적으로 그려지고 있는 샤오원셴, 탕 진대와 왕후이, 탕 지부의 예를 통해 알 수 있는 것은 '능력'이라고 하는 추상적인 관념이 사회적 현실 속에서 어떤 식으로 상이하게 현상될 수 있는가 하는 것이다. 똑같은 내용적 함의를 가져야 하는 본질이 현실적으로 상이하게 드러나는 세계, 이것이야말로 작품의 전편에 걸쳐 나타나고 있는 현실세계의 이중성에 대한 작자의 인식을 대표하는 것이라 할 수 있다.

이처럼 현실 속에서 탐관오리가 높은 평가를 받고, 실제로 공을 이

---

25 "……論起來, 這件事你湯老爺也忒孟浪了些, ……但此習風 也不可長. 我這裏少不得
　拿幾個爲頭的來盡法處置, 你且回衙門去辦事, 凡事須要斟酌些, 不可任性."(제5회)

른 사람은 부당하게 대우받고 있다는 작품내의 작자의 현실인식은 어
쩌면 "재능을 갖고 있으면서도 때를 만나지 못했다懷才不遇"고 생각했
던 작자의 심경이 그대로 투영된 것으로 볼 수 있다.[26] 아울러 이러한
현실인식은 『유림외사』 내에 흐르고 있는 비판의식의 근본 바탕을 이
루고 있으며, 작자는 이것을 상반된 예를 통해 아이러니컬하게 독자
들에게 제시하고 있는 것이다. 곧 이상에서 말하는 현실의 이중성은
작자가 이상적으로 그리고 있던 세계와는 정면으로 대치되는 것으로
우징쯔는 이것을 직접적으로 대비시키고자 했으며, 이것이야말로 앞
서 말한 풍자소설의 본령이라 할 수 있다.

2) 소외의 근원으로서의 팔고八股 과거제도

한편 작품 가운데서 작자가 현실의 악의 근원으로 파악하고 있는
것은 팔고 과거제도이다. 작중에 등장하는 인물들이 벌이는 추태의
근본원인은 모두가 팔고 과거제도에 있다고 할 수 있으며, 이에 대한
작자의 비판은 우선 팔고 과거제도의 시험관들에 대한 강한 불만으로
나타나고 있다. 우선 그 자신도 우매한 시험관에 의해 희생당한 경우
라 할 수 있는 저우진周進이 오히려 시험관의 입장에 서서 자신의 처
지와 비슷하게 늙도록 과거시험에 급제하지 못한 판진范進의 답안지
를 받아 들고 여러 번 읽어 본 뒤에 다음과 같이 탄식한다.

이 문장은 나 같은 사람도 한두 번 읽어보고는 이해가 안 되더니, 세

---

26 같은 맥락에서 우징쯔는 작중인물의 입을 빌어 다음과 같이 말한다. "하늘은 무심하
게도 착한 이를 돌보지 아니한다.皇天無眼, 不佑善人."(제6회)

번을 읽고 나서야 세상에 둘도 없는 글인 걸 알아보겠구나. 글자마다 주옥이 아닌가! 그러고 보니 세상의 어리석은 시험관들이 얼마나 많은 영재들을 좌절케 했을까나.[27]

또 제5회에서는 왕 씨王氏 형제가 시험에 대해 이야기를 나누던 중 동생인 왕런王仁이 옌즈중嚴致中의 문재文才를 비웃으며, 그가 어떻게 과거에 급제했는지 모르겠다고 말하자 형인 왕더王德가 다음과 같이 말한다.

그건 벌써 삼십 년 전의 일이지. 그때는 본래 이원吏員 출신인 어사들이 종사가 되었으니 무슨 문장이란 걸 알았겠나.[28]

이 말에는 당시 시험관들에 대한 강한 불신과 경멸이 담겨져 있다. 이것은 실제로 과거시험에 급제하지 못했던 우징쯔의 심리를 반영하는 것으로 볼 수 있으며, 이러한 그의 생각은 작품의 다른 곳에서도 발견된다.

탕유의 것 세 편 탕스의 것 세 편, 어느 답안지나 시험관들이 끝까지 읽은 것이 없었다. 둘은 시험장 감독관이건 채점관이건 어느 놈이나 다 꽉 막혔다고 큰 소리로 욕을 해댔다.[29]

---

27 "這樣文字, 連我看一兩遍也不能解, 直到三遍之後, 才曉得是天地間之至文, 眞乃一字一珠! 可見世上糊塗試官不知屈煞了多少英才!"(제3회)

28 "這是三十年前的話. 那時宗師都是御使出來, 本是個吏員出身, 知道甚麼文章!"(제5회) 여기서 '리원吏員'은 청대에 실시된 지방 자체 제도에서 마을 치안을 담당했던 이들로, 지보地保, 지갑地甲, 보장保長, 지방地防이라고도 한다.

29 "湯由三本, 湯實三本, 都三篇不曾看完. 兩個人伙着大罵帘官. 主考不通."(제42회)

시험관에 대한 우징쯔의 이러한 불만은 결국 팔고 과거제도 자체에
대한 회의와 함께 사람들의 부귀공명의 추구에 대한 강한 비판으로
이어진다.

우선 작품 속에는 부귀공명을 추구하다 자신의 일생을 그르치고 본
성까지도 해치게 된 인물들이 많이 등장한다. 이들 가운데 가장 먼저
등장하는 인물이 앞서 말한 저우진周進이다. 저우진은 나이가 육십이
되도록 과거에 급제를 하지 못하다가 끝내 자신의 뜻을 이룬다. 그러
나 그동안 그가 주위 사람들로부터 받은 수모는 이루 말할 수 없는
것이었다. 제2회에서 저우진은 먹고살기 위해 서당의 훈장으로 초빙
되어 가지만, 말이 좋아 훈장이지 그를 대하는 마을 사람들의 태도는
전혀 그에 걸맞는 것이 아니었다. 그가 처음 부임하는 날 조촐한 자리
가 마련되는데, 그곳에는 새로 과거에 급제한 젊은 거인擧人인 메이
쥬梅玖가 초대된다. 메이쥬는 자기보다 훨씬 나이가 많은 저우진을
놀려대는데, 이런 일이 가능할 수 있었던 것도 결국 하나는 과거에 급
제했고, 다른 하나는 급제하지 못했다는 데 그 원인이 있다고 할 수
있다. 그런 데서 쌓인 통분이 그로 하여금 과거시험장의 책상에 머리
를 박고 인사불성이 되게 만든 것이다. 그러나 그의 경우에는 늦게라
도 급제를 하여 자신의 소원을 풀었으니 그나마 다행이라 할 수 있다.
실제로는 그렇지 않고 죽는 날까지 과거급제만을 바라고 살다가 원을
못 풀고 눈을 감은 사람이 더 많았다고 할 수 있다.

그런 저우진에 비견할 만한 사람이 바로 뒤에 나오는 판진范進이
다. 판진이 과거에 급제하기 전에는 주위 사람들로부터 갖은 수모를
다 받았는데, 그 가운데서도 자신의 장인인 후 도호胡屠戸로부터 무시
당한 것은 이루 말할 수가 없을 지경이었다. 그가 저우진의 도움으로

수재가 된 뒤에 다시 향시를 보러 가겠다고 노잣돈을 얻으러 가자 후
도호는 다음과 같이 말한다.

> 자네 주제를 알게. 상공이 되고 나니 주제넘게도 미꾸라지 국을 먹고
> 용트림하려 드는구만! 내 듣자니 수재가 된 것도 자네의 문장이 훌륭해
> 서가 아니고, 학정대감이 자네 나이가 많은 걸 보고 불쌍히 여겨 마지
> 못해 은혜를 베푼 것이라 하더만…… 자네같이 입이 뾰족한 잔나비 상
> 을 한 자는 오줌이나 싸놓고 제 꼴을 비추어 보란 말일세…….[30]

그럼에도 불구하고 장인 몰래 과거시험을 보고 돌아오자 식구들은
이미 사흘이나 굶은 상태였다. 이에 집에서 키우던 닭을 안고 나가 팔
아서 먹을 것을 사오려다가, 자기가 과거에 급제했다는 말을 듣고는
실성을 해버린다. 여기에서 그가 실성을 했다는 것 역시 당시의 지식
인 계층이 얼마나 과거시험에 몰두해 있었나 하는 것을 우의적으로
드러내 보여주는 예라 할 수 있다.

그러나 작품 중에서 팔고 과거제도를 통해 일신의 영달을 꾀한 사
람들 가운데 대표적인 사람은 마춘상馬純上과 쾅차오런匡超人이라 할
수 있다. 마춘상은 선문가選文家로서 이를테면 팔고 과거제도의 전도
사격이라 할 수 있는데, 그의 머릿속에 가득 차 있던 것은 오직 팔고
문 밖에 없었다. 이런 의미에서 마춘상은 작품 속에서 하나의 계기적
요소로 작용하고 있다.[31] 작품 내에서의 그에 대한 묘사는 철저하게

---

30 "不要失了你的時了! 你自己只覺得中了一個相公, 就「癩蝦蟆想吃起天鵝肉」來! 我聽
　 見人說, 就是中相公時, 也不是你的文章, 還是宗師看見你老, 不過意, 舍與你的……
　 象你尖嘴猴腮, 也該撒抛自己照照, ……."(제3회)

31 소설에서의 등장인물은 꼭 실제인물일 필요가 없다. 곧 인물은 행위 주체의 인격보다

이중적으로 그려지고 있는데, 그는 자기의 지기知己를 위해 '장의소재
仗義疏財'할 줄도 알지만, 거업擧業이라는 미망에 사로잡혀 시후西湖의
아름다운 경치를 말 그대로 간과하고 마는 '부유腐儒'의 모습도 보이
고 있다.[32] 아울러 선문가로서의 그를 통해 거업의 길에 들어서는 인
물도 나오게 되는데, 그 가운데 대표적인 인물이 쾅차오런이다.

쾅차오런은 『유림외사』에 등장하는 인물 가운데 가장 복잡한 성격
을 갖고 있으며, 가장 극적인 전환을 하는 인물이라 할 수 있는데, 그
러한 변화의 계기가 된 것이 바로 마춘상이었다. 이들의 만남은 차라
리 운명적이었다고 할 수 있다. 객지에서 유리걸식하다시피 하는 쾅
차오런을 만나 그의 효심에 감복한 마춘상은 그와 결의형제結義兄弟
할 것을 제의하면서 다음과 같이 말한다.

> 아우님, 내 말 좀 들어 보시게. 이제 아우님이 집에 돌아가면 부모님
> 을 봉양하면서 과거 준비에만 전념하시게. 세상에 태어나 과거 급제말
> 고는 입신양명할 길이 달리 없다네. ……다만 학문에 힘써 수재가 되어
> 학교에 들어가고, 거인, 진사가 되어야 가문을 빛내게 되는데, 이것이
> 바로 『효경』에서 이른바 '조상을 빛내고 이름을 떨친다'는 것이지. ……
> 옛말에 '책 속엔 황금 집이 들어 있고, 책 속엔 천 석의 쌀이 들어 있으
> 며, 책 속엔 옥 같은 미녀가 들어 있도다'라고 했는데, 참으로 맞는 말
> 일세. 그렇다면 요즘 같은 시대에 책은 무엇을 가리키는가? 바로 다름
> 아닌 우리가 만든 팔고문 선집이라네. ……장사가 잘 안되고 부모님 봉

도 행위 자체가 강조되는 것이다.(한용환, 『소설의 이론』, 문학아카데미, 1990. 136
쪽.) 따라서 소설에서는 행동이 인물에 선행하며, 인물이 행위의 원천으로 고려되기
보다는 행위가 인물의 성격을 결정짓는 경향이 있다.

32 웨헝쥔樂衡軍, 「시후에서의 마춘상馬純上在西湖」, 『순문학純文學』 46기.

양이 조금 소홀하더라도 개의치 말아야 하네. ……[33]

쾅차오런의 순수한 효심에 감복한 마춘상이 그에게 권한 것은 아이러니컬하게도 그 본성을 해치게 될 거업의 길이었던 것이다. 그러나 사실은 쾅차오런의 변모의 빌미는 미리부터 예견되었던 것인지도 모른다. 그것은 쾅차오런이 마춘상과 결의형제하는 데에서 찾아볼 수 있는데, 그들은 애당초 20년이 넘는 나이 차이로 인하여 형제 관계로의 결의 자체가 우스운 것이었다. 이것은 쾅차오런이 마춘상을 대하는 기본적인 태도를 알 수 있게 해주는 것으로, 과연 그 뒤에 보여지는 마춘상에 대한 쾅차오런의 평은 그의 교활함과 배은망덕이 그대로 표출된 것이었다. 20회에서 쾅차오런은 뉴 포의牛布衣와 펑쮀안馮琢菴을 만난 자리에서 마춘상에 대해 이렇게 평을 한다.

그 사람도 저의 친한 벗입니다. 그 마춘상 형은 이법에는 능란하나 재기가 부족해서 그분의 선본은 별로 인기가 없답니다. 선본은 어쨌거나 잘 팔리는 게 중요한데, 인기가 없으면 서점에서도 손해를 보게 되지요. 다른 지방까지 보급되는 건 오직 저의 선본뿐입니다.[34]

이미 마춘상의 그늘로부터 벗어나 또 하나의 팔고 과거제도의 신봉

---

33 "賢弟, 你聽我說: 你如今回去, 奉事父母, 總以文章擧業爲主; 人生世上, 除了這事, 就沒有第二件可以出頭. ……只是有本事進了學, 中了擧人進士, 卽刻就榮宗耀祖; 這就是孝經上所說的「顯親揚名」才是大孝, ……古語道得好: 「書中自有黃金屋 ,書中自有千鍾粟, 書中自有顔如玉.」而今甚麽是書? 就是我們的文章選本了……就是生意不好, 奉養不周, 也不必介意, ……."(제15회)

34 "這也是弟的好友. 這馬純兄理法有餘, 才氣不足; 所以他的選本也不甚行. 選本總以行爲主, 若是不行, 書店就要賠本; 惟有小弟的選本, 外國都有的."(제20회)

자로 전락한 쾅차오런의 이 말 속에는 결의형제한 은인에 대한 예우가 아니라 같은 동업자로서의 경쟁의식만이 담겨 있을 뿐이다.

한편 그의 변신의 단초는 또 다른 곳에서도 보여진다. 그는 그에게 있어 또 하나의 은인이라 할 판 보정潘保正의 천거로 현지사에게 잘 보여 수재가 된다. 그러나 그때까지 부모에게 효도를 다하고 근면 성실했던 그가 일단 수재가 되자 사람이 돌변하여 그 전과는 전혀 다른 모습을 보여준다. 그는 현학縣學의 선생이 자신의 급제를 축하하여 접대하기 위해 보낸 심부름꾼에게, "나는 내 스승님밖에 모른다네! 왜 내가 그런 학교 관리 따위를 가 뵌단 말인가? 인사는 무슨 인사!"[35]라고 말하는데, 여기에서는 그가 이전에 보여주었던 겸손함을 전혀 찾아볼 수 없다. 그 뒤에 판 보정이 소개한 판싼潘三을 만나고부터는 못하는 짓이 없게 되어, 문서를 위조하고, 남을 대신하여 시험을 봐주고, 급기야는 중훈重婚까지 하게 된다. 이상에서 살펴본 대로 쾅차오런의 변신에 결정적인 영향을 준 사람은 마춘상과 판 보정潘保正이라 할 수 있는데, 이들이 그에게 적극적으로 권유했던 것은 바로 거업의 길이었다. 바로 팔고 과거제도가 한 사람의 인생을 이렇게까지 뒤바꿔 놓았던 것이다.

이렇듯 팔고 과거제도를 통해 부귀와 공명을 추구했던 이들의 행위를 정당화시키고 이끌어 나갔던 것이 바로 선문가選文家들의 논리였다. 그 가운데 대표적인 인물인 마춘상은 작품 속에서 거업의 중요성에 대해 다음과 같이 설파한 바 있다.

---

35 "我只認得我的老師! 他這教官, 我去見他做甚麼? 有甚麼進見之禮!"(제17회)

그건 잘못된 생각입니다. 과거공부라는 것은 예로부터 지금까지 누구나 반드시 해야 할 일이었습니다. 이를테면, 공자님이 살아 계시던 춘추시대에는 '언행으로 천거되어' 벼슬을 하였기에, 공자는 그저 '말에 허물이 적고 행동에 민첩함이 적으면 그 안에 봉록이 들어 있다'라고 말씀하셨습니다. 이것이 바로 공자의 과거공부였지요. 전국시대에 이르면 유세로 벼슬을 하였기에 맹자께서는 제나라와 양나라를 두루 다니면서 유세를 하셨는데, 이것이 곧 맹자의 과거공부였지요. 한나라 때에는 '현량방정'의 과가 설치되었기에 궁쑨홍과 둥중수가 현량방정으로 천거되었습니다. 이것이 바로 한나라 사람들의 과거공부였지요. 당나라 때에는 시나 부로 인재를 선발했기에 공자와 맹자의 가르침을 공부한다 해도 관직에 나아갈 수 없었습니다. 그래서 당나라 때 사람들은 저마다 시 짓는 공부를 했는데, 이것이 당나라 때 사람들의 과거공부였습니다. 송나라 때에는 조금 나아져서 성리학을 공부한 사람들이 관직에 나아갔기에 청 씨 형제와 주시가 성리학을 강의했습니다. 이것이 바로 송나라 때 사람들의 과거공부였습니다. 우리 명 왕조는 문장으로 선비를 뽑는데, 이것이 가장 좋은 방법이지요. 공자가 지금 살아 계신다 해도 역시 팔고문을 외우고 과거시험을 치렀을 것입니다. 그러니 무슨 '말에 허물이 적고 행동에 민첩함이 적으면 그 안에 봉록이 들어 있다'라는 식의 말씀은 결코 하시지 않았을 것입니다. 왜냐하면 날마다 그런 소리를 해보았자 벼슬을 할 수는 없는 노릇일 테니까요. 지금에 와서는 공자님의 도리도 따라서 시행되지 못하는 것입니다.[36]

---

36 "你這就差了. 「擧業」二字, 是從古及今人人必要做的. 就如孔子生在春秋時候, 那時用「言揚行擧」做官, 故孔子只講得個「言寡尤, 行寡悔, 祿在其中」, 這便是孔子的擧業. 講到戰國時, 以遊說做官, 所以孟子歷說齊梁, 這便是孟子的擧業. 到漢朝用「賢良方正」開科, 所以公孫弘董仲舒, 擧賢良方正, 這便是漢人的擧業. 到唐朝用詩賦取士, 他們若講孔孟的話, 就沒有官做了, 所以唐人都會做幾句詩, 這便是唐人的擧業. 到宋朝又好了, 都用的是些理學的人做官, 所以程朱就講理學, 這便是宋人的擧業. 到本朝用文章取士, 這是極好的法則. 就是夫子在而今, 也要念文章, 做擧業, 斷不講那「言寡尤, 行

이 말은 물론 작자가 팔고 과거제도의 폐해를 들기 위해 인용한 말
이지만, 각각의 조대朝代마다 현상적으로 드러난 것은 다를지언정 사
람들이 갖고 있었던 공명심이라는 본질은 하나였다는 것을 잘 보여주
고 있기도 하다. 이들 선문가 이외에도 팔고문에 지고의 가치를 두었
던 인물은 루 편수魯編修이다. 그는 자신의 친척인 러우 씨婁氏 형제가
과거시험은 도외시하고 시를 짓네 하며 허명을 좇는 양즈중楊執中과
같은 무리를 칭찬하자 점잖게 이를 나무란다.

> 이보게. 자네들의 이런 행위는 예로부터 현명한 공자가 하던 게 아닌
> 가? 신릉군이나 춘신군도 자네들보단 못할 걸세. 하지만 그런 자들은
> 대개 헛된 명성을 노리는 자들이 많지. 솔직히 말해서 그 자가 정말 학
> 문이 있다면 어째서 과거에 급제를 못했겠나? ……내 생각에는 이런 사
> 람은 공들여 사귈 필요가 없으니, 이쯤에서 그만두시게나.[37]

그가 보기에는 과거시험에 힘을 쏟지 않는 사람들은 모두가 상종할
필요가 없는 존재들이었던 것이다. 아울러 그는 자기 사위인 취궁쑨
蘧公孫이 러우 씨婁氏 형제와 어울리자 그에게도 따끔하게 일침을 가
한다.

> 자네 외숙들은 집에서 오로지 문을 닫아걸고 과거공부에 힘써서 집
> 안의 명성을 이어 가야 마땅하거늘 어째서 계속 그저 그런 자들과 어울

寡悔」的話. 何也? 就日日講究「言寡尤, 行寡悔」那個給你官做? 孔子的道也就不行了"
(제13회)

37 "老世兄, 似你這等所爲, 怕不是自古及今的賢公子? 就是信陵君. 春信君, 也不過如
此. 但這樣的人, 盜虛聲者多, 有實學者少. 我老實說; 他若果有學問, 爲甚麼不中了
去? ……這樣人不必十分周旋他也罷了."(제10회)

리는 겐가? 이렇게 허장성세를 부리며 지내는 건 역시 옳지 않네.[38]

이렇듯 과거급제에 큰 가치를 두고 있던 루 편수가 자신의 딸에게 앞서의 선문가들과 전혀 다를 게 없는 말을 들려주는 것은 어쩌면 당연한 것일지도 모른다.

　　그저 팔고문 하나만 잘 지으면 여느 건 무어나 다 네 맘대로 되느니라. 시를 지으면 시가 되고 부를 지으면 부가 되고 다 사개가 척척 맞아 떨어지느니라. 그러나 팔고문의 연구가 부족하면 무엇을 짓더라도 도리에서 가로달아 나가고 사악한 길에 들어서게 될 것이야.[39]

이상에서 예를 든 팔고문 선문가나 루 편수 같은 이들은 오직 팔고 과거제도를 통한 신분상승에만 모든 가치를 걸었던 인물들이라 할 수 있다. 그러나 다른 한편으로 보면 과거시험을 통해서만이 지배계급으로의 상승을 꿈꿀 수 있었던 시대에 살았던 지식인에게 있어서는 팔고문이야말로 자신의 모든 것을 규정하는 절대적인 힘을 갖고 있던 존재였다고도 할 수 있다. 이에 우징쯔는 이런 현실을 비판하는 동시에 그들이 어쩔 수 없이 처해 있었던 상황에 대해 작중인물의 입을 통해 변호하기도 했다.

그것은 제50회에서 가짜 중서中書 노릇을 하다 들통이 난 완 중서萬中書의 입을 통해 드러난다. 완 중서는 자신이 가짜 중서라는 것을 더

---

38 "令表叔在家只該閉戶做些擧業, 以繼家聲, 怎麽只管結交這樣一班人? 如此招搖豪橫, 恐怕亦非所宜."(제12회)

39 "八股文章若做的好, 隨你做甚麽東西, 要詩就詩, 要賦就賦, 都是「一鞭一條痕, 一摑一掌血」, 若是八股文章欠講究, 任你做出甚麽來, 都是野狐禪, 邪魔外道"(제11회)

이상 숨길 수 없게 되자, 펑밍치鳳鳴歧에게 다음과 같이 자신이 가짜
노릇을 하게 된 이유에 대해서 설파한다.

> 사실대로 말씀드리자면, 사실 저는 중서가 아니라 일개 수재에 불과
> 합니다. 집안 형편이 너무도 어려워 달리 어쩔 도리가 없어 여기저기
> 여러 지방을 떠돌아 다녔습니다. 그런데 제가 수재라고 하면 그 날 그
> 날을 굶어야 하지만 중서라고 하면 돈 꽤나 있는 장사치들과 향신들이
> 기꺼이 저를 돌봐 주는 것이었습니다……. [40]

이렇듯 현재의 직위에 따라 판이하게 다른 대접을 받는 예는 앞서
저우진周進의 경우에서도 찾아볼 수 있다. 애당초 저우진이 늙은 수재
로 있을 때, 그를 능멸했던 메이쥬가 뒤에는 입장이 뒤바뀌어 저우진
의 비호로 과거에 급제하여 시험관이 된 판진으로부터 호되게 꾸지람
을 듣는다. 메이쥬는 저우진에게 글을 배웠다고 거짓말을 하여 겨우
판진의 용서를 받는다. 이에 그 자리에 같이 있던 쉰메이荀玫가 그에게
언제 저우진으로부터 글을 배웠느냐고 묻자 다음과 같이 대답한다.

> 어린 자네가 어찌 알겠는가? 내가 선생에게 글을 배울 땐 자네는 아
> 직 세상에 태어나지도 않았을 걸세. ……선생님께서는 나를 정말로 아
> 끼시면서 내 문장이 재기는 있는데 법도에는 좀 맞지 않는다고 하셨었
> 지. 조금 전 판 학정께서도 내 답안지에서 지적하신 것도 바로 이런 점
> 일세. ……자네도 알겠지만 판 학정께서 나를 3등으로 합격시키는 게

---

40 "不瞞老爹說, 我實在是個秀才, 不是個中書. 只因家下日計艱難, 沒奈何出來走走. 要說
是個秀才, 只好喝風呵烟. 說是個中書, 那些商家同鄉紳財主們才肯有些照應. ……"
(제50회)

뭐 어려운 일이겠는가? 하지만 그렇게 처리할 수도 없고 따로 만날 수도 없었던 게지. ……자네를 일등에 올린 것도 마찬가지. 그러니 우리 같은 선비들은 모든 일에 있어서 상대방의 세밀한 마음 씀씀이를 잘 간파해야 하며 조금이라도 소홀히 대해서는 안 되네.[41]

저우진에게서 글을 배웠다는 메이쥬의 말은 물론 거짓말이려니와, 그의 이렇듯 돌변한 태도는 그로 하여금 심지어 저우진이 서당 선생으로 있으면서 기거하던 암자에 붙어 있던 주련柱聯까지도 소홀히 대하지 못하게 하고 있다. 그는 그것이 저우진의 친필임을 알아채고는 그 절의 중에게 다음과 같이 말한다.

그래도 저우 선생님의 친필인데, 그냥 여기에 붙여 둬선 안되겠소. 찢어지지 않게 물을 뿜어 뗀 다음 표구해서 보관해 두는 것이 좋을까 하오.[42]

결국 이들의 행동을 좌우하고 정당화했던 것은 바로 상대방의 사회적인 지위의 고하에 있었으며, 그런 까닭에 모든 사람들이 필사적으로 과거급제를 통해 자신의 신분상승을 노릴 수밖에 없었던 것이다. 그 과정에서 많은 사람들이 도덕적으로 탈선의 길을 걷게 되었다고 볼 수 있으며, 이런 의미에서 작자가 파악하고 있는 당대 지식인들의 소외의 근본원인은 '거업擧業'이라 불리는 팔고 과거제도에 있었다는

---

41 "你後生家那裏知道? 想著我從先生時, 你還不曾出世! ……先生最喜歡我的, 說是我的文章有才氣, 就是有些不合規矩, 方才學台批我的卷子上也是這話. ……你可知道, 學台何難把俺考在三等中間, 只是不得發落, 不能見面了. ……俺們做文章的人, 凡事要看出人的細心, 不可忽略過了."(제7회)

42 "還是周大老爺的親筆, 你不該貼在這裏, 拿些水噴了, 揭下來, 裱一裱收著才是."(제7회)

것을 알 수 있다.

3) 허명虛名의 추구와 위선적 세계

이상의 논의를 통해 팔고 과거제도에 의해 부귀공명을 추구했던 인물들에 대해 살펴보았다. 그러나 작품 속에 등장하는 인물들 가운데에는 관직에 올라 입신양명立身揚名하는 것 외에도 다른 방법을 통해 허명虛名을 얻고자 했던 부류들이 있다. 이들은 거듭된 과거시험의 실패로 인해 본의 아니게 팔고 과거제도에 대해 부정적인 태도를 취하거나, 근본적으로 자신의 출신 때문에 출사出仕하기 어려운 인물들이었다. 이들의 경우에는 과거에 힘을 쏟았던 이들보다 그 해악이 덜하기도 했고, 이들에 대한 작자의 연민 또한 눈물겨운 바가 있다. 또한 이들 명사들은 다시 두 부류로 나뉜다.

첫째는 과거시험의 실패자로서 고관高官의 자제子弟 등에 기생하며 자신의 허명을 드러내고자 했던 경우로, 러우 씨婁氏 공자의 문하에 모여들었던 양즈중楊執中이나 취안우융權勿用, 장톄비張鐵臂 등을 예로 들 수 있다. 둘째는 징란쟝景蘭江이나 즈졘펑支劍峰, 푸모칭浦墨卿, 자오쉐자이趙雪齋 등과 같이 운명적으로 과거시험에 응시할 수는 없었지만, 학문에 대한 지식과 뜻은 갖고 있어, "몸은 세간에 있었지만, 마음은 벼슬길에 있었던身在江湖, 心懸魏闕" 경우이다. 첫 번째 부류의 인물들이 허명을 좇았던 것은 '종남첩경終南捷徑'[43]의 의도를 가지고

---

43 "唐 盧藏用 擧進士, 居終南山中, 至中宗朝以高士名得官, 累居要職, 人稱爲隨駕隱士. 有道士司馬承禎嘗召至闕下, 將還山, 藏用指終南曰: '此中大有嘉處.' 承禎徐曰: '以僕視之, 仕官之捷徑耳.'"(당唐 류쑤劉肅 『대당신어大唐新語』 「은일隱逸」 조條, 『사원辭源』, 상우인수관商務印書館, 1987.)

당시의 '박학홍사과博學鴻詞科'를 통해 관도官途에 오르려 했던 것이라 할 수 있으나, 두 번째의 경우는 단지 고관대작들과의 교유를 통해 자신들의 보상심리를 충족시키려 했던 것이라 할 수 있다.

우선 첫 번째 부류에 속하는 인물들 가운데 작품 속에서 가장 성공적으로 묘사되고 있는 인물은 양즈중과 취안우융權勿用이라 할 수 있을 것이다. 이들은 현실에서 뜻을 펴지 못하고 천하의 명사들을 구해 다니는 러우 씨 공자 형제의 눈에 들어 각별한 보살핌을 받는다. 먼저 과거에 실패하고 우울한 심정으로 고향에 돌아가던 러우 씨 공자 형제는 우연히 자신의 집안 묘지기인 쩌우지푸鄒吉甫를 만나는데, 그의 소개로 양즈중이란 인물을 알게 된다. 이들은 양즈중이란 인물의 허명에 속아 삼고초려하는 심정으로 헌신적인 노력을 기울인 끝에 그와 교류하게 된다. 이에 그치지 않고 양즈중은 다시 취안우융權勿用이란 인물을 이들에게 소개한다.

> 두 분 선생께서 이렇듯 훌륭한 선비이시니 저 같이 평범하기 이를 데 없는 사람이야 어디 내세울 게 있겠습니까! 제게는 성이 취안이고, 이름이 우융이고, 자는 첸자이라고 하는 친구가 하나 있는데 ……그에게 관중管仲, 웨이樂毅의 경륜과 청程, 주朱의 학문이 있다는 것을 곧 아시게 될 것입니다…….[44]

그러나 그의 본색은 러우 씨 공자의 명으로 그를 초빙하러 간 하인 환청宦成에게 들려주는 그 지방 사람의 이야기를 통해 다음과 같이 드

---

44 "三先生四先生如此好士, 似小弟的車載斗量, 何足爲重? 我有一個朋友, 姓權, 名勿用, 字潛齋, ……才見出他管樂的經綸, 程朱的學問……."(제12회)

러난다.

　　당신은 그 사람 얘기를 모르는 모양이니 내 이야기해 드리리다. ……
그 사람 아비가 돈푼이나 쥐게 되니까 아들을 마을 서당에 보내어 공부
를 시켰다나요. 그런데 십 칠팔 세가 되자 양심 없는 훈장이 이젠 그만
나가서 과거를 보라고 충동질을 한 모양입디다. ……아무튼 계속해서
삼십 년을 내리 시험을 쳐보았으나 현에서 치르는 생원 선발시험復試에
도 한 번도 합격한 적이 없었지요. ……어느 해인가 후저우 신스 진의
소금가게에서 일을 보는 양 씨라는 늙은이가 빚 받으러 이곳에 왔다가
그 묘에 거처를 잡고는 정신이 온전치 않은지 무슨 천문지리다, 천하를
경륜한다, 천하를 구제한다 하면서 지껄여댔단 말입니다. ……그때부터
는 과거를 보지 않고 고사高士가 되기로 맘먹었다나요. 고사 노릇을 하
기 시작한 뒤로는 그나마 오던 학생 몇 명도 오지 않게 되었지요. 집안
이 찢어지게 가난하니 어쩔 도리 없이 그저 시골에서 사람들이나 속여
가며 먹고살면서 걸핏하면 '우리는 더할 나위 없이 친근한 처지이니 내
것 네 것 가릴 게 뭔가. 임자 것이 내 것이고 내 것이 임자 것이지'라고
하는데, 이것이 바로 그 자의 명창이지요.⁴⁵

　　이러한 그의 위선은 러우 씨 공자 등과 만나자마자 드러난다. 처음
만난 자리에서 식사를 하던 중 그가 술을 들지 않자 주위 사람들이

---

45 "你不知道他的故事, 我說與你聽. ……他父親手裏, 掙起幾個錢來, 把他送在村學裏讀
書. 讀到十七八歲, 那鄉裏先生沒良心, 就作成他出來應考. ……足足考了三十多年, 一
回縣考的覆試也不曾取 ……那年遇着湖州新市鎮上鹽店裏一個夥計, 姓楊的楊老頭子
來討賬住在廟裏, 獃頭獃腦, 口裏說甚麼天文地理, 經綸匡濟的混話 ……自從高人一
做, 這幾個學生也不來了, 在家窮的要不的, 只在村坊上騙人過日子. 口裏動不動說:
'我和你至交相愛, 分甚麼彼此? 你的就是我的, 我的就是你的'這幾句話, 便是他的歌
訣."(제12회)

술을 들 것을 권한다. 그러나 그는 거상중이라 술을 마시지 않겠노라
고 사양한다. 이에 양즈중은, "'늙거나 병들면 예절에 구애되지 않는
다'고 하였습니다. 아까 보니 고기안주는 꽤 집으시던데 술도 두어 잔
쯤 하신다고 무슨 일이 있겠습니까? 과히 취하지만 않으면 되지요."[46]
라는 말로 은연중에 그의 모순된 행위를 비꼰다. 이에 대해 취안우융
은 정색을 하며, "양 선생, 그건 고증이 부족한 말씀입니다. 옛사람이
말한 이른바 '다섯 가지 훈채'란 파, 부추, 고수 따위를 가리키는 것인
데, 어찌 술을 경계하지 않겠습니까? 술은 절대로 못 마십니다"[47]라며
자신의 억지와 무지를 드러낸다.

결국 그를 불러들였던 양즈중은 그를 내보내는 데에도 큰 역할을
한다. 처음 만나는 순간부터 어긋나기 시작한 그들 사이는 양즈중의
아들인 라오류老六로 인해 더욱 벌어진다. 자신의 돈을 훔쳐다 술을
퍼먹은 라오류를 취안우융이 나무라자 라오류는 다음과 같이 말한다.
"아저씨하고 저하고는 원래 일심동체로 '아저씨 것이 곧 내 것이고 내
것이 곧 아저씨의 것'이라 했으니, 네 것 내 것을 구태여 가릴 게 뭡니
까?"[48] 이후부터 취안우융과 양즈중은 사이가 나빠져서 취안우융은
양즈중을 얼간이라 흉보고 양즈중은 취안우융을 미치광이라고 욕을
해대게 된다.

결국 취안우융의 본색은 얼마가지 않아 탄로나게 된다. 그를 잡으
러 온 사령들이 보여준 소환장에는 다음과 같은 내용이 담겨 있었다.

---

46 "古人云: '老不拘禮, 病不拘禮.' 我方才看見淆饌也還用些, 或者酒略飮兩杯, 不致沈醉,
也還不妨."(제12회)

47 "先生, 你這話又欠考核了. 古人所謂五葷者, 葱, 韮, 蕖菱之類. 怎麼不戒酒? 是斷不
可飮的."(제12회)

48 "老叔, 你我原是一個人, '你的就是我的, 我的就是你的', 分甚麼彼此?"(제12회)

샤오산 현 지사 우 아무개가 본 지역에서 일어난 망나니가 부녀를 유
괴한 사건에 대해 알림

란뤄안蘭若庵의 여승 후이위안이 고소한 바에 따르면, 본 지역의 무
뢰배 취안우융이 그의 제자인 여승 신위안을 유인하여 집에 가두었다
고 함……. [49]

거상중이라 술도 안 마시는 천하의 재사가 결국은 위선의 탈을 벗
고야 만 것이다. 이때 양즈중의 태도 역시 주목할 만하다. 러우 씨 공
자가 어찌할 바를 몰라 처음에 그를 소개했던 양즈중에게 어떻게 처
리할 것인가를 묻자 그는 간단하게 다음과 같이 대답한다.

두 분 나으리님, 자고로 '벌이 품 안에 기어들면 옷을 벗어 털어내야
한다'고 하였습니다. 그가 이 따위 일을 저질렀으니 두 분께서는 감싸
주어서는 안 됩니다. 제가 가서 그한테 이야기한 뒤 사령들한테 넘겨주
겠습니다……. [50]

애당초 그를 불러들였던 양즈중의 이러한 태도는 자기모순적인 것
이라 할 수 있으며, 취안우융의 위선에 못지 않은 양즈중 자신의 위선
적인 면모를 드러내고 있다.

러우 씨 공자의 주변에 모여들었던 사람들 가운데 또 하나의 위선
적인 인물은 장톄비張鐵臂이다. 그는 취안우융을 통해 러우 씨 공자에
게 접근해서는 사람 머리로 위장한 돼지 대가리로 그들을 놀라게 하

---

49 "蕭山縣正堂吳. 爲地棍奸拐事: 案據蘭若庵僧慧遠, 具控伊徒尼僧心遠被地棍權勿用奸
拐覇占在家一案……."(제13회)
50 "三先生, 四先生, 自古道: '蜂蠆入懷, 解衣去' 他旣弄出這樣事來, 先生們庇護他不得
了, 如今我去向他說, 把他交與差人……."(제13회)

여 은자銀子 오천 냥을 갈취해 달아난다. 이렇듯 한 순간이나마 당사자인 러우 씨 공자는 물론이려니와 독자들까지도 놀라게 했던 사건이 한낱 돼지머리를 이용한 해프닝으로 반전되면서 독자들은 러우 씨 공자가 허명을 좇아 비루한 인간들과 교제를 맺어 왔다는 사실에 실소를 금하지 못하게 된다.

두 번째 부류에 속하는 인물들은 벼슬길보다는 시작詩作을 통해 자신들의 명성을 널리 알리고자 했다. 이들은 자기들끼리 시회詩會를 열고 시집을 내는 등의 방법으로 공명을 얻고자 한 것이다. 제17회에서는 술자리에 한데 모인 이들 사이에 명리名利에 대한 논쟁이 벌어지는데, 여기에서 이들이 추구하고자 했던 것이 무엇이었는가 하는 것이 분명하게 드러난다. 그것은 근래에 닝보 부寧波府 현 지사로 부임한 황 진사黃進士라는 이와 자신들의 시회의 일원인 자오쉐자이趙雪齋가 같은 해 같은 달 같은 날 같은 시에 태어나 사주가 같은데도 현재의 처경은 판이하게 다르니 어느 쪽이 더 낫다고 할 수 있는가 하는 것이었다. 곧 황 진사는 과거에도 급제하고 벼슬도 하고 있지만 슬하에 자식이 없는데 비해 자오쉐자이는 과거에는 급제하지 못했지만 슬하에 자식이 주렁주렁하니 어느 편이 낫겠느냐는 것이다. 이에 대해 모임에 참가한 사람들은 어느 편이 낫다느니 하면서 설왕설래한다. 그러나 최종적으로 내려진 결론은 다음과 같은 것이었다.

"여러 선생들이 말씀하시는 그 진사 급제라는 게 대체 명예를 위한 것입니까? 아니면 재물을 위한 것입니까?"
사람들이 말했다.
"명예를 위한 것이지요."

"자오 나리가 비록 진사급제는 못했지만, 바깥세상에서는 그의 시가
시 선집에 들고 온 세상에 알려져 있다는 사실은 알고 계시지요? 자오
쉐자이 선생을 모르는 이가 어디 있겠습니까? 진사가 된 것보다 더 큰
명성을 누리고 계시지 않습니까?"[51]

이상의 대화로 그들이 궁극적으로 추구했던 것은 비록 그것이 허명
이었을지라도 공명이었다는 것을 알 수 있다. 이들 이외에도 취궁쑨
蘧公孫과 뉴푸랑牛浦郎은 심지어 다른 사람의 시집에 자신의 이름을
넣어 주위 사람들에게 배포함으로써 자신의 문명文名을 알리려는 파
렴치한 행위까지 서슴지 않았다.

이러한 인물들의 행위를 통해 작자인 우징쯔는 그 당시 유한계층이
추구했던 허명과 그들이 맺고자 했던 교제의 허구성을 드러냈던 것이
다. 이것을 통해 작자가 제시하고자 했던 것은 결국 하나의 본질이었
다고 할 수 있는데, 그것은 바로 이들 인물들의 행위에 공통적으로 드
러나고 있는 '위선'이다. 한편 작품 속에서 우징쯔는 이들이 속해 있는
'위선적 세계'를 아이러니적인 형식을 빌어 표출하고자 했다.

아이러니적 요소는 초기에 단순한 언어적 유희 또는 풍자에서 시작
되었으나 18세기 말에서 19세기 초에 이르러는 독일에서부터 여러 가
지 새로운 의미를 지니게 되었다.[52] 아이러니란 간단히 얘기해서 겉으

---

51 "衆位先生所講中進士, 是爲名? 是爲利?"
　　衆人道, "是爲名."
　　景蘭江道, "可知道趙雪齋雖不曾中進士, 外邊詩選上刻着他的詩幾十處, 行遍天下, 那個
　　不曉得有個趙雪齋先生? 只怕比進士享名多着哩!"(제17회)
52 아이러니는 〈에이론eiron〉이라는 그리스 말에서 왔으며, 이것은 고대 그리스 희극에
　　통상적으로 등장하던 붙박이 인물의 하나였다. 이러한 에이론은 겉보기에는 약하고
　　힘도 없지만 꾀장이여서 역시 붙박이 인물로 등장하는 〈알라존alazon〉이라는 힘센

로 나타난 말과 실질적인 의미 사이에 생긴 괴리에 의해 나타난 결과이다.[53] 이것은 다시 크게 '말의 아이러니'와 '극적인 아이러니'로 구분할 수 있는데, '말의 아이러니'는 동음이의어pun의 사용, 과장, 축소 등의 형태로 표현되며, '극적인 아이러니'는 작품 전체의 상황이 아이러니를 담고 있도록 된 것이다.

이러한 아이러니를 구성하는 요소 가운데 가장 핵심적인 것을 들자면 '현실과 외관의 대조'라 할 수 있다. 곧 아이러니를 말하는 사람은 한 가지를 말하는 것같이 보이면서 실제로는 아주 다른 것을 말하고 있는 것이다.[54] 이런 의미에서 현대의 이론가들은 아이러니를 내포한 문학이 그렇지 않은 문학보다 우수하다고 믿는데, 그 까닭은 아이러니가 인생의 경험을 한 면만 보지 않고 그 정반대의 면도 보고 동시에 표현하는 방법이라고 보기 때문이다. 즉 아이러니란 인간의 삶의 제반 상황에 대한 폭넓은 비판의식을 뜻한다.[55]

허풍장이를 골려주곤 한다. 겉보기에는 아무런 특별한 데가 없지만 속으로는 대단한 힘을 발휘하는 인물로서의 〈에이론〉의 뜻은 아이러니라는 추상명사에 남아 있다.(이상섭, 〈아이러니〉, 『문학비평용어사전』, 문예출판사, 1981. 188쪽.) 아이러니에 대한 좀 더 자세한 논의는 조관희, 「소설과 아이러니」(『중국소설론총』 제10집, 서울; 한국중국소설학회, 1999.8.)를 참고할 것.

53 "아이러니는 말해진 것what is said과 의미된 것what is meant 사이의 긴장 또는 상충을 포함하며, 이 긴장은 사소한 차이가 아니라 진정한 대조이다."(C. 카아터 콜웰, 『문학개론』 1~8, 을유문화사, 1973. 75쪽.)

54 여기에서 문학작품에서 이러한 아이러니적 기법을 사용하는 이유를 찾아볼 수 있다. 작가가 파악하는 현실세계는 현상과 본질의 뒤틀림으로 인해 이중성을 갖고 있다고 여겨지는 것이다. 이에 앞서 살펴본 이중적 세계인식이야말로 아이러니의 존재조건이라 할 수 있으며, 작가는 이러한 아이러니를 통해서 현실 속에 깊이 감추어져 있는 "심층구조"deep structure와 현상적으로 드러나는 "표면구조"surface structure 사이의 괴리를 독자들에게 제시하게 된다.

55 이상섭, 「아이러니」, 『문학비평용어사전』, 문예출판사, 1981. 191쪽.

한편 풍자소설로서의 『유림외사』가 현실을 비판함에 있어 후대의 평자들에 의해 높이 평가되는 부분이 그 표현의 완곡함에 있다면, 그 완곡함에 감추어진 '촌철살인'의 날카로운 지적이 곧 이 작품의 표리를 이루고 있다고 할 수 있다. 이러한 표리관계가 곧 이 작품의 아이러니적인 요소이며, 이것이 잘 구사되고 있는 것이 바로 현실세계에서 허명을 추구했던 인물들의 '위선'인 것이다. 『유림외사』에는 앞서 설명한 허명을 추구했던 이들 이외에도 위선적인 인물이 몇 명 더 묘사되고 있다.

작품에서 가장 먼저 등장하는 '위선적인' 인물은 설자楔子 부분인 제1회에 등장하는 웨이쑤危素라고 할 수 있다. 그는 이상적 인물의 전범이라 할 왕몐王冕에 대비되는 부정적 인물로 이후에 등장하는 모든 부정적 인물들의 원형이라 할 수 있다. 처음에 웨이쑤는 간접적으로 왕몐을 핍박하여 그로 하여금 고향을 떠나게 하나, 뒤에는 입장이 역전되어 나타난다. 곧 원元나라가 멸망하고 명이 들어서자 웨이쑤는 새로운 왕조에 투항한 뒤 거드름을 피우며 태조太祖 앞에서 노신老臣으로 자처하다 그만 태조의 노여움을 사게 되어 허저우和州로 정배를 가 위계余傑의 묘를 지키게 된다.[56] 위계는 원나라의 안칭安慶 지방을 지키던 장수였는데, 명의 장수인 천유량陳友諒과 싸우다가 전사한 인물이었다. 끝까지 절개를 지키지 못하고 명 왕조에 투항한 웨이쑤로 하여금 비록 적장이지만 자기의 주인을 위해 목숨을 다해 싸우다 죽은 위계의 묘를 지키게 한 것은 바로 그의 '위선적인' 행동을 통렬하게 비판한 것이라 할 수 있다.

---

56 이에 반해 왕몐王冕은 명 태조 주위안장朱元璋의 방문을 받기도 하고, 건국 뒤에는 몇 차례씩이나 관직을 권유받는다.

『유림외사』에 등장하는 위선적인 인물 가운데 또 하나의 예로는 장
징자이張靜齋를 들 수 있다. 장징자이라는 이름 자체가 역설적인 의미
를 갖고 있다고 볼 수 있는데, 이후에 나타나는 그의 행적으로 보아
그는 결코 '조용한' 인물이 아닌 것이다. 그는 이제 막 과거에 급제한
판진을 꼬드겨 이웃고을 지현에게 돈을 갈취하러 갔다가 엉뚱하게 사
람을 죽게 만들어 온 마을을 시끄럽게 만드는 장본인이 된다.[57] 또 그
가 판진을 처음 만났을 때, 판진이 사는 형편을 보고는 다음과 같이
말한다.

"선생은 과연 청빈하십니다 그려."[58]

그러나 만약 판진이 과거에 급제하지 못했다면, 결코 그의 사는 형
편에 대해 이렇게 말하지 않았을 것이고, 그 전에 그 사람에 대한 관
심조차 없었을 것이다.

이상의 예에 비하면 후 도호胡屠戶의 경우는 차라리 애교스러운 것
이라 할 수 있다. 평소에 구박하던 사위가 급제하자 후 도호는 사위를
찾아갔다가 그가 주는 은전을 받는다. 이때 후 도호는 은전을 받아 손
에 꽉 쥐고 그 주먹을 판진에게 내밀면서 다음과 같이 말한다. "이것
은 자네가 두고 쓰게. 그 돈은 축하를 하러 가져온 것인데, 어떻게 내
가 다시 가져 갈 수 있겠나."[59] 그러나 그의 이 말이 진심이 아니라는

---

57 앞서 이 장의 두 번째 마디인 현실세계의 이중성을 설명할 때 혹리酷吏로 설명했던
    탕 지부湯知府를 꼬드겨 사람을 죽게 한 것이 바로 이 장징자이張靜齋이다.(제4회)
58 "世先生果是清貧."(제3회) 이것은 그가 진정으로 청빈한 생활을 사랑해서가 아니라
    워낙 가난한 판진의 살림살이를 보고 듣기 좋으라고 한 말이라는 의미에서 일종의
    언어적 아이러니라고 할 수 있다.

것은 다시 판진이 간곡하게 받아 줄 것을 권하자 얼른 주먹을 당기어 은전을 괴춤에 넣는 것으로 알 수 있다.

그러나 그 누구보다도 허명을 추구했던 위선적인 세계에 의해 희생된 인물은 왕위후이王玉輝라 할 수 있다. 왕위후이는 어떻게 보면 우징쯔가 긍정적으로 그리고 있다고도 할 수 있는 인물이다. 그는 시골에서 수재로 있으면서 봉건예교封建禮敎를 선양하기 위한 책을 준비하고 있던 사람으로, 우징쯔가 품고 있던 유교적 이상세계를 추구했던 인물이었다. 그러나 그의 '인간의 욕망을 없애고, 하늘의 도리를 보존하는去人欲, 存天理' 이상은 현실 속에서의 인간 본연의 감정과 충돌을 일으키게 된다.

제48회에서 왕위후이는 자신의 셋째 사위가 병으로 죽자 남편을 따라 죽겠다는 딸에게 이렇게 권한다. "얘야. 네가 기왕에 순절한다니, 이는 청사에 길이 이름이 남을 일인 게야. 내가 어찌 너를 막을 수 있겠느냐? 그저 그렇게 하도록 하려무나."[60] 그리고 나서 8일 만에 딸아이가 굶어 죽자 왕위후이는 "잘 죽었네! 잘 죽었네!"[61]라고 하면서 명륜당明倫堂에서 제례祭禮를 올리고 축하한다. 그러나 막상 주위 사람들의 축하인사를 받던 왕위후이는 "갑자기 마음이 아파 사양하고 자리를 뜬다."[62] 그리고 나서, "늙은 아내가 비통해 하는 것을 보노라니, 마음이 안 됐어서"[63] 멀리 여행을 떠난다.[64] 도중에 쑤저우蘇州에

---

59 "這個, 你且收着; 我原是賀你的, 怎好又拿了回去?"(제3회)

60 "我兒, 你旣如此, 這是靑史上留名的事, 我難道反攔阻你? 你竟是這樣做罷."(제48회)

61 "死得好! 死得好!"(제48회)

62 "轉覺心傷, 辭了不肯來."(제48회)

63 "看見老妻悲慟, 心下不忍"(제48회)

64 이 작품에서는 많은 주인공들이 여행을 떠난다. 마춘상이 그랬고, 쾅차오런이 그랬으

들렀는데, "배 위의 소복을 입은 젊은 부인을 보니 그는 또 다시 딸아이가 생각나 마음속으로 울컥 뜨거운 것이 치밀어 올라 뜨거운 눈물이 흘러내렸다."[65] 이것으로 알 수 있는 것은 왕위후이의 이렇듯 모순된 심리변화에도 불구하고 작자인 우징쯔는 그를 동정하고 연민했을지언정 진정으로 증오하지는 않았다는 것이다.[66]

이렇게 볼 때 이상에서 묘사된 허명의 추구자들은 비록 그들의 행위가 위선적이기는 했지만, 그들의 본성이 본래부터 악한 것은 아니었다고 할 수 있는데, 그들 역시 사회적 환경에 의해 자신의 본성으로부터 소외된 피해자들일 뿐이었던 것이다. 곧 이들은 자신이 살고 있던 부정적인 현실에 의해 악행과 위선을 저질렀던 것이며, 이에 대해서 작자인 우징쯔는 이들과 대비되는 긍정적인 인물들의 제시를 통해 그 대안을 제시하고자 했다. 이에 다음 마디에서는 부정적인 현실 속에 살아가는 긍정적인 인물의 제시를 통해 작자가 추구하고자 했던

며, 러우 씨 공자 형제도 여행 중에 사람들을 만난다. 이들의 공통점은 왕위후이의 경우에서와 마찬가지로 여행을 통해 의식상의 각성이 이루어진다는 것이다. 곧 작품 속에서 이들이 변모하는 과정이나 심리변화는 여행을 통해 이루어지는 것이다. 이때의 여행은 공간적, 시간적 여행을 동시에 의미하며, 실제로 여행을 가는 것뿐만 아니라, 동시에 일종의 과정이나 편력을 가리킨다고 볼 수 있다. 곧 소설에서의 여행은 일종의 은유인 것이다.

65 "見船上一個少年穿白的婦人, 他又想起女兒, 心裏哽咽, 那熱淚直滾出來"(제48회)

66 이것은 앞서 설명한 마춘상과 쾅차오런의 경우에도 마찬가지라 할 수 있는데, 작품 속에서 이들에 대해서는 전적으로 부정적으로만 묘사되고 있지 않다. 이렇게 볼 때 『유림외사』에서 가장 성공적으로 그려지고 있는 인물은 차라리 마춘상이나 쾅차오런, 왕위후이 같은 인물이라 할 수 있다. 마춘상과 쾅차오런의 경우에는 자신의 행동으로 인한 내적 심리갈등을 보여주고 있지는 않으나 시간의 흐름에 따라 그들이 변모하는 모습은 부정적 환경 속에서 본래의 순진한 본성을 잃고 소외되어 가는 과정을 잘 나타내 주고 있고, 왕위후이의 경우에는 자신의 모순된 심리로 인하여 갈등하는 내적 심리 묘사가 돋보이는 경우라 할 수 있다.

이상적인 세계와 그 한계에 대해서 살펴보기로 하겠다.

3. 부정적 현실과 긍정적 인물

1) 전형적 환경으로서의 「유림儒林」

우징쯔가 당대 사회에 대한 비판을 진행하면서 그 대상으로 선택한 것은 「유림」이었다. 여기에서 말하는 「유림」이란 청대 사회의 지배계층을 가리킨다고 할 수 있는데, 이것은 우징쯔가 지배계층 내부에 온존해 있는 모순을 드러냄으로써 당대 사회의 근본 문제를 드러내려 했다는 것을 의미한다. 또한 우징쯔가 파악했던 당대 지식인들의 소외의 근원은 팔고 과거제도에 있었다고 할 수 있는데, 작품 속에서 팔고 과거제도를 통한 신분상승의 추구는 '부귀공명' 네 글자로 드러난다.

이런 의미에서 '부귀공명'은 전통적인 『유림외사』 연구가들이 이 소설의 주제로 파악한 것이기도 하다. 우선 워셴차오탕臥閑草堂의 평에서는 다음과 같이 말했다.

'부귀공명'이라는 네 글자는 이 책 전체의 착안점이기 때문에 시작하자마자 설파하되, 다만 가볍게 그 실마리만 제시해 놓았을 따름이다.[67]

'부귀공명'이야말로 이 책의 큰 주제이며, 작자가 천변만화의 필치를 아낌없이 발휘해 묘사하고 있는 것이다.[68]

---

67 "'功名富貴'四字是全書第一着眼處. 故開口卽叫破, 却只輕輕点逗."(제1회 '워 평')
68 "'功名富貴'四字是此書之大主腦, 作者不惜千變萬化以寫之."(제2회 '워 평')

　이러한 '워 펑'의 관점은 바로 셴자이라오런의 서문에 보여지고 있
는 내용을 충실하게 견지하고 있는 것이다.

　　이 책의 뼈대를 이루는 것은 '부귀공명'으로, '부귀공명'을 간절히 바
　라는 마음에 다른 사람에게 잘 보이려 하고 아첨을 떠는 이가 있는가
　하면, '부귀공명'에 의지해 남에게 교만을 떨고 오만하게 구는 이도 있으
　며, 짐짓 부귀공명에는 뜻이 없는 척 고아한 선비인 양 굴다가 다른 사람
　들의 웃음거리가 되는 이도 있다. 마지막으로는 부귀공명을 끝까지 마다
　해 그 인격이 최상층에 속하는 이들이 있으니, 이들은 황허黃河의 세찬
　물살 속에서도 흔들림 없이 우뚝 서 있는 기둥과 같은 존재다.[69]

　이렇듯 부귀공명을 추구했던 청대 지식인들은 앞서 살펴본 대로,
'이미 관직에 올라 있는 사람들'과 '과거시험에는 붙었지만 관직을 받
지 못한 사람(考中不做官)', '동생童生', 그리고 유한계급이라 할 '명사名
士'들로 나뉜다. 이들이 곧『유림외사』의 전형적 환경이라 할「유림」
을 구성하는 대표적인 인물들이라 할 수 있다.
　한편 앞서 이중적으로 파악되고 그 가치체계마저 전도되어 버린 당
대사회현실에 대한 작자의 현실인식은 기존의 세계에 대한 부정으로
귀결되고 있다. 이렇듯 부정적인 결론은 이 작품의 설자楔子에 해당하
는 제1회에서 작자에 의해 이상적인 유자儒者의 형상으로 그려지고 있
는 왕몐王冕에 의해 은유적으로 예시되고 있다. 왕몐은 개인적인 핍박
으로 산둥山東으로 잠시 몸을 피해 있는 동안 황하의 물이 넘어 많은

---

69 "其書以功名富貴爲一篇之骨. 有心艶功名富貴而媚人下人者; 有倚仗功名富貴而驕人
　傲人者; 有假托无意功名富貴, 自以爲高, 被人看破恥笑者; 終乃以辭却功名富貴, 品之
　最上一層, 爲中流砥柱."(「셴자이라오런 서」)

피난민들이 몰려오자 다음과 같이 한탄한다. "황하의 물이 북으로 흐르니, 이는 천하가 어지러워질 징조다."[70] 그리고 이러한 왕몐의 천하 대란의 예감은 전서全書가 끝나도록 유효한 것으로 나타나고 있다.

　풍자소설에서는 이와 같은 현실사회의 부정적인 측면이 인물의 선택에 있어 긍정적인 인물보다는 부정적인 인물들을 선호하는 것으로 표출되는데, 그것은 풍자소설에 특징적으로 나타나는 그 비판적 성격상 긍정적 인물보다는 부정적 인물에 대한 배려가 두드러지게 나타나기 때문이다. 그러나 이렇게 제시되어진 부정적 인물들은 그 인간 자체가 철저하게 무시되는 것은 아니다. 그것은 현실의 부정성의 발단이 인물 자신에 있는 것이 아니라 그가 처한 환경, 곧 그가 처해 있는 사회와 제도와 이념의 부정성에 대한 불신에 있기 때문이다. 그렇기 때문에 부정적 인물은 적대적인 대상이라기보다는 동정과 비판의 대상으로서 우스꽝스럽게 희화화되는 것이다.[71] 이렇듯 부정적 인물들이 왜곡되고 과장되는 것은 앞서 말한 '작가의 이상'이라고 하는 도덕적으로 우월한 입장에 바탕한 비판의 힘에 의해 이루어지고 있다. 곧 인물과 환경의 관계는 작자의 현실인식과 밀접한 연관을 맺고 있는 것이다.[72]

70　"河水北流, 天下自此將大亂了"(제1회)

71　조정래, 나병철, 『소설이란 무엇인가』, 평민사, 1991. 70~71쪽.

72　소설은 작중인물과 그 인물이 처해 있는 사회적 환경과의 상호작용에 의해 작자의 현실인식을 독자에게 제시하게 마련이다. 가치체계가 뒤집혀진 현실세계의 부정적 측면에 대한 비판의식을 바탕으로 한 풍자소설의 경우에는, 인물과 환경의 선택에 있어 부정성의 극단에 있는 조건들을 반영하게 된다. 이렇듯 부정적 인물을 전면에 내세우는 것은 그 자체가 하나의 기법이라 할 수 있는데, 왜냐하면 그 인물 자체가 바로 부정적 환경의 일부이고, 그럼으로써 부정적 현실의 실상을 더욱 효과적으로 인식할 수 있게 되기 때문이다. 다른 한편으로 작자의 이상은 작중에서 긍정적으로

아울러 부정적 현실에 대한 작자의 대안은 작품 속에서 긍정적인 인물들에 의해 제시되게 마련이다. 이에 다음에서는 작자의 부정적 현실인식을 대표한다고 할 수 있는 부정적 환경에서의 부정적 인물들에 대한 묘사와 그에 대한 대안을 대표하는 긍정적 인물에 대한 묘사의 대비를 통해 작자가 추구하고자 했던 이상세계를 조명하고 그 한계를 가늠해 보고자 한다.

『유림외사』의 경우에는 이러한 부정적 인물들이 '삼무三無의 세계'에 속하는 인물들로 대표되어진다.[73] 여기에서 '삼무'는 곧 '무지無智'와 '무료無聊', '무치無恥'의 세계에 속한 인물들을 가리킨다.

'무지'의 부류에 속한 인물들로는 저우진周進과 판진范進, 마춘상馬純上, 왕위후이王玉輝를 들 수 있다. 이들은 모두가 청빈한 환경에 처해 있는 순박한 천성을 가진 사람들로서, 이들이 웃음거리가 되는 것은 이들이 갖고 있는 사악한 천성이나 악행 때문이 아니고 전적으로 사회적인 요인 때문이다. 그 외부적인 요인이란 저우진과 판진, 마춘상의 경우에는 과거시험과 그에 따른 공명의 추구라 할 수 있고, 왕위후이의 경우에는 낙후된 봉건적 윤리의식이라 할 수 있다. 이로 인해 독자는 이들의 어리석은 행위愚行를 보면서도 결코 그들에 대한 증오의 감정을 품을 수 없게 된다. 결과적으로 이들에 대한 묘사는 성공적이라 할 수 있는데, 그 이유는 이들을 통해서 봉건사회의 구조적 요인들로 인해 소외된 인간 본연의 인성人性에 대한 작자의 통찰을 엿볼

그려지는 인물들에 의해 제시되는데, 이러한 긍정적 인물과 부정적 인물 사이의 갈등은 곧 작자의 이상과 현실 사이의 갈등을 나타낸다고 할 수 있다.

73 리한츄李漢秋, 「『유림외사』의 사상과 예술『儒林外史』的思想和藝術」, 『중국고대소설육대명저감상사전中國古代小說六大名著感賞辭典』, 화웨원이출판사華岳文藝出版社, 1988, 863~865쪽.

수 있기 때문이다.

'무료'의 범주에 드는 명사들은 작품 속에 묘사된 세 번의 집회에 등장하는 인물들을 가리킨다. 첫 번째 집회인 후저우湖州의 '잉더우후 성회鶯脰湖盛會'에는 러우싼婁三, 러우쓰婁四 공자와 취궁쑨蘧公孫, 양 즈중楊執中, 취안우융權勿用, 뉴 포의牛布衣, 천허푸陳和甫, 장톄비張鐵 臂 등이 참석하고, 두 번째 집회인 항저우杭州의 '시후 시회西湖詩會'에 는 징란쟝景蘭江, 자오쉐자이趙雪齋, 즈젠펑支劍峰, 푸모칭浦墨卿, 쾅차 오런匡超人 등이 참석하며, 세 번째 집회인 난징 '모처우후 고회莫愁湖 高會'에는 두선칭杜愼卿과 지웨이샤오季葦蕭, 진둥아이金東崖, 샤오진쉬 안蕭金鉉, 주거유諸葛佑, 지톈이季恬逸, 라이샤스來霞士 등이 참석한다. 앞서의 인물들이 봉건사회의 부귀공명과 윤리의식에 대한 강한 집착 을 보이고 있다면, 이들은 그런 요소들과 일정한 거리를 두고 있는 인 물들이다. 그러나 앞서 살펴본 대로 이들이 추구하고 자부했던 것은 '허명'으로, 역설적으로 그들 자신이 비판하고 멸시했던 현실세계의 문제들과 본질적인 면에 있어서는 별다른 차이가 없었다.

'무치無恥'의 세계의 인물들은 주로 관리들과 향신들로서 작품에 등 장하는 인물들 가운데 가장 부정적으로 그려지고 있다. 이들은 벼슬 길에 나가면 탐관오리가 되고, 물러나서는 토호열신土豪劣紳이 된다. 전자에 속하는 인물 가운데 탐관으로 대표적인 인물은 앞서도 설명한 바 있는 왕후이王惠이다. 그가 관직에 오른 것은 오직 재물을 모으기 위해서였다. 그러나 아이러니컬하게도 그의 말년은 궁벽한 산 속의 빈승貧僧으로 귀결되고 만다.[74] 그밖에도 가오야오 현高要縣의 탕펑湯

---

74 그의 최후는 그의 아들인 궈 효자郭孝子가 그를 찾아 나서는 대목에서 밝혀지는데, 제37회에서 우수武書가 두사오칭杜少卿에게 궈 효자를 소개하면서 그를 대신해 그의

奉 지현知縣은 자신의 승관昇官을 위해 형벌을 지나치게 가혹하게 시행한다. 그러나 그 역시 상부로부터의 힐책을 받을 뿐 인명을 상하게 한 것에 대한 합당한 처벌은 받지 않는다. 오리汚吏로는 제13회에서 취궁쑨蘧公孫과 마춘상을 협박하여 돈을 뜯어내려고 했던 이름 없이 등장하는 고을의 사령差人을 들 수 있다. 그가 사건을 조작하여 능숙하게 일을 처리하는 솜씨는 보는 사람으로 하여금 탄복하지 않을 수 없게 만든다. 취궁쑨蘧公孫은 왕후이가 도망치면서 주고 간 손 궤짝을 아무 생각 없이 자기 마음에 드는 몸종인 쑹훙雙紅에게 주는데, 나중에 쑹훙이 자기의 정인情人인 환청宦成과 도망치다 붙잡혀 사령에게 넘겨진다. 우연한 계기로 손 궤짝의 비밀을 알게 된 사령은 이것을 이용하여 중간에서 큰 이득을 챙기는데, 이 과정에서 취궁쑨과 마춘상 그리고 쑹훙雙紅, 환청宦成 부부는 사령의 능숙한 솜씨를 빛내주는 조역에 지나지 않을 뿐이다.

이들 세 부류의 인물들은 작자인 우징쯔가 파악하고 있는 청대 사회의 부정적 현실들을 형상화한 것이라 할 수 있다. 한편 작자의 부정적 현실에 대한 대안으로서 작자의 이상은 이들 부정적 인물들의 반대편에 서 있는 긍정적 인물들을 통해 표출되어지고 있다. 작품 속에서 긍정적으로 그려지고 있는 인물들은 다음의 세 가지 부류의 인물들이라 할 수 있다.[75] 그것은 첫째 '현인賢人'들이고, 둘째는 '기인奇人'이며, 셋째는 '하층민'들이다.

아버지에 대해 다음과 같이 말한다. "전에 쟝시에서 벼슬을 사시다가 난을 일으켰던 영왕에게 투항하셨던 까닭에 남의 눈을 피해 숨어서 사신답니다.曾在江西做官, 降過寧王, 所以逃竄在外"(제37회)

75 리한츄李漢秋, 앞의 글, 865~866쪽.

작품 속에 등장하는 '현인賢人'은 작자가 그리는 이상적인 유자儒者의 상을 대표하는 인물들로 위 박사虞博士와 좡사오광莊紹光, 츠헝산遲衡山 등을 들 수 있다. 이들은 『유림외사』에 등장하는 모든 부정적인 인물들이 추구하는 부귀공명을 의식적으로 멀리하면서 유가적 이상 세계의 실현을 위해 예악禮樂의 진흥에 힘을 쓴다. 작품의 설자楔子에 이상적인 유자의 상으로 등장하는 왕몐王冕은 이들의 원형이라 할 수 있는데, 결국 이들 모두는 작자인 우징쯔의 이상을 형상화한 것이라 할 수 있다. 그러나 이들이 주장하는 '예악병농禮樂兵農'과 '문행출처文行出處'[76]는 유가적 이상주의의 상징이라 할 타이보츠泰伯祠의 퇴락과 함께 빛을 잃고 만다.

두 번째 '기인奇人'으로는 두사오칭杜少卿과 소설의 말미에 나오는 네 명의 '시정 기인市井奇人' 등을 들 수 있다. 흔히 작자의 화신이라 일컬어지는 두사오칭은 봉건적인 속박을 깨고 자유로운 인성의 해방을 부르짖으며, 기존의 예속禮俗에 대담하게 도전한다. 그의 반항정신은 크게 두 가지로 나눌 수 있는데, 그 하나는 그의 『시경詩經』에 대한 새로운 해석의 시도에서 보여지는 전통적인 학문에 대한 회의정신이고, 다른 하나는 기존의 가치관념에 대한 대담한 도전과 저항으로 이것은 그의 아내와 선충즈沈瓊枝에 대한 태도에 나타나는 여성에 대한 진보적인 생각에서도 보여진다.

이런 의미에서 『유림외사』의 작자인 우징쯔는 자신이 속해 있는 계

---

76 "문文"이란 서책書册을 통해 습득하는 지식을 말하고, "행行"이란 실천 속에 드러나는 도덕규범을 가리키며, "출出"이란 벼슬길에 나아가는 것을 말하고, "처處"는 현실로부터 물러나는 것을 말한다. 『논어論語』「타이보 편泰伯篇」에서는 다음과 같이 말하고 있다. "천하가 태평하면 나와 일을 하고, 천하가 어지러우면 은거할지니."(天下有道則見, 無道則隱)

급을 비판했다는 측면에서 그가 속한 집단에 있어서는 하나의 예외적 개인으로 취급될 수 있다. 그리고 작자의 현신이라 할 두사오칭은 같은 의미에서 작품 속에서의 문제적 주인공으로 작자의 현실비판에 대한 대변자 역할을 하고 있다. 그러나『유림외사』에서는 이러한 긍정적 인물들이 차지하고 있는 위치가 다른 소설들과 달리 미약하기만 하다. 이것은 똑같이 현실사회에 대한 비판의식을 위주로 하고 있는『수호전水滸傳』의 경우와 대비시켜 봐도 알 수 있는데,『수호전』의 주인공인 쑹쟝宋江은 개성화의 성공(이것은 철저하게 진성탄金聖嘆의 공으로 돌려야 한다)으로 전편을 이끌어 가는 주요한 대립 축 가운데 하나를 이루고 있다. 그러나『유림외사』의 두사오칭杜少卿은 한낱 기인에 지나지 않는데, 그것은 그가 현실의 모순에 대해 냉소적인 비웃음을 보낼지언정 그것과 정면으로 부딪혀 갈등하는 모습을 보여주지 않고 있기 때문이다.[77]

이 밖에도 작품의 말미에 등장하는 네 명의 '시정 기인市井奇人'들이야말로 작자가 이상의 인물들에 대한 대안으로 그려낸 인물들이라 할 수 있다. 이들은 '스스로의 노력으로 자신의 생계를 해결하고自食其力' 권세를 탐하지 않으며 자유롭게 자신의 삶을 영위해 나간다. 이런 의미에서 이들은 봉건사회의 여러 계층에 대한 묘사를 통해 작자가 도달한 귀결점이라고 할 수 있다.

'하층민'에 대한 묘사는 이상의 여러 부류의 인물들과는 달리 작품에

---

77 이것은 현실주의 문학원리에 의하면 현실의 모순 속에서 긍정적 주인공이 부정적 주인공으로 변해 가는 '과정'을 통해 작자의 비판의식이 좀 더 철저해 질 수 있기 때문인데,『유림외사』에 등장하는 긍정적 인물들은 시종일관 성격의 변화 없이 똑같은 성격을 갖고 있는 것으로 그려지고 있다. 이런 의미에서 소설에서의 긍정적인 인물과 인물형상 창조에 있어 성공적이라는 것은 전혀 별개의 문제일 수가 있다.

눈에 띄게 드러나 있시는 않다. 그러나 그들 사이에 오가는 따뜻한 이웃 간의 정이나 우의를 통해 오히려 여타의 긍정적 인물들에게서조차 발견할 수 없는 순수한 인간미를 느낄 수 있다. 이렇듯 자연스러운 성정의 발로는 가식 없는 도덕적 품성에 대한 추구로까지 이어지고 있지만, 이들에 대한 묘사는 결국 단편적이고 부분적인 데 그치고 있으며, 인물형상에 있어서도 두드러지게 성공적으로 그려진 인물을 찾아볼 수 없다는 한계를 안고 있기도 하다. 따라서 작품 전체를 놓고 볼 때, 이들은 단지 작품 속에서 소도구적인 의미만을 갖고 있을 뿐이다.

그러나 이상에서 살펴본 긍정적 인물 가운데 '현인'들과 '기인'들만으로는 결국 봉건사회가 안고 있는 문제에 대한 근본적인 해결책을 제시할 수 없었다고 할 수 있다. 그것은 '현인'들에 의해 제시되어진 원시유가적 이상주의로의 회귀라는 것도 결국은 봉건사회를 이루고 있는 핵심적인 이데올로기 내에서 이루어진 순환론적 반복에 불과한 것이기 때문이다. 다만 '기인'들의 언행에 나타난 봉건사회의 권위와 예속禮俗에 대한 도전은 적극적인 의미에서 개인적인 차원에서의 개성해방의 추구라 할 수 있다.

『유림외사』에 반영된 당대의 전형적 환경으로서의 「유림」은 이처럼 현실모순의 근원으로서의 역할을 다하고 있다. 그러나 이와 동시에 이들에 대한 강조는 상대적으로 일반백성과 상업자본의 주체에 대한 작가의 소홀한 태도로 연계되는데, 이것은 뒤에 이야기될 우징쯔 자신의 사상적. 계급적 한계로 말미암은 것이라 할 수 있다. 그럼에도 작자의 자기계급으로서의 「유림」에 대한 비판은 "현실주의의 위대한 승리"로까지 비견될 수 있는 탁견임에는 틀림없다.

2) 원시유가적 이상주의와 '타이보의 사당을 제사지내는 것祭泰伯
   祠'의 우의寓意

상식이 통하지 않는 사회, 가치가 전도되고 온갖 추악한 인물들에
의해 움직여져 가는 사회현실에 대한 우징쯔의 비판의식은 곧 현실정
치에 대한 비판으로 표출된다. 그러나 당시의 엄한 문자옥文字獄으로
인하여 직접적으로 비판의 화살을 겨눌 수 없었던 까닭에 그는 비판
의 무대를 명대로 설정하였다.

따라서 작품 가운데 언급되어지는 사건은 비록 명대에 일어난 것들
이지만, 그 우의는 청대의 현실에 있었다고 할 수 있다. 우징쯔는 작
품 속에서 명대에 일어났던 역사적 사실로서 영락제(1402~1424년)의
왕권탈취에 대하여 여러 번 언급하면서 등장인물을 통해 이 사건에
대한 자신의 견해를 피력한다. 그 가운데 대표적인 인물이 러우 씨婁
氏 형제이다. 그들은 과거에 여러 번 낙제한 까닭에 평소 조정에 대한
불평불만을 입에 달고 다니면서, "영락 황제가 왕위를 찬탈한 뒤로부
터 명나라는 영 말이 아니게 됐어"[78]라는 말을 하고 다닌다. 뒤에 러우
씨집안 묘지기인 쩌우지푸鄒吉甫를 만났을 때, 쩌우지푸는 영락제에
대한 비판을 은근히 해댄다.

 "뒤에 영락 황제가 천하를 손아귀에 넣자 어찌 된 영문인지 모든 게
다 바뀌어, 쌀 두 말로 술을 열 대여섯 근밖에 안 나오더군요."
 ……
 "제가 듣기로는 우리 왕조가 공자님이 생존하시던 주나라 왕조처럼
좋은 세상이 될 수 있었는데, 영락 황제가 나오는 바람에 다 틀어졌다

---

78 "自從永樂篡位之後, 明朝就不成個天下!"(제8회)

고 하더군요. 정말 그렇습니까?"[79]

이런 쩌우지푸에 대해 러우 씨 형제가 호감을 갖게 된 것은 당연한 것이고, 이로 인해 쩌우지푸가 추천한 양즈중楊執中에 대해서도 강한 애착을 보인다.

여기에서 들고 있는 영락 황제의 정권 탈취 역시 앞서 언급한 대로 실제로는 청 왕조의 왕권 다툼을 암시하는 것으로 볼 수 있다. 그는 작중인물의 입을 통해 이 역사적 사실에 대해 통렬히 비판하는데, 여기에서 영락에 대한 비판이 실제로 그의 진심에서 우러나온 것인지에 대해서는 의문의 여지가 있다. 하지만 그의 가세를 살펴볼 때, 그의 조상 가운데에는 일시나마 영락제의 난에 참여하여 공을 세운 사람이 있기 때문에, 그가 영락제를 이렇게까지 신랄하게 비판하게 되면 그의 조상까지도 욕하는 게 되어 자기모순에 빠지게 된다.[80] 그런 의미에서 작품에서의 이에 대한 언급은 실제로는 그가 젊은 시절 목도했던 강희, 옹정 간의 왕권계승에 대한 의혹을 가리킨다고 할 수 있다.

강희제는 제위에 오른 지 61년 만에 세상을 떴다. 그는 죽기 전에 왕위를 둘러싼 왕자들 사이의 싸움을 목도하고,[81] 그것을 막기 위하여

---

79 "後來永樂爺掌了江山, 不知怎樣的, 事事都改變了, 二斗米只做得出十五六斤酒來." …… "我聽見人說, 本朝的天下, 要同孔夫子的周朝一樣好的; 就爲出了個永樂爺, 就弄壞了, 這事可是有的麼?"(제9회)

80 실제로 그가 자신의 가계에 대하여 서술한 「이가부移家賦」에서 이 사건을 언급할 때에는 이러한 포폄의 뜻이 담겨 있지 않았으며(이 논문의 제2편의 생애 부분을 참고), 유가적인 사상적 훈도를 철저하게 받고 성장했다고 하는 우징쯔에게 다음과 같은 『논어論語』의 구절은 큰 의미를 갖는다고 볼 수 있다. "아버지가 살아 계실 때에는 그 자식의 뜻을 살펴야 하고, 아버지가 돌아가신 뒤에는 그 자식의 행동을 살펴보아야 할 것이니 그 자식이 아버지의 합리적인 부분에 대해서는 오래도록 고치지 않아야 효를 다했다고 할 수 있다.子曰: 父在, 觀其志, 父沒, 觀其行, 三年, 無改於父之道, 可謂孝矣."

임종할 즈음에 그때 마침 변방에서 공을 세운 "열네 번째 아들인 인티允禵에게 황위를 물려준다傳位十四太子"는 유조遺詔를 남긴다. 그러나 항간에는 그때 임종을 지키던 신하들이 넷째 아들인 인전允禛의 협박을 받아, '십十'이라는 글자를 살짝 바꾸어 '우于'로 만듦으로써 내용을 "넷째 태자에게 물려준다傳位于四太子"는 것으로 바꾸었다는 소문이 나돌았다. 이 소문에 자극을 받은 듯, 뒤이어 즉위한 옹정제는 이 같은 불미한 일을 방지하기 위하여 '태자밀건법太子密建法'을 반포한다. 이것은 황제가 즉위할 때마다 왕자들 사이에 암투가 벌어지고 여기에 대신들까지도 연루되어 붕당을 형성하는 등의 부작용을 미연에 막고자 하는 의도에서 만든 것으로, 황제가 아직 제위에 있을 때 후계자를 미리 발표하지 않고 이름을 상자에 써넣어 두었다가 황제 유고 시에 개봉하여 후사를 정하는 제도였다.[82]

역사적인 사실로서 위와 같은 내용에 대한 진위를 가리기는 힘들다.[83] 여기에서 문제가 되는 것은 오히려 당시에 우징쯔가 이와 같은 이야기를 듣고 어떤 생각을 품었을까 하는 사실이다. 옹정제가 즉위 7년(1729)에 저술하여 반포한 『대의각미록大義覺迷錄』[84]이 나왔을 때,

---

81 이런 싸움에 대한 책임은 강희제 자신에게 돌아간다고도 할 수 있다. 강희제는 천성적으로 너그러운 사람으로 많은 선정을 베풀기는 했으나 그의 관대한 정책으로 政風이 해이해져 조정의 대신들이 붕당을 조성하여 암투를 벌이고 지방관리들조차도 이런 폐습에 젖어 있었다. 그리하여 기강이 해이해진 상태에서 왕위계승을 둘러싼 암투 역시 거리낌 없이 자행될 수 있었던 것이다.(푸웨청傅樂成, 신승하 역, 『중국통사中國通史』(상·하), 우종사, 1981. 771쪽.)

82 이춘식, 앞의 책, 414쪽.

83 여러 가지 사서史書들에 기록된 바로는 암투가 있었다는 것은 모두가 인정하고 있으나, 옹정제가 과연 실제로 유조遺詔의 내용을 고쳤는지에 대해서는 확실한 정설이 없는 듯하다.

84 본래 옹정제가 이 책을 지은 동기는 문자옥과 관련이 있다. 당시 뤼류량呂留良의 영향

우징쯔의 나이는 29세였다. 이때는 우징쯔가 거듭되는 과거시험의
실패와 개인적인 불행의 연속으로 의기소침해 있던 때로, 이런 상황
에서 왕권을 둘러싼 골육상쟁이 그에게는 별로 바람직한 현실로 비추
어지지 않았을 것이라는 추론이 가능해진다.

　이런 현실에 대해 그가 제시한 것은 유가적 이상 가운데 하나인 '양
보의 미덕讓德'이었다. '양보의 미덕'은 예치禮治, 인정仁政과 함께 유
가의 덕목 가운데 하나로서, 유가의 성현들 가운데 이것을 체현하고
있다고 추앙 받는 인물이 바로 타이보泰伯였다. 이에 대해서는 공자도
언급을 한 바 있다.

　　"타이보는 덕이 지극히 숭고했다고 할 수 있느니라. 천하를 몇 번씩
　　이나 지리에게 양보하였으되, 백성들은 어떤 적당한 말로 그를 칭송해
　　야 할지를 모르는도다."[85]

　우징쯔가 타이보을 추앙했던 까닭은 바로 위와 같은 사회적 현실과
도 무관한 것이 아니었던 것이다. 형제들끼리 황제의 자리를 놓고 다
툼을 벌이던 당시 현실에 대비시켜 우징쯔가 제시하고자 했던 것은
고대 성현들의 아름다운 '양보의 미덕'의 정신이었다. 우징쯔의 이에
대한 흠모는 자신의 실제 삶 속에서도 표출되거니와[86] 작품 가운데에

　　하에 반청 사상反淸思想이 지식인 계층에 팽배하게 되자, 옹정이 직접 이에 대한 반론
　　으로, 이 책을 지어 중국은 고래로 다민족국가이므로 "화이華夷는 구별이 없다"는 주
　　장을 폈다. 이것은 물론 만주족의 중원통치에 대한 정당성을 합리화하기 위해 펴낸
　　것이기는 하지만, 왕권계승을 둘러싼 의혹에 대한 자기변호의 성격도 띠고 있었다고
　　볼 수 있다.
85　"泰伯, 其可謂至德也 已矣, 三以天下讓, 民無得而稱焉"(『논어論語』 타이보 편泰伯篇)
86　앞서 제2편에서 우징쯔의 생애에 대해 살펴볼 때, 우징쯔가 자신의 사재를 털어가면

서도 이에 대한 묘사는 전편에 걸쳐 하나의 정점을 이루게 된다.

한편 작품 속에서 타이보에 대한 제사를 주관하는 사람으로 등장하는 인물들은 왕몐 이후에 등장하는 작자의 이상적인 '순수한 유자純儒'의 형상이라 할 수 있다. 이들 가운데 대표적인 인물로는 위위더虞育德, 좡사오광莊紹光, 츠헝산遲衡山을 꼽을 수 있는데, 작품 속에서의 이들에 대한 묘사는 작자의 이상을 체현하기에 충분하리만큼 긍정적으로 그려져 있다.[87] 그러나 긍정적이라는 것이 꼭 작품 내에서 성공적으로 형상화된 인물이라는 것을 의미하지는 않는다고 볼 수 있다.[88] 따라서 작품 속에서 이들이 등장하는 것은 작자가 지향하고자 하는 '순수한 유자純儒'를 형상한 것이라 할 수 있다.

이상의 논의를 통해서 작자인 우징쯔가 부정적 현실에 대해 제시하고자 했던 대안은 '순수한 유자純儒'와 '타이보의 사당을 제사지내는 것祭泰伯祠'으로 대표되는 원시유가적 정신으로의 복귀라고 할 수 있다. 이것은 우징쯔가 살았던 청대 당시의 복고적 학풍과도 무관하지 않다. 어쨌든 유가사상을 통치이념으로 삼았던 당시의 상황으로 볼 때, 그가 내세운 '순수한 유자純儒'니 '양보의 미덕讓德'이니 하는 것들은 결국 유가사상 가운데 비본질적인 것을 제거하고 남은 본질적인

서까지 난징의 선현사先賢祠를 수복했던 사실을 언급한 바 있다.

87 특히 위위더虞育德에 대해서는 작자가 각별히 공을 들여 묘사하고 있다. 작품 속에서의 그의 출현은 다른 인물들과 달리 독특한 측면이 있는데, 작자는 그의 행적을 특별히 '전傳'의 형식을 빌어 서술하고 있는 것이다.

88 성공적이지 않다는 의미는 이들의 등장이 현실과의 필연적인 연관 속에서 나타나는 것이 아니라, 작자의 관념에 의해 만들어졌다는 의미에서 전통적인 고소설에 많이 나타나는 '유형적stereotyped' 인물, 또는 마오둔茅盾이 말한 "성격의 의인화"라고 할 수 있다는 것이다.(마오둔茅盾, 박운석 역, 『중국문학의 현실주의와 반현실주의』, 영남대출판부, 1987. 104쪽.)

것을 의미한다고 할 수 있다.

3) 소외의 극복과 관념적 세계관의 극복

풍자는 타락한 사회현실에 대한 작자의 통렬한 비판의식을 바탕으로 성립한다. 이때 그 비판의식을 가능케 하는 것은 작자가 갖고 있는 도덕적 우월성이라 할 수 있으며, 작자의 도덕적 우월성을 뒷받침하는 것은 풍자의 '사실성'과 '객관성'이다. 여기에서 말하는 '사실성'이란 단순한 현실묘사를 통한 반영을 가리키는 것이 아니고 그 사회가 안고 있는 병근病根에 대한 총체적인 인식, 곧 당대 사회의 본질적인 대립관계를 가리킨다. 이렇듯 당시 사회현실에 대한 객관적이고도 사실적인 묘사와 파악이 작자의 비판의식을 정당화하고 풍자의 역량을 한층 더 강화시키는 것이다. 곧 풍자소설은 사회현실의 추악한 면을 현상적인 차원에서 어느 한 개별적인 경우에 국한된 우연적 계기로서 파악하는 것이 아니고, 좀 더 본질적인 측면에서 현실의 모순과 부조리를 파헤쳐 드러내 보인다고 할 수 있다.[89]

이렇게 볼 때 『유림외사』에 등장하는 타락한 유림儒林의 군상들은 단지 그 당시 사회의 불합리한 현실이 구체적으로 드러난 "현상"일 뿐이고, 그 안에 담겨 있는 본질은 봉건적 생산관계의 몰락과 그 시의성을 잃어 가는 지배이데올로기에 대한 신랄한 비판이라 할 수 있다. 곧

---

89 "모든 문학적 형상화의 과제는 인간들의 이러한 직접적인 세계와 환경을 본질, 즉 사회와 역사의 진정한 추동력과의 상호작용 내에서 묘사하는 것이다. 작가가 현실의 진정한 추동력에까지 얼마나 근접할 수 있으며 본질을 얼마나 문학적으로 형상화할 수 있는지를 결정하는 것은 그가 처한 역사적 상황과 계급적 상황, 그의 세계관적 수준과 형상화 능력이다."(루카치, 앞의 책, 49~50쪽.)

『유림외사』의 풍자는 이러한 현상과 본질의 차이들을 날카롭게 대비
시켜 보여줌으로써 봉건사회의 문제점들을 남김없이 독자들에게 제
시했던 것이다.[90]

　한편 작자가 현실모순에 대해 적극적으로 제시했던 대안은 '순수한
유자純儒'와 '타이보의 사당을 제사지내는 것祭泰伯祠'으로 대표되어지
는 원시유가로의 회귀였다. 그러나 그가 순수한 유자로 꼽고 있는 위
위더虞育德 역시 젊은 시절에는 과거시험에 매달렸던 적이 있어, 뒤에
나타나는 그의 행적과는 적이 모순되는 모습을 보여주고 있다. 또 한
사람의 현인인 좡사오광莊紹光의 경우에는 '박학홍사博學鴻詞'에 대한
그의 태도로 미루어 볼 때, 과연 그가 출사出仕하는 쪽에 더 생각이
있었는지, 아니면 애당초부터 물러날 뜻을 갖고 있었는지를 가름하기
가 모호한 측면이 있다.[91] 우물쭈물하고 있는 그의 태도를 결정지은
것은 전혀 우연적인 계기로 인한 것이었다. 천자天子를 배알한 자리
에서 좡사오광이 막 나라를 올바로 다스릴 방책에 대하여 상주上奏하
려는데 정수리 부분이 뜨끔하면서 참을 수 없는 고통이 엄습해 와 그
는 그 자리를 대충 모면하고 숙소로 돌아온다. 두건을 벗고 살펴보니
그 안에는 전갈이 한 마리 들어 있었던 것이다. 그리고 나서 뽑아본

90　"『儒林外史』以儒林爲主要描寫對象, 以科擧問題爲主要題材內容, 并不等于它的'主旨'
　　就只是反對科擧制度."(저우중밍周中明, 「공정한 마음으로 세상을 풍자한 위대한 책
　　(『유림외사』의 주제 사상을 다시 탐구한다)一部偉大的以公心諷世之書(『儒林外史』的主題
　　思想重探), 복인보간中國古代・近代文學硏究復印報刊『中國古代, 近代文學硏究』1981.24.
　　(原載『江淮論壇』1981.5期.) 71쪽.)

91　우징쯔 자신의 생애로 미루어 볼 때, 좡사오광莊紹光이 "박학홍사博學鴻詞"의 성지를
　　받은 것은 자신의 실제 삶 속에서 실제로 일어났던 사실을 투영한 것이라 할 수 있으
　　며, 그런 의미에서 좡사오광의 이러지도 저러지도 못하고 있는 모습은 작자 자신의
　　모순된 심리를 반영하는 것이라 할 수 있다.

시초점蓍草占 역시 물러나는 것으로 나온다.[92]

그러나 그가 물러나게 되는 결정적인 계기는 다시 현실관계 속에서 주어지는데, 그가 글로써 자신의 건의책을 상주한 뒤 물러날 뜻을 비추자 천자는 대학사大學士 태보공太保公에게 의견을 묻는다. 그에 앞서 태보공은 그의 명성과 황제의 애호를 빌미로 그를 자신의 문하생으로 삼고자 하는 뜻을 넌지시 전했다가 거절당한 적이 있어 그에게 좋지 않은 감정을 품고 있었다. 이에 그의 등용을 적극적으로 반대하고 나선다. 이로 말미암아 쫭사오광의 출사는 자의반 타의반으로 이루어지지 않는다. 여기에서 전갈은 우연적 계기이고, 태보공의 방해는 정작 현인이 현실정치에 참여할 수 없게 만드는 부조리한 요소로서 필연적인 계기라 할 수 있다. 이 이야기에 담긴 작자의 뜻은 조정에서 현인들의 등용을 막는 태보공과 같은 무리들은 나라의 전갈과 같은 존재라는 것이다. 여기에서 우연과 필연의 변증적인 통일을 통해 드러내려 했던 작자의 현실에 대한 불만과 아울러 현실정치로의 '나아감出仕'과 '물러남退隱' 사이에서 방황하는 당시 지식인 계층의 모순된 마음과 그들의 한계를 엿볼 수 있다.

'타이보의 사당을 제사지내는 것祭泰伯祠'에 담아냈던 작자의 이상은 순수한 유가의 정신을 현실 속에 실현하고자 하는 것이었다. 그러나 '타이보의 사당을 제사지내는 것祭泰伯祠'에 나타나는 '양보의 미덕讓德'이라는 것은 일반적인 의미를 담고 있는 추상적인 관념이라고 볼 수 없으며, 다른 한편으로 봉건적 통치계급이 자신들의 권력계승을 순조롭게 하고 백성들의 반항의식을 마비시키기 위해 내걸었던 하나

---

92 "천산에 숨음"(天山遯)(제35회)
시초점蓍草占이란 가새풀을 가지고 치는 점을 말한다.

의 허위의식으로 볼 수 있다.[93] 그러나 정작 현실 속에서 이루어졌던
것은 약육강식의 원칙 없는 권력투쟁뿐이었다. 따라서 작자가 '타이
보의 사당을 제사지내는 것祭泰伯祠'에 담아낸 우의는 바로 이러한 현
실에 대한 통렬한 비판이었다고 할 수 있다.

그러나 결국 그가 내걸었던 '순수한 유자純儒'는 자기모순을 안은
채 현실로부터 물러나 은거하고, 타이보츠泰伯祠는 퇴락하여 후대 사
람들의 아련한 기억 속에 잊혀져간다. 단지 나이든 몇몇 사람만이 그
좋았던 시절에 대한 추억거리로 되새길 뿐이다.

> "저기 위화타이 근처에 타이보츠가 있는데, 그 당시 쥐룽의 츠 선생
> 이란 분이 지으신 걸세. 그 해에 위 박사 나리를 청해 큰 제사를 지냈는
> 데 참말로 굉장치도 않았던 거요. ……지금은 애석하게도 그 타이보츠
> 도 돌보는 이가 없어 건물이 죄다 허물어졌다네……"[94]

아울러 작자는 퇴락해 가는 타이보츠에 대한 구체적인 묘사를 통해
자신의 이상이라 할 봉건적 예교가 무너져 가고 있음을 안타까운 마
음에서 토로하기도 하였다.

> 그들은 언덕 위를 올라가 위화타이 왼쪽으로 천천히 걸어갔다. 그러
> 자 저쪽에 타이보츠의 정전이 보였는데, 지붕 꼭대기가 반쯤은 움푹 내
> 려앉아 있었다. 정문 앞에 이르니 대여섯 명의 꼬마들이 공을 차며 놀

---

93 리한츄李漢秋, 『『유림외사』 타이보츠 대제와 유가 사상 초탐『儒林外史』泰伯祠大祭和儒家
思想初探』, 복인보간『중국고대・근대문학연구復印報刊『中國古代, 近代文學硏究』, 1985.22.
(原載 『江淮論壇』(合肥1985.5.)) 82쪽.

94 "這雨花臺左近有個泰伯祠是當年句容一個遲先生蓋造的. 那年請了虞老爺來上祭, 好
不熱鬧! ……如今可憐那祀也沒人照顧, 房子都倒掉了……"(제55회)

고 있었는데, 대문 한 짝은 떨어져 나가 땅바닥에 나뒹굴고 있었다. 두
사람이 안으로 들어가니 시골 노파 서넛이 붉은 섬돌이 박힌 뜰 안에서
냉이를 뜯고 있었고, 정전의 격자문은 다 뜯겨 나가고 없었다. 다시 정
전 뒤편으로 돌아가니 다섯 칸짜리 누다락이 서 있는데, 마룻널이 한
장도 남아 있지 않았다……. 95

한편 타이보츠泰伯祠가 이렇게까지 퇴락하게 된 원인에 대해서 작
자는 등장인물(가이콴蓋寬)의 입을 빌어 다음과 같이 파악하고 있다.

"이런 유서 깊은 고적이 오늘날 이 지경으로 쇠락했는데도 누구 하나
수리하는 사람이 없구려. 땅 뙈기나 갖고 있는 부자들은 천금의 재부를
내어 승방이나 도원은 세우지만, 성현의 사당을 수리하려 나서는 사람
은 하나도 없다니요."96

여기에서도 작자는 현실문제의 근원을 단순히 당시 사람들의 몰염
치와 봉건예교에 대한 무관심으로 파악하고 있음을 알 수 있다. 이러
한 우징쯔의 현실인식은 실제로는 그를 포함한 당시 지식인 계층이
안고 있던 인식의 한계를 대표하는 것이라 할 수 있다. 당시 지식인들
은 통치계급에 참여하여 기득권을 누릴 수 있는 기회가 보장되기도
하였지만, 통치계급 내부의 모순과 불합리한 점들을 누구보다도 더

---

95 "踱到雨花臺左首, 望見泰伯祠的大殿, 屋山頭倒了半邊. 來到門前, 五六個小孩子, 在
那裏踢球, 兩扇大門, 倒了一扇, 睡在地下. 兩人走進去, 三四個鄉間的老婦人, 在那
丹墀裏挑薺菜, 大殿上槅子都沒了. 又到後邊五間樓, 直桶桶的, 樓板都沒有一片."(第
55回)

96 "這樣名勝的所在, 而今破敗至此, 就沒有一個人來修理! 多少有田的, 拏着整千的銀子
去起蓋僧房道院, 那一個肯來修理聖賢的祠宇."(제55회)

잘 알 수 있었기에 그에 대한 신랄한 비판자가 될 수도 있었다는 의미에서의 이중성을 갖고 있었다. 이러한 이중성이 때로는 현실정치 참여에의 강한 의지로도 표출되어지고, 때로는 봉건사회의 모순과 부조리에 대한 자각으로 드러나기도 했던 것이다.

이런 의미에서 풍자라는 형식을 통한 한 계급의 자기비판이라 할 수 있는『유림외사』의 아이러니는 대안 없는 시대의 대안으로서, 정통적 유가관념이 부재한 시대의 이상주의적 복고주의라 할 수 있다. 곧 우징쯔가 극복하지 못한 자신의 계급적, 이데올로기적 한계는 그가 보여준 풍자가 단지 유가적 '인도주의'에 머무르고 만 데 있었던 것이다. 그리하여 자기가 속한 계급의 추악한 현실과 심각한 결함들을 폭로하기는 했으나, 올바른 출구를 제시할 수 없었다는 데에서『유림외사』의 풍자는 돌연 자기비판으로부터 절망으로 바뀌게 된다. 이때의 절망은 현실의 부조리에 대해 무기력한 자신들의 존재에 대한 허무주의에 다름 아니며, 이것은 풍자적 세계관 자체가 갖고 있는 한계라고 할 수 있다. 곧 풍자는 현상과 본질의 대조를 통해 현실의 모순을 비판하되, 본질(작자의 이상)의 측면에서 현상(작자가 처한 현실)을 바라보면서 양자를 결코 화합될 수 없는 대립 쌍으로 파악하게 된다. 여기에서 나타나는 단절이 부조리한 현실에 대한 작자의 소극적인 대응과 작품 전체의 허무주의적인 결말을 초래하는 것이다. 이렇게 하여 현실에 대한 도덕적 비판을 통해 사회악을 제거시키겠다는 풍자의 목적은 실제로는 실현되지 않는 경향이 있기 때문에, 이런 의미에서 풍자는 언제나 실패작이라 할 수 있다.[97] 그렇기 때문에 풍자는 인식론적인 측면에서

97 이상섭, 앞의 책, 281쪽.

하나의 세계관으로 규정되기보다는 창작방법상의 논의로 국한되는 경
향이 있다.[98]

　그럼에도 불구하고 유가적 이상의 제시건 자기 계급에 대한 비판이
건 간에 풍자는 작자의 이상을 기준으로 하여 바라본 현실의 모순들
에 대한 반영임에는 틀림없다. 곧『유림외사』에 나타나 있는 풍자적
요소는 이미 기존의 가치체계를 대표하는 유가적 이상주의가 무너지
고, 새로운 현실주의 의식이 싹트고 있음을 의미하는 것이다. 이렇게
볼 때 풍자라는 양식은 주체인 작자가 자기가 처한 객관적 현실에 대
한 총체적인 인식이 갖추어지지 않은 상태에서 현실을 바라보고 그것
의 개조를 꾀하려 할 때 나타난다고 할 수 있다. 작자가 꿈꾸고 있는
이상적인 세계가 현실 속에서 실현될 수 있다는 전망은 풍자의 시대
다음에 나타나는 현실주의의 단계에 이르러서야 확보 할 수 있게 되
는 것이다. 따라서 역사적으로 보자면 풍자는 현실주의에 앞선 선두
주자로서 등장하며, 이처럼 근대로의 이행기에 풍자가 성행하는 것은
이 양식이 이상의 기준에서 현실을 바라볼 때 생겨나는 것이기 때문
이다.[99] 여기에서 풍자의 역사적인 의의가 드러난다고 할 수 있는데,
이제 다음에서는 이상의 논의를 바탕으로 풍자소설과 비판적 현실주

98　"많은 작가들에게서처럼 정해진 틀이나 상투성으로 굳어져 버린 계급적 증오는 언제
　　나 추상적인 일반성만을 반복하게 될 뿐, 하나의 '비개연적인' 개별 경우를 기습적,
　　확증적으로 폭로함으로써 생생하게 파악된 체제의 정곡을 풍자적으로 찌르지는 못한
　　다. ……풍자는…… 결코 하나의 문학 장르가 아니라 하나의 창작방법이다."(루카치,
　　앞의 책, 72쪽.)

99　"Historically, satire appears as a precursor of realism …… hence, naturally
　　flourishes when the world is in transition from an ideally oriented moral scheme
　　of the cosmos to an empirically oriented non-moral scheme."(Robert Sholes,
　　Robert Kellogg, *The Nature of Narrative*, Oxford University Press, pp.112~113)

의소설로서의『유림외사』에 대하여 살펴보기로 하겠다.

4. 풍자와 비판적 현실주의

『유림외사』에 등장하는 수많은 인물들의 형상에는 독특한 저마다의 개성뿐만 아니라 당시 사회에서 흔히 찾아볼 수 있었던 군상들의 보편적인 형상들이 어우러져 있다고 할 수 있다. 또한 현실에 대한 작자의 비판의식은 풍자의 형식을 통해 각개 인물의 형상 속에 체현되어 있으면서, 독자로 하여금 이 모든 것들이 현실의 모순 속에서 빚어진 사회의 산물이라는 것을 인식하게 해준다. 이렇게 볼 때 저우진周進의 울음이라든가, 판진范進의 웃음, 왕위후이의 웃음과 울음을 통해 작자의 필봉이 가리키고 있는 것은 어느 특정의 개인이 아니라 과거제도와 봉건예교에 있었음을 알 수 있다. 이렇듯 구체적인 사실에 대한 묘사를 통해 그 시대의 총체적인 모습을 조망해 볼 수 있는 문학적 원리가 곧 현실주의이다.

한편 현실주의의 미학적 원리는 전형 이론에 의해 잘 드러나는데, 여기에서 말하는 현실주의란 단순히 '세부적인 사항의 정확한 재현'이라는 의미에서의 '디테일의 충실성'을 가리키는 것이 아니라 '전형적 상황에서의 전형적 인물의 진실한 재현'을 말하는 것이다. 곧 전형은 작품 내에 있어서의 내용과 형식, 현실과 상상력, 예술적 대상으로서의 객체와 대상을 작품화하는 힘으로서의 주체, 그리고 현실의 합법칙성과 그 발전 경향 사이의 변증법적 통일을 구현한 미적 형상을 가리킨다고 할 수 있다. 이러한 현실주의적 미학원리는 관념주의적 미학원리와는 배치되는 것이다. 관념주의적인 미학은 이러한 현상과 본질 사이의 분명한 구별을 짓기는 하되, 이 양자의 관계를 대립적으로 인식할 뿐, 올바르게 통일시키지는 못하고 있는데 반해, 현실주의는 현상과 본질을 똑같이 객관적 현실의 두 계기로 보고, 이를 다양한 발전 단계 속에 통일시킨다.

현실주의에 대한 논의는 여기에서 한 걸음 더 나아가 비판적 현실주의와 사회주의 현실주의에 대한 논의로까지 발전된다. 이것들은 인류역사의 일정한 시기에 배태되어 발전해 왔다는 의미에서 역사적인 개념으로 볼 수 있다. 특히 비판적 현실주의는 봉건사회가 몰락하고 자본주의적 생산관계가 역사의 전면에 나타나 그 발전의 극을 다했을 때, 부르주아 사회가 안고 있는 폐해를 폭로하고 비판함으로써 나타났다. 비판적 현실주의에 나타나는 이렇듯 강한 '비판의식'은 풍자소설로서의『유림외사』에 담겨 있는 현실 비판의식과 그 맥을 같이 한다고 할 수 있다. 이에 혹자는『유림외사』를 비판적 현실주의 계열의 소설로 보기도 한다. 그러나 이 점에 대해서는 논자에 따라 많은 편차를 보이고 있는 것도 사실이다. 문제는 비판적 현실주의라는 개념을 역사적인 개념으로 볼 것이냐, 그렇지 않으면 포괄적인 개념으로 볼 것이냐 하는 데 있다. 이에 다음에서는 비판적 현실주의소설로서의『유림외사』에 대한 논의를 중심으로 현실주의 소설로서의『유림외사』에 대해 살펴보기로 하겠다.

1) 풍자소설의 '비판성'과 비판적 현실주의

비교적 초기에 현실주의 소설로서의 『유림외사』에 대한 논의 제기를 한 사람은 마마오위안馬茂元이라 할 수 있다. 그는 자신의 「『유림외사』의 현실주의『儒林外史』的現實主義」라는 글에서 『유림외사』에 등장하는 인물이 정태적이지 않고 발전적이며, 변화하는 가운데 상호영향을 주고 있고, 전형적인 환경을 묘사하고 있다는 점에서 이 소설은 현실주의 소설이 갖고 있는 특징들을 두루 갖추고 있다고 하였다.[100] 이후에는 이에 대한 논의가 비교적 오랜 기간 동안 잠복해 있다가 리한츄李漢秋에 의해서 다시 재개되었다.[101]

---

[100] 마마오위안馬茂元, 「『유림외사』의 현실주의『儒林外史』的現實主義」, 『서남문예西南文藝』, 1954.10期.(『명청소설연구론문집明淸小說硏究論文集』 재수록.)

[101] 이 점은 『유림외사』 연구에 있어 특기할 만한 일이다. 참고로 필자가 조사한 바로는 현실주의 소설로서의 『유림외사』에 대한 논의는 80년대에 들어서야 본격적으로 제기되고 있다.

더후이德輝, 「『유림외사』와 사실주의『儒林外史』與事實主義」, 『광파주보廣播週報』(복간復刊) 1947.3.27기.

마마오위안馬茂元, 「『유림외사』의 현실주의『儒林外史』的現實主義」, 『서남문예西南文藝』, 1954.10기.(『명청소설연구론문집』 재수록.)

취안쟈오 현 즈 현 지직 안후이대학『유림외사』 평론조全椒縣淛縣地直安徽大學『儒林外史』評論組, 「『유림외사』와 현실의 계급 투쟁을 평론함評論『儒林外史』與現實的階級鬪爭」, 『안후이대학학보安徽大學學報』, 1976.1-2기.

리한츄李漢秋, 스샤오린石曉林, 「『유림외사』의 비판적 현실주의 특색을 논함論『儒林外史』的批判現實主義特色」 복인보간『중국고대·근대문학연구復印報刊『中國古代, 近代文學硏究』 1985.2.(原載『藝譚』(合肥), 1984.4.)

리한츄李漢秋, 「근대 현실주의의 서광(『유림외사』의 역사성 진전近代現實主義的曙光(『儒林外史』的歷史性進展)」, 복인보간『중국고대·근대문학연구復印報刊『中國古代, 近代文學硏究』 1987.4.(原載 『安徽大學學報; 哲社版』(合肥), 1987.1.)

리한츄李漢秋, 「『유림외사』 근대 현실주의의 서광『儒林外史』:近代現實主義的曙光」, 중국『유림외사』학회中國『儒林外史』學會, 『「유림외사」 학간『儒林外史』學刊』, 황산서사黃山書社, 1988.

리한츄는『유림외사』를 단지 일반적인 의미에서의 현실주의 계열
의 소설로 보는 것은 무의미하며, 이 소설이 중국 고대 현실주의 발전
의 최고단계에 이른 작품으로서 이전의 현실주의 계열의 작품들과 명
백한 차별성을 갖고 있으므로 좀 더 엄밀한 의미에서 비판적 현실주
의 계열에 드는 소설로 보아야 한다고 하였다.[102] 그는 자신의 입론의
근거로 '비판적 현실주의'라는 용어에 대한 고리키의 언급을 예로 들
었는데, 고리키의 정의에 의하면 비판적 현실주의라는 용어는 단지
문예사조로서의 의미뿐만 아니라 창작방법으로서의 함의를 아울러

---

[102] 리한츄李漢秋, 스샤오린石曉林, 앞의 글, 100쪽. 이 글은 리한츄李漢秋가 이보다 앞서
『광명일보光明日報』에 기고한 글(「비판 경향과 풍자 경향-『유림외사』의 비판적 현실
주의 특색을 이야기함批判傾向與諷刺傾向-談『儒林外史』的批判現實主義特色」, 『광명일보
光明日報』, 1984.4.24.)을 다듬어서 발표한 것이다. 리한츄李漢秋가 이 글을 발표한
뒤 이에 호응하여 동지同紙에 발표된 논자들의 글로는 다음과 같은 것들이 있다.
둥쯔주董子竹, 「『유림외사』는 풍자소설-리한츄 동지와 의견을 나누다『儒林外史』是諷
刺小說-與李漢秋李漢秋同志商榷」, 『광명일보光明日報』, 1984.5.22.
후이민胡益民, 「『유림외사』의 풍자 및 기타-둥쯔주 동지와 의견을 나누다『儒林外史』
的諷刺及其他-與董子竹同志商榷」, 『광명일보光明日報』, 1984.6.19.
왕쭈셴王祖獻, 「『유림외사』는 풍유성의 풍자소설이다『儒林外史』是諷諭性的諷刺小說」,
『光明日報』, 1984.8.28.
저우중밍周中明, 「"공정한 마음으로 세상을 풍자한 책以公心諷世之書"」, 『광명일보光
明日報』, 1984.10.30.
그러나 이상의 글들은 절충적인 입장을 취하거나 리한츄李漢秋의 견해에 대해 소극적
인 비판을 제기한 글들이고, 이에 대한 본격적인 비판은 저우런성周林生과 쑤하이蘇
海의 「『유림외사』는 비판적 현실주의문학인가?『儒林外史』是批判現實主義文學麽?」(復
印報刊『中國古代, 近代文學研究』1985.24.(原載『雷州師專學報; 文科版』, 1985.1.)
에 의해 이루어졌다.
한편 리한츄李漢秋에 앞서 비판적 현실주의 작품으로서의『유림외사』에 대한 논의를
전개한 것으로는 베이징대학 중문과 문학 전문화 1955학번 집체 편저北大中文系文學專
門化一九五五級集體編著, 『중국문학사中國文學史』(1959년 판)와 유궈언游國恩의『중국
문학사中國文學史』(런민원쉐출판사人民文學出版社, 1978.), 리쩌허우李澤厚의『미학논
집美學論集』(상하이원쉐출판사上海文學出版社, 1979.)이 있다.

포괄하게 된다고 하였다. 그러면서 비판적 현실주의로서의『유림외사』에 대한 논의는 명백하게 창작방법적인 차원에서 이루어져야 하며, 창작방법은 일정한 창작유파와 연관을 맺고 있지만, 이와 동시에 상대적인 독립성도 갖고 있다고 하였다. 곧 초기 현실주의 이전 단계의 낭만주의나 이후에 나타나는 자연주의 계열의 작품들 가운데서도 당대 사회에 대한 '비판의식'은 찾아볼 수 있으므로 비판적 현실주의 작품의 관건적인 특징으로 지적되는 '비판성'은 좀 더 포괄적인 의미에서 규정될 수 있다는 것이다. 따라서 비판적 현실주의라는 개념을 규정함에 있어 굳이 특정한 역사단계에만 나타나는 것으로만 볼 것이 아니라, 그 비판성에 중점을 두어 좀 더 포괄적으로 접근할 것을 제의하였다. 그에 의하면 비판적 현실주의 작품으로서의『유림외사』의 특색은 다음의 세 가지로 특징지어진다. 그것은 첫째『유림외사』가 당대 사회현실을 객관적이고도 정확하게 재현하였고, 둘째 비판적인 경향을 확고하게 내세웠으며, 마지막으로 개성이 선명한 전형 환경 속의 전형인물을 빚어냈다는 것이다.[103]

리한츄의 입론에 대해 이후의 평자들은 대개 긍정적인 평가를 내리면서도 동시에 유보적인 태도를 보이고 있다. 이들은 리한츄가 제시한『유림외사』에 나타나는 비판적 현실주의 소설로서의 특징들에 대해서는 긍정하지만, 리한츄가 비판적 현실주의와 풍자소설을 대립적으로 파악하고 있는 데 대해서는 이견을 제시하였다. 우선 둥쯔주董子竹는『유림외사』는 풍자적인 색채가 강렬하게 드러나는 비판적 현실주의 작품이지만, 그 주요한 경향을 놓고 볼 때에는 결국 풍자소설로

---

103 리한츄李漢秋, 앞의 글, 101~104쪽.

보아야 한다고 하였다.[104] 이에 대해 후이민胡益民은 풍자를 사회역사
속에서 드러나는 희극적인 모순 충돌의 특수한 형태로 파악하면서,
이런 의미에서 풍자를 독립적인 미학범주로 볼 수 없으며, 이에『유림
외사』는 뛰어난 비판적 현실주의 소설로 풍자의 수법을 비교적 많이
채용한 작품이라 하였다.[105] 한편 이 글에 뒤이어 나온 왕쭈셴王祖獻의
글에서는 비판적 현실주의 개념의 역사성에 바탕하여『유림외사』가
비판적 현실주의의 특징인 비판성을 농후하게 띠고는 있으나 비판적
현실주의 소설로 보기에는 무리가 따른다는 견해를 제기하였다.[106]

이상에서 살펴본 논자들의 견해는 대개『유림외사』에 강하게 나타
나 있는 사회현실에 대한 '비판성'을 중심으로 크게 '비판적 현실주의'
와 '풍자소설'로서의『유림외사』에 대한 논의로 귀결된다.[107] 이 가운
데 리한츄가 부분적으로 인정하고,[108] 왕쭈셴이 본격적으로 제기한[109]
'비판적 현실주의' 개념의 역사성에 대한 논의는 이상의 언급들로부
터 제기된 문제에 대한 해결의 실마리가 될 수 있다고 할 수 있다. 이
에 다음에서는 역사적인 개념으로서의 비판적 현실주의에 대해 살펴
보기로 하겠다.

---

104 둥쯔주, 앞의 글.

105 후이민, 앞의 글.

106 왕쭈셴, 앞의 글.

107 여기에서 "풍자는 당연히 비판이지만, 비판이 반드시 풍자인 것은 아니다.諷刺固然是
批判, 但批判不一定是諷刺"라고 하는 리춘상李春尙의 말은 시사하는 바가 크다.(리춘상
李春尙, 「『유림외사』 풍자 형상의 비극적 의의『儒林外史』諷刺形象的悲劇意義」, 『광동교
육학원학보廣東敎育學院學報』(광저우廣州), 1987.5. 243쪽.)

108 "指創作原則或方法, ……它實質上是舊時代的現實主義發展到高級階段或成熟階段的産
物."(리한츄李漢秋, 앞의 글, 100쪽.)

109 "故批判現實主義的産生與特定的時代生活. 社會思潮密不可分."(왕쭈셴, 앞의 글.)

2) 현실주의 개념의 역사성

앞서 살펴본 여러 논의들은 주로 다음의 두 가지 문제에 초점을 맞추고 있다고 할 수 있다. 그것은 첫째『유림외사』를 비판적 현실주의 작품으로 볼 수 있느냐 하는 것과 둘째 풍자소설과 비판적 현실주의 소설과의 관계를 어떻게 규정할 것인가 하는 것이다.

우선 비판적 현실주의 작품으로서의『유림외사』에 대해서 살펴보자면, 이 점에 대해 여러 가지 이론들이 나오게 된 것은 '문예사조'와 '창작방법'의 상호관계에 대한 모호한 이해에 그 원인이 있다고 할 수 있다. 일반적으로 좀 더 넓은 의미에서의 '현실주의'와 '비판적 현실주의'는 구별되는 경향이 있다. 이것은 현실주의 개념의 발생시기에 대한 논의와도 밀접한 관련을 맺고 있는 것으로, 현실주의를 어떻게 규정하느냐에 따라 시기별로 다양한 구분이 가능하게 되는 것이다.

혹자는 모든 시기의 예술을 "외적 사상事象을 그 사실적 비례관계에 충실하도록 재현하려는 '리얼리즘적' 양식과 사상을 추상화, 도식화, 상징화로서 표현하려는 '아이디얼리즘적' 양식, 이른바 물리조형적 양식과 관념조형적 양식이 반복, 교체되는 과정을 밟는 것"[110]으로 이해하면서, 서구 예술사에서의 아이디얼리즘으로부터 리얼리즘으로 전환했던 네 시기를 다음과 같이 구분했다.

그것은 기원전 4, 5세기경의 그리스와 15세기의 이태리, 17세기의 네덜란드, 마지막으로 19세기의 전체 유럽을 가리키며, 이 가운데서도 마지막 시기에 이르러 최초로 의식적인 리얼리즘의 언급과 심화가 이루어졌다고 하였다.[111] 이렇게까지 멀리 거슬러 올라가지 않고 르

---

110 염무웅, 「리얼리즘론」, 백낙청 편, 『문학과 행동』, 태극출판사, 1980. 365쪽.

네상스 이후만 보더라도 현실주의는 일반적으로 문예부흥기의 현실
주의로부터 고전주의를 거쳐 계몽주의적 현실주의, 진보적 낭만주의
와 비판적 현실주의로의 과정을 밟아 왔다고 여겨진다.

물론 이들 각 시기마다 나타나고 있는 현실주의들 사이의 차별성은
분명히 존재하고 있는 것이 사실이지만, 그럼에도 불구하고 이것들을
하나로 묶어 낼 수 있는 것은 각각의 현실주의에서 공통적으로 채용
하고 있는 창작방법에 있다고 할 수 있다. 앞서의 논자들 가운데『유
림외사』를 비판적 현실주의 작품으로 파악하고자 했던 이들의 입론
의 근거는 바로 이러한 현실주의 개념의 보편성에 바탕하고 있다고
할 수 있는 것이다.[112] 그러나 바로 여기에 이들의 논리적 모순이 내
재하고 있기도 하다. 그것은 이들의 논거를 뒷받침해 주는 창작방법
상의 원리야말로 역사적인 개념이기 때문이다.

하나의 문예사조란 구체적인 사회 역사적 환경으로부터 동떨어진
상태에서 이야기될 수 없으며, 창작방법이란 일정한 문학사조에 속하
는 작가군의 창작실천으로부터 추출된 공통적인 예술 일반화원칙을

---

111 아울러 이들 각 시기의 공통점으로는, "농업문화가 상업자본주의적 문화로 변화하고,
이에 따라 사회의 주도권이 지주적 귀족에게서 상업적 부르주아지에게로 넘어가며,
또한 봉건 공동체의 내부적 결합이 붕괴되는 반면에 도시적 자본주의의 발전이 진행
된다"는 사실을 지적하면서, 이와 동시에 사상적으로는 "모든 천상적, 초월적, 형이
상학적인 것에의 추구가 미약해지고, 반대로 지상적, 현세적, 감각적인 것에의 집착
이 강화되어진다"고 하였다. 이 가운데서도 특히 19세기 유럽에 있어서는 리얼리즘운
동의 주동자들이 역사상 처음으로 리얼리즘이라는 말을 의식적으로 자신들의 예술활
동의 프로그램으로 들고 나왔다는 점에서 다른 시기와 구별된다는 점을 지적하였다.
(염무웅, 같은 글, 365쪽.)

112 앞서의 논자들 가운데 대표적인 사람이 리한츄李漢秋이다. 그는 현실주의의 보편적
창작방법을 이야기하면서, 현실주의에 공통적으로 나타나는 '비판성'에 초점을 맞추
어 자신의 견해를 펼쳐나가고 있다.(리한츄李漢秋의 앞의 글을 참고할 것.)

가리키기 때문이다. 따라서 창작방법 자체는 문학사조와의 유기적인 통일 속에서 고찰하여야 하는 것이다.[113] 이렇게 볼 때 앞서의 논의들에서는 첫째 비판적 현실주의의 사조적인 측면만을 강조하는 편향과 둘째 방법적인 측면만을 강조하는 편향이 공통적으로 나타나고 있다고 할 수 있다.

바로 이런 측면에서 앞서의 논의들에 대한 전면적인 비판을 제기한 사람은 저우린성周林生과 쑤하이蘇海이다. 이들은 특히 리한츄의 입장에 강한 불만을 제기하면서, 자신들의 반박의 출발을 현실주의 개념의 역사성에 두고자 했다. 곧 현실주의는 범박한 의미에서 그 일반성에 초점을 두고 규정할 수도 있겠지만, 역사적으로 각각의 단계에 나타나는 현실주의들이 갖고 있는 특수성의 차원을 무시해서는 안 된다는 것이다. 이들은 현실주의를 '고전 현실주의'와 '비판적 현실주의', '혁명 현실주의' 등으로 구분하면서, 비판적 현실주의는 유럽의 19세기 3, 40년대에 형성되기 시작한 주요한 문학유파라고 규정하였다.[114]

이들이 근거로 삼은 것은 고리키의 '비판적 현실주의'에 대한 정의였는데, 고리키는 '비판적 현실주의'를 "부르주아계급 귀족의 현실주의"라 규정하면서, 이들이야말로 자신들을 키워준 물적 토대에 반기를 든 "부르주아계급의 방탕한 자식"들이라 하였다.[115]

---

113 김해균, 「비판적 사실주의 개념에 대한 몇 가지 의견─우리나라 문학에서의 비판적 사실주의 창작방법의 형성과 관련하여」, 북한사회과학원 문학연구실 편, 『우리나라 문학에서 사실주의의 발생, 발전논쟁』, 사계절, 1989. 275쪽.

114 저우린성周林生, 쑤하이蘇海, 앞의 글, 63쪽.

115 베이징사범대학 중문과 문예이론 교연실 편北京師範大學中文系文藝理論敎硏室編, 『문학리론학습참고자료文學理論學習參考資料』, 춘펑원이출판사春風文藝出版社, 1982. 549~551쪽.

이에 바탕하여 이들이 파악한 비판적 현실주의의 조건들은 다음과 같은 것들이었다. 첫째는 비판적 현실주의의 역사적 조건이다. 자본주의의 생산력이 고도로 발전한 끝에 그 경제가 위기에 빠지게 되면 일정한 역사 단계에 기존의 사회에 대해 보여 주었던 자본주의의 건강한 비판정신은 퇴색하고 그로부터 많은 폐단과 죄악이 나타나게 된다. 이것은 '생산의 사회화'와 '사적 소유'이라는 자본주의의 기본모순으로부터 비롯된 것으로서 비판적 현실주의는 이에 대한 폭로와 비판의 역할을 수행하기 위해 등장한 것이다. 둘째는 비판적 현실주의가 반영하고 있는 생활의 내용이다. 바로 첫 번째 이유 때문에 비판적 현실주의가 작품 속에 반영하고 있는 것은 봉건사회나 기타 다른 역사적 단계가 아니라 자본주의 사회 자체를 그 대상으로 한다는 것이다. 셋째는 비판적 현실주의 문학이 표현해내고 있는 사상적 경향이다. 이것은 비판적 현실주의 작가들의 출신과도 밀접한 연관을 맺고 있는데, 주로 소부르주아계급 출신인 이들 작가들은 그들의 정치적 관점 등에 있어 완전한 일치를 보이고 있지는 않지만, 기본적으로는 부르주아계급의 인도주의와 개인주의를 토대로 스스로의 생활을 비판하고 사회를 공격하게 된다.[116]

이상의 논의를 통해 지역에 따라 그 발생의 역사적 조건과 형성시기가 서로 다름에도 불구하고 비판적 현실주의는 그 본래의 의미에 있어 자본주의가 일정하게 발달한 사회에서 나타나는 사회악에 대한 적나라한 폭로와 신랄한 비판으로 특징지어짐을 알 수 있다. 곧 비판적 현실주의라는 용어 자체는 역사적인 개념인 것이다. 이런 점에서

---

116 저우린성周林生. 쑤하이蘇海, 앞의 글, 64~65쪽.

볼 때 자본주의적 생산관계가 아직 본격적으로 나타나고 있지 않았던 18세기 중반의 중국 사회를 묘사한『유림외사』를 비판적 현실주의 작품으로 규정하는 것에는 무리가 따름을 알 수 있다.

　다음으로 비판적 현실주의와 풍자소설과의 관계는 앞서 언급한 문예사조와 창작방법 사이의 유기적 통일이라는 측면에서 파악해야 할 것이다. 곧 앞서 풍자소설로서의『유림외사』에서 살펴본 대로 풍자는 그 속성상 현상과 본질의 대조로서 한 사회의 본질을 드러내려 하는 데 그치기 때문에, 양자를 통일한 총체적인 세계상을 제시하지 못하고 결국 허무주의적 결론을 내리게 된다. 이때의 허무주의적 결론은 모더니즘계열의 소설들에 나타나는 분열된 세계상과는 또 다른 차원에서 논의되어야 할 성질의 것으로, 모더니즘에서의 그것은 인간의 내면의식으로 그 관심을 돌림으로써 환경에 대한 인간의 반응이 약화됨에 따라 나타난 현상이기 때문에 풍자소설의 그것과는 본질적으로 다른 것이다. 따라서 풍자소설은 그 자체를 하나의 문예사조로 보기 어려운 치명적인 약점을 본래적으로 안고 있다고 할 수 있다. 문학사가들은 이런 의미에서 풍자를 창작방법으로 규정하려 하는 경향을 갖고 있게 마련이다.[117] 따라서 풍자소설과 비판적 현실주의는 각각의 층위가 다른 개념으로 이들을 대립적으로 파악한다는 것 자체가 모순을 안고 있는 것이다. 특히 역사적으로 풍자는 현실주의 전 단계에 특징적으로 나타나는 현상으로 파악될 수 있으며, 단지 그것이 갖고 있는 기존 사회에 대한 '비판성'이라는 측면에서 양자의 공통점을 간취할 수 있을 뿐이다.

117　그 대표적인 사람이 앞서 살펴본 루카치 같은 이들이다.

그러나 엄밀한 의미에서 이 '비판성'은 풍자소설과 비판적 현실주의를 연결시켜 주는 매개 역할을 할 뿐만 아니라 이 둘을 가름하는 잣대가 되기도 하는데, 특히 비판적 현실주의에서의 '비판성'은 전면성을 띠고 있다는 데서 그러하다. 곧 일정한 한계를 안고 시작될 수밖에 없는 풍자소설의 '비판성'에 비해 비판적 현실주의는 부패하고 몰락해 가는 사회현상 전반에 대한 전반적인 비판을 그 본령으로 하고 있는 것이다. 이런 의미에서 전반적 비판주의는 바로 비판적 현실주의 문학의 기본 징표로 규정할 수 있는 것이다. 『유림외사』의 경우에는 작자인 우징쯔의 이상에 드러나는 그의 세계관적 한계로 말미암아 그 비판대상의 선정에서부터 문제점을 드러내고 있으며, 이러한 문제가 자기가 속한 계급에 대한 철저한 부정에 바탕한 당시 사회에 대한 전면적인 비판으로 이르지 못하게 하는 작용을 하게 되었다고 할 수 있다.

그러나 그럼에도 불구하고 『유림외사』가 취하고 있는 당대 사회에 대한 비판적 태도는 일정한 시대적 의의를 지니고 있다고 할 수 있으며, 동시에 역사적인 개념으로서의 비판적 현실주의 소설로 볼 수는 없겠지만, 제한된 범위에서나마 이루어지고 있는 당대 현실에 대한 문제 제기는 『유림외사』를 일반적인 의미에서의 현실주의 계열의 소설로 보기에 무리가 없다고 할 수 있다.

제5장

『유림외사』의 구조

청대의 대표적인 소설인『유림외사』에 대한 논의들 가운데 가장 많은 논란의 여지를 안고 있는 것이 그것의 독특한 구조이다. 플롯이라는 명칭으로 불리 우기도 하는 구조는 소설을 이해하는 하나의 접근방법으로서, 소설의 형식과 내용을 별개의 요소로 규정하는 것이 아니라, 소설 내의 여러 요소들, 곧 사건과 인물, 작가가 작품을 통해 독자들에게 전달하고자 하는 사상의 전개 등의 상호관계를 좀 더 유기적으로 연결시키려는 것이라 할 수 있다.

한편 근대 이후의『유림외사』의 구조에 대한 이제까지의 논자들의 분석은 대개 부정적인 견해가 우세를 점하고 있었던 것이 사실이며, 이들의 주장은『유림외사』에는 일관성 있는 플롯이 없다고 하는 데 초점이 맞추어져 있었다.

그러나 다른 한편으로 이에 대해 반론을 제기한 사람들의 주장 역시 만만치 않은데, 이들은 구조에 대한 논의 자체가 서구적인 문학이론의 영향 하에 이루어져 왔지만, 이제는 그 틀에서 벗어나 전통적인 방법론의 계승이라는 측면에서 이 문제를 바라보아야 한다고 주장했다.[1]

---

1 이렇듯 상반된 견해가 나오게 된 것은 서구 소설이론의 중국 소설에 대한 적용가능성

아울러 구조는 단순히 형식적인 차원에서만 다루어져서는 안 되며 해당 작품 속에 담겨 있는 내용과의 연관 속에서 파악되어져야 한다. 곧 이렇게 볼 때 구조는 내용과 형식의 변증적인 통일 속에서 규정되는 것이라 할 수 있는 것이다. 이에 이 장에서는 일반적인 수준에서의 구조에 대한 여러 논의들에 대한 검토와 『유림외사』의 구조에 대한 제가諸家들의 평을 중심으로 작자의 사상을 담아내는 형식적 도구로서의 『유림외사』의 구조에 대한 논의를 진행하고자 한다.

1. 구조에 대한 일반적 논의와 제가諸家의 평

1) 구조에 대한 일반적 논의

소설에 있어서의 구조는 사실상 단일한 개념이 아니다. 로버트 스콜즈는 소설의 구조에 대한 논의를 전개하기에 앞서 '구조주의'라는 용어를 크게 '사조로서의 구조주의'와 '방법으로서의 구조주의'로 나누어 고찰한 바 있다.[2] 그에 의하면 '사조로서의 구조주의'란 "현대 과학들을 결합시키고 세계를 다시 인간이 살 만한 곳으로 만드는 '일관된 체계'의 요구에 대한 응답"[3]을 가리킨다. 이런 관점에서 보면 서로 대립적인 입장에 서는 것처럼 보이는 마르크스주의와 구조주의가 동일선

에 대한 입장의 차이에서 비롯된 것이라 할 수 있다. 따라서 이 문제는 서구 문학이론의 횡적인 이식과 중국 고내의 전통적인 소설논법의 계승이라는 차원에서 논구되어져야 할 것이다.

2 로버트 스콜즈Robert Scholes, 위미숙 옮김, 『문학과 구조주의』(새문사, 1992.) 제1장을 참조할 것.

3 로버트 스콜즈, 앞의 책, 8쪽.

상에서 파악될 수도 있다.[4] 나아가 그는 '방법으로서의 구조주의'의 개념의 핵심이 '체계system'라는 개념에 있다고 하면서, 문학의 모든 단위는 체계와 관계를 맺고 있는데, 특히 "개별 작품들, 문학 장르들, 그리고 문학 전체를 서로 관련된 체계들로, 또한 문학을 인간의 문화라는 좀 더 더 큰 체계 내의 한 체계"[5]로 파악할 수 있다고 하였다.

그러나 구체적인 소설 분석에 있어서의 구조는 순수하게 이론적인 측면에서 일반적으로 플롯plot이라는 명칭으로 불리고 있으며, 이 플롯이란 용어 역시 다양한 층위에서 파악될 수 있다. 예로부터 많은 논자들에 의해 이 용어에 대한 정의가 내려지고 또 그에 따라 새로운 내용이 추가되기도 했지만, 그럼에도 이것을 완벽하게 정의하는 말은 아직껏 나오지 않고 있다. 일반적으로 플롯은 좁은 뜻으로는 이야기story의 전개, 곧 사건과 행동의 구조를 말하며, 넓은 의미로는 소설에 관한 모든 청사진, 곧 인물설정이나 사건의 전개, 분위기 조성과 배경의 설정 등을 모두 가리킨다고 볼 수 있다. 곧 플롯은 소설에 있어 여러 재료들을 얽어 짜는 형식인 동시에 내용인 것이다.[6]

주지하는 대로 이러한 플롯의 개념은 아리스토텔레스의 『시학』에

---

4 양자는 여러 가지 면에서 서로 적대적이라 할 수 있는데, "둘 다 인간을 포함하여 세계를 통합적, 전체론적으로 바라보는 방법"이라는 점에서는 공통적으로 "'과학적'인 세계관"을 갖고 있는 것이다.(로버트 스콜즈, 앞의 책, 9쪽.)

5 로버트 스콜즈, 앞의 책, 16쪽.

6 이런 의미에서 플롯은 구조structure, 또는 구성composition의 의미를 동시에 담고 있기도 하다. 그러나 구조나 구성이라는 말로 이 용어의 함의를 모두 담아내기에는 힘이 부치는 듯한 느낌을 지을 수 없다. 이에 여기에서는 좀 더 포괄적인 의미에서 상황에 따라 구조와 플롯이라는 용어를 혼용하게 될 것이다. 이것은 이 논문이 추구하는 바가 소설에 있어서의 구조, 또는 플롯이라는 용어에 대한 명확한 개념 규정에 있다기보다, 오히려 이들 용어가 갖고 있는 여러 가지 다양한 층차를 제시하는 데 있기 때문이다.

서 유래한다. 아리스토텔레스는 비극의 여섯 가지 요소 가운데 하나로 뮈토스mythos를 들었는데, 이것은 '행동의 짜임새'[7]를 가리키는 것으로, 그에 의하면 이것이 앞서의 여섯 가지 요소 가운데 가장 중요한 것이라 하였다. 그것은 비극이라고 하는 것이 "인간을 모방하는 것이 아니라 인간의 행동과 생활과 행복과 불행을 모방하는 것"인데, 이러한 인간의 행복과 불행은 행동에 의해 결정되고, 이에 따라 행하여진 것을 의미하는 뮈토스가 비극의 목적이 되기 때문이다.[8] 이러한 뮈토스가 갖고 있는 덕목 가운데 하나가 필연성이다. 그것은 비극이 단지 "완결된 행동의 모방일 뿐만 아니라 공포와 애련을 환기시키는 사건의 모방"이기도 한데, 이러한 사건이 최대의 효과를 거두는 것은 바로 이것이 "불의에 일어나고 동시에 상호 인과관계에 의하여 일어날 때"이기 때문이다.[9] 이러한 관점에서 볼 때 아리스토텔레스에게 있어 최악의 뮈토스는 바로 에피소드적인 것으로, 그것은 에피소드적 플롯에는 아무런 필연성이나 개연성이 담겨 있지 않기 때문이다. 여기에서 말하는 뮈토스야말로 오늘날 말하는 플롯에 다름 아니며, 이렇게 볼 때 플롯이 갖추어야 할 가장 중요한 덕목은 '필연성', 또는 '인과율'이다.

이상과 같은 플롯에 대한 아리스토텔레스의 생각은 후대의 서구의 소설이론가들에게 심각한 영향을 끼쳐 왔다. 이후에 등장하는 수많은 소설이론가들의 플롯에 대한 논의 역시 이러한 틀을 크게 벗어나지 않는다고 할 수 있다. 따라서 플롯이 "이야기 뼈대의 명료화"[10]라거

---

7 김천혜, 『소설 구조의 이론』, 문학과지성사, 1993. 173쪽.
   한국현대소설연구회, 『현대소설론』, 평민사, 1994. 74쪽.
8 아리스토텔레스, 손명현 역, 『시학』, 박영사, 1972년. 54~55쪽 참조.
9 아리스토텔레스, 앞의 책, 64~65쪽.
10 "전통적 설화의 전달에 있어서 전달되어야 할 내용은 필연적으로 사건의 윤곽, 즉

나, "그것에 의존해서 구축되어지는 사건의 틀"[11]이라는 정의는 모두
가 아리스토텔레스의 뮈토스 개념이 담고 있는 '행동의 짜임새'라는
내용을 달리 표현한 것에 불과하다고 볼 수 있으며, 포스터가 스토리
와 플롯을 구분한 이래[12] 널리 받아들여지고 있는 "플롯이란 인과관계
가 있는 일련의 사건들"[13]이라는 주장이나, 플롯은 "인과관계의 완
결"[14]이라는 주장 또한 플롯에 대한 아리스토텔레스의 생각에서 크게
벗어나지 않은 것이라 할 수 있다.

결론적으로 넓은 의미에서 "소설의 플롯은 소설 속에서 벌어지는
일련의 사건들의 총체"이지만, 우리가 파악하는 것은 주로 "인과관계
로서만 연결된 사건들, 즉 다른 사건들의 직접적인 원인이거나, 혹은
결과"[15]로 한정되는 경우가 많다. 따라서 인과의 형식으로 이해되는

플롯이다. 플롯은 모든 의미에 있어서 이야기의 뼈대의 명료화이다.(In the
transmission of traditional narrative, it is of necessity the outline of events,
the plot, which is transmitted. Plot is, in every sense of the word, the
articulation of the skeleton of narrative." 로버트 스콜즈, 로버트 켈록, 「설화의
전통」(김병욱 편, 최상규 역, 『현대 소설의 이론』, 대방출판사, 1984.), 27쪽.

11 "Plot is that framework of incidents, however simple or complex, upon which
the narrative or drama is constructed; the events of the depicted struggle,
as organized into an artistic unit. In the Poetics Aristotle names plot as the
first essential of drama or epic …… The unity of the plot is thus the result
of necessary relationship and order among the events, not that they center
upon a single character." Joseph T. Shipley, *Dictionary of World Literary
Terms*, Boston; The Writer Inc, 1970. 240~241쪽.

12 "이야기story를 시간의 연속에 따라 정리된 사건의 서술이라고 정의한 바 있다 플롯
역시 사건의 서술이지만 인과관계를 강조하는 서술이 다." 이. 엠. 포스터, 이성호
역, 『소설의 이론』, 문예출판사, 1977. 107쪽.

13 C. 카아터 콜웰, 『문학개론』, 을유문화사, 1973. 17쪽.

14 웨인 부우드, 이경우 최재석 옮김, 『소설의 수사학』, 새문사, 1990. 143쪽.

15 Robert Stanton, *An Introduction to Fiction*, New York; Holt, Rinehart & Winston

플롯은 이야기에서의 우연성과 비현실성을 배제하고 과학적이고 현실적인 인과관계를 통해, 곧 작품 내의 제요소에 대한 적절한 변형을 통해 작자가 의도하고자 하는 목표를 달성하는 것이라 할 수 있다.[16] 이렇게 볼 때 플롯의 궁극적인 목적은 미의 창조와 주제의 효과적인 구현에 있다고 할 수 있는 것이다.[17]

이렇듯 플롯이라는 용어는 일차적으로 이야기의 자연스러운 발생 과정에 머물지 않고 작자의 의도적인 개입이 이루어지는 것으로 이해된다. 이렇게 볼 때 당대唐代의 전기傳奇가 이전 시기의 지괴志怪와 구별되어지는 가장 특징적인 요소로 운위되는 "의식적으로 소설을 지었다有意爲小說"는 말이 담고 있는 내용 역시 사실은 플롯을 가리키는 것이라 말할 수 있다 일찍이 명대의 소설이론가인 후잉린胡應麟은 전기傳奇의 특징에 대해 다음과 같이 말한 바 있다.

불가사의하고 기괴한 이야기는 육조 시대에 성행하였으나, 그것들 대부분은 전해들은 이야기를 기록한 것이거나 잘못된 기록이 많았고, 아직까지는 제한된 범위 내에서만 허구를 활용하였을 따름이었다. 하지만 당대唐代 문인들은 그들이 좋아하는 기발한 이야기를 의식적으로 소설을 빌어 표현해 내었다.[18]

Inc., 1965.(박덕은 편역, 『소설의 이론』, 새문사, 1989. 27쪽에서 재인용.)

16 이런 의미에서 쉬끌로프스키는 플롯을 소원화된 '이야기'로 파악하고 있다. 곧 "친숙한 구조, 이야기를 소원화함으로 해서 플롯은 우리로 하여금 '사물을 감지'케 해준다"는 것이다.(에릭 S. 라브킨, 「공간형식과 플롯」, 김병욱 편 최상규 역, 『현대소설의 이론』, 대방출판사, 1984. 227쪽.)

17 "플롯이란 하나의 결정적인 감각적 반응을 불러일으키도록 사건들을 한정하고 연속화하는 법칙의 집합이다." 키이런 이이건, 「플롯이란 무엇인가」, 김병욱 편, 최상규 역, 『현대소설의 이론』, 대방출판사, 1984. 220쪽.

18 "變異之談, 盛于六朝, 然多是傳錄舛訛, 未必盡幻設語, 至唐人乃作意好奇, 假小說以

이 점에 대해 루쉰魯迅은 "'의식적으로作意'나 '허구를 활용幻設'하는 것"에 주목하여, 전기傳奇의 의의를 작자의 "의식적인 창작"에 두었던 바,[19] 여기에서 말하는 의식적인 창작이란 앞서 살펴본 아리스토텔레스 이래 서구의 소설이론가들이 갖고 있던 플롯의 개념과 궤를 같이 하는 것이라 할 수 있는 것이다.

이러한 논의들에 공통적으로 나타나는 것은 이야기에 대한 작가의 적극적인 개입이다. 또한 많은 소설이론가들이 이러한 가공을 훌륭한 소설, 잘된 소설을 판가름하는 잣대로서 파악하고 있다. 이것은 동서 고금을 통하여 공통적으로 발견되는 것인데, 이러한 기준에 비추어 볼 때 설화적 전통 하의 설화자의 즉흥적인 구연 방식으로 인해 수미가 상응하는 치밀한 플롯이 부재할 수밖에 없었던 중국의 고대소설들은 많은 작품들이 함량미달의 불합격품이라는 혐의를 벗을 수 없게 된다. 그 가운데 대표적인 것이 『유림외사』라 할 수 있는 바, 구조라는 측면에서 이 작품에 대한 평가는 크게 부정적인 견해와 긍정적인 견해로 엇갈려 이루어져 왔다.

2. 『유림외사』의 구조에 대한 제가諸家의 평

『유림외사』의 구조에 대한 최초의 언급으로는 아마도 그 작자의 이

寄筆端." 胡應麟, 『少室山房筆叢』 36(황린黃霖, 한퉁원韓同文 선주選注, 『중국역대소설논저선中國歷代小說論著選』(상上), 쟝시런민출판사江西人民出版社, 1982. 151쪽에서 재인용.)

19 루쉰魯迅, 『중국소설사략中國小說史略』, 『루쉰전집魯迅全集』 9권, 런민원쉐출판사人民文學出版社, 1981. 70쪽.

름을 알 수 없는 다음의 글을 들 수 있을 것이다

　　『유림외사』의 구성은 느슨함을 면치 못하고 있는데, 아마도 작자가
애당초 어떤 인물과 어떤 사건까지 쓰고 멈추어야 할지를 결정하지 못
했기 때문이리라. 따라서 이 책의 어느 부분에서든지 (임의로) 끝낼 수
있으면서도 또한 어느 부분에서든지 (임의로) 끝낼 수 없는 것이다. 어
느 부분에서든지 끝낼 수 있다는 것은 사건이 인물로 인해서 일어나고
인물이 사건에 따라 소멸하기 때문이며, 어느 부분에서든지 끝낼 수 없
다는 것은 끝없이 소멸하고 까닭 없이 일어나기 때문이다. 이것은 그
폐단이 가지는 있으되 줄기는 없다는 것에 있는데, 그것은 왜 그렇게
되는 것인가? 만약 인물을 줄기로 삼는다면, 곧 두사오칭杜少卿 한 사
람으로 작품 전체의 인물을 모두 묶어 낼 수 없게 되고, 그 사건을 줄기
로 삼게 되면, 곧 권세와 이익이라는 두 글자 역시 작품 전체의 상황들
을 포괄해 내기에 부족하게 된다.[20]

　　이 글이 나온 것은 대략 1917년 정도로,[21] 중국에서 신문학이 발흥
하고 문학혁명이 준비되었던 시기였다. 여기에서 들고 있는 『유림외
사』 구조의 결점은 "가지는 있으되 줄기는 없다有枝而無幹"는 것으로
요약할 수 있다. 이후의 논자들은 대개 이러한 관점을 따랐으며, 그

20　"『儒林外史』之布局, 不免鬆懈, 蓋作者初未決定寫至幾河人幾何事而止也. 故其書處
　　處可住, 亦處處不可住. 處處可住者, 事因人起, 人隨事滅故也; 處處不可住者, 滅之不
　　盡, 起之無端故也. 此其弊在有枝而無幹, 何以明其然也? 將謂其以人爲幹耶, 則杜少
　　卿一人, 不能結束全書人物; 將謂其以事爲幹也, 則勢利二字, 亦不足以賅括全書事
　　情."『결명필기缺名筆記』, (쟝루이짜오蔣瑞藻, 『소설고증습유小說考證拾遺』, 상하이구
　　지출판사上海古籍出版社, 1984. 715~716쪽에서 재인용.)
21　Shuen-Fu Lin, "Ritual and Narrative Structure in Ju-Lin Wai-shih", Andrew
　　H. Plaks ed., *Chinese Narrative*, Princeton Univ. Press, 1977. p.245.

가운데 대표적인 이가 이와 비슷한 시기에 글을 발표한 후스胡適이
다. 후스는 서구적인 소설의 개념에 의거하여 『유림외사』의 구조에
대해 강한 불만을 표시하면서 다음과 같이 말했다.

> 『유림외사』가 비록 새로운 체재를 개척하긴 했으나, 여전히 구조를
> 갖고 있지 못하다. 산둥의 원상 현으로부터 난징을 말하고, 샤 총갑으
> 로부터 딩옌즈를 말하며, 두선칭을 말하는 데 이르러서는 이미 러우 공
> 자를 잊고 있고, 펑밍치를 말하는 데 이르러서는 이미 장톄비를 잊고
> 있다. 뒤에 나온 같은 종류의 소설 역시 구조 배치를 갖고 있는 것이
> 없다. 그래서 천년 동안의 소설들 모두가 구성이 없는 것과 마찬가지인
> 것이다.[22]

여기에서 말하고 있는 구조 배치結構布置나 구성布局이 없다는 것은
결국 앞서 『결명필기缺名筆記』에서 말한 줄기가 없다는 것을 가리킨
다. 이 점에 있어서는 루쉰 역시 예외가 아니다. 그 역시 『중국소설사
략』에서 다음과 같이 말했다.

> 우징쯔가 묘사한 것은 바로 이런 부류의 사람들로, 대부분 스스로 보
> 고 들은 바에 의거하였기에, 그것을 묘사한 문필 역시 그러한 정황을
> 그려내기에 충분하였다. 그러므로 어두운 부분을 밝혀내고 감추어진 것
> 을 찾아내 그 행적을 감추고 있는 사물이 없었다. 무릇 관료官師와 유자

---

22 "『儒林外史』雖開一種新體, 但仍是沒有結構的; 從山東汶上縣說到南京, 從夏總甲說到
丁言志; 說到杜愼卿, 已忘了婁公子, 說到鳳四老爹, 已忘了張鐵臂了 後來這一派的小
說, 也沒有一部有結構布置的. 所以這一千年的小說裏, 差不多都是沒有布局的."(후스
胡適, 「50년 이래 중국의 문학五十年來中國之丈學」, 『후스문존胡適文存』 제2집第二集 1
권卷一, 239쪽.)

儒者, 명사名士, 산인山人, 그리고 사이사이에 시정세민市井細民들까지
도 모두 작품 속에 모습을 드러냈는데, 그들의 목소리와 모습을 아울러
그려내어 당시의 세상이 눈앞에 있는 듯하였다. 그러나 이 책에는 주된
줄기가 없고 다만 각종 인물을 구사하여, [그 인물들이] 열을 지어 등장
하면 그에 따라 사건이 그들의 등장과 함께 벌어졌다가 그들이 퇴장하
면 같이 끝난다. [따라서] 장편이라고 하지만 자못 단편과 같은 체제가
되었다. 그러나 비단 쪼가리를 여러 조각 모아 첩자帖子를 이루어낸 것
과 같이 비록 그 폭이 크지는 않지만, 때로 진기한 것이 있어 사람들의
마음을 즐겁게 하고 눈이 번쩍 뜨이게 하는 것이 있다.[23]

이상과 같은 『유림외사』의 구조에 대해 부정적인 견해를 갖고 있는
사람들의 논지는 대개 이 소설에 전편全篇을 이끌어 가는 주동인물
protagonist이 없고,[24] 주된 갈등구조,[25] 곧 중심이 되는 플롯이 없다

---

23 "敬梓之所描寫者卽是此曹, 旣多據自所聞見, 而筆又足以達之, 故能燭幽索隱, 物無遁
形, 凡官師, 儒者, 名士, 山人, 間亦有市井細民, 皆現身紙上, 聲態并作, 使彼世相,
如在目前, 惟全書無主干, 僅驅使各種人物, 行列而來, 事與其來俱起, 亦與其去俱訖,
雖云長篇, 頗同短制, 但如集諸碎錦, 合爲帖子, 雖非巨幅, 而時見珍異, 因亦娛心, 使
人刮目矣."(루쉰魯迅, 『중국소설사략中國小說史略』, 182쪽. 우리말 번역본은 564~
565쪽.)

24 왕형王璜은 앞서의 논자들이 말한 주된 '줄기가 없다는 것無主幹'은 결국 진정한 의미에
서 전편을 이끌어 나가는 주인공이 없다는 것을 의미하는 게 아니겠나 하는 의견을
제기하였다. "『儒林外史』的沒有主幹, 實在是因爲他沒有一個眞正的主人公."(왕형王璜,
「『유림외사』의 구조를 논함論『儒林外史』的結構」, 『동방잡지東方雜誌』 42권 6기, 1946.3.
59쪽.)

25 이것은 클라이맥스高潮가 없다는 말로도 바꾸어 놓을 수 있다(정밍리鄭明娳, 「『유림
외사』의 단선 구조『儒林外史』的單體結構」, 『유사월간幼獅月刊』 45권 6기. 57쪽.)
한편 이런 관점에서 정밍리는 『유림외사』의 구조가 안고 있는 유일한 결점은 긴장감
이 떨어지는 느슨한 플롯이 독자에게 강렬한 정서 적 감흥을 일으키지 못하는 데 있
다고 파악하기도 하였다. "『儒林外史』結構上唯一的缺點是情緖效果不能集中. 一般的長篇小
說大多具備緊張刺激或悱惻纏綿的情節. 故事發展的次序, 也大多經歷頓挫轉機而進入高潮, 再

는 데 집약되어 있다고 할 수 있다. 그러나 과연 이것이 결정적인 흠
이 될 수 있는가 하는 데에는 이론의 여지가 있을 수 있다. 여기에서
한 가지 짚고 넘어가야 할 사실은 이러한 논의들이 등장한 시기가 대
개 20세기 초반에 해당한다는 것이다. 이것은 『유림외사』의 구조를
논하는 데 있어 중요한 시사점을 제공해주는 것이라 할 수 있다. 그것
은 곧 이 시기에 중국이 서구와의 접촉을 통해 그들의 앞선 물질문명
을 받아들였을 뿐 아니라 그들의 문학이론을 동시에 수용한 결과, 중
국의 고대소설을 평가하는 데 있어서도 중국의 전통적인 논법을 적용
하기보다는 서구적인 개념에 입각하여 논의를 전개했다는 것이다.[26]
따라서 앞서 살펴본 20세기 초반에 나타난 『유림외사』의 구조에 대한
평자들의 부정적인 평가는 상당 부분이 지나치게 서구적인 소설의 개

經幾回懸宕而解決難題, 所以能緊扣讀者心弦. 外史旣無浪漫的愛情故事, 又所奇詭的社會奇聞,
全書的大結構旣不以少數人物爲中心, 各小結構也不重視一般的情緖效果."(정밍리, 같은 글,
60쪽.)

26 이렇듯 『유림외사』의 구조에 대한 비판적 견해들이 서구적인 영향 하에 이루어진 것
이라는 주장을 편 사람들 가운데 대표적인 이가 미국에 있는 한학자漢學者인 린순푸
林順夫이다. 그는 후스胡適의 『유림외사』에 대한 불만이 그의 미국 유학 경험에서 나
온 서구지향적 사고에 바탕한 것이라고 하면서 다음과 같이 말했다. "후스胡適의 사
고가 발전해온 상황을 고려해 볼 때, 그의 『유림외사』에 대한 편견이 그가 서구적인
사고방식과 단일플롯을 갖고 있는 서구소설을 체험했던 데서 나온 것이라는 사실에
는 의심할 여지가 없다.(Considering the context from which Hu Shih's ideas
evolved, there is no reason to doubt that he derived his prejudice against The
Scholars from his experience with the Western mode of thought and with the
monolithic plot structure of the Western novel.)" (Shuen－Fu Lin, 앞의 책,
247쪽.) 근래에 중국에서도 이와 같은 주장을 편 사람이 있다. "胡適用西方長篇小說
慣用的藝術結構來簡單地否定中國小說傳統的結構, 這就是他'全般西化'主張的反映." 판
산궈樊善國, 「『유림외사』의 구조 특징『儒林外史』的結構特點), 복인보간『중국고대, 근대
문학연구』復印報刊『中國古代, 近代文學硏究』, 1983.10.(原載『北京師範大學學報』, 1983.5
期.) 196쪽.

념과 잣대에 의존했다는 혐의를 벗을 수 없게 된다.

이에 반해 좀 더 후대에 이루어진『유림외사』의 구조에 대한 연구
자들의 평은 오히려 긍정적이라 할 수 있다. 그 가운데 대표적인 것이
왕황王璜의 다음과 같은 언급이다.

> 『유림외사』의 구조는 비록 결점이 많기는 하지만, 이러한 결점들은
> 실제로는 병폐라고 할 만한 것이 아니다. 고도의 정치의식과 농후한 진
> 실성이 이러한 결점들을 모두 덮어버리고 있는 것이다.[27]

왕황의 이 말은 비록 유보적인 입장을 취하고 있다는 측면에서 적
극적인 발언이라고 볼 수는 없지만, 중요한 사실을 시사해주고 있다.
그것은 곧 구조라는 것이 단지 형식적인 차원에만 머무르는 것이 아
니라 그 작품의 내용과 밀접한 관련을 맺고 있다는 것이다. 그런 의미
에서 웨헝쥔樂衡軍의 다음과 같은 말은 더욱더 시사적이다.

> 마찬가지로『유림외사』는 수많은 사람들의 이야기를 묘사하고 있는
> 데, 각각은 이와 같이 웅건하고 완전한 구조를 확실히 결여하고 있으
> 며, 심지어 플롯이라는 측면에 있어서는 근본적으로 통일되어 발전하
> 는 어떠한 추세도 볼 수 없다. ……분명한 것은『유림외사』를 수많은 풍
> 자 장면을 모아놓은 화첩으로 보아야 한다는 것이다. 모든 화면은 하나
> 의 공통된 주제를 표현하고 있지만, 한 폭의 그림마다는 각자가 독립되
> 어 존재한다.[28]

---

27 "儒林外史的結構, 雖然缺點很多, 但這些缺點, 實在不足爲病; 高度的政治意識, 與濃
厚的眞實性, 將那些缺點, 都掩蓋了下去."(왕형, 앞의 글, 61쪽.)
28 "『儒林外史』同樣是寫許多人的故事, 各顯然缺少如此雄健而完整的佈局, 甚至在情節上
根本看不出有任何統一發展的趨勢. ……顯然只把『儒林外史』當作一套彙集了許多諷刺

곧 『유림외사』의 구조는 다양한 삶의 모습을 그려내기 위한 하나의 방편으로 볼 수도 있다는 것이다. 이러한 논의들은 『유림외사』의 구조에 대해 근본적으로는 회의적인 입장을 갖고 있지만, 그 의의를 전적으로 부정하고 있지만은 않다는 점에서 앞선 시대의 평자들에 비해 좀 더 유연한 자세를 취하고 있다고 볼 수 있다.

그러나 근래의 평자들은 오히려 좀 더 적극적인 입장에서 『유림외사』의 구조를 논하고 있다. 황빙쩌黃秉澤는 "줄기가 없다無幹"는 것이 전서를 관통하는 주인공과 이야기의 실마리가 없다는 것이지 이 작품에 구조가 없다는 것을 의미하지는 않는다[29]고 하면서, 『유림외사』의 구조의 의의에 대해 다음과 같이 말했다

전서全書를 세밀하게 읽어보면, 총체적인 시각에서 볼 때, 침선針線이 세밀하다. 복필伏筆도 있고, 조응照應도 있다. 곧 장단이 일치하지 않는 수많은 복선들이 종횡으로 얽혀 있으면서도 유리되어 있는 인물도 없고 유리되어 있는 플롯도 없다. 설사 시종일관하는 이야기의 실마리가 없고 전서를 관통하는 주인공이 없다 손치더라도, 그 구조는 여전히 엄정하고 긴밀한 것이다.[30]

場面的畵册看: 所有的畵面都表現一個共同的主題, 但是每一幅畵却各自經營獨存." 웨헝쥔樂衡軍, 「세기의 표박자-『유림외사』의 군상世紀的漂迫者-『儒林外史』群像」, 커칭밍柯慶明, 린밍더林明德 주편主編 『중국고전문학연구총간-소설지부(3)中國古典文學研究叢刊-小說之部(三)』, 쥐류도서공사巨流圖書公司, 민국 74년. 175쪽.(原載 『現代文學』 45期. 民國 60.12.)

29 황빙쩌黃秉澤, 「『유림외사』의 장편 예술구조를 논함論『儒林外史』的長篇藝術結構」, 『안후이사대학보安徽師大學報』 1981. 제4기.(再收錄 安徽省紀念吳敬梓誕生二百八十周年委員會 編, 『儒林外史研究論文集』, 安徽人民出版社, 1982. 李漢秋 編, 『儒林外史研究論文集』, 中華壽局, 1987.) 40쪽.

30 "細讀全書, 從整體来看, 針線細密. 有伏筆, 有照應; 有長短不一的許多伏線, 縱橫攀

한편 판산궈樊善國는 『유림외사』의 예술구조가 '개방식'으로 되어
있는데, 이러한 형식은 과거에는 정통적인 지위를 차지하고 있지 못
했지만, 점점 더 사람들로부터 중시되고 있다고 하면서, 이런 '개방
식' 구조를 갖춘 소설로서의 『유림외사』의 장점을 다음과 같이 몇 가
지로 요약하였다. 그것은 첫째 『유림외사』의 예술구조는 비교적 긴
시간과 비교적 넓은 공간을 허용하고 있고,[31] 둘째로는 수많은 인물형
상을 다루고 있으며,[32] 셋째로는 광범위한 사회문제를 다루고 있고,
넷째로는 매우 강한 현실감을 지니고 있으며, 다섯째 풍자수법의 운
용에 유리하다는 것이다.[33]

또 같은 맥락에서 핑후이산平慧善은 『유림외사』의 구조가 유기적인
전체를 이루고 있다고 보면서, 그 구조상의 특징을 다음과 같은 세 가
지로 개괄한 바 있다. 첫째 하나의 사상적인 실마리를 운용하여 플롯
의 발전과 하강을 통해 각각의 이야기를 논리적으로 안배했다. 두 번
째로 각각의 단원들은 내재적인 논리 연관관계를 맺고 있을 뿐 아니
라 외재적인 연계, 곧 등장인물과 사건의 결합도 맺고 있다. 세 번째
는 전체 구조 속에서 전후가 호응되고 대조를 이루는 원칙을 고수하
고 있다는 것이다.[34]

結牽連; 沒有游離的人物, 也沒有貫串的情節. 盡管沒有貫串始終的故事線索, 沒有貫
串全書的主人公, 它的結構仍然嚴整緊密."(황빙쩌, 앞의 글, 46쪽.)

31 『유림외사』의 무대가 되고 있는 공간은 위로는 산둥山東으로부터 아래로 광둥廣東까
지, 동으로는 쟝쑤江蘇와 저쟝浙江으로부터 서쪽으로는 안후이安徽와 쟝시江西에 이
르기까지 10여 성에 이르고, 시간적으로는 명대 성화成化 말년末年으로부터 만력萬曆
23년에 이르기까지 약 100여 년을 아우르고 있다.

32 『유림외사』에 등장하는 인물은 주요인물만 50여 명이고, 부차적인 인물은 110여 명
에 이른다.

33 판산궈樊善國, 앞의 글, 196쪽~198쪽.

이들의 주장에 공통적으로 나타나는 것은 과거의 평자들과 같이 『유림외사』의 구조를 일면적으로 파악하여 단순히 중심인물이나 중심플롯이 없다는 사실에만 초점을 맞추어 단순히 부정적인 결론을 이끌어내는 데 그치지 않았다는 것이다. 이들은 『유림외사』의 구조를 그 내용과 분리시키기보다는 양자의 긴밀한 연관관계 속에서 파악하려 했다. 곧 구조를 단지 형식적인 차원에서만 다루는 것이 아니라 작품에 담겨 있는 작자의 창작의도와 작품 속에 반영된 사회현실을 담아내는 도구로서, 내용과 형식의 변증적인 통일과정으로 이해하고자 했던 것이다.

3. 내용과 형식의 변증법

앞서 살펴본 바와 같이 아리스토텔레스 이래 서구의 소설이론가들은 플롯을 이야기의 줄거리를 얽어 짜는 과정으로 이해하였다. 이러한 관점에서 이들의 관심은 일차적으로 이야기의 정합성integrity, 주제의 일관성coherence, 통일성unity에 그 초점이 맞추어져 있었다. 아울러 이것은 정교하게 짜여진 플롯을 통해 작자가 독자에게 전달하고자 하는 내용이나 주제를 효과적으로 전달한다는 측면에서 고려되어진 것이라 할 수 있다. 다른 한편으로 한 가지 플롯에 대한 이러한 구조주의적 접근은 소설 구조의 기승전결식 전개와 클라이맥스에 대한 강조로 귀결되기도 한다.

---

34 펑후이산平慧善, 「『유림외사』의 예술구조 시론試談『儒林外史』的藝術結構」, 『예담藝談』 1980.3기. 48~49쪽.

그러나 서사구조라는 것도 결국은 사회경제적 배경과 그 시대의 의식형태와 밀접한 관련을 맺고 있다. 이렇게 볼 때, 서사구조를 단순히 "소재가 어떻게 정돈되어 있는가를 따져보는 것"으로만 파악하는 것은 지나치게 일면적인 이해에 머무르고 있다는 혐의를 벗을 수 없다.[35] 곧 하나의 문학작품은 전달하고자 하는 주제와 내용을 담고 있으며, 이것은 다양한 형식으로 독자들에게 제시될 수 있는 것이다. 나아가 모든 서사가 드러내고자 하는 사회적 현실이라고 하는 것은 다양한 측면을 담고 있을 수밖에 없으며, 이런 의미에서 단일한 관점에서 일관된 내용을 담아내는 것도 의의가 있는 일이겠지만, 삶의 복잡한 면을 서로 연관이 없는 듯이 보이는 몇 개의 단편적인 에피소드의 연결로 드러내 보여주는 것도 전혀 의미가 없는 일은 아닐 것이라는 주장도 마찬가지로 설득력을 지니고 있다고 할 수 있다.

이런 의미에서 『유림외사』의 구조는 우선적으로 작자가 작품을 통해 드러내고자 했던 주제의식과의 연관 하에서 파악되어야 할 것이다. 아울러 중국의 전통적인 고대소설은 내용과 형식적인 면에 있어 사전문학史傳文學과 설화의 전통을 계승하고 발전시킨 것이라 할 수 있다. 『유림외사』역시 이 점에 있어서는 예외가 아니며, 이 작품을 특징짓는 구조적 특성은 이러한 전통의 계승이라는 측면에서 바라보아야 할 것이다.[36]

---

35 "우리는 이러한 소설 속의 사건의 서술이 어떤 짜임새를 갖고 있는가 하는 것을 따져 볼 필요를 느끼게 된다. 이러한 소설 내의 사건의 짜임새를 흔히 서사구조narrative structure라 부른다."(김천혜, 앞의 책, 162쪽.)

36 "文藝作品的結構是一種藝術形式. 任何藝術形式都爲反映一定社會生活內容而存在, 作家采取何種結構形式都不是任意而爲的. 『儒林外史』采取它的獨特的結構形式, 旣受中國古代小說傳統的影響, 也爲作者熟悉的社會生活所制約, 是作者深思熟慮, 嚴密構思,

1) 설화적 전통

우선 『유림외사』가 중국의 전통적인 백화소설白話小說의 설화적 전통을 계승한 흔적은 그 이야기의 전개방식에서 찾아볼 수 있다. 일반적으로 구어로 써진 중국의 백화소설의 기원은 송대로 거슬러 올라갈 수 있다.[37] 송대의 설화인說話人들에 의해서 직접 청중들에게 강술講述되어졌던 이야기들에서는 그 안에 등장하는 인물들의 대화가 생동하는 구어로 처리되었으며, 이야기 자체에 대한 흥미로 인하여 강술되어지는 이야기의 구성은 화자나 청자 모두에게 그리 중요하게 여겨지지 않았다. 중요한 것은 구연 당시의 상황에 따른 화자의 임기응변이었으며, 이것에 따라 화자의 능력이 평가되었다.

아울러 중국소설의 설화적 전통과 밀접하게 관계를 맺고 있는 것은 소설의 전체 내용을 이끌어 가는 인과율이 선험적으로 주어지고 있다는 것이다. 이러한 인과율이 작품 속에서 구체적으로 제시되는 것이 곧 설자楔子이다. 『유림외사』의 경우에도 전편全篇의 대의와 이야기 전개 방식은 제1회 설자 부분에서 충분히 암시되고 있다. 『유림외사』의 설자의 역할과 의의에 대해서는 '워 평' 제1회 총평에 다음과 같이 언급되어 있다.

　　원대 사람들의 잡극 첫머리開卷는 대개 '설자楔子'로 시작된다. 설자

精心·布局的産物."(황빙쩌黃秉澤, 앞의 글, 40쪽.)

37 이것은 전통적으로 주장되어져 왔던 견해이다. 물론 여기에는 이론의 여지가 있을 수 있다. 그 가운데 대표적인 것이 송대 이후 등장한 백화소설과 둔황敦煌 변문과의 친속성이다. 이 문제에 대해 이루어진 최근의 연구성과로는 전홍철全弘哲의 『돈황敦煌 강창문학講唱文學의 서사체계敍事體系와 연행양상演行樣相 연구研究』(한국외국어대학교 박사논문, 1995.)를 들 수 있다.

란 다른 사건을 빌려 서술하려는 사건을 이끌어내는 것이다. ……[이 소
설의] 작자는 역사가의 재능을 갖춘 훌륭한 소설가稗官라서, 설자 한 편
만 봐도 글 전체의 맥락이 분명하게 드러나게 해 놓았다. 진정 필묵을
낭비하지 않는 솜씨라 하겠다. ……이름을 모르는 세 사람은 이 책에 등
장하는 모든 사람들의 그림자이고, 그들이 나누는 담론 또한 이 책 전
체에 담긴 언사言辭의 [정형화된] 양식이다.[38]

곧 『유림외사』의 설자에는 이후에 전개될 이야기들에 대한 커다란
암시가 담겨져 있는 것이다. 제1회에서 왕몐은 팔고 과거제도로 취사
取仕하게 되었다는 이야기를 듣고 다음과 같이 말한다.

"이 법만은 잘못 제정된 듯합니다. 장차 선비들은 이 방법으로 일신의
영달을 꾀할 것인즉, 문행출처文行出處를 소홀히 여기게 될 것입니다."[39]

여기에는 앞으로 전개될 이야기 속에 등장하는 문인들이 과거를 통
해 부귀공명을 추구하는 지식분자들과 팔고 과거제도를 반대하고 '문
행출처文行出處'를 제창하는 지식분자의 두 가지 부류로 나뉘게 될 것
이라는 암시가 담겨 있다고 볼 수 있다. 그리고 앞으로 문인들에게 닥
치게 될 비극적인 미래에 대한 암시 역시 楔子에서 강하게 드러난다.

---

38 "元人雜劇開卷率有楔子. 楔子者, 借他事以引起所記之事也. ……作者以史漢才作爲稗
官, 觀楔子一卷, 全書之血脈經絡無不貫穿玲瓏, 眞是不肯浪費筆墨. ……不知姓名之
三人是全部書中諸人之影子, 其所談論又是全部書中言辭之程式."(리한츄李漢秋 輯校,
『유림외사』 회교회평본『儒林外史』會校會評本, 상하이구지출판사上海古籍出版社, 1984.
16~17쪽.)
39 "這個法却定的不好. 將來讀書人旣有此一條榮身之路, 把那文行出處都看得輕了"(『유
림외사』 제1회.)

"보세요. 관삭성이 문창성을 범했으니 문인들에게 액운이 쏟아지게
될 것입니다."[40]

이것은 전편에 흐르게 될 비극적인 색조를 상징적으로 드러내 보여
주는 것으로 일종의 복선이라 할 수 있다.

아울러 설자에서는 이후에 나오게 될 긍정적 인물과 부정적 인물들
역시 예시하고 있다. 부정적 인물들의 전범은 '워 평'에서 지적한 대
로 성명을 알 수 없는 세 사람이다. 이들의 등장은 약간은 우연적이며
그들을 바라보는 왕몐의 시각 역시 분명하지 않다. 그러나 이들과 왕
몐을 동시에 등장시킴으로써 작자는 부정적 인물과 긍정적 인물의 대
비를 꾀하려 했던 것이라 할 수 있다. 한편 긍정적 인물의 대표격인
왕몐은 전편에 등장하는 모든 문인들의 품행을 평가하는 바로미터의
역할을 하고 있다. 그러나 기이한 사실은 전편을 통해 왕몐을 능가하
거나 왕몐과 어깨를 나란히 할 만한 인물은 나타나지 않고 있다는 것
이다. 이것 역시 처음과 결말을 대비시킴으로써 전체 구조가 하강의
형태를 띠고 있다는 것을 의미한다고 할 수 있다.

전반적으로 비관적인 색조를 띠고 있는 설자 부분에 비해 결말은
오히려 낙관적인 함의를 갖고 있다. 이러한 낙관은 현실에 대한 달관
으로부터 기인한 것이라 할 수 있는데, 여기에서 문제가 되는 것은 작
자의 문제의식 자체가 이로 인해서 많은 부분 퇴색되어 버렸다는 것이
다. 곧 암울한 현실에 대한 예시와 부정적 인물들에 대한 비판을 통해
드러난 갈등의 해소는 작자의 적극적인 대응방식에 바탕해 이루어지
는 것이 아니라 현실에 대한 허무주의적 결론으로 귀결되고 만다는

---

40 "你看貫索犯文昌，一代文人有厄."(제1회)

것으로, 이것은 이 작품이 갖고 있는 한계라고도 말할 수 있다.

한편『유림외사』의 전편의 인과관계를 이끌고 있는 또 하나의 실마리는 작자가 추구하는 이상세계로부터 찾아낼 수 있는데, 그것은 '예치禮治'와 '인정仁政'으로 대표되는 '유가적 이상주의'이다. 그러나 이러한 작자의 이상이 작품 속에 현현되는 양상은 앞서 살펴본 바와 같이 선험적으로 주어지며, 이것은 중국인 고유의 사유방법인 직관에 의해 대상의 본질을 통찰하는 것으로부터 나온 것이라 할 수 있다. 중국의 고대소설에서 설자가 많이 쓰이고 동시에 그 작용이 중시되는 까닭은 바로 이러한 직관 이성의 영향 때문이라 할 수 있는 것이다.[41]

앞서 살펴본 대로『유림외사』의 설자와 결말의 작용은 전편을 포괄하면서 모든 사건의 발단과 전개 및 마무리를 담당하는 것이라 할 수 있다. 그리하여 설자로부터 제시된 인물들에 대한 포폄과 그로 인해 예시되는 사건들의 추이에 대한 서술은 결말 부분에 가서 매듭지어진다. 총체적으로 볼 때『유림외사』의 전반부에서는 대개 어떠한 형태든 부정적 인물에 대한 묘사를 통해 작자의 비판의식이 드러나며, 후반부에는 긍정적인 인물들의 등장으로 작자가 추구하는 이상이 체현된다. 이러한 부정적 인물과 긍정적 인물 사이의 갈등을 통해 사건이 전개되며, 이 갈등이 고조되어 절정을 이루는 것은 '타이보의 사당을 제사지내는 것祭泰伯祠'을 통해서이다. '타이보의 사당을 제사지내는 것祭泰伯祠'에는 작품에 등장하는 긍정적인 인물들이 모두 참여하여 祭典의 성공을 위해 노력한다. 이렇듯 사상적으로나 인물 자체에 대

---

41 천원신陳文新,「전통적인 사유 경로로 본『유림외사』구조의 완정성從傳統的致思途徑看『儒林外史』結構的完整性」, 복인보간『중국고대, 근대문학연구』復印報刊『中國古代, 近代文學研究』1987.8.(原載『江漢論壇』(武漢), 1987.6.), 255쪽.

한 품평으로 보나 하나의 전환점으로서의 '타이보의 사당을 제사지내는 것祭泰伯祠'에 담겨 있는 우의는 바로 설자에서 제시된 이상주의적 유가 이념을 대표하는 것이라 할 수 있는 것이다.

이렇게 볼 때 '타이보의 사당을 제사지내는 것祭泰伯祠'을 통해 제시된 유가의 이상을 대표하는 "예禮"야말로 『유림외사』 전편의 정합 구조整合構造라 할 수 있으며, 이것의 감추어진 의미는 보편적인 사회관계에 대한 통합적인 파악이라고 할 수 있다. 곧 '예'는 잘못된 현실에 대한 작자의 직관적인 대응방식의 이념화라 할 수 있는 것이다. '예'의 세계에 대한 이와 같은 동경은 『유림외사』의 전편을 지탱해 나가는 주제로 작품 속에서 다음과 같은 두 가지 작용을 하고 있다. 그것은 첫째 일군의 개별적인 삽화들을 하나로 묶어 좀 더 큰 구성단위를 이루게 하고, 둘째 그렇게 큰 단위들을 다시 더 큰 하나의 전체로 통합시키는 것이다.[42] 곧 단편적으로 흩어져 있는 이야기들로 구성된 『유림외사』에서 유가의 '예'의 세계관은 소설 전체의 정합적인 틀로서 기능하고 있다고 볼 수 있다.

2) 사전문학史傳文學의 계승

한편 혹자는 같은 백화소설이라 하더라도 단편소설들은 설화적인 전통의 영향을 많이 받았다고 평가되어지는 데 반해, 장편소설들은 한 걸음 더 나아가 사전문학史傳文學의 전통을 계승한 측면이 강하게 나타나 있다고 보았다.[43] 이러한 소설과 사학史學의 결합은 중국 고대소설

---

42 린순푸Shuen-Fu Lin, 앞의 글, 259쪽.

43 "While the colloquial short story stems directly from the oral tradition, the

의 작가들이 갖고 있었던 강한 목적의식에 바탕한 것이라 할 수 있다. 이들은 자신의 소설 창작의 동기를 잘못된 사회를 바로잡고 교정하는 데 두고자 했으며, 이러한 의도를 뒷받침하기 위해 작품의 사실성을 강조하였다 이러한 전통이 중국 고대소설의 서술방법에 반영되어 나타난 것이 곧 3인칭 서술과 등장인물의 원형에 대한 중시라고 할 수 있다. 그리하여 작품 자체의 허구적 가능성보다는 실제 인물實有其人과 실제 사실實有其事의 존재 여부에 좀 더 많은 관심을 기울였던 것이다.[44]

다른 한편으로 사실에 대한 객관적인 기록에 충실하고자 하는 작자의 태도는 전편을 통괄하는 중심인물이나 중심사건에 대한 무관심으로 표출되기도 한다. 그런 까닭에 전체 이야기는 개별적인 인물들의 전기를 단순히 모아 놓은 것에 지나지 않게 되어, 소설 작품에서 일반적으로 요구되는 구조의 엄밀성이 결여되게 되었다 이런 현상은『유림외사』에서만 보여지는 것은 아니며 다른 여타의 소설 작품에서도 흔히 나타나고 있다. 그 가운데 대표적인 것이『수호전水滸傳』으로 이 작품에 등장하는 인물들 역시『유림외사』와 마찬가지로 제각기 나름대로의 이야기 거리를 가지고 등장하여 전체의 구조를 이루고 있다. 그러나『수호전』과『유림외사』는 구조상의 유사함을 보이고 있는 동시에 서로 다른 점도 있는데, 그것은『수호전』에서는 쑹쟝宋江이라는

---

colloquial novel is additionally tied to the tradition of histography." C. T. Hsia, "Introduction", *The Classic Chinese Novel*, Columbia Univ. Press, 1968. 10~11쪽.

44 3인칭 서술이야말로 역사 기술에 특징적으로 나타나는 서술 방법으로, 작품이 갖고 있는 사실성을 객관적으로 드러내 보여 주는 것이다. 그리고 작품에 등장하는 인물 하나하나도 실존했던 인물이었음을 강조하는 의미에서 그들의 원형을 제시하고자 하는 데 대한 노력을 아끼지 않았던 것이다.(판산궈樊善國, 앞의 글, 193쪽.)

중심인물이 있어 등장인물들을 이끌어 나간다는 것이다. 『수호전』에 등장하는 인물들은 그들의 정신적, 물질적 지주[45]인 쑹쟝과의 인연으로 인하여 작품에 등장하고 사라지기도 하며 서로 간에 관계를 맺어 나간다. 그러나 같은 의미에서 『유림외사』의 중심인물격인 두사오칭杜少卿이 쑹쟝과 같은 역할을 하고 있는 지에 대해서는 회의적일 수밖에 없다. 작자의 의중에서 긍정적으로 그려지고 있는 두사오칭杜少卿은 작자의 현실에 대한 비판의식을 적극적으로 반영하고 있지 못하다는 측면에서 전편을 이끌어 가는 주동인물로 보기에는 부족한 점이 많으며, 정작 그에게 할애된 편폭 또한 그의 명성에 값하기에는 터무니없이 짧다고 할 수 있다.

또 『유림외사』의 제목에서는 이 작품에 대한 사전문학의 영향, 곧 단순히 허구적 사실을 기록하는 데 그치지 않고 역사에 관한 저작물로서까지 평가받고자 했던 작자의 의도를 엿볼 수 있다.[46] 이렇듯 중국의 전통소설 가운데서도 백화 장편소설은 송대의 설화적 전통과 사전문학의 영향 하에 발전해 왔던 것이다.

이상의 논의를 통해서 명청대의 백화 장편소설의 구조는 단순히 이야기를 엮어 나가는 순서만을 의미하지 않으며, 이야기 속에 담겨질 내용에 의해 결정된다는 것을 알 수 있다. 동시에 이러한 형식적 틀은 다시 내용에 대해 일정한 지도 작용을 하게 되는데,[47] 이런 의미에서

---

45 쑹쟝宋江이 강호江湖의 호한好漢들로부터 칭송받았던 가장 큰 이유는 그가 "장의소재杖義疏財"했다는 데 있었다. 이것은 정신적인 면에서의 "의義"와 호한好漢들이 위급한 처경에 놓였을 때 피신처의 제공 등으로 나타나는 물질적 도움을 가리킨다.

46 "As the full title An Unofficial History of the Scholars indicates, the novel is intended by its author to be modeled after an historical narrative."(린순푸 Shuen-Fu Lin, 앞의 글, 254쪽.)

소설에서의 구조, 또는 플롯은 작품 내의 여러 재료들을 얽어 짜는 형
식인 동시에 내용이라 할 수 있으며, 이러한 내용과 형식의 변증적인
관계 속에서 그 시대에 걸맞은 대표적인 양식이 나오게 된 것이다. 이
렇게 볼 때 구조에 대해 관심을 가지는 것이 단지 형식적인 차원에서
의 일 뿐만은 아니며, 이것은 좀 더 본질적인 문제와 연관되어 있다고
할 수 있다. 여기에서 제기되는 또 하나의 문제점이 내용을 구조화시
킴에 있어 그 과정이 갖고 있는 심미적 가치의 조정 문제라 할 때,
『유림외사』의 구조를 운위함에 있어 간과할 수 없는 측면이 풍자소설
과의 연관성 문제이다.

3) 풍자소설의 구조상의 특질

소설에서 구조가 중요하게 취급되는 것은 하나의 이야기를 독자나
청중에게 전달함에 있어 '누가', '어떤 방식으로'라는 '이야기하기'의
방법에 따라 주고받는 감동의 크기가 사뭇 달라질 수 있기 때문이다.
그런 까닭에 서사이론이나 구조시학에서는 소설을 '이야기story'와 '이
야기하기(담론)discourse'라는 이중적 구조로 파악하는 경향이 있다.
'이야기'는 내용적인 차원에서의 '이야기 거리'를 가리키고, '이야기하
기'는 담론적 차원에서 내용을 '구조화시키는 과정'으로서, 곧 내용을
소설 텍스트로 정착시키는 행위인 것이다.

한편 작품의 플롯에 나타나는 주제나 인과율은 작자의 자의에 의하
여 인위적으로 부여받은 것이라 볼 수는 없다. 노오먼 프리드먼은 그

---

47 "소설의-그리고 모든 서사물의-존재방식은 표현-서술의 과정이 결정한다."(한용
환, 『소설의 이론』, 문학아카데미, 1990. 189~190쪽.)

것에 영향을 미치는 것으로 작품 속에 형상화된 '운명'과 인물의 '성격' 및 '사상'을 들면서, 플롯 역시 '운명의 플롯', '성격의 플롯', '사고의 플롯'으로 나누었다.[48] 또 그는 위와 같은 작업을 하기 전에 플롯의 형식을 규정하게 될 절차를 다음과 같이 나누어서 고찰했다. 첫째는 최초의 주인공이 누구냐 하는 문제인데, 여기에서 말하는 주인공이란 "그가 없으면 이야기 줄거리의 구조가 기능을 정지하게 되는 인물로, 어떤 이야기 줄거리의 원인이 되는 인물이며 결과를 발생시키는 인물"[49]을 가리킨다. 두 번째는 주인공의 운명과 성격 사고에 관한 문제이다.[50] 마지막으로 세 번째는 세 부분(곧 성격, 운명, 사고)이 무엇인가 하는 것뿐만 아니라 그 가운데 어떤 것이 주요 부분이며, 다른 두 가지는 여기에 대해 어떤 관계를 가지고 있느냐 하는 것이다.[51] 이렇게

---

48 노오먼 프리이드먼, 「플롯의 제형식」, 『현대소설의 이론』, 대방출판사, 1984. 172~176쪽.
 이와 유사한 분류를 한 사람으로 알. 에스. 크레인R. S. Crane을 들 수 있다. 그는 플롯을 주인공의 상황이 그 성격이나 사상에 의해 한정되고 영향받아 완전히 변화되는 '행동의 플롯', 행동에 의해 촉진되고 또 행동을 모델로 삼으며, 행동과 사상. 감정에 다같이 표명되는 주인공의 인격의 완성된 변화 과정을 나타내는 '작중인물의 플롯', 그리고 성격과 행동에 의해 조건 지어지고 방향이 결정되는 주인공의 사상의 변화 및 거기에서 결과되는 그의 감정 변화의 전 과정이 종합의 원리인 '사상의 플롯'으로 분류하였다.(알. 에스. 크레인, 「플롯의 개념」, 『현대소설의 이론』, 대방출판사, 1984. 167~171쪽.)
49 노어먼 프리이드먼, 앞의 글, 173쪽.
50 운명의 문제는, "어떤 인물이 목표는 가지고 있지만(성격), 자신의 힘으로는 어쩔 수 없는 환경의 힘에 의하여(운명) 도저히 거기에 다다를 수 없게 되기도 하는 것"을 가리키고, 성격의 문제는 "한 인물의 목표가 어떤 도덕적 특성의 획득에 관한 것이라면, 그래서 그 성공 여부가 환경에 달려 있는 것이 아니라 ……스스로의 의지력이나 인내력이나 자신감에 달려 있는 경우라면, 그것은 운명의 문제가 아니라 성격의 문제"라는 것이다.(노어먼 프리이드먼, 앞의 글, 174~175쪽.)
51 "이 문제와 해결이 주인공이 자신의 외부의 어떤 것을 획득하기에 성공하느냐 실패하느냐에 달린 것이라면, 그리고 만약에 이것이 궁극적으로는 그의 의지나 인식에 달린

볼 때 플롯의 논리를 지배하는 것은 인물과 환경 양사의 결합 문세로
집약시킬 수 있다. 곧 플롯은 형식적으로 또는 기능적으로는 독립된
형태를 취하지만, 주제 또는 내용과 연관된 측면에서는 인물과 환경
의 역동적인 상호작용에 의하여 나타나게 되는 것이다.

　한편 풍자소설은 인물과 환경의 선택에 있어서 부정성의 극단에 있
는 조건들을 반영한다. 즉 풍자소설은 부정적 인물이 부정적 환경에
서 살아가는 모습을 비판적으로 형상화하는 것이다.[52] 이들 부정적 인
물들은 환경의 논리에 집착하여, 그들이 부정적 환경에 대항하여 맞
서는 경우는 거의 일어나지 않는다. 아울러 긍정적으로 그려지고 있
는 인물들조차도 적극적으로 대항하는 일이 드물다.

　『유림외사』에 등장하는 긍정적 인물들의 현실대응 방식을 대표하
는 것은 샤오윈셴簫雲仙과 탕 진대湯鎭台의 경우이다. 39회와 40회에
걸쳐 등장하는 샤오윈셴은 변방의 이적夷狄들을 물리치고 농토를 개
간하며 백성들을 교육시키는 등 국가를 위해 힘을 다하나 그에게 돌
아 온 것은 정부의 재산을 변상하라는 통지문뿐이었다. 탕 진대는 자
신의 아들까지 불러들여 죽음을 무릅쓴 싸움 끝에 이적의 준동을 물

───────────────

　　것이 아니라 외적 상황에 의존하는 문제라면 그 주요부분은 운명이다. ……만약에 주
　　요 문제가 그의 상황이나 목표에는 상관없이 그가 생각하거나 믿는 것이 옳으냐 옳지
　　못하냐 하는 데에 달려 있다면, 주요 부분은 사고이다. ……주요 문제가…… 주인공
　　이 어떤 결정을 내릴 수 있느냐 없느냐 하는 데 달린 것이라면, 그래서 궁극적으로는
　　주변 상황이나 인식보다는 자기 자신에게 달린 것이라면 주요 부분은 성격이다."(노
　　오먼 프리이드먼, 앞의 글, 175쪽.)

52　"풍자소설의 부정적 인물이란 환경의 왜곡된 논리에 집착하는 자로서, 그가 부정적
　　환경과 맞서는 경우는 거의 일어나지 않는다. 이처럼 인물이 환경의 논리를 대표할
　　뿐 그것과 대립하지 못하면 인물과 환경의 상호작용은 역동성을 잃어버리며, 소설의
　　플롯 역시 정태적으로 진행되는 것이다."(조정래·나병철, 『소설이란 무엇인가』, 평민
　　사, 1991. 109쪽.)

리치고 돌아온다. 그러나 그 역시 상부로부터 질책을 받는다. 문제는 두 사람 모두가 불합리한 대우를 받고도 이에 대해 적극적으로 반항하거나 비판적인 태도를 취하지 않고 순순히 물러선다는 것이다. 이렇듯 『유림외사』에 나타나는 긍정적 인물들은 샤오원셴과 같이 현실에 순응하거나 탕 진대와 같이 현실로부터 물러난다.[53] 오히려 전편에 등장하는 인물 가운데 자신이 처한 환경에 가장 적극적으로 대응하는 사람은 옌 감생嚴監生의 두 번째 부인인 자오 씨趙氏와 선다녠沈大年의 딸인 선츙즈沈瓊枝라 할 수 있다. 자오 씨는 남편과 자식이 죽은 뒤 자신의 재산을 빼앗으려는 옌 공생嚴貢生과 처절한 싸움을 벌여 결국 자신의 몫을 지킨다. 선츙즈는 염상鹽商에게 속아 강제로 첩이 될 뻔하다 탈출하여 자신의 정조를 지킨다.

결국 『유림외사』에 등장하는 대부분의 인물들은 자신이 처한 환경에 대하여 적극적인 대응을 못하고 있으며, '타이보의 사당을 제사지내는 것祭泰伯祠'이라는 장치를 통해 작자의 이상을 지향하는 힘만이 제시되고 있을 뿐이다. 이렇듯 인물과 환경의 상호작용이 역동적으로 이루어지지 않고 있기 때문에, 그 플롯의 진행은 정태적이고 에피소드의 나열식으로 구성될 수밖에 없는 것이다.[54]

---

53 이런 의미에서 역설적으로 풍자소설에서 강조되는 것은 부정적 인물에 대한 희화화이다. 『유림외사』는 바로 이렇게 희화화된 인물들에 의해 자행되는 현실세계의 모순에 대한 가차없는 폭로라고 할 수 있다.

54 풍자소설과 정태적 플롯과의 관계에 대하여 유보적인 태도를 보이고 있기는 하나 적극적인 의미에서의 연관성을 고려하고 있는 것으로 다음과 같은 견해를 들 수 있다. "作者這樣處理的目的, 在于截取社會生活的橫斷面, 集中暴露科擧制度和社會政治的黑暗與腐敗. …… 作者的創作目的是'指摘時弊', 集中暴露這個行將崩潰的社會潰瘍面, 所以才采取這種形式. 倒不一定說這就是說諷刺文學的結構, 但確可以說, 這種結構十分有利于諷刺."(먀오좡苗壯, 「『유림외사』의 풍자예술 시론試論『儒林外史』的諷刺藝術」,

결론적으로 중국의 대표적인 풍자소설인『유림외사』가 갖고 있는 정태적이고도 에피소드적인 구조에 대한 이해는 다음의 몇 가지 차원에서 이루어질 수 있다. 그것은 첫째 '사전문학史傳文學'과 '설화說話'라고 하는 중국 고대소설의 전통으로부터의 종적인 계승과 둘째 사상적인 측면에서 중국의 전통적인 사유방식인 직관 이성에 의거해 작품을 통괄했다는 것, 그리고 마지막으로 공시적인 측면에서 풍자소설에 나타나는 특성으로서 작자의 소극적인 대안과 그것의 반영으로 나타나는 인물과 환경 사이의 비역동적인 관계이다. 이러한 요소들이 복합적으로 작용하여『유림외사』의 특징적인 구조가 나오게 된 것이다.

『랴오닝사원학보遼寧師院學報』, 1980.6기. 26쪽.)

제6장

『유림외사』에 나타난 청대 지식인의
근대의식과 그 한계

　문학예술이 추구하는 것은 각각의 시대에 고유하게 존재하는 특수성뿐만 아니라, 그 시대를 초월하여 존재하는 보편적 가치라 할 수 있다. 그러므로 문학사를 기술하거나 소설사를 기술하는 행위는 각각의 시대를 살아간 인간들이 고민하고 분투하여 남겨놓은 흔적들을 추슬러 현재까지도 그 빛이 바래지 않는 인간의 본질적인 측면과 보편적인 가치에 의미를 부여하는 일이라 할 수 있다. 이것은 곧 지나간 과거의 역사를 현재화하는 것이야말로 모든 문학사가 추구하는 궁극의 목표가 된다는 것을 말한다.[1] 그러나 현재화의 기준 역시 고정불변한 것은 아니어서, 이것 역시 시간의 흐름과 더불어 그 모습을 달리하거니와, 그 변화의 원인은 언제나 현실적인 필요성에 있다고 할 수 있다. 이것은 또 우리가 고전이라 부르는 일군의 문예작품들에 대해 끝없이 해석을 가하는 이유가 되기도 한다.

　중국소설사는 세계적으로 유례가 없을 정도로 장구한 역사를 가지고 있다. 서구 유럽의 여러 나라가 고작해야 천 년도 안 되는 역사적

1　"시대구분법이란 결국 인간의 과거의 현재화 전략의 한 방법이다."(김채수, 『동아시아문학의 기본구도』 I , 박이정, 1995, 76쪽.)

전통을 가지고 있는데 비해, 중국의 경우는 관점에 따라서 그들보다 두 배 또는 세 배가 넘는 시간의 길이를 갖고 있는 것이다. 그러나 중국소설사가 단일한 형태의 발전과정을 겪은 것은 물론 아니며, 현재에 이르기까지 다양한 형태의 서사물들을 우리에게 남겨 놓고 있다. 문제는 이렇듯 방대한 자료를 어떤 식으로 해석할 것인가 하는 데 있는데, 이것은 또한 현재적 관점과 밀접하게 연관되어 있다. 그러나 다른 한편으로 현재적 관점이라는 것 역시 미래의 시점에서 보자면 '예정된 과거'라 할 수 있기에, 기왕의 자료들을 가지고 이러저러한 논의를 펴나가는 행위 자체가 근본적으로 자의적일 수밖에 없는 한계를 갖고 있는 것일 수가 있다. 그럼에도 불구하고 우리는 어쩔 수 없이 우리가 서 있는 시점에서 과거의 문제들을 다루어야 하는 숙명으로부터 자유로울 수 없는 존재인지도 모른다.

각설하고 과거의 문화유산에 대해 현재적인 의미를 부여하는 행위는 여러 가지 형태로 나타날 수 있는데, 그 가운데서도 가장 중요한 것은 현재와 같은 모습을 갖추기까지 거쳐야했던 경로들 가운데, 우리와 가장 가까운 시점에서 그 이전과 구별되는 계기가 되는 그 무엇을 찾으려는 노력이라 할 수 있다. 우리는 그러한 일단의 노력들을 아울러서 '근대성'이라는 말로 표현하기도 한다. 곧 '근대성'이란 이전 시대에 이루어진 성과물들에 대해 현대적인 의미에서 해석을 가하는 것을 의미하며, 아울러 그것은 피할 수 없는 당위로 다가와 우리를 옭죄고 있는 '긴고주緊箍呪'인 것이다.

우리가 현재 중국소설사를 운위하면서 어쩔 수 없이 부딪히게 되는 것도 바로 이 근대성 문제이다. 그런데 중국소설사에서 우선적으로 제기되는 근대성 문제는 근대적 의미에서의 소설의 개념으로 시작된다. 그러나 중국소설사는 단일한 발전선상에서 파악되는 서구소설사와 달리 중국 자체 내의 자발적인 발전동력 이외에 외래적 요소의 유입과 영향이라는 또 하나의 과제를 안고 있다. 중국소설사에 있어 근대적인 의미에서의 소설의 개념은 서구로부터 영향 받은 이후에, 그 이전과 판이한 형태로 나타나는 서사물들을 어떻게 설명할 것인가 하는 것이 좀 더 근본적인 선결과제로 떠오르게 되는 것이다. 물론 이에 대해서는 아직도 많은 부분들이 해결되지 않고 있으며, 어떤 의미에서 이제 바야흐로 본격적인 논의가 시작되고 있고, 이에 따른 실증적인 연구도 만시지탄의 감을 안고 진행되고 있다고 할 수 있다.

이 장에서는 바로 이러한 인식 하에서, 중국이 중화적 세계관으로부터 벗어나 새로운 형태의 서구문명과의 조우를 눈앞에 두고 있던 청대 중엽에 나온 『유림외사』를 대상으로 당시 지식인들이 갖고 있던 근대의식을 조망해보고자 한다. 논자에 따라 시기 구분상의 문제가 뒤따르기는 하지만,[2] 흔히 중국에 있어서의 근대의 시발점은 1840년의 아편전쟁을 전후로 한 시기로 보거니와, 이는 『유림외사』가 나온 지 꼭 100년 뒤의 일이고, 청대의 최성세라 하는 건륭제가 죽은 지 불과 50년도 채 못 되는 시기에 일어난 일이었다. 이런 의미에서 우징

---

2 시대구분의 문제는 역사발전의 단계를 구획지음으로써 역사발전에 대한 체계적인 인식을 하기 위한 설명기준이 되는 것인데, 이에 대해서는 역사를 보는 시각의 차이에 따라 논자들 간의 편차가 매우 큰 편이다. 이러한 시각의 차이는 시대 구분의 근거를 토대 문제에서 찾는가, 아니면 좀 더 추상화된 형태로 그 시대의 대표적인 사조에서 찾는가 하는 입장의 차이에서 비롯된다. 특히 중국의 근대를 규정함에 있어서는 관건이 되는 요소가 훨씬 다양하게 제기될 수 있기에 중국사에 있어 근대의 출발을 어디로부터 잡아야 하는가 하는 문제는 좀 더 신중한 검토를 필요로 한다. 중국사 시대구분론에 대한 좀 더 자세한 논의는 『역사란 무엇인가』(고려대 문과대 사학과 교수실 편, 고려대출판부, 1979.), 98~113쪽과 『중국사시대구분론』(민두기 편, 창작과비평사, 1984.)을 참고할 것.

쯔가 살았던 시기는 아직 본격적인 근대에 속하지는 않는다 하더라도, 이전 단계인 봉건제하의 사회적 제 관계가 총체적으로 쇠퇴하고 있었던 과도기로서의 의미를 갖고 있다고 할 수 있다. 따라서 당시 지식인들의 허상과 실상을 파노라마처럼 펼쳐놓은 만화경이라 할 수 있는 『유림외사』에 대한 분석을 통해, 당시 지식인들이 갖고 있던 근대의식에 대한 조망과 더불어 그 한계를 엿볼 수 있을 것이다.

1. 근대의 함의

근대라고 하는 개념은 단순히 역사의 어느 한 단계를 지칭하는 경우와 일련의 사회적 현상이라든가 사건이 공유하고 있는 어떤 태도나 징후로서 파악하는 경우로 나누어 생각해 볼 수 있다.[3] 대부분의 논자들은 대개 근대에 대한 몰가치적인 이해를 의미하는 전자보다는 근대를 가치개념으로 설정하는 후자의 입장에 서고자 하는 경향을 보이고 있다. 이것은 몰가치적인 입장에서 근대를 규정함으로써 부딪칠지도 모르는 수많은 난점들, 이를테면 각각의 경우의 수를 만족시킬 만한

---

3 "첫째는 몰가치적이고 현상 기술적인 개념으로 사용되는 경우이다. 이때의 〈근대〉란 개념은 인류 역사의 보편적 발전 단계에서 〈중세〉와 대비되는 특정한 역사적 개체를 지시하면서, 사실 분석과 역사상의 재구성을 위한 도구로서 사용될 뿐, 그 자체는 아무런 가치개념을 수반하지 않는 것이다. ……한편으로 근대의 개념은 전근대적인 것 혹은 전통적인 것과 대비된 일종의 가치 개념으로 사용된다. 과거의 어떤 시점 이후 현재에 이르기까지 일련의 지속적인 변화가 일어나서, 그 이전의 시대와는 전혀 판이한 삶을 영위하고 있다는 시대 인식이 이러한 개념의 생성기반이다."(김명호, 「근대 문학론의 기본 쟁점-일반 이론의 측면에서 본」, 『근대문학의 형성과정』, 문학과지성사, 1983. 79~81쪽.)

보편적 법칙성을 도출해야 한다는 강박으로부터 자유로울 수 있기 때문이다. 곧 서구와 동아시아에 있어서의 근대에 대한 생각이 서로 다를 수 있고, 같은 동아시아라도 한·중·일이 서로 다를 수 있다는 것이다.

그러나 여기에서 또 한 가지 짚고 넘어가야 할 것은 근대, 또는 근대성에 대한 논의 자체가 서구적인 입장에서 여타의 지역에 강요된 일련의 지배담론을 지칭하는 것이기도 하다는 것이다. 곧 20세기 이후 서구 열강의 식민지쟁탈 과정을 통해 전 세계적인 현상이 되어버린 근대화의 열풍이 각각의 식민지에서 하나의 종교가 되어버린 듯한 느낌을 지울 수 없다.[4] 이들 지역에서의 근대화란 곧 서구화와 동일한 의미를 갖는 것이었으며, 이런 의미에서 근대화의 개념은 이데올로기적인 편향을 노골적으로 띠고 있었다.[5] 이렇게 볼 때 서구와 기타 지역에 있어서의 근대의 개념이 구분되어 고찰되어져야 한다는 입장은 설득력을 갖게 된다.

그러나 문제가 그렇게 간단치만은 않은 것이 시간이 흘러감에 따라 서구와 기타 지역 간의 경제력이나 문화적 수준의 차이가 점차 좁혀져, 몰가치적이라기보다는 보편성이라는 차원에서 근대라고 하는 개념에 대해 접근해야 할 필요성이 대두되었다. 이 경우 서구 근대 시민

---

4 우리의 경우 20세기의 어느 한 시대를 풍미했던 구호가 '조국근대화'였음을 상기하라. 로버트 벨라는 이와 같은 맥락에서 아시아의 종교적 상황과 근대화에 대해 고찰했는데, 그 역시도 서구적인 입장에서 한 치도 벗어나지 못하고 있다는 한계를 갖고는 있지만, 논의 자체는 자못 시사하는 바가 적지 않아 좋은 참고가 된다.(로버트 벨라, 『사회변동의 상징구조』, 삼영사, 1981. 175~212쪽.)

5 이러한 편향을 극복하고자 하는 노력들이 곧 탈식민주의나 오리엔탈리즘과 같은 담론들이다. 이것은 전통적인 근대화론자들이 부르짖던 '충격−대응'이라는 제3세계적 근대화의 모식을 깨려는 시도 가운데 배태되었다.

사회(특수성)에 대한 분석을 통해 구성되어진 근대 개념(보편성)을 다
시금 비서구사회의 근대화과정(특수성)의 분석에 적용해 좀 더 구체화
시키고 확장시킴으로써, 서구의 근대화 과정 자체를 하나의 전형이나
모범이 아닌 유형으로서 재조명할 수 있는 대규모의 역사발전이론이
전제되어야 하는 것도 사실이다. 곧 근대라고 하는 것은 몇 개의 점에
서 시작되어 공간적인 확산을 통해 전지구적인 현상으로 발전해 온
일련의 연속된 과정인 것이다. 이러한 입장을 대변하고 있는 마샬 버
먼의 다음과 같은 언명은 그런 의미에서 우리에게 많은 시사점을 던
져주고 있다고 할 수 있다.

> 오늘날 전 세계에 걸쳐 모든 사람들이 공유하고 있는 경험양식, 즉
> 시간과 공간, 자아와 타자, 삶의 가능성과 위험에 대한 매우 중요한 경
> 험양식이 존재한다. 나는 이런 경험 일체를 '근대성'이라 부르고자 한
> 다. 근대적이라 함은 곧 우리에게 모험, 힘, 즐거움, 성장, 우리 자신과
> 세계의 변화가능성을 약속하는 동시에 우리가 가진 모든 것, 우리가 아
> 는 모든 것, 우리 자신을 구성하는 모든 것을 파괴하려 위협하는 환경
> 속에 놓임을 말한다. 근대적인 환경과 경험은 지리적·인종적·계급적·
> 민족적·종교적·이데올로기적인 모든 경계들을 넘어서는 것이다. 이
> 런 의미에서 근대성은 전 인류를 통일시킨다고 말할 수 있다. 그러나
> 이때의 통일은 분열 속의 통일이라는 역설적인 것이다. 모두가 영원한
> 해체와 갱생, 투쟁과 모순, 모호함과 고뇌의 거대한 소용돌이에 휩싸이
> 게 된다. 근대적이 된다 함은 맑스가 말했듯이 '모든 단단한 것이 자취
> 없이 녹아 사라지는' 세계의 일부가 되는 것이다.[6]

---

6 패리 앤더슨, 김영희, 유재덕 옮김, 「근대성과 혁명」, 『창비』 1993 여름. 337쪽. 위의
   인용문은 『창작과비평』에 실린 패리 앤더슨의 글 가운데 인용된 버먼의 글을 옮긴

패리 앤더슨은 이러한 버먼의 논의에서 '발전'이라고 하는 개념을 읽어낸다.[7] 나아가 앤더슨은 버먼이 말하고 있는 발전이라고 하는 것이 "자본주의적 세계시장의 등장으로 박차를 가하게 된 사회의 거대한 객관적 변화들을 의미"[8]하며, 그 가운데서도 "본질적으로 경제적인 발전을 의미"하는 것으로 보았다. 그러나 다른 한편으로 "발전은 이런 거대한 충격으로 개인적인 삶과 인격에 발생하는 중요한 주체상의 변화를 지칭"하는데, 곧 "인간 능력의 고양이나 인간 경험의 확장으로서의, 자아발전(self-development)이라는 관념 속에 내포된 모든 것을 지칭"[9]한다고 하였다.

한편 자아발전이라고 하는 주체의 변화를 이룩하는 데 필요한 물

것으로, 동일한 내용이 버먼의 원서에 대한 번역서에는 다음과 같이 옮겨져 있다. "오늘날에는 전 세계의 모든 사람들이 함께 하는 생생한 경험─공간과 시간의 경험, 자아와 타자의 경험, 삶의 가능성과 모험의 경험─방식이 존재한다. 필자는 이러한 경험의 실체를 '현대성'이라고 부르고자 한다. 현대화된다는 것은 우리에게 모험, 권력, 쾌락, 발전, 우리 자신의 변화 및 세계의 변화를 보장해 주는 동시에 우리가 가지고 있는 모든 것, 우리가 알고 있는 모든 것, 지금 우리의 모든 모습을 파괴하도록 위협하는 환경 속에 자리 잡고 있는 우리 자신을 발견하는 것이다. 현대적인 환경과 경험은 지역과 인종, 계층과 국적, 종교와 이데올로기가 지니고 있는 모든 장벽을 무너뜨려 버린다. 이런 의미에서 현대성이란 모든 인류를 통합한다고 말할 수도 있다. 그러나 그것은 역설적인 통합, 즉 분산된 통합을 의미한다. 그것은 또 영원한 해체와 갱신, 투쟁과 대립, 애매모호성과 고통이라는 커다란 소용돌이 속에 우리 자신을 밀어넣는다. 현대화된다는 것은, 마르크스가 '견고한 모든 것은 대기 속에 녹아버린다'라고 말한 바 있는 세계의 일부분이 되는 것이다."(마샬 버먼, 윤호병·이만식 옮김, 『현대성의 경험』, 현대미학사, 1994. 12쪽.)

7 "이 경제적 과정과 문화적 비전 사이에 그즌 어느 편도 아니면서 서로를 매개해주는 역사적 경험인 근대성(modernity)이라는 중요한 중간항이 자리 잡고 있다. 즉 무엇이 이 둘 사이의 관계의 성격을 구성하는가? 버먼에게 그것은 본질적으로 발전(development)이라는 개념이다."(패리 앤더슨, 앞의 글, 338쪽.)

8 패리 앤더슨, 앞의 글, 338쪽.

9 패리 앤더슨, 앞의 글, 338쪽.

적, 객관적 토대가 곧 과학이라는 것은 주지의 사실이다. 과학은 또한 합리주의적 세계관과 동전의 양면을 이루고 있는데, 이것은 다음의 세 가지 요소를 포함하고 있다. 곧 자연이 수량가치로 환원되고, 감성적 성질이 수식화되는 것을 의미하는 시간과 공간의 균질화, 그리고 세계의 총체를 객관적인 인과 관련의 계열로서 파악하고 또 이것을 계량(수식화)할 수 있다는 이념 및 심신이원론이 그것이다.[10] 아울러 이러한 합리주의적 세계관은 산업혁명 이후에 등장한 신흥 부르주아 계급의 이데올로그들에 의해 '계몽'이라는 이름으로 주창되었는데, 이에 근대라고 하는 담론은 이들 계몽주의 철학자들에 의해 진행된 역사적 기획이라는 주장이 대두되기도 하였다. 이러한 입장을 대표한다고 할 수 있는 하버마스는 다음과 같이 말했다.

> 18세기에 계몽주의 철학자들에 의해 표명된 모더니티의 프로젝트는 객관적인 과학, 보편적 도덕과 법, 그리고 자율적 예술을 그 내적 논리에 따라 발전시키려는 노력으로 이루어졌다. 동시에 이 프로젝트는 이러한 각 영역의 인식적 잠재력을 그 비의적 형식의 굴레에서 해방시키려고 의도했다. 계몽주의 철학자들은 전문화된 문화의 축적물들을 일상생활을 풍요롭게 하는 데에, 다시 말해 일상적인 사회생활의 합리적 조직화를 꾀하는 데 사용하고자 했다.[11]

---

10 김윤식, 「우리 근대문학 연구의 한 방향성」, 『외국문학』 1992년 봄호, 17~18쪽.

11 위르겐 하버마스, 「모더니티: 미완성의 프로젝트」, 『현대미술비평30선』, 중앙일보사, 1987. 106쪽. 백낙청은 같은 글을 다음과 같이 번역했다. "18세기에 계몽철학자들에 의해 정립된 근대성의 기획은 객관적인 과학, 보편적인 도덕과 법률, 그리고 자율적인 예술을 각자의 내적 논리에 따라 발전시키려는 그들의 노력으로 이루어졌다. 동시에 이 기획은 이들 영역의 인식적인 잠재력을 각 영역의 비교적秘敎的 형식들로부터 해방시키고자 했다. 계몽철학자들은 이러한 전문화된 문화의 축적을 일상생활의 풍요화를 위해, 다시 말해 일상적인 사회생활의 합리적 조직화를 위해 활용하기를 원했다."(백낙

하버마스의 이러한 주장은 결국 근대를 "옛것과 새것을 끊임없이 대비하면서 오늘의 새로움에 특별한 의미를 부여하는 태도"[12]로 보는 것을 의미하며, 나아가 "이러한 태도가 하나의 큰 사조를 이루고 일종의 역사적 기획을 이룬 것은 18세기 프랑스의 계몽사상"[13]이었다는 것을 시사해준다. 이러한 입장에서 보자면, 근대의 기점을 자본주의의 발생과 그 정착을 그 기준으로 삼는 것은 일견 자연스러운 귀결로 보여진다. 그것은 어차피 "세계사의 근대는 근대성과 전근대성이 병존하는 시기로서 세계의 일부에서라도 자본주의적 근대가 출범했다는 사실 자체가 가장 중요하다고 믿기 때문이다."[14]

이렇게 볼 때, 근대성을 이끌어 온 메타담론들은 다음과 같은 것들이 될 수 있을 것이다. 그것은 첫째, 이성적 주체를 강조한 부르주아 계몽사상과 둘째, 정신의 변증법으로 귀결되는 헤겔주의 셋째, 자본주의사회 자체의 변혁을 통해 노동 주체의 해방을 꿈꾸는 마르크스주의이다.[15] 그러나 이것들은 현재라는 시점에서 현실사회주의의 몰락과 근대 이후를 표방하고 있는 포스트모던의 다양한 전략으로 그 유효성이 다시 한 번 도전 받고 있다. 여기에서 한 가지 짚고 넘어가야 할 것은 이런 식의 근대 규정은 애당초부터 논란의 여지를 안고 출발했다는 것이다.

청, 「문학과 예술에서의 근대성 문제」, 『창비』 1993 겨울, 15쪽.)

12 백낙청, 앞의 글, 14쪽.

13 백낙청, 앞의 글, 14쪽.

14 백낙청, 앞의 글, 13쪽. 백낙청은 여기에서 한발 더 나아가 "'세계자본주의'가 자본주의 경제제도가 문자 그대로 전 지구를 포괄하는 상태를 가리켜야 하는 것이라면, 그런 의미의 근대는 20세기말 우리 당대에야 비로소 시작되었다는 주장도 가능하다"고까지 말하고 있다.

15 나병철, 『근대성과 근대문학』, 문예출판사, 1995. 15쪽.

우선 근대라는 개념이 서구사회를 대상으로 도출되어진 것이기에, 그것을 비서구 지역에 기계적으로 적용시키려는 시도에서 빚어진 여러 가지 무리수를 들 수 있다. 근대라는 개념은 같은 서구라도 국가에 따라 다양한 편차를 보이고 있는 것이 사실이다. 하물며 서구와는 그 역사와 전통이 다른 비서구 지역에 근대라는 시기 구분을 적용시킬 때에는 좀 더 많은 사항들이 고려되어야 할 것이다.

다음으로 현재라는 시점에 지나치게 집착한 나머지 이전 시대와의 차별성을 강조하는 데에서 그치지 않고, 한 걸음 더 나아가 이전 시대의 특수성과 가치를 끌어내려 했다는 데에서도 그 원인을 찾아볼 수 있다. 앞서 지나간 과거의 역사를 현재화하는 것이 문학사가 추구하는 궁극의 목표라고 했거니와, 이렇게 말한 것이 과거를 현재라는 틀 속에 묶어두자는 것을 의미하는 것은 절대로 아니다. 그것은 지나간 과거의 시간들을 현재적 관점에서 돌아보고, 역사적 상대성이라는 측면에서 나름대로의 의미를 부여하자는 것이지, 현재의 기준에 맞추어 재단하자는 것은 결코 아니기 때문이다. 이런 의미에서 근대를 역사상의 어느 한 시기로 규정하기보다는 일종의 태도로 보자는 푸코의 언명은 오히려 설득력을 지니게 된다.[16] 이러한 푸코의 논지는 근대성이란 질적 범주이지 연대기적 범주가 아니라고 하는 아도르노의 말[17]

---

16 "나는 현대성을 역사상의 한 시대로 고려하는 것보다는 일종의 태도로 고려해 보는 것은 어떨까 하고 제안하고 싶습니다. [여기서] 〈태도〉라는 말은 동시대의 현실에 관련되어 있는 어떤 [존재] 양식, 사람들의 자발적인 선택, 그러니까 사유하고 느끼는 방식을 뜻합니다. ……그러므로 나는 현대를 〈전현대〉나 〈탈현대〉와 구별하려고 애쓰기보다는 현대적 태도가 형성된 이래 그것이 〈반현대성〉과 어떻게 투쟁해 왔는가를 살펴보는 것이 훨씬 유익할 것이라고 생각합니다."(미셸 푸코, 「계몽이란 무엇인가」, 김성기 편, 『모더니티란 무엇인가』, 민음사, 1994. 350쪽.)
17 "현대성이란 질적 범주이지 연대기적 범주가 아니다. 현대성이 추상적 형식을 취하지

과도 친연성이 있으며, 결국은 하버마스가 근대성을 "전통의 규범화
하는 기능에 반기를 드는 것"[18]으로 파악하여, 이것은 "모든 규범적인
것에 대한 반란의 경험을 기반으로 하여 존속한다"[19]고 설파했던 대목
으로 돌아가고 만다.

2. 『유림외사』에 나타난 우징쯔의 비판의식

이상의 논의들을 요약하면, 근대는 하버마스의 말대로 "어떠한 시
기를 '낡은 것'으로부터 '새로운 것'으로의 이행의 결과로서 보기 위하
여 고대라고 하는 과거의 시기에 자신을 연관 짓는 어떠한 시기에 대
한 의식을 나타내는 말"[20]로서, 이것은 "전통의 규범화하는 기능에 반
기를 들며, 모든 규범적인 것에 대한 반란의 경험을 기반으로 하여 존
속"[21]하는 것이다. 곧 근대의 기본 정신은 '비판성'에 있으며, 이것은
달리 말하자면 자기가 처해 있는 '시대까지도 포함한 모든 것에 대한
회의와 부정'을 가리킨다고도 할 수 있다.[22]

않게 됨에 따라 그 현대성은 더욱 필연적으로 관습적인 외적 연관성과 조화의 허위
그리고 단순한 모사에 의해 뒷받침된 질서를 거부하게 된다."(Th. W. Adorno, *Minima
Moralial*, Frankfurt am Mein, 1987. S. 292. 최문규, 「역사철학적 현대성과 그 이
념적 맥락」 『탈현대성과 문학의 이해』, 민음사, 1996. 15쪽에서 재인용.)

18 하버마스, 앞의 글, 163쪽.
19 하버마스, 앞의 글, 163쪽.
20 하버마스, 앞의 글, 162쪽.
21 하버마스, 앞의 글, 163~164쪽.
22 "근대성은 근대에 대한 비판과 거부까지 포함하고 있는 것, 말하자면 근대는 스스로
에게 문제를 제기하며 또 그에 대한 해결책을 제시하고 있는 셈인데, 이러한 근대의
자기 전개 과정을 우리는 근대성의 변증법이라 부를 수 있을 것이다."(서영채, 「위기

루쉰은 일찍이 그의 『중국소설사략』에서 『유림외사』가 갖고 있는 '비판성'에 주목하여, 중국소설사에서 드물게 보여지는 풍자소설의 대표작이라 말한 바 있다.[23] 바로 이렇듯 강한 비판정신으로 말미암아 『유림외사』는 앞서 말한 바와 같은 의미에서의 근대성이 강하게 표출되어 있는 작품으로 평가받기도 하는데, 이 비판성은 또 작자인 우징쯔가 갖고 있던 시대의식과 밀접한 관계를 맺고 있다고 할 수 있다. 이제 다음에서는 『유림외사』에 여러 가지 형태로 드러나 있는 우징쯔의 비판의식에 대한 분석을 통해, 당시 지식인들이 갖고 있던 보편적인 시대의식과 그 한계를 추론해보기로 하겠다.

우징쯔의 비판의식을 대표하는 것으로 첫 번째로 들 수 있는 것은 『시경』 비판을 중심으로 한 청주 이학程朱理學에 대한 결연한 태도이다. 유가사상은 한 무제漢武帝 이후 여러 왕조에 의해 존중되어 오면서, 각각의 시대적 요구에 맞추어 새로운 해석이 가해져 왔다. 그러나 가장 큰 변화는 송대에 일어났으니, 이 청二程을 거쳐 주시朱熹가 유가의 경전을 집대성하고 나름대로 해석을 가한 이후로, 성리학은 학문적 논의의 대상에서 벗어나 국가의 통치체계를 뒷받침하는 이데올로기적인 역할까지 맡아보게 되었다. 팔고 과거제도란 다름 아닌 통치계급의 지식인에 대한 사상통제를 위해 복무했던 주자학의 형해였던 것이다. 그러나 명대 중엽 이후 중국의 봉건사회는 쇠퇴의 조짐을 보이고, 맹아적인 형태로나마 자본주의적인 경제체제가 그 모습을 드러내게 됨에 따라, 새로운 사상의 출현이 요구되었다. 그러한 시대적 요구 속에 등장한 것이 루쥬위안陸九淵과 왕양밍王陽明에 의해 확립된

의 담론: 인문주의와 근대성」, 『세계의 문학』 94 여름, 48쪽.)

23 루쉰魯迅, 『사략史略』, 220쪽. 우리말 번역본은 562쪽을 참고할 것.

양명학陽明學이었다. 양명학은 주자학에서 주창된 '이理'의 외재성을
부정하고, 규범으로서의 '리'와 '성性'의 가장 지순한 형태가 바로 '양
지良知'라 하여, 이의 내재화와 내면화를 주장하였는데, 이는 주자학
에서 초월적이고 절대적인 규범이었던 '천리天理'가 양명학에서는 개
인의 마음의 본체로서의 '양지'로 바뀌었다는 것을 의미한다. 그러나
왕양밍은 전형적인 관료지주계급 출신으로 기존 사회를 근본적으로
부정하는 데까지 이르지는 않아,[24] 결국 왕양밍의 '양지'는 주자학에
서의 '천리天理'와 같은 궤를 걷고 말았다.

　명말에 리즈李贄를 대표로 하는 양명학의 좌파가 이에 대한 비판을
제기한 바 있으나, 명이 망한 뒤 청초에 들어와서는 다시 향신 사회가
지배계급으로서 확립되고, 주자학 역시 국가의 통치 이데올로기로 떠
받들어졌다. 따라서 주자학은 이전과 같은 지위를 다시 확보하게 되
었다. 그러나 명말청초에 이민족의 전제주의적 통치에 저항의식을 갖
고 있던 일련의 학자들이 주자학과 양명학 모두가 공자의 본래 사상
을 잘못 해석하고, 원시 유가의 실천적인 면을 상실함으로써 공소한
관념론에 빠져 버렸다고 비판하고 나서면서, 송대 학자들이 무시했던
한대漢代 학자들의 글을 집중적으로 연구했다. 이들 한학자漢學者들의
연구는 고전의 학문적 해석에 집중되었는데, 경서 속에 내재해 있는
본래의 의미를 파악하기 위하여 한 구절, 한 글자의 뜻을 문헌학적으
로 추구하였다.

　우징쯔 역시 청초의 이러한 학풍에 영향을 받아 종래의 주시朱熹의
설과 견해를 달리하는 입장에서 『시경』을 논하였다. 전하는 바에 따

---

24 제2장 주24)를 참고할 것.

르면, 그의 『시설詩說』이라고 하는 저작은 바로 『시경』에 대한 우징쯔의 평을 모아 놓은 것이라 하는데, 지금은 전하지 않고, 다만 『유림외사』에서 두사오칭杜少卿의 입을 빌어 『시경』을 논한 것이 몇 대목 산견될 뿐이다.[25] 그 가운데 한 대목을 들어보면 다음과 같다.

> "주 문공朱文公께서 『시경』을 해석하시면서 스스로 일가의 설을 세운 것은 후대 사람들이 다른 학자들의 학설과 비교해 보기를 바라셨기 때문입니다. 하지만 지금 사람들은 다른 학자들의 설은 모두 내치고, 단지 주 문공의 주해에만 의존하고 있으니, 이것은 후대 사람들이 고루한 탓이지, 주자와는 아무런 상관이 없는 일입니다. 제가 여러 학자들의 설을 두루 살펴본 뒤 제 나름대로 한두 가지 생각한 바가 있어 여러분께 가르침을 청하고자 합니다."[26]

이것은 『시경』을 해석할 때 우징쯔가 서고자 했던 입장을 그대로 대변해주는 대목이라 할 수 있다. 우징쯔는 이러한 관점에서 『시경』 가운데 「개풍凱風」[27] 한 편과 「여왈계명女日鷄鳴」, 「진유溱洧」[28]에 대해서 자기 나름대로의 해설을 하고 있다. 먼저 「개풍凱風」에 대해서 주시는 아들 일곱을 둔 어미가 재가를 하려 하자, 그 아들들이 불안해하

---

25 『시경詩經』 연구는 우 씨 집안의 가학이기도 했다. 우징쯔의 고조부인 우페이吳沛는 『시경심해詩經心解』를 지었고, 족 증조부族曾祖父인 우궈딩吳國鼎은 『시경강의詩經講義』를, 우궈진吳國縉은 『시운정詩韻正』을 지었다. 나머지 선조들 역시 전문적인 저작을 남기지 않았더라도 이에 대한 천착을 게을리 하지 않았다.

26 "朱文公解經, 自立一說, 也是要後人與諸儒參看; 而今丟了諸儒, 只依朱註, 這是後人固陋, 與朱子不相干. 小弟遍覽諸儒之說, 也有一二私見請敎."(제34회)

27 「개풍凱風」은 『시경』의 15국풍 가운데 하나인 「패풍邶風」의 한 편으로, 여기에서 '개풍'은 마파람南風을 의미한다.

28 두 편의 시 모두 「정풍鄭風」 가운데 한 편이다.

는 것이라 하였으나, 작중인물 가운데 우징쯔의 화신이라 할 두사오
칭은 나이 스물에 시집을 가 아들을 일곱이나 낳아 그들이 장성했다
면, 그 어미도 쉰 살은 되었을 터인데, 무슨 재가할 생각을 가질 수
있었겠는가 하고 반박한다.[29] 또 「여왈계명 女曰鷄鳴」은 주시가 음란하
지 않을 뿐 별로 이렇다 할 게 없다고 본 데 반해서, 두사오칭은 다른
견해를 펼친다.

　　"그렇지 않습니다. 무릇 선비가 마음속에 벼슬길에 나가려는 생각이
　　가득하면 먼저 아내 앞에서 오만하게 굴기 마련입니다. 또 아내는 [당장
　　이라도] 정경부인이 되고는 싶지만, 그게 뜻대로 되지 않으면, 사사건건

29　"卽如凱風一篇, 說七子之母想再嫁, 我心裏不安. 古人二十而嫁, 養到第七個兒子, 又
　　長大了, 那母親也該有五十多歲, 那有想嫁之理?"(제34회)
　　참고로 이 시의 전문은 다음과 같다.(번역문은 신석초 번역, 『시경』, 서문문고, 1978.)
　　74~75쪽에서 따왔음.)

凱風自南	남쪽에서 불어오는 훈훈한 바람
取彼棘心	대추나무 해싹을 어루만지네
棘心夭夭	대추나무 해싹이 어리고도 성하니
母氏劬勞	어머님 노고가 크셨다.
凱風自南	남쪽에서 불어오는 훈훈한 바람이
取彼棘心	대추나무 줄기를 어루만지네
母氏聖善	어머님 사랑이 거룩하시건만
我無令人	우리는 착한 아들 못 되었네
爰有寒泉	저 쥔浚 땅에 있는 찬 샘은
在浚之下	읍邑 밑 얕은 곳에 있네
有子七人	슬하에 아들 칠형제가 있건만
母氏勞苦	어머님은 고생하시는가
睍睆黃鳥	꾀꼴꾀꼴 꾀꼬리도
載好其音	그 소리 곱고 예뻐라
有子七人	슬하에 아들 칠형제가
莫慰母心	어머님 마음을 달래지 못 하는가

마음에 들어하지 않고 바가지를 긁어대는 법이지요. 하지만 이 시 속의
부부를 좀 보십시오. 부귀공명이니 하는 것을 조금도 마음에 두지 않고,
거문고나 타고 술이나 마시며, 천명을 알고 즐길 따름인 게지요. ……".30

　　작품 속에서 두사오칭은 이러한 해석이 이전 사람 누구도 말한 적
이 없는 독특한 자신만의 견해라고 자부하고 있다.31 하지만 이것은
유가의 경전인『시경』에 대한 학문적인 입장에서의 해석인 동시에,
두사오칭 자신의 행위에 대한 자기변호라 할 수도 있다. 제33회에서
두사오칭은 다른 사람의 이목을 개의치 않고, 술에 취하여 부인의 손
을 잡고 산보를 나선다. 이것은 사실 봉건적인 관습에 크게 어긋나는
것으로, 뒤에 이 일로 두사오칭은 주위 사람들로부터 책잡힌다. 제34
회에서 두사오칭의 이웃 마을 사람인 가오 선생高先生은 두사오칭에
대해 다음과 같이 말한다.

　　"……그 사오칭이라는 자은 두 씨 가문에서 으뜸가는 개차반이오.
……그 사람의 부친으로 말하자면, 실력깨나 있어 진사에 급제하시고
태수 벼슬도 하셨더랬습니다. 그런데 그분 역시 아둔한 데가 있었거든.
벼슬하실 때에는 상사를 모실 줄도 모르고, 백성들이 좋아라 할 것만
바라시면서, 날이면 날마다 무슨 '효제와 농잠에 힘쓰라'는 둥 답답한
말만 늘어놓으셨지요. 이런 말들이야 팔고문 시험 문제에나 나오는 걸
치레로 하는 말에 불과할 뿐이지. ……그분의 아들은 더욱 가관이어서
되는 대도 입고 먹고, 중이나 도사, 쟁이나 거지 할 것 없이 모두 불러

30　"非也. 但凡士君子橫了一個做官的念頭在心裏, 便先要驕傲妻子; 妻子想做夫人, 想不
　　到手, 便事事不遂心, 吵鬧起來. 你看這夫婦兩個, 絕無一點心想到功名富貴上去, 彈
　　琴飮酒, 知命樂天, ……."(제34회)

31　"這話前人不曾說過."(제34회)

다 어울리고, 오히려 제대로 된 사람하고는 사귀려 하지 않는다니까요. 결국 십 년도 못 가서 6, 7만 냥의 은자를 말끔하게 써버리고는, 톈창 현에서 버틸 수 없게 되니, 난징 성 안으로 이사와서는 날마다 마누라 손을 잡고 술집에 가서 술을 마시는데, 손에 구리잔을 들고 다니는 꼴이 영락없이 구걸하는 거지 행색이지요. ……나는 집에서 아들이나 조카애들에게 글을 가르칠 때 그 사람을 본받지 말라고 가르치고 있소이다. 그리고 애들 글 읽는 책상머리에는 첩자를 붙여 '톈창 현의 두이를 본받지 마라'라고 써놓았습니다 그려."[32]

가오 선생이 비난하고 있는 것은 두 가지이다. 우선은 두사오칭이 가산을 탕진해가며 방탕한 생활을 하는 것이고, 다른 하나는 남녀가 유별한 봉건사회에서 부인의 손을 잡고 바깥나들이를 나서는 것이다.[33] 그러나 두사오칭의 이러한 '장의소재杖義疎財'는 사실 작자인 우징쯔의 개인적인 처경에서 비롯된 것이라 할 수 있다. 우징쯔는 부친의 사망 이후에 친족 간에 벌어진 재산다툼에 염증이 나 있었던 데다가, 거듭된 과거의 실패로 어쩌면 자포자기하는 심정으로 이렇게 행동했던 것이며, 동시에 자신의 행위가 주위사람들로부터 어떤 반응을 얻게 될 것인가 까지도 예견하고 있었던 것이다.

---

32 "這少卿是他杜家第一個敗類! ……到他父親, 還有本事中個進士, 做一任太守, 已經是個獃子了, 做官的時候, 全不曉得敬重上司, 只是一味希圖着百姓說好; 又逐日講那些 '敦孝悌, 勸農桑'的獃話. 這些話是敎養題目文章裏的辭藻, ……他這兒子就更胡說, 混穿混吃, 和尚道士, 工匠花子, 都拉着相與, 却不肯相與一個正經人! 不到十年內, 把六七萬銀子弄的精光, 天長縣站不住, 搬在南京城裏, 日日携着內眷吃酒館吃酒, 手裏拏着一個銅盞子, 就像討飯的一般! ……學生在家裏, 往常敎子姪們讀書, 就以他爲戒, 每人讀書的卓子上寫一紙條貼着, 上面寫道: '不可學天長杜儀.'"(제34회)

33 한편 가오 선생高先生이 냉소적으로 언급한 '예악禮樂'과 '효제孝悌' 등은 오히려 우징쯔가 평소에 품고 있었던 이상이었다고 할 수 있다.

이렇게 볼 때, 우징쯔의『시경』해석은 청초에 유행했던 고증적인 한학漢學의 입장에서 주시朱熹 류類의 해석을 거부하는 것으로 시작해서, 자신의 처경을 우회적으로 빗대어 자기 심사를 담아낸 것이라 할 수 있다. 나아가 여기에는 팔고 과거제도 자체에 대한 회의도 내비치고 있다. 역시 제34회에서 두사오칭杜少卿은 벼슬길에 나서라는 이대감李大老爺의 권유를 병을 핑계로 뿌리치고, 재야의 처사處士로 남기를 원한다. 이것은 우징쯔의 생애 가운데 하나의 미스터리로 남아 있는 박학홍사과博學鴻詞科에 응하지 않은 것과 부합된다. 우징쯔가 당시 안후이安徽의 순무巡撫였던 자오궈린趙國麟의 추천으로 정시廷試에 참여할 기회를 얻었다가 포기한 데에는 여러 가지 설들이 있다.[34] 그러나 실제로 작중인물인 두사오칭의 입을 빌어 내세운 퇴은退隱의 이유는 그가 과연 진심으로 출사出仕에 뜻이 없었는지에 대해 의문을 품게 한다. 두사오칭은 벼슬자리에 나아가지 않는 이유를 묻는 아내의 말에 다음과 같이 대답한다.

　"당신은 정말 어리석구려! 이렇게 놀기 좋은 난징을 내버려두라는 거요? 내가 집에 있어야 봄가을로 당신하고 밖에 나가 꽃구경하고 술 마시면서 즐겁게 지낼 수 있지! 왜 나를 굳이 서울로 보내려는 게요? 만약에 당신까지 데리고 서울에 갔다가는, 서울은 날씨도 찬데, 몸 약한 당신은 바람만 한번 불어도 얼어 죽고 말 거요. 그러니 그것 역시 좋을 게 없을 듯싶소. 그러니 역시 안 가는 게 낫지."[35]

34　그 가운데 하나는 우징쯔가 반청사상反淸思想을 갖고 있어 청 왕조에서 벼슬하기를 원하지 않았다는 것이고, 다른 하나는 실제로 병이 나서 가지 못했을 것이라는 것이다. 자세한 것은 이 책의 제3장을 참고할 것.

35　"你好呆! 放着南京這樣好頑的所在, 留着我在家, 春天秋天, 同你出去看花, 吃酒, 好

퇴은退隱의 변치고는 어째 궁색함을 면하지 못하는 두사오칭의 이 말은 오히려 우징쯔가 사실은 벼슬길에 나아가기를 강하게 원했을 것 같은 느낌을 주고 있는 게 사실이다. 이렇게 보자면 결국『유림외사』의 창작에는 이전 시대에 수많은 중국의 소설가들이 그랬던 것처럼, '회재불우懷才不遇'한 '낙제수재落第秀才'가 '발분저서發憤著書'한 것이 주요 창작동기로 작용했다고 볼 수도 있다. 그러나 이러한 현실불만이 왕왕 위대한 작품의 탄생에 기여한 바 크다는 것이 역사의 아이러니라면, 우징쯔의 불우했던 처경 역시 자신이 살았던 시대와 사회에 대한 반성과 비판으로 이어진 것도 사실이다.

한편 우징쯔의 비판정신의 또 다른 축을 이루는 것은 그가 갖고 있었던 합리적 실용주의와 경세치용의 정신이라 할 수 있다. 이러한 실용주의 노선은 송명 이학宋明理學으로부터 한학漢學으로의 복귀와 더불어 청대의 사상계를 대표하는 주요한 흐름을 이루고 있는 것으로, 그 대표적인 인물은 옌위안顔元과 그의 제자인 리궁李塨이었다. 이들은 청초의 대표적인 사상가들인 황쭝시黃宗羲와 구옌우顧炎武, 왕푸즈王夫之 등으로부터 학문적인 영향을 받았다. 이들 청초의 사상가들은 명의 유민들로, 이민족의 침략으로 나라를 빼앗긴 한족 지식인의 입장에서, 망국의 근원을 밝히는 데 자신들의 학문의 목표를 두었다. 그들이 파악한 명의 멸망 원인은 청주程朱와 루왕陸王의 학문이 모두 심성心性에 대한 관념적인 논의에 빠져 실용적인 학문이 크게 부진했던 때문이라는 것이었다. 옌위안과 리궁 역시 이들의 주장을 계승해 청주의 리학程朱理學과 루왕의 심학陸王心學에 대한 비판과 더불어 실제

不快活, 爲甚麼送我到京裏去? 假使連你也帶往京裏, 京裏又冷, 你身子又弱, 一陣風吹得凍死了, 也不好; 還是不去的妥當。"(제34회)

적인 대안을 제시하여 부국강병을 도모하고자 하였다. 아울러 옌위안
은 팔고 과거제도에 대해서도 극히 부정적인 시각을 갖고 있었다. 우
징쯔가 이들의 주장을 접하고 따랐던 데에는 개인적인 관계가 주된
동기로 작용하였다. 곧 우징쯔의 증조부인 우궈두이吳國對가 옌위안
의 제자인 리궁李塨과 사제지간에 버금가는 관계를 맺고 있었고, 또
우징쯔의 아들인 우랑吳烺은 리궁의 제자에게 가르침을 받은 적이 있
어, 사실상 리궁의 재전제자再傳弟子라 할 수 있기에, 우징쯔는 여러
가지 경로로 이들의 저작을 접하고 그 안에 담긴 생각에 공감했었을
것이라는 것이다.[36]

　그리하여 『유림외사』에는 우징쯔의 이러한 실용주의 정신이 곳곳
에 배어 있는데, 가장 대표적인 것이 샤오윈셴簫雲仙의 변방 경략邊方
經略이다. 제39회와 40회에 걸쳐 묘사된 샤오윈셴簫雲仙의 치적은 변
방의 번인番人들이 소요를 일으켜 칭펑 성靑楓城을 점거하는 것으로부
터 시작한다. 샤오윈셴簫雲仙은 부친인 샤오하오쉬안簫昊軒의 권유로
군역軍役을 따라나서 군공軍功을 세우고 난 뒤, 그곳의 땅을 개간하
고, 유민流民들을 정착시키는 한편, 사람을 뽑아 무지한 백성들에게
글공부를 시킨다. 이것은 "예악병농禮樂兵農"이라는 유가적 이상주의
를 실현하는 것으로, 우징쯔가 지니고 있던 실용주의와 경세치용의
정신을 작품 속에 형상화한 것이라 할 수 있다.

　아울러 우징쯔의 실용주의 정신은 작품 속에서 풍수설에 대한 비판
이나 미신 거부 등과 같은 현실에 대한 과학적 인식과 맥을 같이하고
있다 제44회에서 위유다余有達가 두사오칭을 찾아갔을 때, 부모를 매

36　자세한 것은 천메이린의 『옌리 학설의 우징쯔에 대한 영향顏李學說對吳敬梓的影響』
　　(『난징사원학보南京師院學報』, 1979.2기.)을 참고할 것.

장할 땅이 없다고 말하자, 츠헝산遲衡山이 풍수설에 대해 비판을 늘어
놓는다. 이에 대해 두사오칭은 아예 다음과 같이 말한다.

> "……이 일에 대해서는 조정에서 어떤 법규를 세워야 합니다. 무릇
> 이장을 하려는 사람들한테는 관아에 청원을 올리게 하는데, 관재棺材
> 에 물이 얼마나 차고, 개미가 몇 말, 몇 되나 났는지에 대한 풍수의 서
> 약서를 꾸미게 합니다. 그리고 묘를 파헤쳐 봐서 사실 그대로라면 그만
> 이고, 만약 물이 차고 개미가 있다고 했는데, 파 보니까 하여 그렇지
> 않다면, 묘를 팔 때 망나니를 데려가 그 빌어먹을 풍수쟁이 놈의 목을
> 단칼에 쳐버리자는 것입니다. 그리고 이장을 하려 했던 자에게는 아들
> 이나 손자가 조부나 부친을 모살하려 한 죄에 해당하는 형을 적용하여
> 즉시 능지처참을 하게 되면, 이런 악습도 차츰 수그러들 것입니다."[37]

비판을 넘어서 약간 과격하기까지 한 두사오칭의 이러한 발언은 물
론 작자인 우징쯔의 생각을 반영하고 있으며, 미신을 반대하고 과학
적인 인식을 강조하는 그의 모습은 20세기 초반의 신문화 주창자와
별반 다를 게 없다.

3. 『유림외사』와 근대성 논의

이상에서 살펴본 바와 같이 『유림외사』에 나타난 우징쯔의 비판의

---

37 "這事, 朝廷該立一個法子: 但凡人家要遷葬, 叫他到有司衙門遞個呈紙, 風水具了甘
結, 棺材上有幾尺水, 幾斗幾升蟻. 等開了, 說得不錯, 就罷了; 如說有水有蟻, 挖開了
不是, 卽於挖的時候, 帶一個劊子手, 一刀把這奴才的狗頭砍下來, 那要遷墳的, 就依
子孫謀殺祖父的律, 立刻凌遲處死, 此風或可消息了!"(제44회)

식은 크게 전통적으로 묵수되어져 왔던 당시의 지배 이데올로기였던 청주 리학程朱理學에 대한 회의와 부정으로부터 비롯되어, 그에 대한 대안의 제시라 할 수 있는 합리적 실용주의와 경세치용의 정신으로 승화되었다. 이 밖에도 미신타파라든가, 여성에 대한 새로운 시각도 작품 속에 나타나 있다. 그러나 무엇보다도 하층민에 대한 애정어린 시각 등으로 표출되는 인본주의 정신은 그의 비판의식의 정점을 이루는 동시에, 이러한 비판이 적극적인 의미에서의 전혀 새로운 세계의 제시로 승화되지 못하고, 즉자적인 수준에 머물러 있음을 보여주는 좋은 표지가 되고 있다. 당시 청대 사회는 건국 이후 대대적으로 진행된 수리사업과 농업기술 자체의 발전으로 인하여, 전대에 비해 농업 생산력이 비약적으로 증대되었고, 이러한 농업 분야의 발전은 다시 상공업의 발전을 촉진시키는 계기로 작용하였다. 그리하여 봉건적인 생산관계는 점차 몰락의 길을 걷기 시작했고, 그를 대신하여 상업자본을 앞세운 자본주의적 생산관계가 전면화되고 있었다. 이에 따라 봉건적 착취에 시달리는 백성들의 고단한 삶과 상업자본에 기반한 염상으로 대표되는 새로운 계급의 등장이 당시 사회의 사회경제적 모순을 대표하는 사회현상으로 등장하게 되었다.

한편 작품 속에서 보여지는 일반 백성들에 대한 우징쯔의 애정어린 시선은 그의 비판의식이 인본주의에 바탕하고 있다는 사실을 일깨워 주고 있다. 제36회에서 위위더虞育德가 만난 농군은 바로 그 당시 민중들의 고단한 삶을 대표하는 좋은 예라 할 수 있다. 위위더가 어느 곳에 가서 묘 자리를 봐주고 돌아오는 길에 물에 빠져 자살하려는 사람을 구하는데, 그는 자신을 건져 준 위위더에게 다음과 같이 말한다.

"저는 이 마을 농사꾼입니다. 남의 땅을 몇 뙈기 얻어 부쳐 사는데, 벼를 가을하고 나면 지주네가 다 가져가고 남는 게 없습니다요. 아버지가 병이 나서 앓다가 세상을 떴는데도 관 하나 살 돈이 없으니, 이런 인생이 살아서 무엇하랴 하는 생각이 들어 차라리 죽으려고 했던 것이올시다."[38]

이 이야기는 작품 속에서 위위더의 품행을 돋보이게 하기 위한 하나의 장치로서 그려지고 있다. 그러나 이것은 또 당시에 이미 봉건적 수탈관계가 이 정도로까지 심화되어 있었다는 것을 암시하고 있기도 하다. 그러나 이에 대한 우징쯔의 인식은 사실상 전면적이지 못했는데, 이것은 우징쯔 자신이 처했던 시대적 한계로 말미암은 것이라고 볼 수도 있겠지만, 실제로는 작자인 우징쯔가 갖고 있는 사상적 한계로부터 기인한 것이라 할 수 있다.[39] 곧 우징쯔가 비판한 것은 물론 기득권을 가진 지배계층의 허위적인 모습과 불합리한 사회체제라 할 수 있으나, 결정적인 순간에 그가 서있던 곳은 다름 아닌 자신이 속해 있던 구세력이었던 것이다.

---

38 "小人就是這裏莊農人家, 替人家種着幾塊田. 收些稻都被田主觔的去了, 父親得病, 死在家裏, 竟不能有錢買口棺木. 我想我這樣人還活在世上做甚麼, 不如尋個死路!"(제36회)

39 소설비평에 있어서의 '기계로부터 나온 신Deus ex Machina'은 작자와 그의 세계관의 시대적 한계를 가리킨다. 곧 '작자의 시대적 한계'라는 한 마디는 작자의 낙후된 세계관을 둘러싸고 벌어지는 모든 문제들을 풀어주는 열쇠가 되는 것이다. 이것은 비판적 현실주의의 경우 전망이 역사적 방향성을 명백히 제시하지 않고 현실의 부정성을 부정함으로써 방향성을 암시하는 방법을 취하는 것으로 나타난다. 곧 비판적 현실주의가 부르주아 사회에 뿌리박고 있기에 그 이상은 내다보지 못하는 위치에 있기 때문이다. 따라서 비판적 현실주의는 막연한 이상을 내다보는 유토피아적 전망을 갖는 수가 많다. 『유림외사』의 경우에는 봉건주의적 개량주의로 규정되는 작자의 세계관이 바로 그것이다.

청대에는 지정은地丁銀 제도의 실시로 말미암아 화폐경제가 전면화
되면서 본격적인 상업자본이 등장하였다. 이에 따라 상업자본에 바탕
한 새로운 계층이 등장하게 되었으며, 이들에 의해 기존의 지배계층
은 급속도로 몰락의 길로 접어들게 되었다. 이러한 신분계급상의 변
화는 궁극적으로 봉건적 세계질서의 해체를 야기하게 되었다. 이러한
시기에 살았던 『유림외사』의 작자인 우징쯔는 대대로 벼슬을 지냈던
명문집안의 후손으로서 이러한 사회적 변화에 대해 이중적인 태도를
취하고 있었던 것이다.

『유림외사』에는 새롭게 부상한 신흥세력과 구세력과의 알력이 주
요한 대립구도로 그려지고 있다. 작품 속에서 이들 신흥세력을 대표
하는 것은 상업자본을 바탕으로 한 염상들이었으며, 이들의 행태에
대해 우징쯔는 명백하게 비판적인 입장에 서 있었다. 우선 우징쯔의
염상들에 대한 생각은 작중인물의 입을 통해 설파되고 있는데, 제28
회에서 수재인 신둥즈辛東之는 다음과 같이 말한다.

> "이곳 양저우의 돈푼깨나 있는 소금장사치들은 정말 밉살맞습니다 그
> 려! 바로 저 운하 아랫녘 싱청치의 펑 가 놈만 하더라도 십 몇 만 냥이라
> 는 은자를 갖고 있습니다요. 그 자가 후이저우에 있는 나를 오라 해서,
> 내가 그 집에서 반년이나 있었습지요. 내가 '당신이 나한테 사례를 하시
> 려면, 이삼천 냥쯤 주어야 하지 않겠습니까' 하고 말했지만, 그 작자는
> 털끝 하l 뽑아 주려 하지 않았습니다. 나는 그 뒤부터 만나는 사람마다
> 이렇게 말한답니다. '펑 가가 그만한 돈을 나에게 줘야지. 언젠가 죽을
> 때가 되면 그 십 몇 만 냥에서 한 푼도 못 가지고 갈 터이니, 저승에
> 가면 가난뱅이가 될밖에. 염라대왕께서 '삼라보전森羅寶殿'을 지으면서

편액을 쓰려고 하면 나 말고 부탁할 사람이 없으니, 적어도 사례로 만
냥은 주실 것입니다. 그때 가서 내가 펑 가 놈에게 몇 천 냥 떼어 줄지도
모르는 일 아니요! 그런데 어찌 그리 쩨쩨하게 구는 건지.'"[40]

그러나 신둥즈가 펑 가에게 품고 있는 불만은 실제로는 돈 없는 수
재가 돈 있는 염상에게 덕을 보려다가 여의치 못하기에 터뜨린 것에
지나지 않는다. 이 사실로 당시에 재산가인 염상들에 기생하여 염치
불구하고 살고 있었던 수재들이 상당히 많았다는 것을 알 수 있다. 염
상들이 그들을 업신여기게 된 것은 자신이 갖고 있던 재력에 힘입은
바 크지만, 결국 결정적인 원인 제공을 한 것은 체면을 돌아보지 않고
그들에게 달려들었던 수재들에게 있었다고 할 수 있는 것이다.

현실적으로 생산능력을 상실하고 있던 수재들은 스스로 생계를 해
결할 길이 막연했기에, 염상뿐 아니라 당시의 유력자에게도 같은 형
태로 기생했다.[41] 제47회에서 묘사되고 있는 우허 현五河縣이라는 곳
은 바로 이러한 당시 상황을 전형적으로 보여주는 예로, 그곳의 유력
자인 펑 씨彭氏와 팡 씨方氏 집안의 주위에는 그들의 덕을 보려는 사

---

40 "揚州這些有錢的鹽獃子，其實可惡! 就如河下興盛旗馮家，他有十幾萬銀子. 他從徽州
   請了我出來，住了半年，我說'你要爲我的情，就一總送我二三千銀子.' 他竟一毛不拔!
   我後來向人說，'馮家他這銀子該給我的. 他將來死的時候，這十幾萬銀子，一個錢也帶
   不去，到陰司裏，是個窮鬼. 閻王要蓋「森羅寶殿」這四個字的匾，少不的是請我寫，至
   少也得送我一萬銀子! 我那時就把幾千與他用用也不可知! 何必如此計較!'"(제28회)
41 저우진과 판진의 동병상련은 이런 의미에서 충분히 이해가 가는 것이다. 똑같이 어려
   운 과정을 거쳐 과거에 급제한 저우진에게 판진의 현재의 모습은 과거의 자신을 돌아
   보게 하는 것이고, 이러한 저우진의 신데렐라 콤플렉스가 판진의 뒤를 끝까지 돌봐
   주게 했다고도 할 수 있다. 아울러 판진의 경우에는 먹고 살 길이 막연하여 천민 중에
   천민인 백정의 사위가 된 것이라 할 수 있다. 물론 이것은 극단적인 예가 되겠지만,
   당시 관도에 오를 수 있는 자격이 주어지는 거인擧人이 되기 전에 수재秀才들이 겪어
   야 했던 고초는 이런 사실들로 충분히 미루어볼 수 있다.

람들로 항상 들끓고 있었다. 그러나 이들 집안, 특히 팡 씨 집안은 전
당포와 소금장사를 해서 돈을 모은 뒤에 타향인 우허 현에 와서 자신
들의 호적을 은폐하고 살던 집안이었다. 그곳의 토박이 양반 집안인
위 씨余氏 집안과 위 씨虞氏 집안은 처음에는 체면상 이들 집안과 혼
례를 맺지 않았으나, 뒤에 가서는 이 두 집안에 염치없는 인간들이 나
와 방씨 집 딸들의 지참금을 욕심내어 그 집안 딸을 며느리로 맞게
되었다. 그 뒤로는 오히려 팡 씨 집안에서 큰소리를 치게 되었고, 인
근에는 "팡 씨가 아니면 친하지 않고, 펑 씨가 아니면 벗하지 않는다
非方不親, 非彭不友"느니, "팡 씨가 아니면 마음에 두지 않고, 펑 씨가
아니면 입에 담지 않는다非方不心, 非彭不口"는 말까지 나오게 되었던
것이다. 그리하여 그곳에서 조상에 대한 '절효입사節孝入祠'[42]가 거행
되자 위 씨余氏 집안과 위 씨虞氏 집안 사람이면서도 자기 집안은 돌
보지 않고 펑 씨와 팡 씨네 입사入祠에 참여하는 일까지 벌어지게 된
다.[43] 이것은 이미 봉건적인 '등급等級' 관념이 무너지고 경제력을 매
개로 한 새로운 위계질서가 세워지고 있었음을 시사해주는 것이다.[44]
　이에 대한 우징쯔의 입장은 제31회에서 작자의 화신이라 할 두사오
칭의 입을 빌어 표명되고 있다. 두사오칭이 손님들과 음식을 나누며
담소를 하고 있는데, 집사인 왕 털보가 명첩을 들고 아뢴다. "북문에
있는 염상 왕 씨가 내일 자기 생일잔치에 지현 나리를 초청하는데 작
은 나리께서 배석해 주십사고 청해 왔습니다."[45] 그러나 두사오칭은

42　옛날에 열녀와 효자를 표창하기 위해 해당자의 위패를 사당에 들이고 제사지내는 것
　　을 말함.
43　제47회.
44　우징쯔는 작중인물의 말을 빌어 이렇듯 돈이면 다 되는 세태에 대해서 다음과 같이
　　자조적으로 설파한 바 있다. "돈만 있으면 관리가 된다有了錢, 就是官"(제50회)

이러한 청을 일소에 부친다. "집에 손님이 와 계셔서 못 가겠다고 일러 보내게. 참 우스운 인간일세. 그렇게 대단하게 차릴 양이면, 현의 벼락출세한 거인이나 진사들을 청할 것이지! 내가 무슨 짬이 있다고 남의 집 잔치에 배석을 하겠는가 말야!"[46] 두사오칭의 이 말에는 돈만 아는 염상들과 그들을 경멸하면서도 틈만 나면 덕을 보려 했던 당시 수재들을 모두 비판했던 우징쯔의 생각이 강하게 담겨 있다.

그러니 결국 우징쯔의 뇌리를 지배하고 있던 것은 봉건적인 '등급' 관념이었다고 할 수 있다. 그의 이러한 생각은 작중인물인 바오원칭鮑文卿의 언행을 통해 드러난다. 바오원칭은 작자가 긍정적으로 그리고 있는 인물 가운데 하나인데, 확실히 작품 속에 그려지고 있는 그의 형상은 인간적인 면모가 강조되고 있다. 그는 당시로서는 천한 신분인 광대였으나, 타고난 성품은 사람됨이 충직하고 근면한 데가 있어 주위 사람들로부터 많은 신망을 받고 있었다. 하지만 작자인 우징쯔가 그에게 있어 높이 샀던 부분은 오히려 다른 데 있었다. 그것은 자신의 분수를 지킬 줄 아는 그의 태도였던 것이다. 제24회에서 바오원칭은 배우의 일을 걷어치운 황 노인을 만나자 다음과 같이 말한다. "여보게 아우, 이 영감님 체통 좀 보시게나. 어디 지부 어른이 은퇴하고 고향에 돌아오신 게 다 뭔가. 상서나 시랑 대감이 온대도 이 영감님 풍채보다 더 번듯하진 못할 걸세."[47] 이것은 본분을 잘 따져대는

---

45 "北門汪鹽商家明日酧生日，請縣主老爺，請少爺去做陪客．說定要求少爺到席的．"(제31회)

46 "你回他我家裏有客，不得到席．這人也可笑得緊! 你要做這熱鬧事，不會請縣裏暴發的舉人進士陪! 我那得工夫替人家陪官．"(제31회)

47 "錢兄弟，你看老爹這個體統，豈止像知府告老回家，就是尙書侍郎回來，也不過像老爹這個排場罷了!"(제24회)

바오원칭이 배우 주제에 선비 복색을 하고 다니는 황노인을 비꼰 것
이다. 또 그의 동료였던 취안 곰보全麻子에게도 똑같은 말을 한다.

> "내가 방금 멀리서 자네를 보니, 무슨 한림학사나 감찰 어사[48] 나리
> 가 이런 데 들어와서 차를 마시누나 생각했더니, 이제 보니 바로 빌어
> 먹을 자넬세 그려."[49]

이 말에 섭섭해하는 취안 곰보에게 바오원칭은 다시 다음과 같이
말한다.

> "아우님, 그런 게 아닐세. 그런 옷이나 신발은 우리네 광대가 입고
> 신고 할 게 아니란 말일세. 자네가 그런 옷을 입는다면, 선비 양반님네
> 는 뭘 입으시라는 건가?"[50]

그러나 취안 곰보가 더욱더 반발하고 나서자 바오원칭은 다음과 같
은 말로 입막음을 한다.

> "아우님, 그렇게 분수를 벗어난 말을 하면, 내세에 다시 광대로 태어
> 나기는 고사하고 소나 말로 태어나더라도 마땅하달 밖에 없네."[51]

---

48 원문은 과도科道. 명청시대 도찰원의 육과급사六科給事 및 15도의 감찰어사.(고대민
    연高大民研, 중국어대사전편찬실 편, 『중한사전』, 1989年 초판.)
49 "我方才遠遠看見你, 只疑惑是那一位翰林科道老爺, 錯走到我這裏來吃茶, 原來就是
    你這老屁精."(제24회)
50 "兄弟, 不是這樣說. 像這衣服靴子, 不是我們行事的人可以穿得的. 你穿這樣衣裳, 叫
    那讀書的人穿甚麼."(제24회)
51 "兄弟, 你說這樣不安本分的話, 豈但來生還做戲子, 連變驢變馬都是該的!"(제24회)

바오원칭의 말은 곧 작자의 생각을 대변하는 것이라 할 수 있으며, 이것을 통해 우리는 봉건적인 '등급' 관념을 고수하고자 하는 작자의 생각을 엿볼 수 있다. 이러한 바오원칭의 태도는 곧 작자의 비판의식의 한계를 보여주는 것이라 할 수 있다.

이상에서 논의한 내용들을 바탕으로『유림외사』에 특징적으로 나타난 당시 사회에 대한 비판을 근대의식과 연관지어 살펴보자면, 다음과 같이 정리할 수 있다. 그것은 우선 청주 리학程朱理學에 대한 결연한 태도로 특징지어지는 '자기시대에 대한 부정'이다. 이것은 이 시기의 작자들이 의식적이건 무의식적이건 다루고자 노력했던 것 가운데 하나인데, 대부분의 작가들은 자기가 살았던 시대에 대한 불만을 표출하고 비판하는 가운데, 이러한 내용성을 작품 속에 담아내었던 것이다. 우징쯔가 갖고 있던 이러한 비판의식은 그의 실용주의 정신과 경세치용으로 전환된다. 그러나 우징쯔가 근본적으로 견지하고 있던 것은 '예악禮樂'과 '효제孝悌' 등과 같은 봉건적 이데올로기였으며,[52] 구세력의 대변자로서 전통적인 '등급' 관념을 옹호하고 나섰다. 이런 의미에서 우징쯔의 세계관의 핵심을 이루는 것은 봉건주의적 개량주의 사상이라고 할 수 있으며,『유림외사』에 표출된 것은 다름 아닌 봉건예교의 선양과 원시 유가의 '순수한 유자純儒'에 대한 이상이라 할 수 있다. 따라서『유림외사』에서 제시된 것은 단순히 유가적 이상세계에 대한 우징쯔 자신의 원망願望이라 할 수 있는데, 이것은 그가 현실세계에 대해 보여주었던 날카로운 비판의식에 값할 만큼의 합리성을 갖고 있는 것은 아니었다.

---

52 이에 대한 우징쯔의 생각이 극적으로 표출되는 것이 작품 속에 나타나 있는 '타이보의 사당을 제사지내는 것祭泰伯祠'의 우의寓意이다.

곧 『유림외사』에 나타나 있는 전망은 미래지향적이라기보다는 과
거지향적이면서 순환적이라 할 수 있다.[53] 아울러 같은 맥락에서 우징
쯔가 파악했던 현실모순의 성격 또한 내재적인 것이라 할 수 있으며,
나아가 우징쯔가 제시한 대안 역시 즉자적인 수준을 벗어나지 못하고
있다.[54] 결론적으로 근대를 눈앞에 두고 있던 청대 중엽의 지식인들의
현실인식을 대표한다고 할 수 있는 우징쯔의 비판의식이 갖고 있는
이와 같은 내재적이고 즉자적인 성격은 앞서 규정한 바와 같은 의미
에서의 근대적인 요소를 갖고 있다고 보기 어려울 것이다.[55]

---

53 나병철은 고대와 중세, 근대문학의 특성을 다음과 같이 도표화하여 제시하고 있다.
(나병철, 앞의 책, 26쪽.)

	고대	중세	근대
공시적	신성성 자기중심성 근원성의 권위	관념성 보편성 전통성의 권위	현실성 주체성 합리성
통시적	과거지향적 전망	순환적 전망	미래지향적 전망

54 "민중이 즉자적 존재에서 대자적 존재로 변화해 가는 것, 그 성장과정이야말로 전근
대와 근대를 가늠하는 중요한 분기점인 것이다."(히메다 미츠요시姫田光義 외, 『중국
근현대사』, 일월서각, 1985. 19쪽.)

55 이와 같은 예는 우리의 경우에서도 찾아볼 수 있다. 미국의 워싱턴대학교 잭슨국제학
대학의 제임스 팔레 교수는 조선시대의 실학자들에 있어, '실학實學'의 의미는 근대적
이라기보다, '참된 학문', 곧 "유교적 목적과 도덕을 가진 해석과 해설을 뜻한다"고
보았다. 그는 근대성이라면 "합리성, 실증성, 경험성, 과학적 방법, 미래에 대한 과학
적이고 진보적인 목적 등을 꼽을 수" 있는데, 조선시대의 실학자들이 비록 "표면적으
로는 실증적, 경험적, 합리적인 방법을 사용했더라도 달성하려는 목적은 진보적인
과학이 아니라, '도덕이 있는 사회 건설'이라 하면서, 유형원을 예로 들어 그가 금속
화폐의 도입을 주장했더라도, 그 모델이 되었던 것은 중국 고대의 周나라였으며, 노
비사회에 반대한 것도 신분제 철폐를 위해서가 아니라 노비상속이 유교적인 질서에
반한다고 생각했기 때문이라고 했다. 그의 이러한 논의는 우징쯔의 경우에 적용시키
더라도 그 시사하는 의미가 자못 크다고 할 수 있다.(자세한 것은 『한겨레신문』 1996
년 11월 15일자를 참고할 것.)

제7장

맺음말

『유림외사』는 청대 중엽에 나온 소설로서 중국소설사에 있어 특이한 위치를 차지하고 있는 작품이다. 일찍이 루쉰魯迅이 그의 『중국소설사략中國小說史略』에서 이 작품을 언급한 이래 중국의 고대소설 연구가들에 의해 중요한 작품으로 대접받아 왔다. 아울러 이 작품은 다음의 몇 가지 점에 있어 여타의 중국 고대소설들과 차별성을 보이고 있는 것이 사실이다. 첫째, 전통적으로 풍자형식이 드물게 나타나는 중국소설사의 특수성을 고려해 볼 때, 거의 유일하게 본격적인 풍자소설로 분류되고 있다.[1] 둘째, 『삼국지연의三國志演義』나 『수호전水滸傳』 등이 전대의 역사사실에 바탕하여 오랜 시간을 두고 많은 사람들의 손에 의해 현재의 모습으로 정착된 것이라면, 이 소설은 철저하게 작자가 독창적으로 창작한 작품이다.[2] 셋째, 작자가 비교적 분명하고 판본 또한 그렇게 복잡하지 않다는 것이다. 그리고 마지막으로 작품

---

1 물론 이외에도 명말에 등장한 둥웨董說(자는 뤄위若雨)의 『서유보西遊補』 16회를 풍자소설의 반열에 올려놓는 사람도 있다. 하지만 이 작품은 『유림외사』와 같이 전적으로 한 사회를 그 비판의 대상으로 삼고 있다고 보기 어려운 까닭에 '본격적인' 풍자소설에 귀입시키는 데에는 무리가 따른다고 할 수 있다.

2 류다제劉大杰, 「『유림외사』와 풍자문학『儒林外史』與諷刺文學」(『명청소설연구논문집(속편)明淸小說硏究論文集(續編)』, 중국어문학사中國語文學社, 1970.), 411쪽.

의 회수가 특이하게도 55라는 기수라는 점을 들 수 있다.[3]

한편 이 소설은 후대의 소설들 특히 청말에 나온 견책소설譴責小說[4]에 직접적인 영향을 준 것으로 평가되고 있다. 우선 이 소설에 대한 중국의 전통소설연구가들의 평을 정리해보면 다음과 같다.

> "외사에는 유림의 일들이 기록되어 있는데, 어찌 그리 공들여 아름답게 새기고 그렸는가."[5]

이것은 작자인 우징쯔의 친우인 청진팡程晉芳이 쓴 것으로, 아마도 『유림외사』에 대한 최초의 평으로 기록될 수 있을 것이다.

> "우징쯔의 『유림외사』는 그 깊은 맛이 탁월한데, 평화가 나온 이래로 일찍이 없었던 듯하다."[6]

이상의 것들은 주로 종합적인 측면에서 아직 인상비평의 수준을 넘어서지 못하고 있으나, 좀 더 후대에 오게 되면 사정이 달라진다.

> "건륭 시기에는 소설이 성행했으니, 그 언사가 아순하면서, 애정을 그린 작품으로는 차오쉐친의 『홍루몽』만한 것이 없고, 세상을 기풍한

---

3 "선생의 저서는 모두 기수이다.先生著書皆奇數"(진허金和의 「발跋」)
4 견책소설譴責小說이라는 용어 자체도 루쉰이 그의 『중국소설사략』에서 처음 쓴 것으로, 이것은 본격적인 풍자소설인 『유림외사』와 비교할 때 이후에 나타난 소설들이 갖고 있는 낙후된 측면을 구별하기 위하여 창안한 것이다. 이런 의미에서 이 용어 자체도 일반적인 개념으로 받아들여지기보다는 하나의 역사적인 개념으로 간주되는 경향이 있다.
5 "外史記儒林, 刻劃何工妍."(청진팡程晉芳 「우징쯔를 그리워하는 시懷吳敬梓詩」)
6 "吳氏『儒林外史』深美超卓, 自有平話以來未之有."(류셴신劉咸炘 「소설재론小說裁論」)

것으로는 우원무(징쯔)의 『유림외사』만한 것이 없다. 차오 씨는 완곡하
면서도 길게 이어지는 것으로 뛰어나고, 그 생각의 이치가 정묘하여,
정신과 사물이 함께 노닐며, '장군은 기교로 다른 사람을 이기려 하나,
말이 빙빙 돌며 활을 당기되 고의로 활을 당기지 않고 그치고 마는(위
협만 하고 실제 행동으로 옮기지는 않는) 경지'가 있고, 우 씨는 예리하
고 힘차면서도 가혹할 정도로 청렴한 것이 뛰어나, 그 형상을 다함에,
절묘함이 있어, '화살이 활줄 위에 걸려 있으니 쏘지 않을 수 없는' 기세
를 가지고 있으므로, 두 사람 모두 각각의 극치를 이루었다고 할 수 있
겠다."[7]

이것은 『홍루몽』과의 대비를 통해 『유림외사』의 특징과 장점을 논
하고 있는 것으로서 간결한 언사로 각각의 특징을 적확하게 지적하고
있다. 곧 언정소설言情小說의 대표작 『홍루몽』과 풍자소설의 대표작
『유림외사』가 보여주고 있는 각각의 독특한 풍격을 잘 나타내 보여주
고 있는 것이다.

"그러나 세상사를 묘사할 때 그 이치와 상황을 실제에 부합하게 할지
라도 반드시 꼭 실재하는 그 사람을 그대로 가리킬 필요는 없다. 단지
그 용모를 버리고 그 정신을 취해서 주고받는 가운데 자주 접하다 보
면, 그것으로 다른 사람을 비추어 볼 수 있게 되고, 자신도 비추어 볼
수 있게 되는 것이다."[8]

---

7 "乾隆時小說盛行, 其言之雅馴者; 言情之作莫如曹雪芹之『紅樓夢』; 譏世之書則莫如吳
文木之『儒林外史』. 曹以婉轉纏綿勝, 思理精妙, 神與物游, 有'將軍欲以巧勝人, 盤馬
彎弓故不發止之致'; 吳則以精悍廉刻勝, 窮形盡相, 惟妙惟有, 有'箭在弦上, 不得不發'
之勢. 所謂各造其極也."(이쭝쿠이 易宗夔 『신세설 新世設』)

8 "然描寫世事, 實情實理, 不必確指其人, 而遺貌取神, 皆酬接中所頻見, 可以鏡人, 可
以自鏡. ……."(톈무산챠오 天目山樵 『유림외사 신평 儒林外史新評』)

"가리키고 있는 바의 사람들은 대개 모두가 그 (원형으로서의) 실제
인물들을 찾을 수 있으니, 그런 것 같으면서도 그렇지 않고, 그렇지 않
은 듯하면서도 그러하다. 바로 그 때문에 그것을 좋아하는 사람은 백
번을 읽어도 싫증이 나지 않는 것이다."[9]

이상은 형식적인 측면에서 이 작품에 체현되어 있는 전형성을 언급
하면서 동시에 후대 사람들에 대한 효용적인 측면에서의 장점도 언급
하고 있다. 이러한 제가들의 평이 아니더라도 앞서 살펴본 대로『유
림외사』는 그 형식이나 내용에 있어 중국의 전통소설과는 그 궤를 달
리하는 우월함을 보이고 있는 것이 사실이다.

또한 내용적인 측면에서 풍자소설로서의 『유림외사』는 당대 사회
에 대한 비판의식의 산물이라 할 수 있는데, 작품 속에 구체적으로 나
타나 있는 비판의 대상으로는 다음과 같은 것들을 들 수 있다. 우선은
당대 사회제도상의 문제에서 팔고 과거제도를 통한 취사取士의 부당
함을 지적했고, 이를 바탕으로 당대인들의 '부귀공명'의 추구에 대한
근본적인 회의를 품었다. 이와 동시에 당시 사회를 이끌어 가는 이데
올로기인 '봉건예교封建禮敎'에 대해 심각한 의문을 제기하기도 했다.
그러나 좀 더 본질적인 측면에서 당대 사회의 토대를 이루고 있던 봉
건적 지배체제에 대한 물음을 통해 이미 세력을 잃고 역사의 뒷전으로
사라져 갔던 봉건지주 및 향신 계층과 염상으로 대표되는 신흥 상업계
급간의 갈등과 대립을 드러내 보여주기도 했다.

그러나 작자인 우징쯔는 봉건관료 지주계급의 낙제수재落第秀才로

---

9 "……所指之人, 蓋都可得之, 似是而非, 似非而是, 故愛之者百讀不厭……."(황안진黃
安謹 『유림외사 평서儒林外史評序』)

서 과거시험과 출사出仕에 대한 강한 집착을 보임으로써 그의 계급적 한계를 드러내 보이기도 한다. 이러한 그의 계급적 성격은 현실비판에 대한 대안으로써 고대의 순유純儒로 돌아가자는 이념적 지향을 제시했는데, 물론 이것은 당시에 사상적인 측면에서 풍미했던 한학漢學 부흥의 풍조와 무관한 것일 수 없다. 이러한 한학에의 경도는 그의 학문적 성향을 규정지음으로써, 그는 전통적인 주자학적인 관점에 대해 강한 의문을 제기하기도 했다.

이 책에서는 이상의 논의를 바탕으로 주로 다음의 몇 가지 측면에 대해 『유림외사』에 대한 분석을 시도하였다.

우선 풍자소설로서의 『유림외사』에 대해서는 루쉰의 언급을 바탕으로 풍자소설에 대한 일반론적인 개념 규정을 바탕으로 구체적인 작품분석을 진행하였다. 풍자소설로서의 『유림외사』에 담겨진 당대 사회현실에 대한 비판의식은 이후의 소설가들, 특히 청말 소설가들에 있어 하나의 전범으로 여겨질 만큼 커다란 영향을 끼쳤다고 할 수 있다. 이러한 풍자소설을 정의하는 데 있어 가장 중요한 요소로 작용했던 것은 현상과 본질의 대조라고 할 수 있으며, 『유림외사』에 나타나고 있는 풍자의 본질 역시 이러한 관점에서 파악될 수 있었다.

한편 풍자소설에 있어서의 현상과 본질의 대조는 주요 갈등구조를 적극적으로 상정하지 않고 현실의 악에 대해 소극적인 대응을 보인다는 측면에서 그 한계를 드러내기도 했으며, 이것은 형식적인 차원에서 에피소드적 구조를 채용할 수밖에 없었던 원인으로 작용하기도 했다. 또한 『유림외사』의 이러한 구조적 특징은 중국 고대소설의 설화문학적 전통과 사전문학史傳文學과의 관계로부터 그 연원을 찾아볼 수 있다.

아울러 풍자소설에 강하게 나타나는 현실세계에 대한 강한 '비판성'은 이 소설을 현실주의 계열의 소설, 그 가운데서도 비판적 현실주의 계열의 소설로 볼 수 있게 하는 근거를 제공하였다. 또 현실주의 소설과의 연관관계에서는 우선 풍자의 '비판성'으로 말미암아 이 소설을 '비판적 현실주의' 계열의 작품으로 보려는 편향을 낳게 되었으며, 이에 대한 논의는 주로 역사적인 개념으로서의 현실주의에 대한 천착으로 설명하였다. 논자에 따라 몇 가지 차원에서의 접근이 시도되었으나 결국은 하나의 문예사조로서의 '비판적 현실주의'에 대한 이해와 창작방법으로서의 '풍자'에 대한 해명으로 양자의 통일이 시도되었다. 나아가 현실적으로 본격적인 비판적 현실주의 작품으로 보기 어려움에도 불구하고 이 소설이 갖고 있는 당대 사회현실에 대한 적극적인 반영과 소설로서의 형상화 작업이 갖는 긍정적인 측면은 이 소설을 일반적인 의미에서의 현실주의 작품으로 보기에 무리가 없게 하였던 것도 사실이다. 이러한 현실주의 소설로서의 『유림외사』에 대해서는 주로 소설에 채용되고 있는 '전형화'의 원리에 초점을 맞추어 논의를 전개하였다.

소설에 있어서의 '전형화'의 원리는 작품 속에서 '전형적 환경'에서의 '전형적 인물'에 대한 것으로 구체화되고 있으며, 이것은 당대 사회 현실에 대한 총체적인 이해와 그에 대한 대안의 제시로도 귀결되어진다. 그러나 그 시대가 안고 있던 근본적인 한계와 그로 말미암은 우징쯔 개인의 사상적 한계로 인해 이 소설은 현실에 대한 비판성에 대해서는 긍정적인 평가를 얻고 있으나, 그 대안의 제시에 있어서는 많은 문제점을 노출시키고 있다고 할 수 있다. 이것은 이 소설이 근대에 근접한 시대에 나왔으면서도 근대소설로 귀입되기 어려운 요인으로 작용했는데, 근대소설의 본령이라 할 수 있는 자기 시대에 대한 철저한 부정을 이 소설이 결여하고 있다는 점에서 이것은 이 소설에 있어서 아쉬운 대목의 하나로 지적될 수 있을 것이다.

참고문헌

1. 기본 자료

1-1. 『유림외사』의 판본

吳敬梓, 『儒林外史』, 作家出版社, 1954. 9.

_____, 『儒林外史』, 作家出版社, 1955. 4.

_____, 張慧劍 校注, 『儒林外史』, 人民文學出版社, 1958.

『儒林外史』, 台北;大中國圖書公司, 1970.

臥閑草堂本 『儒林外史』, 淸 嘉慶八年 臥閑草堂刊本, 北京 人民文學出版社, 1975.

李漢秋 輯校, 『儒林外史』會校會評本, 上海古籍出版社, 1984.

『儒林外史』, 人民文學出版社, 1985.

_____, 三民書局, 1985.

_____, 聯經出版社業公司, 1987.

_____, 岳麓書社, 1988.

陳美林 批點, 新批 『儒林外史』, 江蘇古籍出版社, 1989.

林士良 外 選析, 『儒林外史 賞析』, 廣西人民出版社, 1986.

黃霖, 『儒林外史 選粹』, 上海敎育出版社, 1986.

『儒林外史』(韓譯), 진기환 역, 명문당, 1990.

_____, 최승일·최봉춘·장의원 공역, 여강출판사, 1991.

_____, 홍상훈 외 공역, 솔출판사, 2009.

楊憲益. 戴乃選(英譯), The Scholars, 北京 外文出版社, 1957.

1-2. 우징쯔吳敬梓의 작품집

吳敬梓, 『文木山房集』, 上海 古典文學出版社, 1957.

范寧 編, 『吳敬梓集外詩』, 科學出版社, 1958.10.

1-3. 序跋 모음

閑齋老人, 〈『儒林外史』序〉, 李漢秋 輯校, 『儒林外史』會校會評本, 上海古籍出版社, 1984.(原載 臥閑草堂本『儒林外史』)

金和, 〈『儒林外史』跋〉, 李漢秋 輯校, 『儒林外史』會校會評本, 上海古籍出版社, 1984.(原載 蘇州群玉齋本『儒林外史』)

惺園退士, 〈齊省堂『增訂儒林外史』序〉, 李漢秋 輯校, 『儒林外史』會校會評本, 上海古籍出版社, 1984.(原載 齊省堂『增訂儒林外史』)

惺園退士, 〈齊省堂『增訂儒林外史』例言〉, 李漢秋 輯校, 『儒林外史』會校會評本, 上海古籍出版社, 1984.(原載 齊省堂『增訂儒林外史』)

黃安謹, 〈『儒林外史評』序〉, 李漢秋 輯校, 『儒林外史』會校會評本, 上海古籍出版社, 1984.(原載 寶文閣刊本『儒林外史評』)

張文虎, 〈天目山樵識語〉, 李漢秋 輯校, 『儒林外史』會校會評本, 上海古籍出版社, 1984.(原載 寶文閣刊本『儒林外史評』 參照 徐允臨校勘)

徐允臨, 〈徐允臨題跋〉, 李漢秋 輯校, 『儒林外史』會校會評本, 上海古籍出版社, 1984.(原載 從好齋輯校本『儒林外史』)

徐允臨, 〈華約漁題記〉, 李漢秋 輯校, 『儒林外史』會校會評本, 上海古籍出版社, 1984.(原載 從好齋輯校本『儒林外史』)

徐允臨, 〈王承基致徐允臨信〉, 李漢秋 輯校, 『儒林外史』會校會評本, 上海古籍出版社, 1984.(原貼 從好齋輯校本『儒林外史』)

東武惜紅生, 〈增補齊省堂『儒林外史』序〉, 李漢秋 輯校, 『儒林外史』會校會評本, 上海古籍出版社, 1984.(原載 上海鴻寶齋『增補齊省堂儒林外史』)

陳獨秀, 〈『儒林外史』新敍〉, 李漢秋 輯校, 『儒林外史』會校會評本, 上海古籍出版社, 1984.(原載 亞東版『儒林外史』)

錢玄同, 〈『儒林外史』新敍〉, 李漢秋 輯校, 『儒林外史』會校會評本 上海古籍出版社, 1984.(原載 亞東版『儒林外史』)

2. 연구서와 논문들

2-1. 단행본

『중국역대인명사전』, 이회문화사, 2010.

C. 카아터 콜웰, 『문학개론』, 을유문화사, 1973.

C.T. Hsia, *The Classic Chinese Novel:A Critical Introduction*, Columbia Univ. Press, New York and London, 1968.

Joseph T. Shipley, *Dictionary of World Literary Terms*, Boston; The Writer Inc, 1970.

Robert Sholes, Robert Kellogg, *The Nature of Narrative*, Oxford University Press.

가이즈카 시게키貝塚茂樹, 이용범 역, 『중국의 역사』(하), 중앙신서 82, 1981.

고대민연高大民研, 중국어대사전편찬실 편, 『중한사전』, 1989年 초판.

구옌우顧炎武, 『일지록日知錄』, 타이완台灣; 상우인수관商務印書館, 1956.

김병욱 편, 최상규 역, 『현대 소설의 이론』, 대방출판사, 1984.

나병철, 『근대성과 근대문학』, 문예출판사, 1995.

데이비드 롤스톤, 조관희 역, 『중국 고대소설과 소설 평점』, 소명출판, 2009.

동양사학회 편, 『개관 동양사』, 지식산업사, 1983.

로버트 벨라, 『사회변동의 상징구조』, 삼영사, 1981.

로버트 스콜즈Robert Scholes, 위미숙 옮김, 『문학과 구조주의』, 새문사, 1992.

루쉰魯迅, 조관희 역주, 『중국소설사』, 소명출판사, 2005.

_____, 『중국소설사략中國小說史略』, 『루쉰전집魯迅全集』 9권, 런민원쉐출판사 人民文學出版社, 1981.

루카치, 『루카치의 문학이론』, 세계, 1990.

류쑤劉肅, 『대당신어大唐新語』 「은일隱逸」 조條, 『사원辭源』, 상우인수관商務印書館, 1987.

뤼시앵 골드만 그경숙 역, 『소설사회학을 위하여』, 청하, 1982.

리한츄李漢秋, 『유림외사연구자료儒林外史研究資料』, 상하이구지출판사上海古籍出版社, 1984. 61쪽.

_____, 『유림외사연구종람儒林外史研究縱覽』, 톈진天津; 톈진쟈오위출판사 天津教育出版社, 1992.

마샬 버먼, 윤호병·이만식 옮김,『현대성의 경험』, 현대미학사, 1994.

마오둔茅盾, 박운석 역,『중국문학의 현실주의와 반현실주의』, 영남대출판부, 1987.

마쯔마루 미찌오 외, 조성을 역,『중국사 개설』, 한울, 1989.

멍싱런孟醒仁,『우징쯔 연보吳敬梓年譜』, 안후이런민출판사安徽人民出版社, 1981.

멍야오孟瑤,『중국소설사中國小說史』, 좐지원쉐출판사傳記文學出版社, 1980년.

미야자키 이치사다, 중국사연구회 옮김,『중국의 시험 지옥-과거』, 청년사, 1989.

민두기·오금성·김용덕·이성규·박한제 편저,『동양사 강의요강』, 지식산업사, 1981.

박덕은 편역,『소설의 이론』, 새문사, 1989.

베이징대학 중문과 문학 전문화 1955학번 집체 편저北大中文系文學專門化一九五五級
    集體編著,『중국문학사中國文學史』, 1959.

베이징사범대학 중문과 문예이론 교연실 편北京師範大學中文系文藝理論敎研室編,
    『문학리론학습참고자료文學理論學習參考資料』, 춘평원이출판사春風文藝出版社,
    1982.

서련달·오호곤·조극요, 중국사연구회 옮김,『중국통사』, 청년사, 1989.

스쉬안위안施宣圓, 왕유웨이王有爲, 정펑린鄭鳳麟, 우건량吳根梁 주편主編,『중국문
    화사전中國文化辭典』, 상하이서후이커쉐위안출판사上海社會科學院出版社, 1987.
    402쪽.

스테판 코올, 여균동 역,『리얼리즘의 역사와 이론』, 미래, 1986.

신석초 번역,『시경』, 서문문고, 1978.

아리스토텔레스, 손명현 역,『시학』, 박영사, 1972. 54~55쪽 참조.

아서 폴라드,『풍자』, 서울대학교출판부, 1980.

예랑葉郎,『중국소설미학中國小說美學』, 베이징대학출판사北京大學出版社, 1985.

왕더자오王德昭,『청대과거제도연구淸代科擧制度研究』, 中文大學出版社, 1988.

왕셴페이王先霈, 저우웨이민周偉民,『명청소설리론비평사明淸小說理論批評史』, 화
    청출판사花城出版社, 1988년.

왕쥔녠王俊年,『우징쯔와 유림외사吳敬梓與儒林外史』, 상하이구지출판사上海古籍出
    版社, 1983.

우징쯔吳敬梓,『원무산핑집文木山房集』, 구뎬원쉐출판사古典文學出版社, 1957.

웨인 부우드, 이경우·최재석 옮김,『소설의 수사학』, 새문사, 1990.

유궈언游國恩,『중국문학사中國文學史』, 런민원쉐출판사人民文學出版社, 1978.

이. 엠. 포스터, 이성호 역,『소설의 이론』, 문예출판사.

이춘식, 『중국사서설』, 교보문고, 1991.

임석진 감수, 『철학사전』, 이삭, 1986.

쟝루이짜오蔣瑞藻, 『소설고증습유小說考證拾遺』, 상하이구지출판사上海古籍出版社, 1984.

전홍철全弘哲, 『돈황敦煌 강창문학講唱文學의 서사체계敍事體系와 연행양상演行樣相 연구研究』, 한국외국어대학교 박사논문, 1995.

정밍리鄭明娳, 『유림외사 연구儒林外史硏究』, 타이베이台北; 타이완상우인수관臺灣商務印書館, 1982.

_____, 『유림외사 연구儒林外史硏究』, 타이완사대臺灣師大 석사논문碩士論文, 1976.

젠보짠翦伯贊, 이진복·김진옥 옮김, 『중국전사』(상·하), 학민사, 1990.

조정래·나병철, 『소설이란 무엇인가』, 평민사, 1991.

진정金靜, 김효민 옮김, 『중국 과거문화사-중국 인문주의 형성의 역사』, 동아시아, 2003.

천루헝陳汝衡, 『우징쯔 전吳敬梓傳』, 상하이上海; 원이출판사文藝出版社, 1981.

천메이린陳美林, 『우징쯔吳敬梓』, 쟝쑤런민출판사江蘇人民出版社, 1978.

첸징팡錢靜方, 『소설총고小說叢考』, 타이베이台北; 창안출판사長安出版社, 1979.

쿵링징孔另境, 『중국소설사료中國小說史料』, 타이베이台北; 중화서국中華書局, 1982.

푸웨청傅樂成, 신승하 역, 『중국통사中國通史』(상·하), 우종사, 1981.

펑우란, 더크 보드, 강재륜 역, 『중국사상사』, 일신사, 1982. 326~327쪽.

펑부칭平步青, 『하외군설霞外捃屑』, 상하이上海; 상하이구지출판사上海古籍出版社, 1982.

허쩌한何澤翰, 『유림외사 인물 본사 고략儒林外史人物本事考略』, 상하이구지출판사上海古籍出版社, 1985.

황린黃霖, 한퉁원韓同文 선주選注, 『중국역대소설논저선中國歷代小說論著選』(상上), 쟝시런민출판사江西人民出版社, 1982.

히메다 미츠요시姬田光義 외, 『중국근현대사』, 일월서각, 1985. 19쪽.

2-2. 연구 논문

Shuen-Fu Lin, "Ritual and Narrative Structure in Ju-Lin Wai-shih", Andrew H. Plaks ed., *Chinese Narrative*, Princeton Univ. Press, 1977.

김명호, 「근대 문학론의 기본 쟁점−일반 이론의 측면에서 본」, 『근대문학의 형성과
　　정』, 문학과지성사, 1983.

김윤식, 「우리 근대문학 연구의 한 방향성」, 『외국문학』 1992년 봄호.

김천혜, 『소설 구조의 이론』, 문학과지성사, 1993. 173쪽.

한국현대소설연구회, 『현대소설론』, 평민사, 1994.

김해균, 「비판적 사실주의 개념에 대한 몇 가지 의견−우리나라 문학에서의 비판적
　　사실주의 창작방법의 형성과 관련하여」, 북한사회과학원 문학연구실 편, 『우
　　리나라 문학에서 사실주의의 발생, 발전논쟁』, 사계절, 1989.

노오먼 프리이드먼, 「플롯의 제형식」, 『현대소설의 이론』, 대방출판사, 1984.

더후이德輝, 「『유림외사』와 사실주의『儒林外史』與事實主義」, 『광파주보廣播週報』(복
　　간復刊) 1947.3. 27기.

덩사오위鄧韶玉, 「우징쯔 사상론강吳敬梓思想論綱」, 복인보간『중국고대·근대문학
　　연구復印報刊『中國古代, 近代文學研究』, 1988.6(原載 『河北大學學報;哲社版』
　　(保定), 1988.1.)

　　　　　　　　, 「『유림외사』의 판본에 관하여關于『儒林外史』的版本」, 복인보간『중
　　국고대·근대문학연구復印報刊『中國古代, 近代文學研究』, 1981.24.(原載 『吳敬
　　梓研究』, 1981.9.)

둥쯔주董子竹, 「『유림외사』는 풍자소설−리한츄 동지와 의견을 나누다『儒林外史』是
　　諷刺小說−與李漢秋李漢秋同志商榷」, 『광명일보光明日報』, 1984.5.22.

로버트 스콜즈, 로버트 켈록, 「설화의 전통」(김병욱 편, 최상규 역, 『현대 소설의
　　이론』, 대방출판사, 1984.)

루쉰魯迅, 「풍자란 무엇인가什麼是"諷刺"」, 『차개정잡문이집且介亭雜文二集』, 『루쉰
　　전집魯迅全集』 6卷, 런민원쉐출판사人民文學出版社, 1957.

　　　　　, 「풍자를 논함論諷刺」, 『차개정잡문이집且介亭雜文二集』, 『루쉰전집魯迅全
　　集』 6卷, 런민원웨출판사人民文學出版社, 1957.

루카치, 「풍자의 문제」 『루카치의 문학이론』, 세계, 1990.

류다졔劉大杰, 「『유림외사』와 풍자문학『儒林外史』與諷刺文學」(『명청소설연구논문집
　　(속편)明清小說研究論文集(續編)』, 중국어문학사中國語文學社, 1970.

류셴신劉咸炘, 『교수술림校讎述林』 4권, 「소설재론小說裁論」.

리중밍李忠明, 「『유림외사』의 간본『儒林外史』的刊本」, 『유림외사사전儒林外史辭典』,
　　난징대학출판사南京大學出版社, 1994.

리춘샹李春尚, 「『유림외사』 풍자 형상의 비극적 의의『儒林外史』諷刺形象的悲劇意義」,
『광동교육학원학보廣東敎育學院學報』(광저우廣州), 1987.5.

리한츄李漢秋, 「『유림외사』 근대 현실주의의 서광『儒林外史』:近代現實主義的曙光」,
중국『유림외사』학회中國『儒林外史』學會, 『「유림외사」 학간『儒林外史』學刊』,
황산서사黃山書社, 1988.

_____, 「『유림외사』 타이보츠 대제와 유가 사상 초탐『儒林外史』泰伯祠大祭和
儒家思想初探」, 복인보간『중국고대·근대문학연구復印報刊『中國古代. 近代文
學研究』, 1985.22.(原載 『江淮論壇』(合肥)1985.5.)

_____, 「『유림외사』의 사상과 예술『儒林外史』的思想和藝術」, 『중국고대소설
육대명저감상사전中國古代小說六大名著感賞辭典』, 화웨원이출판사華岳文藝出
版社, 1988.

_____, 「근대 현실주의의 서광(『유림외사』의 역사성 진전近代現實主義的曙光
(『儒林外史』的歷史性進展)」, 복인보간『중국고대·근대문학연구復印報刊『中國古
代. 近代文學研究』 1987.4.(原載 『安徽大學學報;哲社版』(合肥), 1987.1.)

_____, 「역사상의 『유림외사』 평론歷史上的『儒林外史』評論」, 복인보간『중국
고대·근대문학연구復印報刊『中國古代, 近代文學研究』, 1984. 4기.(原載 『社會
科學輯刊』(沈陽), 1984.2期.).

_____, 「『유림외사』의 평점 및 그 변천『儒林外史』的評點及其衍遞」, 『유림외사』
회교회평본『儒林外史』會校會評本, 상하이구지출판사上海古籍出版社, 1984.

_____, 스샤오린石曉林, 「『유림외사』의 비판적 현실주의 특색을 논함論『儒林
外史』的批判現實主義特色」, 복인보간『중국고대·근대문학연구復印報刊『中國古
代. 近代文學研究』 1985.2.(原載『藝譚』(合肥),1984.4.)

마마오위안馬茂元, 「『유림외사』의 현실주의『儒林外史』的現實主義」, 『서남문예西南文
藝』, 1954. 10期.(『명청소설연구론문집明淸小說研究論文集』 재수록.)

마이뤄펑麥若鵬, 「"셴자이라오런"의 수수께끼를 비로소 드러낸다初揭"閑齋老人"之謎」,
『광명일보光明日報』, 1985.7.2.

먀오좡苗壯, 「『유림외사』의 풍자예술 시론試論『儒林外史』的諷刺藝術」, 『랴오닝사원
학보遼寧師院學報』, 1980년. 6기.

멍싱런孟醒仁, 「우징쯔 연표吳敬梓年表」(『吳敬梓研究』, 1981.1期.)

_____, 「취안쟈오 우징쯔 석명全椒吳敬梓釋名」, 복인보간『중국고대·근대문

학연구復印報刊『中國古代, 近代文學硏究』』, 1982. 2.(原載『藝譚』, 1981. 3期.)

미셸 푸코, 「계몽이란 무엇인가」, 김성기 편, 『모더니티란 무엇인가』, 민음사, 1994.
　　350쪽.

백낙청, 「문학과 예술에서의 근대성 문제」, 『창비』 1993 겨울. 15쪽.

서영채, 「위기의 담론: 인문주의와 근대성」, 『세계의 문학』 94 여름.

쑨쉰孫遜, 「『유림외사』의 평본과 평어에 관하여關于『儒林外史』的評本和評語」, 『명청
　　소설론고明淸小說論稿』, 상하이구지출판사上海古籍出版社, 1986.

알. 에스. 크레인, 「플롯의 개념」, 『현대소설의 이론』, 대방출판사, 1984.

에릭 S. 라브킨, 「공간형식과 플롯」, 김병욱 편 최상규 역, 『현대소설의 이론』, 대방
　　출판사, 1984.

염무웅, 「리얼리즘론」, 백낙청 편 『문학과 행동』, 태극출판사, 1980.

왕주셴王祖獻, 「『유림외사』는 풍유성의 풍자소설이다『儒林外史』是諷諭性的諷刺小說」,
　　『光明日報』, 1984. 8. 28.

왕형王璜, 「『유림외사』의 구조를 논함論『儒林外史』的結構」, 『동방잡지東方雜誌』 42
　　권 6기, 1946. 3.

우쭈샹吳組緗, 「『유림외사』의 사상과 예술『儒林外史』的思想和藝術」(리한츄李漢秋 편
　　編, 『「유림외사」 연구논문집『儒林外史』硏究論文集』, 중화서국中華書局, 1987.
　　(原載『人民文學』, 1954. 8期.)

웨헝쥔樂衡軍, 「세기의 표박자-『유림외사』의 군상世紀的漂迫者-『儒林外史』群像」,
　　커칭밍柯慶明, 린밍더林明德 주편主編『중국고전문학연구총간-소설지부(3)
　　中國古典文學硏究叢刊-小說之部(三)』, 쥐류도서공사巨流圖書公司, 민국 74년.
　　175쪽.(原載『現代文學』 45期. 民國 60年. 12.)

　　　　　　　, 「시후에서의 마춘상馬純上在西湖」, 『순문학純文學』 46기.

위르겐 하버마스, 「모더니티: 미완성의 프로젝트」, 『현대미술비평30선』, 중앙일보
　　사, 1987. 166쪽.

장페이헝章培恒, 「『유림외사』 원모 초탐『儒林外史』原貌初探」, 리한츄李漢秋 편編,
　　『「유림외사」 연구논문집『儒林外史』硏究論文集』, 중화서국中華書局, 1987.(原載

『學術月刊』 1982年. 第7期;『古代小說版本資料選編』 再收錄.)

장페이헝章培恒, 「『유림외사』 원서는 틀림없이 50권이다『儒林外史』原書應爲五十卷」, 『고대소설판본자료선편古代小說版本資料選編』, 산시런민출판사山西人民出版社, 1985.(原載『復旦學報』, 1982.4期.), 402~409쪽.

장흥용張宏庸, 「중국 풍자소설의 특질과 유형中國諷刺小說的特質與類型」, 『중외문학中外文學』 5:7, 민국 65年12.

저우린성周林生, 쑤하이蘇海, 「『유림외사』는 비판적 현실주의 문학인가『儒林外史』是批判現實主義文學麽?」, 복인보간『중국고대·근대문학연구復印報刊『中國古代.近代文學研究』, 1985.24.(原載『雷州師專學報;文科版』, 1985.1.)

저우중밍周中明, 「공정한 마음으로 세상을 풍자한 책以公心諷世之書」, 『광명일보光明日報』, 1984.10.30.

_____, 「공정한 마음으로 세상을 풍자한 위대한 책(『유림외사』의 주제 사상을 다시 탐구한다)一部偉大的以公心諷世之書(『儒林外史』的主題思想重探)」, 복인보간『중국고대·근대문학연구復印報刊『中國古代, 近代文學研究』 1981.24.(原載『江淮論壇』 1981. 5期.)

정밍리鄭明娳, 「『유림외사』의 단선 구조『儒林外史』的單體結構」, 『유사월간幼獅月刊』 45권 6기.

_____, 「『유림외사』의 판본 및 그 유전『儒林外史』之版本及其流轉」, 『학수學粹』 18권 4.5기.

젠보짠翦伯贊, 「『유림외사』 중에 언급되는 과거 활동과 관직 명칭을 풀이함釋『儒林外史』中提到的科擧活動和官職名稱」(리한츄李漢秋 편編, 『「유림외사」 연구론문집「儒林外史」研究論文集』, 중화서국中華書局, 1987.(原載『文藝學習』 1956.8-9期,『明淸小說研究論文集』에 再收錄.))

조관희, 「소설과 아이러니」, 『중국소설론총』 제10집, 서울; 한국중국소설학회, 1999.8.

_____, 「소설의 존재론적 의의로서의 '허구성'」, 『중국소설론총』 제2집, 중국소설연구회, 1993.3.

이상섭, 「아이러니」, 『문학비평용어사전』, 문예출판사, 1981.

천메이린陳美林, 「『유림외사』워셴차오탕 본『儒林外史』臥閑草堂評本」, 『유림외사사전儒林外史辭典』, 난징南京; 난징대학출판사南京大學出版社, 1994.

_____, 「『유림외사』장원후 평본『儒林外史』張文虎評本」, 『유림외사사전儒林外史辭典』, 난징南京; 난징대학출판사南京大學出版社, 1994.

_____, 「『유림외사』치성탕 평본『儒林外史』齊省堂評本」, 『유림외사사전儒林外史辭典』, 난징南京; 난징대학출판사南京大學出版社, 1994.

_____, 「『유림외사』"유방"의 작자 및 그 평가 문제에 관하여關于『儒林外史』"幽榜"的作者及其評價問題」, 『우징쯔 연구吳敬梓研究』, 상하이구지출판사上海古籍出版社, 1985.(原載『西北大學學報』, 1979.4期.)

_____, 「옌리 학설의 우징쯔에 대한 영향顔李學說對吳敬梓的影響」, 『우징쯔 연구吳敬梓研究』, 상하이구지출판사上海古籍出版社, 1985.(『「유림외사」연구론문집「儒林外史」研究論文集』, 중화서국中華書局, 1987. 재수록.(原載『南京師院學報』, 1978年. 第4期.))

_____, 「우징쯔 신세삼고吳敬梓身世三考」(리한츄李漢秋 편編, 『「유림외사」연구론문집「儒林外史」研究論文集』, 중화서국中華書局, 1987. 『우징쯔 연구吳敬梓研究』, 상하이구지출판사上海古籍出版社, 1985.(原載『南京師院學報』, 1977. 3期.))

_____, 「우징쯔가 박사홍유과에 응한 것에 관한 문제關于吳敬梓應征辟問題」, 『우징쯔 연구吳敬梓研究』, 상하이구지출판사上海古籍出版社, 1985.(原載『社會科學戰線』, 1984.2期.)

_____, 「우징쯔의 신세 문제에 관하여(장톈유 선생에게 답한다)關于吳敬梓的身世問題(答張田有先生)」, 복인보간『중국고대·근대문학연구復印報刊『中國古代. 近代文學研究』』, 1982.2.(原載『藝譚』, 1981.3期.)

_____, 「『유림외사』워셴차오탕 평본을 간략하게 논함略論『儒林外史』臥閑草堂評本」(천메이린陳美林, 『청량문집淸凉文集』상권, 난징사범대학출판사南京師範大學出版社, 1999.(原載『河北師院學報』, 1991年.4期.))

천신陳新, 「『유림외사』청대 초본 초탐『儒林外史』淸代抄本初探」(천루헝陳汝衡 등等,

『우징쯔와 유림외사吳敬梓與儒林外史』, 무둬木鐸, 1983.; 原載『文獻』12輯, 1982.

천신陳新, 두웨이모杜維沫, 「『유림외사』 제56회의 진위를 가름한다『儒林外史』第五十六回眞僞辨」, 리한츄李漢秋 編編, 『「유림외사」 연구논문집「儒林外史」研究論文集』, 중화서국中華書局, 1987.(原載『儒林外史研究論文集』, 安徽人民出版社, 1982.)

천원신陳文新, 「전통적인 사유 경로로 본『유림외사』 구조의 완정성從傳統的致思途徑看『儒林外史』結構的完整性」, 복인보간『중국고대, 근대문학연구』復印報刊『中國古代, 近代文學研究』, 1987.8.(原載『江漢論壇』(武漢), 1987.6.)

최문규, 「역사철학적 현대성과 그 이념적 맥락」『탈현대성과 문학의 이해』, 민음사, 1996.

취안쟈오 현 즈 현 지직 안후이대학『유림외사』 평론조全椒縣澍縣地直安徽大學『儒林外史』評論組, 「『유림외사』와 현실의 계급 투쟁을 평론함評論『儒林外史』與現實的階級鬪爭」, 『안후이대학학보安徽大學學報』, 1976.1-2기.

키이런 이이건, 「플롯이란 무엇인가」, 김병욱 편 최상규 역, 『현대소설의 이론』, 대방출판사, 1984.

탄펑량談鳳梁, 「『유림외사』의 창작 시간과 과정에 대한 새로운 탐색『儒林外史』創作時間, 過程新探」(리한츄李漢秋 編編, 『「유림외사」 연구론문집「儒林外史」研究論文集』, 중화서국中華書局, 1987.(原載『江海學刊』(南京) 1984年. 第1期.))

판산궈樊善國, 「『유림외사』의 구조 특징『儒林外史』的結構特點), 복인보간『중국고대, 근대문학연구』復印報刊『中國古代, 近代文學研究』, 1983.10.(原載『北京師範大學學報』, 1983.5期.)

팡르시房日晳, 『유림외사』의 유방에 관하여關于『儒林外史』的幽榜」, 『고대소설판본자료선편古代小說版本資料選編』, 산시런민출판사山西人民出版社, 1985.(原載『西北大學學報』 1978.1期.)

핑후이산平慧善, 「『유림외사』의 예술구조 시론試談『儒林外史』的藝術結構」, 『예담藝談』 1980년. 3기.

허쩌한何澤翰, 「우징쯔가 박학홍사과 시험에 참가하지 않았다는 문제에 대한 나의

견해未參加博學鴻詞科考試問題的我見」, 복인보간『중국고대·근대문학연구復印
報刊『中國古代, 近代文學硏究』 1982. 2.(原載 『藝譚』, 1981. 3期.)

황빙쩌黃秉澤, 「『유림외사』의 장편 예술구조를 논함論『儒林外史』的長篇藝術結構」, 『안
후이사대학보安徽師大學報』, 1981년, 제4기.(再收錄 安徽省紀念吳敬梓誕生
二百八十周年委員會 編, 『儒林外史硏究論文集』, 安徽人民出版社, 1982. 李
漢秋 編, 『儒林外史硏究論文集』, 中華壽局, 1987.)

후녠이胡念貽, 「우징쯔와 그의 시대吳敬梓和他的時代」(胡念貽 著, 『中國古代文學論
稿』, 上海古籍出版社, 1987.)

후스胡適, 「50년 이래 중국의 문학五十年來中國之丈學」, 『후스문존胡適文存』 제2집第
二集 1권卷一.

_____, 「우징쯔 연보吳敬梓年譜」, 『胡適論中國古代小說』, 武漢;長江文藝出版
社, 1987.(原載 亞東圖書館排印本『儒林外史』, 1920.)

_____, 「우징쯔 전吳敬梓傳」, 『胡適論中國古代小說』, 武漢;長江文藝出版社,
1987.(原載 亞東圖書館排印本『儒林外史』, 1920.)

후이민胡益民, 『『유림외사』의 풍자 및 기타－둥쯔주 동지와 의견을 나누다『儒林外史』
的諷刺及其他－與董子竹同志商榷」, 『광명일보 光明日報』, 1984. 6. 19.

찾아보기

지은이 조관희(趙寬熙, Cho Kwan–hee)는 서울에서 나고 자랐다. 연세대학교 중어중
문학과를 졸업하고, 같은 학교에서 석사와 박사학위를 받았다(문학박사). 1994년부터
상명대학교에서 학생들을 가르치고 있다(교수). 한국중국소설학회 회장을 역임했다.
주요 저작으로는『소설로 읽는 중국사 1, 2』(돌베개, 2013),『교토, 천년의 시간을 걷
다』(컬쳐그라퍼, 2012),『조관희 교수의 중국사 강의』(궁리, 2011),『조관희 교수의
중국현대사 강의』(궁리, 2013) 등이 있고, 루쉰(魯迅)의『중국소설사(中國小說史)』(소
명, 2005)와 데이비드 롤스톤(David Rolston)의『중국 고대소설과 소설 평점』(소명출
판, 2009)을 비롯한 몇 권의 역서가 있으며, 다수의 연구 논문이 있다. 지은이에 대한
상세한 정보는 홈페이지(www.sinology.org/trotzdem)로 가면 얻을 수 있다.

시대와의 불화
『유림외사(儒林外史)』 연구

2014년 8월 20일 초판 1쇄 펴냄

지은이 조관희
펴낸이 김흥국
펴낸곳 도서출판 보고사

책임편집 권송이
표지디자인 이준기

등록 1990년 12월 13일 제6-0429호
주소 서울특별시 성북구 보문동7가 11번지 2층
전화 922-5120~1(편집), 922-2246(영업)
팩스 922-6990
메일 kanapub3@naver.com
http://www.bogosabooks.co.kr

ISBN 979-11-5516-270-5 93820
ⓒ 조관희, 2014

정가 20,000원
사전 동의 없는 무단 전재 및 복제를 금합니다.
잘못 만들어진 책은 바꾸어 드립니다.

이 도서의 국립중앙도서관 출판예정도서목록(CIP)은 서지정보유통지원시스템
홈페이지(http://seoji.nl.go.kr)와 국가자료공동목록시스템(http://www.nl.go.kr/kolisnet)에서
이용하실 수 있습니다.(CIP제어번호: CIP2014021484)